出发的勇气

［芬兰］米娅·坎基玛其 著

杜菁菁 译

THE WOMEN
I THINK ABOUT
AT NIGHT

天地出版社｜TIANDI PRESS

图书在版编目（CIP）数据

出发的勇气 /（芬）米娅·坎基玛其著；杜菁菁译.—
成都：天地出版社，2022.7
ISBN 978-7-5455-6982-7

Ⅰ.①出… Ⅱ.①米… ②杜… Ⅲ.①随笔—作品集—
芬兰—现代 Ⅳ.①I531.65

中国版本图书馆CIP数据核字（2022）第030533号

著作权登记号　图字：21-2019-555

CHUFA DE YONGQI

出发的勇气

出 品 人	杨　政	
著　　者	［芬兰］米娅·坎基玛其	
译　　者	杜菁菁	
责任编辑	孟令爽	
封面设计	金牒文化·车球	
内文排版	麦莫瑞	
责任印制	王学锋	

出版发行　天地出版社
　　　　　（成都市锦江区三色路238号 邮编：610023）
　　　　　（北京市方庄芳群园3区3号 邮政编码：100078）
网　　址　http://www.tiandiph.com
电子邮箱　tianditg@163.com
经　　销　新华文轩出版传媒股份有限公司

印　　刷　天津融正印刷有限公司
版　　次　2022年7月第1版
印　　次　2022年7月第1次印刷
开　　本　880mm×1230mm　1/32
印　　张　12
字　　数　357千字
定　　价　59.80元
书　　号　ISBN 978-7-5455-6982-7

你以为自己知道这趟旅行的意义，但事实上，你对它恰恰一无所知。

——凯伦·布里克森，一封来自非洲的信，1917 年 1 月 18 日

温雅之美惠女神，秀美之缪斯女神，来我身旁。

——莎孚，约公元前 600 年

目 录
Contents

1. 向前奔赴的勇气

>>>

　　我是 M，43 岁。这些年来，我在数不清的夜晚想起那些女性榜样，不过，与性爱毫无关系。

　　每当我的生活、我的爱人或者我的心态偏离正轨，灵魂似乎陷入了无尽的暗夜中，我就会在这些无眠的夜晚想起那些女性榜样。我召集了一支由史上优秀的女性组成的隐形护卫队，如同守护天使一般，为我指引前行的路。

　　但这些鼓舞人心的女性的人生都不符合传统。她们打破常规，超越了人们的期望。她们当中有很多是艺术家或作家，做着属于内向者的孤独工作，大部分与男人的关系非同寻常，但没有结婚生子。很多人曾到异国他乡旅行或定居，尽管不再年轻，她们仍然做出了彻底改变生活的决定。有些人一生都和母亲住在一起，有些人则经历了疾病或精神失常，但是她们全都追寻着梦想，做出了自己的选择。这些堪称模范的女性的人生行程都是我的后备计划，如果生活变得糟糕透顶，我就会启用她们的方案。

　　其中一位女性是女官兼作家清少纳言，生活在一千年前的日本京都，我的第一本书讲述了她的故事。不过，在我的脑海里还有很多很多这样的女性。有些晚上，我躺在床上，想起弗里达·卡罗[①]，我18岁时读了她的传记，她改变了我对女性的认知。有些晚上，我想起乔治亚·欧姬芙，她独自在新墨西哥州的沙漠里画水牛头骨，70多岁时第一次踏出国门，周游世界。我想到了草间弥生，一位想要成为艺术家的日本女性，她写信向乔治亚·欧姬芙寻求建议。后来，60多岁的她在震动了纽约的艺术世界之后回到东京，主动要求住在一家精神病院里。我想到了凯伦·布里克森，她跟随丈夫去了非洲，最后独自经营着一家农场。我想到了简·奥斯汀，尽管她一生未婚，住在位于英国乡下的父母房子的阁楼里，却推动了小说艺术的变革。我想到了诗人兼艺术家江马细香，她生活在江户时期的日本，她的沉静平和让我那处于暗夜之中的灵魂能够安然入眠。

我想知道这些女性是从哪里获得的勇气，如果我们能够相见，她们会给我什么建议？最重要的是，我能不能循着她们的足迹也去探险呢？

我走上这条路已经有一段时间了。奇妙的是，我找到了越来越多被人们遗忘的优秀女性，就像一张不断扩张、无边无际的女性网络，从不同的时代、世界上不同的角落来到我身旁，在我的脑海中搅起了一阵阵风暴，激发了我的灵感。她们是一位又一位凯伦、艾达、玛丽、内莉、伊莎贝拉、拉维尼亚、索福尼斯巴、阿特米西亚，她们是作家、艺术家、探险家、战地记者、文艺复兴时期贵族的妻子。

她们是我会在夜里想起的女人。

起初，我只会在失眠的夜晚想到她们，向她们寻求勇气、灵感和生活的意义；如今，我会因为想到她们而不眠不休，我的脉搏因她们

---

① 墨西哥著名女画家，生于1907年。

而跳动,我与她们同心共情。她们为什么来到我身边,抓住我不放,还将我卷入了她们的生活中?我为什么让她们的画像环绕着我的书桌?为什么关于她们的书在我的地板上越摆越高?为什么我像收集护身符一样搜寻她们的事迹?

让我从头开始一一道来。

不过,先让我收拾好行李,因为我乘坐的飞机很快就要起飞了。

在广袤的大地上，
去你想去的任何地方

✉ >>> 餐巾纸上的信

亲爱的凯伦：

这张便条写在了一张荷兰皇家航空公司的餐巾纸上。我正坐在一班前往乞力马扎罗的飞机上，害怕得直发抖。我一直在扪心自问，自己究竟是中了什么邪，才会陷入这种境地，我就不能待在家里看自然频道吗？

更糟的是，我都不确定自己去的是什么地方。我写信给一个素不相识的、生活在坦桑尼亚的芬兰人，他在回信中邀请我去他家玩，于是我就上路了。我希望他能在乞力马扎罗机场等我，因为我甚至不知道他的住址。

这都怪你，凯伦。能不能请你把那种著名的勇气送给我一包？我确实需要它。

你忠诚的 M

2. 白雾，冬春

>>>

我简单地讲一下事情的经过（可能还是会有点儿长）。

去年的十一月，我躺在京都一间冰冷房子里的榻榻米上，完全没有从日式床垫上爬起来的意愿。几个月前，我出版了第一本书，然后来到了这里，想知道接下来该做些什么。在这座我深爱的城市里，我沿着狭窄的小巷漫无目的地闲逛，会见朋友，到茶舍静坐，参观寺庙，但我的大脑里却是一团乱麻。

我想：这一定是我的人生最低谷了吧。

我42岁了，没有丈夫，没有孩子，没有工作。我卖掉了公寓，出版了第一本书，永久地辞了职。我走进了一片白雾。我是自由的，无依无靠。

我完全不知道接下来该做什么。我该去向何处？追随什么人？作为一个40多岁、没有家，还扔掉了工作和房子的女人，应该怎么办呢？

过去的几年毫无疑问是我生命中最美好的一段时光，我提着行李，四海为家，住在京都、伦敦、泰国和柏林。每当回到我的祖国芬兰，我就去朋友家寄住或者窝在父母家的阁楼里。我一边写书，一边享受着自由，那是一种能够按照自己的意愿度过每一天的感受，真的妙不可言。

每当看到朋友们精疲力竭、濒临崩溃，我都隐约感觉到一些脱离世俗的幸福感。我不需要朝九晚五地去上班，没有办公室"政治"，家里也没人等着我照顾，就好像从乏味的正常人生活里逃了出来，坐着橡皮筏越漂越远，眼看着其他人仍在日复一日地辛苦劳作。我对自己要做的事情拥有绝对的控制权，生活不可能当真如此，是不是？

从理论上讲，一切都棒极了，但是一条焦虑的小虫子开始在我的内心深处不断噬咬。

我的生活与朋友们的生活背道而驰，她们装饰房子，为孩子们的学校蛋糕售卖会烤蛋糕，跑马拉松，购置夏日度假别墅，偶尔在周末奖励自己去欧洲中部进行一次短途旅行。40多岁的我却回到了20多岁的生活：没有日程表、没有责任、没有工作，重要的是没有钱，我搬进了一个像狗窝一样狭小的单人公寓，连我的大学寝室都比它大。

在黑暗的日子里，我感觉自己生命的最后二十年简直一无是处。

在明亮的日子里，我意识到我是完完全全自由的。

如今，我的这场冒险之旅、一个40多岁女人的一生，都需要新的方向和新的意义。我躺在京都的日式床垫上，无法入眠，一个宏大的计划在我的脑海中形成，也许我应该去追寻那些我会在晚上想起的优秀女性的脚步？我可以成为一名旅行作家，或者作家兼探险家。我可以跟着她们去非洲、墨西哥、波利尼西亚群岛、中国、新墨西哥州沙漠，去周游世界。但是，我怎么可能做到呢？

一天晚上，我很晚都没有睡，由于在一家神奇的茶舍喝了一杯颜色鲜艳的绿色抹茶，我的大脑还在飞速运转。我意识到自己现在最想去的地方是非洲。我还意识到，一想到要独自一人去那儿旅行，我就害怕得不得了。但是，我必须去。

从京都回到芬兰之后，我决定把自己那本关于清少纳言的书寄到坦桑尼亚。我在外包装上写了在网上找到的一个地址：奥利，阿鲁沙10号，坦桑尼亚。这是一位芬兰野生动物研究者的地址，我会在书中再次提到他的名字。我还在里面夹了一张纸条，告诉他我想去非洲稀树草原旅行的梦想。我精神恍惚地想起了清少（相当荒谬），她是我的使者、侦查员、异域风情的诱饵，她将拉着我一同踏上旅途。

她做到了。

新年夜，我收到了野生动物研究者奥利的短信："感谢你寄来的书！我会给你写一封更长的邮件，欢迎你随时来我这里。"

这就是我一直在等待的信号。恐惧让我的五脏六腑都打了结，但是，我如果没能鼓起勇气启程，就永远不会原谅自己。我完全不认识这个奥利，不过，基于他那些关于坦桑尼亚自然世界的书和三年前的一通电话，我感觉他是一个坦率（而且非常健谈）的人。我在网上了解到他在阿鲁沙附近的乡下有一座房子，那就是他邀请我去的地方吗？（我仿佛看到了长满蓝花楹的小径、厨师和园丁，但是那个地方也很可能只是个小小的泥筑屋。）而且，我这么积极主动地去探访，他应该不会觉得我想要和他来一场浪漫邂逅吧？

也许现在正是启用我的"凯伦·布里克森银行账户"的最佳时机，这是一个我专门用来为自己可能敢或不敢出发的梦想旅程攒钱的储蓄账户。

对我而言，凯伦·布里克森不仅代表着陌生的地域和非洲的野性大自然，还是勇者的典范。

我曾经去过非洲两次，两次都如同走入一场梦境，同时两次我都被吓得半死，尽管我参加了条件很不错的旅游团。那些旅游团都是制度规范的组织，作为其中的一员，你也会逐渐被同化。在南非的行程中，我们在面包车上坐了很长时间，有时候一程达 400 英里^①。当面包车终于停在斯威士兰^②的某处郊野时，我晕晕乎乎地爬出车外伸展四肢，甚至忘了把脖子上的充气枕头拿下来，但头晕和疲惫并不能减轻我的恐惧。在稀树草原进行游猎旅行的第一天晚上，我听到了一头狮子的咆哮声，害怕得牙齿直打战。（我都不知道人的牙齿会因恐惧而打战。）

我敢肯定，凯伦·布里克森一定不会害怕。她在东非高原上经营着一家农场，每次游猎远征都长达好几周甚至几个月。她坐在篝火边吃仆人准备的餐食，用玻璃杯喝香槟，听留声机里播放的舒伯特的乐曲。我仿佛看到了她身后一望无际的稀树草原，黄色的草地，像伞盖一样的合欢树，斑马、长颈鹿，还有一台打字机。凯伦穿着一条长裙、一件白色的带扣衬衫和一双系带皮靴，如果你看过《走出非洲》这部电影，你还能想象出一位支着手、肘倚靠在一旁的英俊男人，他的脖子上系着一条游猎围巾。

这部电影是基于凯伦·布里克森的回忆录改编的。她是一个大胆、开朗和聪慧的人，做成了很多事，她有一项令人羡慕的能力，那就是适应和生存。有时候她看起来就像个无法超越的女超人。从这本书中随意挑出的一些她的优点，就已经足够令人印象深刻。

（1）凯伦在东非种植咖啡。

（2）凯伦是一个技巧娴熟的猎人。马赛族^③人曾经请求她帮忙射死一头捕杀了村里牲畜的狮子。有时她会射杀一两匹斑马，将其作为农场工人的周末美餐。

---

① 1 英里 = 1.6 千米。

② 非洲南部的内陆国家。

③ 东非民族，主要分布在肯尼亚南部和坦桑尼亚北部的草原地带。

（3）凯伦经常去很远的地方游猎。她独自与基库尤人^①和索马里人一起旅行，骑着马穿过一群群羚羊，她的狗在旁边奔跑。

（4）凯伦是一位著名的医生，每天早上出诊。她的病人有的感染了天花、伤寒、疟疾，有的有刀伤、瘀伤、烧伤，有的遭遇了骨折或蛇咬。遇到严重的病例，凯伦就会将其送到内罗毕^②的医院或者传教站。有一次，凯伦不小心食用了过量的砒霜，她居然想到在大仲马的小说里寻找解药，然后用大量牛奶和鸡蛋清解了毒。

（5）凯伦还是老师、法官和慈善家。她在自家农场里开设了一所学校，自己作为法官解决当地的纠纷。每天早晨，凯伦和她热爱的工人们一起收集咖啡豆。每周日，她会给年长的女士们发鼻烟。

（6）有一天，她在一条路上发现了老克努森的尸体，就让一个当地的男孩帮她把尸体拖进了棚屋里。她不像本地人（还有我）那么害怕死人，也不惧怕其他东西。

（7）凯伦是一位出色的厨师。她师从芬兰一家高级餐厅的法国厨师，她做的晚餐闻名于整个东非地区。

（8）如果雨季迟迟不结束，凯伦就会在晚上写故事。不用说，她还擅长写作，她的文字平静、清透、柔和。作为一位坚强的女性，她非常了解自己。她通达事理，熟练掌握很多技能，任何事物都无法影响她。

如果我是凯伦该有多好，但我显然不是。

我坐在荷兰皇家航空飞机的座位上，努力抑制住恐慌感。我会在晚上九点的黑夜里抵达乞力马扎罗^③，这位"奥利"会不会在那里等着我呢？如果他没来，我该怎么办？我要去哪里度过这一晚呢？

---

① 东非肯尼亚民族，又称阿基库尤人。

② 东非国家肯尼亚的首都。

③ 坦桑尼亚一级行政区。

我和奥利在邮件中提及导游常常重点推荐的防范疟疾用的蚊帐和经过氯菊酯处理的衣物，但是奥利让我不要担心，他说只要我打了疫苗，吃了药，就可以不用再惦记着这件事。尽管如此，我可以保证，我临行前在诊所咨询的那位医生，他在给我写疟疾预防药的处方时，看上去绝对忧心忡忡。

我不禁想起，整个西方世界对非洲的看法都是有失偏颇甚至扭曲的，正如我不久前在赫尔辛基当代艺术博物馆看到的智利艺术家阿尔弗雷多·贾亚尔的展览所呈现的那样。他收集的《时代》周刊封面将我们所能看到的非洲图景清清楚楚地展现了出来：野生动物、饥荒、疾病和战争，城市、文化活动和大学这些非洲中产阶级生活的日常都从画面中被抹去了。这个宣传"消除现象"的展览对像我这样的人很有效果，每每想起非洲，我都会联想到疾病、卫生问题和恐怖袭击，还有抢劫、强奸、绑架、交通事故，蚊子、蛇、采采蝇、变形虫、血吸虫，脑型疟疾、痢疾、中暑、黄热病、霍乱、艾滋病和埃博拉。我在我的《孤独星球》旅游指南上列了这个长长的"危险与烦扰清单"，以示警告。

更糟的是，我对那些已经不复存在的事物有一种执念。我向曾在内罗毕工作的几个朋友的朋友询问了旅行建议之后，才意识到我简直生活在一个幻想世界里。他们谈到了超大规模的基贝拉贫民窟和难民组织正在做的工作，对他们而言，去肯尼亚一定意味着要去难民营，与街头流浪的儿童待在一起，从事援助工作。我的梦想则是凯伦·布里克森风格的游猎旅行，这让我该如何启齿呢？我梦想着乘小飞机飞越稀树大草原，学会理解大象的语言，与狮子对视，坐在帐篷前的露营椅里，用一台老式打字机打字，或者读一本皮革封面的书，玻璃杯里的饮料触手可及。

可就算我做了充分的旅行准备，深入地研究了凯伦，也还是困难重重。

这个春天异常奇怪。二月，我不得不做了智齿手术，一连三周都没办法张开嘴。我吃了药，躺在父母家的阁楼里，浑浑噩噩，只能一边用一根吸管吃母亲做的流食，一边读阿克塞利·加伦-卡勒拉①的《非洲》。我特别羡慕在电视上看到的河马，因为它们的大嘴能张开180度。

三月，我的喉咙出了问题，要进行嗓音治疗。我做了各种各样奇怪的发声练习，比如和治疗师一起用双声部唱芬兰国歌，在插进水杯的玻璃管里吹气等。最奇葩的是音域控制法，我要一直用最低的声音说话，但我是个女高音。女高音！真是可笑。我的自我形象一直建立在阴郁冷漠的低音的基础上，现在却发现，我本应该成为另一个开朗、热情、充满活力的人，这四十二年以来，我一直在用错误的声音说话！

这件事的象征意义倒是很明显，我的这趟旅行原本就是想寻找一种新的声音，一种笑看生活、淡然处之的勇敢女性的声音。

到目前为止我还没有找到。

我在餐巾纸上给凯伦写了一个便条。我还没有意识到，自己与她的关系将会变得那么矛盾重重。

_____

① 芬兰著名画家，生于1865年。

凯伦·布里克森

建议一：走进非洲。

> 职业：咖啡农场主，后成为作家。
>
> 经历：1914 年 1 月抵达非洲，时年 28 岁。在英属东非（现肯尼亚）度过十八年，经营一家咖啡种植园。1931 年 7 月最后一次离开东非，时年 46 岁，精神抑郁，感染了梅毒，倾家荡产。之后回到童年居所，与母亲同住，开始写第一本书。

1913 年，凯伦启程前往英属东非，那时，28 岁的她只有一个念头——改变生活。尽管移民并不是她最初的计划，但她确实对她所处的世界给年轻女性提供的一切可能都感到厌倦了。

凯伦·迪内森[①]于 1885 年出生在一个富裕的丹麦家庭，她的童年是在一座海滨村庄的古老农庄里度过的，离哥本哈根不远。她的家人叫她塔恩。她的父亲是一位自由思想家，曾经到北美洲旅行，和原住民一起生活。有其父必有其女，凯伦也为父亲所热爱的一切和那些英勇事迹而着迷，向往着遥远的荒野。但是，在凯伦 10 岁时，父亲自杀了，他的死让她一生都难以释怀。

母亲和姑妈们的女性世界则令凯伦感到厌恶。女人注定要守在家里，妈妈和姑妈们围坐在一起，喋喋不休地探讨美德和贞操。在这个

---

① 伊萨克·迪内森，丹麦著名女作家凯伦·布里克森的笔名。

世界里，女人受教育不是为了谋生，而是为了嫁个好人家。因而，凯伦也接受了适合上层阶级女孩的家庭教育，比如读诗、练书法、学英语和法语，像数学这样的科目对女性来说则是没必要的。在这座古老农场的生活如此安逸和幽闭，以至于凯伦之后每次回去，都感觉那里又陈旧又憋闷，就像走进了一节挤满人的车厢，里面的空气都快要被吸尽了。凯伦不想待在那节车厢里，她绝对不会过那种"符合她身份"的、无所事事的生活，将一生奉献给家庭和慈善。

凯伦 20 岁时决定成为艺术家，于是她考上了哥本哈根皇家艺术学院，学习绘画。空闲时，她混迹于贵族圈子，主要活动包括赛马、猎鸟、打高尔夫球、喝威士忌、组织舞会、购买汽车和飞机，还有参与各种轰轰烈烈的风流韵事。凯伦的远房表亲、瑞典贵族兄弟布鲁尔和汉斯·冯·布里克森 - 菲尼克也在这些圈子里。布鲁尔是个好脾气、没有责任感的花花公子和享乐主义者，他的主要目标就是纵情享乐，在智商和处事方面都没什么亮点。凯伦没有爱上布鲁尔，她爱的是他的兄弟汉斯。不过，汉斯却对凯伦不感兴趣。

1910 年，凯伦逃到了巴黎。在那里，她努力提高社交能力，成为一个风趣机智、言辞尖锐的姑娘，有时感情激烈得有点吓人。她抽烟、低声说话，而且开始用俄语发音读自己的名字，从"塔恩"变成了"塔尼娅"。几年后，当布鲁尔·冯·布里克森向她求婚的时候，凯伦答应了。毕竟，和布鲁尔在一起，她就开启了一个新的世界——她能去非洲了。那年，凯伦 27 岁。

1912 年，教堂发布了凯伦和布鲁尔的结婚预告，但凯伦的亲友并没有为她感到高兴。因为布鲁尔的名声不怎么好，而且大家从这对未婚夫妇之间看不出任何爱情的火花。不过，布鲁尔的叔叔鼓励他们搬到英属东非去，据说那里的风景美不胜收，还有"绝佳的经济潜力"。英属东非于 1895 年建立，英国政府以低得可怜的价格将土地出售。于是，欧洲移民纷纷涌入那片肥沃的高原抢占地盘。当地的基库尤人、马赛人和其他原住民部落都被逐出了他们祖先的土地。

凯伦的亲戚提供了购置土地的钱，布鲁尔先一步出发去监督土地购买流程和修缮房子，他们计划等到 1914 年 1 月，凯伦一到达蒙巴萨就结婚。然而，布鲁尔在非洲四处游猎，决定放弃饲养牲畜的最初计划。他卖掉了土地，用这笔钱买了一个面积更大的咖啡种植园。他确信咖啡就是未来。

与此同时，凯伦正在准备搬家。她把家具打了包，包括一套餐厅家具、两套卧室家具，还有成箱的银餐具、玻璃杯、瓷器、布艺、绘画、带框照片、珠宝、地毯、一座老爷钟、她祖父的全部藏书、一大箱药品，以及她最喜欢的订婚礼物——一只名叫达斯克的苏格兰猎鹿犬。1913 年 12 月初，凯伦与母亲、姐姐乘火车从哥本哈根到那不勒斯^①，几周后，她登上了"海军上将"号蒸汽轮船。这艘轮船将带着她驶向东非，从那不勒斯出发，穿过地中海和苏伊士运河，到达红海，然后向南穿过印度洋，最终抵达蒙巴萨^②南边的索马里海岸，航程长达十九天。

凯伦对她的目的地了解多少呢？她当然看过一些描绘非洲的糟糕印刷品，读了书和报纸中的描述和布鲁尔的信件，但是她的旅途和我的一样充满了未知，只不过处在不同的时代。那些孤独的夜晚，她是怎样构想未来的？不过，我又怎么能知道她是否孤身一人呢？轮船载满了非洲东海岸、南非、英国和德国的移民，他们举杯共饮，在沙龙里跳舞、玩桥牌。

"海军上将"号于 1914 年 1 月 13 日抵达蒙巴萨，凯伦和布鲁尔第二天早晨就结婚了。婚礼仪式进行了十分钟，仪式结束后，凯伦正式

---

① 意大利南部的第一大城市。

② 肯尼亚第二大城市。

成为冯·布里克森-菲尼克男爵夫人。随后，他们乘坐一列火车，从蒙巴萨周围闷热潮湿的海滨区，奔向内罗毕广袤丰饶的高原——他们未来的生活将从那里开始。

　　我于一百年零四个月之后的 2014 年 5 月到达非洲。飞机降落在乞力马扎罗机场时，凯伦和我之间仅隔着一座乞力马扎罗火山、坦桑尼亚和肯尼亚之间长达两百多英里的笔直分界线，还有上百年的时间。我知道至少有一件事在这期间发生了变化，那就是乞力马扎罗顶峰覆盖的冰雪的 82% 已经融化了。

　　如果我能在坐上车去往住处之前先结个婚，当然是非常理想的，但是那显然不太可能。

3. 坦桑尼亚—肯尼亚，五月

>>>

来到非洲的第一天早晨,我坐在花园桌边吃着奥利的妻子弗洛提送来的坦桑尼亚粥。天空多云,空气新鲜,潮湿却舒适,色彩鲜艳的鸟儿叽叽喳喳叫个不停,香蕉树被风吹得沙沙作响,我早上醒来时以为是雨声。在栅栏的另一边,有一头牛在哞哞叫,应该是弗洛提为女儿米切尔准备早餐时,接受挤奶的那只。(弗洛提问我要不要,我婉言谢绝了。)真是不可思议,我来到这里了。

昨天晚上抵达这里的时候,我筋疲力尽又害怕,有点饿,还头痛。我下了飞机,走进闷热潮湿的黑夜,一股泥土混合着香料的味道扑鼻而来。我还记得这种味道,上次来非洲时也闻到了这样的味道。乞力马扎罗机场是一座又小又破旧的建筑,我排着队申请签证,汗流浃背,蛾子在头顶上方的灯泡周围扑扇着翅膀。一群生龙活虎般的美国学生在我附近的一支队伍里唱着"我们就要看到狮——子啦"。我还看到了坐飞机时邻座的那个索马里女孩,她很漂亮,围着头巾。在飞机上她就没有闲聊的意思,现在也一样。她从包里掏出一个带真皮保护盖的平板电脑,一直在用耳机听东西。

奥利在机场等着我。他见到我说的第一句话就是，我看起来和书封内侧的那张照片完全不像（怎么会！），不过我觉得他和照片也不像。我对几年前的那通电话的记忆却是与实际一模一样的，他说话就像机关枪，几乎不需要停下来喘气，谈起各种各样的话题，信息量简直大得惊人。说实话，我真希望能用录音机录下来。

我们把行李塞进了他的车，奥利认为与其说它是"车"，不如说它是个"工具"。看上去的确如此，我后来才知道，奥利为了接我还特意洗了车。从机场到奥利家的距离大概是 30 英里，他说车程是一个小时。车的前灯很暗，路上黑得伸手不见五指，不过奥利找到了一辆可以跟着开的车。他偶尔用手电筒查查温度计，担心引擎会过热。夜晚，大自然的复杂气味通过敞开的车窗涌进车里。我们路过一座座小村镇和一个个路边酒吧，在黑暗中几乎看不见人，没有路灯，而且早先还飘浮在空中的新月已经落了下去。终于，我们到了一个毫无特点的交叉路口（"可能是这个？"奥利在黑暗中压低嗓音喃喃自语，就好像已认不出他居住的街道一样），接着转入一条坑坑洼洼的泥泞小路，除了越野车，其他的车绝对开不进来。我甚至觉得有的地方这辆车也开不过去。在阿鲁沙①附近的农村地区，一切都看起来非常非常糟糕。我在这一片黑暗中只能勉强辨认出一片破烂不堪的泥筑小屋和有褶皱的铁板，要不是奥利在邮件里给我发了一张房子的照片，我可能已经开始呼吸困难了。这辆车经过一路颠簸，终于停在了一个四周被墙和电网围住的房子门口。在这个小平房的院子里，奥利的坦桑尼亚妻子弗洛提和他们快两岁的女儿米切尔正在等着我们。

就这样，我来到了坦桑尼亚的这座小村庄。我的凯伦·布里克森之梦（一望无际的纯天然大草原公园）还远没有实现，但是我的确想

---

① 一般指阿鲁沙区，位于坦桑尼亚东北部，是坦桑尼亚 31 个行政区之一。

看看这里普通人的日常生活是什么样的。我知道坦桑尼亚是一个贫穷的国家，比肯尼亚穷很多。我知道这个地方在殖民时期被称为坦噶尼喀，是德国在东非的第一个殖民地，之后归属于大英帝国。坦桑尼亚于 1961 年重获独立，几年之前一直是共产主义国家。这里有 120 多个部落，将近 30% 的人口生活在贫困线之下。

这个地区的贫困是显而易见的。奥利的房子却非常舒适，有防偷窥的窗户，从外面看不到屋内。客厅里有全套沙发和电视，院子的地面铺了砖，摆着盆栽棕榈树。但是，在紧锁的大门之外却是另一个世界：泥泞的道路，没有窗户、电或自来水的废铁屋和泥筑屋。周围的区域真的太贫困了，导致我把行李拆开、一件件摆放好时感到格外尴尬，我的各种行头、日式浴衣、吹风机、充电宝、瓶瓶罐罐的化妆品……这些我在行前打包时觉得那么重要的东西，在这里却显得如此奢侈。（不过，我没有带玻璃杯和老爷钟。）

按照西方的标准，奥利的房子也远非奢华。它是几年前修建的，墙上和屋顶的油漆已经开始剥落了。我看到了好多生锈和发霉的地方，显然是建筑材料质量太差的原因，加上在这种天气下，几个月就坏掉了。断电时常发生，即使有电，电力也非常弱，他们已经六个月没有用上洗衣机了。这里的水压就和没有差不多，水缓缓地从水龙头里滴出来，奥利说："我们只能用打来的水。"早晨，我明白了他这句话的意思。邻居家的"家女"①带着一群小孩，每个孩子都穿着脏兮兮的塑料拖鞋，却带着一脸灿烂的笑容，头上顶着一桶桶给我们洗澡用的水。我们用水泵将桶里的水送到房顶的水箱里，然后水就能从水龙头里流出来了。但是，水龙头里的水不能用来做饭，厨房里另外放了一个桶，装着烧开的水。我记得一本书里提到过，在这里要用瓶装水刷牙，我也打算这么做。

---

① 女帮佣。

早晨八点五十分，奥利告诉我通常九点会开始断电，所以现在需要立刻给手机充上电，赶在没有热水之前洗个澡。我按照他的指示冲进浴室，然后试着查了一下邮件，但是奥利家的网络信号断断续续的，我最终还是放弃了。正如当地人常说的那样，这就是非洲。

　　一个名叫妈妈朱尼丝的"家女"来了。我注意到，弗洛提把装有昨天晚上炖菜的锅留在了桌上，妈妈朱尼丝早上把它拿走了。白天，弗洛提经常独自一人留在家里照顾米切尔。妈妈朱尼丝会打扫房间，洗衣服，陪伴弗洛提。妈妈朱尼丝住在隔壁，家里条件很差。她的泥筑屋的地面上什么都没铺，没有水和电，所以在奥利家度过一整天可能是个不错的选择，偶尔还能坐在沙发上看电视。而且，所有的邻居都知道，在这个房子里可以给手机充电。村里的每个人几乎都有手机，但是没有电，也没有用来付通话费的钱。妈妈朱尼丝陪着弗洛提的时候开朗活泼，但是她从来不会对我笑。我猜，在她眼中，我只是另一个惹人厌的富有白人[①]罢了。

　　下午，奥利和我去阿鲁沙办事。奥利家对面有一家餐厅，实际上就是一个门口有烧烤架的废铁棚，还有一个售货亭式摊位，售卖瓶装水和袋装薯片。在奥利家前面那条坑坑洼洼的路上，还有一个卖肉的摊位，顶棚上挂着各种肉片，没有冷藏措施。可怕的是，奥利居然计划在那里买晚餐的食材。他在下一个摊位为他的预付费电话购买了通话时间。他甚至都没下车，只是冲卖家喊了几句，卖家就让一个小女孩走到车窗边送东西。现在是周日，外面人不太多。村子的一角有一个莫首诺[②]摊位，电动助力车在那里等待着乘客。在通往奥利家的那条泥路上，每个人都为周日穿上了最好的衣服。我看到了女士们彩色的坦桑尼亚节日服饰，搭配装饰复杂的头巾，男士们穿着套装。对于这

---

① 奥利也是白人。

② Moshono，斯瓦希里语，意思是"接缝"。

里的人们而言，即使没有钱，也要在公众场合穿着时髦。

今天路上车不多，奥利告诉我，这里的堵车情况非常严重。阿鲁沙曾经是一个很小的村庄，但是过去几年中它快速发展成拥有150万居民的人口中心，可交通设施的建设并没有跟上人口增长的速度。通往镇中心的路两侧长满了蓝花楹和橙红色花朵的火焰树，我们在路上经过了一家餐馆，奥利告诉我，他和弗洛提有时会在这家餐馆买一只羊腿，打包带走。镇里的钟楼是整个非洲的中心点，从这里到开罗和开普敦的距离相等。阿鲁沙混乱嘈杂，我不太想在街上闲逛。我们在一家超市买了些食物，超市里的欧洲食品价格极其昂贵，还在路边摊买了牛油果，奥利用斯瓦希里语和摊主讨价还价。（我没法适应这里极其不符合常理的价格：人工洗车要6000先令[①]，约合不到3欧元[②]，但是有些东西则贵得惊人，比如婴儿纸尿裤，大部分当地人都买不起。）经过协商，在这段时间中我与奥利一家人一起吃饭，奥利定期向我收取饮食、交通等费用。然后我们开车去了奥利正在建房子的工地，他现在住的房子是租的。新房内部基本已经建好了，但是奥利说他的钱不够修完外墙，他们计划六月搬过去。我不知道自己会不会待到那个时候，不过他说到时候会帮我找其他住处。

奥利和弗洛提非常友善好客，米切尔简直可爱极了，就是很害羞。36岁的弗洛提是查加人[③]，在乞力马扎罗长大，她的父亲曾是乞力马扎罗国家公园的园长。她个子很高，性格沉静温和，不太爱说话，但是她的笑容就好像与你分享着共同的秘密一样。奥利则是个行走的信息集散中心，他像机关枪一样不停地讲着各种知识，我有时根本听不进去。在过去的24小时中，我已经听到了一切需要或者想要知道的坦桑

---

① 1肯尼亚先令 = 0.05517 元。

② 1欧元 = 6.9334 元。

③ 操班图语的民族，生活在坦桑尼亚北部。

尼亚知识，包括交通文化、民族特点、儿童教育、房屋建造、钻井、供水系统、人口爆炸式增长、瘫痪的邮政系统（他收到了我那本清少纳言的书简直是奇迹）、电话的重要性（在这里没有什么比与朋友和亲戚保持联系更重要的事了）、坦桑尼亚的壮美风景、自然保护区、被气候变化影响的非洲就像掉进煤坑的金丝雀一样脆弱（在很短的时间内气候和降雨量就发生了骇人的巨变），当然，还有他的个人经历。奥利乐于告诉我他遇到的众多难题，比如建房子的计划让他压力最大，总是遇到各种困难，而且文化差异简直如同噩梦一样（这还是委婉的说法）。

我们开着车在阿鲁沙四处逛时，我一直有种拍照的冲动，但是出于某些原因，这么做好像不太好。所以，我在笔记本里记下了一些想拍下来的场景。

红褐色的土路。

青翠的香蕉树绿叶繁茂。

一排排各式各样的波纹铁棚，有商店，有酒吧。

许多泥筑屋，正在建造中的房子。水泥围墙中的房屋框架。

挂着衣物的晾衣绳。

后院里燃烧的篝火。

垃圾，到处都是成堆的垃圾。

孩子们从房子后面探头探脑。

市场外，男人们坐在美国胜家牌缝纫机后面工作。

市场的边边角角处，有水果摊、香料山、罗非鱼、巨大的尼罗河鲈鱼、形状奇特的鱼干、编织篮，还有空的化学品金属罐，可以买来盛水用。

交警胸前的名牌上写着"利翁斯通（活石头）"。

汽修店的工人。

街上的山羊群。

骑电动车的人，后座上绑着一大摞盒装鸡蛋。

光脚走过淤泥地的女人。

坐在大型 SUV 汽车里的白人。

坐在波纹铁棚酒吧前面的"妈妈们"。

漂亮的年轻姑娘，牙齿是棕色的。

晚上断电了，我们拿着手电筒坐在漆黑的房子里。弗洛提用奥利和我从村子里的肉摊处买的材料做了一锅炖菜，非常好吃。黑暗的厨房里，弗洛提开着一台装电池的收音机，随着它播放的音乐唱起了歌。奥利打开一瓶塞伦盖蒂全麦啤酒，这种啤酒用一只豹子作为标志。米切尔蹦来蹦去，而我则坐下来以最快的速度写作，匆匆记下"外带的羊腿"之类的词句。屋子里的氛围像家一样舒适温馨，我还有什么可害怕的呢？

哦，对了，还有疟疾。到了傍晚，我就开始注意房子里的蚊子，尽管我有治疟疾的药，但是我对蚊子的种种可怕之处念念不忘。我不停地疯狂扫视着那些蚊子——我一直是它们的最爱，在这里自然也不例外。晚上六点整，夜幕降临，我用旅游指南里推荐的全套服装把自己裹得严严实实，穿上了白色的长袖外套和长裤，还加上了一条白色的及膝弹力袜，喷上夜间香水，也就是驱蚊液，就算汗流浃背我也不在乎。奥利当然还像往常一样穿着短裤，我只是希望他不会注意到我这身怪异的装束。

我爬上床，注意到一只"独行蚊"飞进了我的蚊帐里。如果不把它抓住打死，我是无论如何也睡不成觉的。奥利解释说，携带疟疾的蚊子看上去和普通蚊子不同，它们攻击人的方式完全不一样，但是这个知识对我毫无帮助。我怎么可能知道瞄准我的蚊子是哪种？即使我知道，会不会也太迟了？我戴着头灯，在蚊帐里一顿狂挥猛打，全身都出了一层细密的汗，但是那只嗜血的恶魔就是不出现。我最终还是坚持不住了，睡得像块木头一样。

【凯伦的信】

1914 年 1 月 20 日。我的小妈妈，我会让送信人将这封信送给你，这样你就能对我的美好新生活有所了解了。我在床上，不是病了，而是因为正在参加夜间狩猎，在一间小木屋里，四周是你能想象的最壮丽秀美的风景，深青色的远山，辽阔的草原上有成群的斑马和瞪羚，夜晚，我能听见黑暗中传来的雷鸣般的狮吼声。野外的天气并不热，煦风袭人，我感觉轻飘飘的，自由而幸福。

1914 年 4 月 1 日。我最亲爱的贝丝姑妈，当我看到这里的各色人种时，我感觉白种人的优越感只是幻觉罢了。我们的农场上有 1200 个年轻人，每个可怜的小草屋里要挤 10 到 12 个人，我从没见过有人生气或者争吵，所有工作都是在歌声和笑声中完成的。我几乎每天都会到马赛保护区骑马，经常试着和又高又帅的马赛人说话。

1914 年 7 月 14 日。我最爱的妈妈，我们度过了一段非常愉快的时光，我从未享受过这么美妙的生活。这是一次极为成功的游猎，我打死了一只狮子和一只大猎豹。布鲁尔教我怎么射击，还夸我枪法好……

1914 年 12 月 3 日。最亲爱的妈妈，我在忙着培训一个什么都不会的厨师。由于我自己不能做饭，而且必须得用斯瓦希里语教，所以真的很不容易。我的厨师和我现在已经能做出来各种完美的酥皮点心、奶油馅饼、蛋白霜、煎饼、夹心蛋糕、各种蛋奶酥、奶油牛角、苹果派、巧克力布丁、奶油泡芙。他擅长做各种汤，还是烘烤面包和司康饼的一把好手。

1914 年 1 月，当凯伦到达她的新家时（距离内罗毕 12 英里的一座小砖房），种植园的一千二百个非洲工人都站在外面欢迎她。远处的恩贡丘陵就像蓝色的波浪，在他们周围是瑞典—洲咖啡公司拥有的 1800 公顷土地。在寄回欧洲的第一张照片里，凯伦穿了一身白色——白色长裙、白色衬衫、白色高跟鞋、白色长袜，还有一顶白色软帽。凯伦是照片上唯一一笑着的人，另外八个非洲仆人都一脸严肃地盯着镜头。

凯伦看上去已经实现了"归园田居"的生活。那时，内罗毕是一个原始的破旧小镇，到处都是灰色的波纹铁棚，但是高原地域却宛若天堂。那是一片干燥的稀树草原，起伏的山坡上点缀着暗绿色的咖啡树。草原上野生动植物种类繁多，火烈鸟栖息在山地湖畔，水牛、犀牛和大羚羊在山坡上吃草。森林里有大象、长颈鹿和猴子，大群的斑马、角马、瞪羚和大型猫科动物都生活在稀树草原上。没错，这里真的是天堂。高原的空气太过清新和纯粹，据说来到这里的白人会进入一种强烈的狂喜状态，做出一些不负责任的出格举动。移居者们在感情生活方面热情奔放，在轮船上的酒吧里就开始询问一些女人是否结过婚、是否在英属东非生活。

凯伦和布鲁尔在草原上度过了他们短暂的蜜月，住在简陋的小木屋里（猎物足够多，晚上还能听见狮吼声，只是苍蝇和跳蚤比较烦人）。凯伦觉得她的新生活棒极了。"这里正是我该待的地方。"她写道。她找到了这片开阔的空间，还有她在丹麦时日思夜想的自由。

但是，二月份，凯伦感染了疟疾，在床上躺了好几周，她感到恶心，心情抑郁。布鲁尔出去游猎了，或许是去内罗毕的一家移居者常去的俱乐部"照顾生意"。凯伦在一封寄回家的信里写道："布鲁尔总是不在家，有点沉闷。"事实上，凯伦整个春天都卧床不起。每当感觉好一点的时候，她就开始计划对房子进行大规模改建（房子建得很差，门廊在房子的阳面，根本不实用），有时出去转一转，和大家一起种咖啡树（从种树到有收成大约需要三至五年），还会教索马里厨师改善餐食。她写信给在丹麦的母亲，请她寄来一本 1830 年出版的烹饪书，因为她能用的厨具配置和那个年代的差不多。

医生建议凯伦换个环境，于是她和布鲁尔去马赛保护区进行了一场为期一个月的游猎。他们只带了三驾驴车和九个仆人，因为随行人员少一些，行动会更方便。那是一次难忘的游猎。凯伦从没试过在帐篷里过夜，也没有在防兽围栏（用荆棘丛搭的保护围栏）里待过，甚至还没摸过来复枪，更不用说将狩猎的动物作为晚餐了。布鲁尔教凯伦学射击，他们把打死的羚羊做成晚餐。凯伦热爱狩猎，为之兴奋不已。他们一共猎到了六头大狮子，四只美洲豹，一只猎豹，还有一大堆大羚羊、黑斑羚、角马、犬羚、斑马、野猪、豺狼和秃鹳。他们和猎物一起拍了数不清的照片。对于凯伦而言，第一次遇到狮子，她看着这头高贵的野兽眼中的生命之光逐渐熄灭，是这次游猎的最高潮。

他们回到家时，第一次世界大战已经开始了。布鲁尔骑着自行车去内罗毕参军，凯伦则搬到安全的基加贝山区站，偶尔带着供给车队穿过马赛保护区，然后回到恩贡照看咖啡种植园。

到了年底，凯伦的病还没有好。后来，她发现自己的病不是疟疾，是布鲁尔传染给她的梅毒。

【凯伦的信】

巴黎，1915年5月28日。我亲爱的小妈妈，千万不要为我担心。我一切都好。我在巴黎，正在去往伦敦的路上，准备咨询一位热带病专家。我又生病了，内罗毕的医生让我给家里换换空气。

看起来伦敦的医生会给我打针，可以完全治愈……

凯伦向母亲撒谎了。这一年早些时候，她已经诊断出了梅毒，根据内罗毕医生的判断，她的病情和水手们一样严重。显然，布鲁尔在内罗毕四处拈花惹草。凯伦得知这件事后，一度感到非常绝望，吞下了很多安眠药，差点死掉。"在这种情况下，你只有两种选择，"后来她写道，"一枪打死他，或者接受现实。"她选择了后者。

1915年春天，凯伦到巴黎寻找治疗方法。根据医生们的建议，她必须经历漫长而痛苦的汞砷治疗，而且不保证能完全治愈。由于战争已开始，凯伦不能独自待在巴黎，于是回到了丹麦，在医院里治疗了三个月，谨慎地选择了待在普通病房里。后来她说：“（那种痛苦）我也经历了，现在的我已经离那些真正了不起的事越来越近了。”

我还想给凯伦的勇敢事迹清单补充如下几项（接第12页）：

---

(9) 一百年前在非洲经受了疟疾和梅毒的折磨。

(10) 独自深入战火纷飞的欧洲，寻求治疗方法。

(11) 摄入了汞和砷作为药物，承受住了它们的毒性。

(12) 接受现实。

(13) 回到非洲，回到了布鲁尔身边。

【凯伦的信】

1917年3月24日。我最亲爱的妈妈，这是我（从新家）寄来的第一封信，我们已经搬进来了，我非常开心，尽管这里暂时乱成一团。我两个月前给工人布置了任务，他们到现在一件都没完成。不过，这里仍然令人愉快。

1918年3月27日。亲爱的埃亚，我们这里正在经历一场远超任何人想象的可怕干旱。如果持续时间更久一点，整个国家都会消失（我们什么都缺），黄油、牛奶、奶油、蔬菜和鸡蛋，所有的植物都干枯了，平原上每天都有火灾，一切都烧得黑乎乎的。如果开车到内罗毕，你会发现整座城镇就像被大火吞没了。这是日日夜夜笼罩在城市上空的灰尘导致的。大风从索马里镇和大集市吹过来，你会感到导致瘟疫和疟疾的细菌正围着你欢快地手舞足蹈。目前，内罗毕的白人儿童的死亡率尚未可知，持续不断的干燥、灼热的风让成年人烦躁不安……

1917 年 1 月，经过十八个月的欧洲旅居生活，凯伦回到了非洲。那时本应是咖啡种植园第一次收获咖啡的时候，但是雨季异常的强降雨和随后长时间的干旱让种植园几乎颗粒无收。由凯伦的亲叔叔奥格·韦斯滕霍兹资助的凯伦咖啡公司陷入了财务赤字，凯伦和布鲁尔的财务状况也深处困境。凯伦写信给丹麦的亲戚，请求他们多给一些钱，因为所有的东西都很昂贵，他们的钱都用于日常开支，而且"我们只能不停地宴请宾客"。下一年持续干旱，种植园的收成也糟透了，非洲人经历着饥荒，饥荒又导致了疫病盛行，尤其是西班牙流感和天花。种植园没有赚到一分钱，而且缺少各种供给。更糟的是，这种异常状态还会持续很久。凯伦还不知道，此后多年的财务困境让她向丹麦寄去了潮水般的信件，只为乞求更多资助，一直到 1931 年咖啡种植园彻底破产。它从未正常生产过咖啡，因为布鲁尔选择了一个气候太过于寒冷和干燥的地方。

即使如此，凯伦和布鲁尔还是搬进了一个更大的新房子，他们把它称作"姆博加尼"。它是凯伦离开丹麦之后梦寐以求的"文明绿洲"，当然，它并不是一个完美的绿洲，只是看起来像而已：新房子里摆放着花朵图案的沙发、古斯塔夫风格的梳妆台、蕾丝边的灯罩和水晶玻璃瓶。不过，凯伦却认为这里实际上更像 18 世纪的丹麦。通往内罗毕的道路在雨中简直无法通行，他们不得不靠打猎来获得食物，只能自娱自乐，而且优质书籍和高质量的谈话就像母鸡的牙齿一样稀少。

1917 年，凯伦学会了开车，后来她还推荐所有女性都学习这项技能。她极度想念书籍、音乐和其他艺术，而且担心如果没有它们，她就会变成蠢货。她做梦都想学习绘画等艺术，偶尔会画一些高原上枯黄的色彩和煦丽的日光，或者非洲人的肖像（她抱怨说当地人是非常糟糕的模特，有一次她画肖像时，为了让一个年轻的基库尤人坐着不动，她不得不在整个过程中用手枪威胁他）。当布鲁尔不在家的时候（这种情况常常发生），凯伦感到孤单和郁闷，开始思念家乡。她会整周都躺在床上，然后假装愉快地告诉母亲，她只是有点轻微中暑。她在寄给母亲的信中写道，她还没放弃生育孩子的希望。事实上，她确信自己一定会成功。有一天，他们的邻居肖格伦给了她一杆枪，这让她想打猎都想疯了。由于没有更好的发泄方式，她开始打院子里的鸽子（"昨天下午我打了二十一只"）。还有一天，布鲁尔猎到了一条 15 英尺①长的大蛇，凯伦计划把蛇皮寄到巴黎的爱尔斯顿做成鞋。她和索马里人一起闲逛，还告诉她的家人，她的索马里仆人兼好帮手法拉赫感觉敏锐、智慧过人，"真是一位天使"。凯伦和其他欧洲移居者相处得并不融洽，她很讨厌那些人对待非洲人时屈尊俯就的样子。她感到与"黑人兄弟们"之间有一种精神上的亲密联系，这些年来，他们对于她而言越来越重要。她开始筹建一所学校，为咖啡种植园工人的孩子们提供教育。

每周日，凯伦都会坐在书桌前，给母亲、哥哥托马斯、姐姐或者贝丝姑妈写一封长长的信，信的内容通常关于当时最热门的话题，如婚姻、性道德观、避孕、女权运动等问题的思考。（"亲爱的贝丝姑妈，"凯伦有一次写道，"你说要出版我的信件，这个想法太可怕了。如果我知道它们有朝一日会出版，我是绝对写不出任何东西的。"）

当两年的干旱季节结束，折磨人的雨季终于开始，凯伦写道："这里真是地球上的天堂。我有种预感，无论未来身处何处，我都会惦念着恩贡的雨。"

---

① 1 英尺 = 30.48 厘米，12 英寸 = 1 英尺。

平静的生活

我计划采访弗洛提，询问她关于女人的生活的一切，她的梦想和心目中的女性榜样等问题，但是我发现这件事并不简单。因为我们之间语言不通，我无法完全理解她用斯瓦希里式英语说的话，而且我不知道如何才能提出合适的问题。而且，这里没人听说过凯伦·布里克森。我想起我曾经问奥利应该带些什么礼物过去，奥利回答说，可以给弗洛提送香水，至今我仍然对自己当时惊慌的反应感到尴尬。"香水？"我回复他，我永远不会买香水送给另一个女人。香水是多么私密的选择，是一个女人自我身份的体现，我花了过去的十年时间为自己寻找命中注定的那一款，至今都还没找到。真是荒唐，我最后竟然为弗洛提买了一瓶香水，不知道弗洛提会不会喜欢我送她的香水的味道。不过我很快就意识到，一瓶香水的价格相当于这里的女人两个月的工资，她主要考虑的肯定不会是它如何体现她的自我身份。

不过，我的确发现了一些事。比如，弗洛提不喜欢家庭主妇的角色，她想做一些其他的事情。但是在这里，一个女人如果不利用社会关系或性关系，几乎不可能获得一份体面的工作。弗洛提曾经申请了一个大型国际机构的办公室职位，但是她不得不先和老板"共进晚餐"。我听说很多女性非常想创业，弗洛提也梦想着开一家儿童服装店，但是女性常常需要同意成为老板的情人，才能养活自己的孩子。我还问了关于婚姻、男女关系（似乎早些年间，很多丈夫会虐待他们的妻子）、一夫多妻制（根据传统，阿鲁沙部落的男性要娶三个妻子，她们生活在同一个空间里）和离婚数据的问题。弗洛提认为，女人一旦结婚，即使爱上了其他人，也坚决不能离婚。确实，弗洛提不觉得爱上一个人是生活中重要的事情。对于她来说，更重要的是"平静的生活"，也就是拥有属于自己的财富和自由。

姆宗古（斯瓦希里语，意思是"白人"）

弗洛提和我去找村里的一个女人买食材，她房子前面的桌上摆满了待售的水果和蔬菜。我们离开时，孩子们好奇地盯着我，向我挥手说："再见，姆宗古。"我必须得适应这件事。奥利和我开车出去兜风的时候，每个路人都会朝着我们指指点点，喊着"姆宗古""姆宗古"，就好像在警告周围的人注意危险。我不太能分清这种说法是出于善意的好奇还是敌意。村民们称奥利为"米切尔爸爸"，称弗洛提为"米切尔妈妈"，他们用家里孩子的名字来称呼两个幸运的父母是礼貌的表现。

米切尔已经慢慢从"姆宗古"恐惧中走出来了。在我刚到她家的时候，她紧贴墙壁，嘴唇紧闭，看起来惊恐万分。现在，在我带来的姆明漫画书的协助下，我们成了朋友。我们的食谱也是一样的，在吃完煎鸡蛋和香肠的早餐之后，我还会喝一碗弗洛提每天早晨为米切尔做的一样的粥。

坎加

弗洛提给了我一套美丽的坎加，那是一块方形的棉布，蓝底上有橘色的花朵图案。一套坎加分为两部分，一块布是裙子，另一块布系在身上作为上衣，后者在日常生活中穿起来有点碍手碍脚。妈妈朱尼丝经常穿一件短袖上衣配坎加裙，弗洛提则总是穿着毛衣，因为真的很冷（只有 70°F[①]！）。坎加上通常写着字，比如一条谚语，这样就可以作为给邻居或丈夫的讯息。我的坎加上写着"mungu hamtupi mja wake"，意为上帝的祝福。其实我需要一件写着"蚊子禁止食用"或"想看狮子"的坎加，或者写上"40 多岁的女人，寻找生活意义中"也行。

[①] 70°F ≈ 21℃，1°F ≈ -17.22℃。

冷链

一次购物途中，我们经过乡间小路上那间前面挂满厚厚的肉片的屠夫摊位时，弗洛提指了指，说这里是她买肉的地方。幸好我已经对此有所了解。我试图向她解释，在芬兰，肉不是这么卖的，每份肉都会采用无菌包装，需要冷藏。我想给她讲芬兰人的"kylmäketju"，但是我当时忘记对应的英语词汇了，后来我才想起来，那个词应该是"冷链"。

奥利在一次野营旅行中告诉我，我们在途中吃的肉都是在常温环境下经过几天的车程送来的，但没有人因为吃这样的肉得病。我想不出人们吃这样的肉还能不生病的理由，甚至开始怀疑是不是西方世界的冷链系统对我们的保护有些过度了。

姆托利炖菜

我穿着坎加，待在厨房里，看弗洛提做午饭——姆托利炖菜。这是查加部落的传统食物，里面有肉、香蕉和胡萝卜，非常美味。据说这是一种给哺乳期的母亲吃的传统增肥食物。查加族女人生了孩子后，只能吃一锅又一锅的炖菜，连吃三个月，其间她不能离开家。三个月之后，她终于能走出家门时，最好能胖很多，否则大家就会认为她的丈夫没有照顾好她，或者没有钱，这就丢人了。新妈妈的女性亲属和朋友们会为她举办一场庆生派对"姆贝西"。这个活动不会邀请丈夫，不过他必须去买大量的食物和啤酒，女性亲属和朋友们能整瓶地灌下去。米切尔出生时，按照传统，奥利必须亲手杀死一只山羊。过去，新妈妈将得到用于烹饪的牛奶和酥油，但是现在，客人们会带来一些小额面值的现金。而且，每位客人都将钱撒向空中，弄得整座房子到处都是现金。

我还得知，很多知识女性都希望只生一到两个孩子，但是穷人常常会生七到八个。人工流产是违法的，不过仍然有人在用传统的药物秘密进行，虽然过程很痛苦，而且可能会引发其他疾病，但是几乎每个女人都经历过，不少人甚至做了很多次。

卡初姆巴里

一天，弗洛提做了一道卡初姆巴里沙拉，用了很多醋，味道浓郁，里面有黄瓜、牛油果、番茄、胡萝卜和辣比力比利[①]，搭配自制炸薯条。我记得旅行指南里给出了严肃警告，让游客在任何情况下都不要吃生的蔬菜或者沙拉，不过我还是吃了。卡初姆巴里美味极了，它成了我最喜欢的本地食物。

还有一次，弗洛提做了乌伽黎，那是一种浓玉米粥，上桌时是砖块形状，需要用刀切开，然后用手拿着沾肉汁吃。奥利讨厌乌伽黎，但是我觉得很好吃。我意识到，弗洛提可能想把所有最好的坦桑尼亚特色美食都为我做一遍。

有一天傍晚，我们去买了我眼馋了好久的外卖羊腿。阿鲁沙的一个角落的小棚子里已经挂好了一排烤好的羊腿。我们选了一只，厨师把它切好，与辣椒酱、烤香蕉装在一起。回到家，我们围着同一个盘子狼吞虎咽地吃了起来。

聊天软件

弗洛提和我在脸书（Facebook）上加了好友，弗洛提对于我不用WhatsApp（一种聊天用的手机软件）这件事表示很惊讶。她说，如果我们能在这个聊天应用上互相发照片多好。这事是真的，我不用它。和弗洛提不一样，我没有智能手机，而且我从来没听说过这种聊天软件。我告诉她，在芬兰，我们不用WhatsApp（其实芬兰人会用的，只是我不知道而已），所以这肯定是种非洲的手机软件。

我想学更多斯瓦希里语，就让弗洛提在我的笔记本上写了一些重

———————————

① pilipili，斯瓦希里语，意思是"胡椒"。

要的词汇和短语。

斯瓦希里语词汇

Asante sana 谢谢你

Karibu 不客气

Maji 水

Ndizi 香蕉

Nyama 肉

Samahani 对不起

Usiku mwema 晚安

Na wewe pia 你也是

正准备睡觉的时候，我看到弗洛提在脸书上给我发来一条消息：Lala salama（做个好梦），米娅。

城区的马赛人

有一天，奥利和我到阿鲁沙本地人喜爱的一家午餐店吃午餐。马赛族男人在餐桌边无所事事地打发时光，身上裹着红色格纹"舒卡"布，脚上穿着用轮胎做的鞋子。我从凯伦的描述中了解到的马赛人是高贵、俊美、勇敢的，但这些城市里的马赛人却截然不同。他们两眼无神，鞋后跟是破的，披在红色格纹披肩上的外套又脏又破。他们进城来是为了向游客兜售当地的一种宝石——坦桑石。他们看上去很可怜，我在想，是不是游牧民族被赶出家园之后就会落到这样的境地。我坐在塑料餐桌边，迅速地吃掉了我的抓饭，没有动那些有很多骨头的肉块。

美发沙龙

我刚来的时候，弗洛提做了个漂亮的编发造型。有一天，妈妈朱尼丝坐在台阶上把她的发辫拆开，这样弗洛提就可以去做头发护理了。她到美发店去编发非常昂贵，而且要花费一整天时间。编好了发辫之后，你没法自己洗头，只能去店里洗。拉直头发也一样，如果你自己洗，头发就会变回小卷，彻底毁了发型，因此，这里的女人经常光顾美发沙龙。

下午晚些时候，我们出发去美发店。弗洛提脱下了家居服（她的坎加），换上了黑色紧身牛仔裤、漂亮的衬衫、绿色芭蕾舞鞋，戴上了一块大金表和一对金耳环，给自己喷了些我送她的香水。然后我们一路走到莫首诺，从那儿沿着公路走向阿鲁沙。平静温柔的夕阳下，走在红色的沙土路上，周围绿植环绕，真是极为舒适。小学生们盯着我看，有些喊着"早上好"，尽管他们想说的是"晚上好"。在路上，我们迎面遇到了校车、牛、山羊、鸡和电动助力车。

美发店坐落在通往阿鲁沙的路上。一个在门口闲晃的女孩指着我喊了句"姆宗古"，然后笑弯了腰。他们可能从未见过来美发店的白人。与周围的环境相比，这家店确实别致又时尚，地板光可鉴人，理发师们的脚指甲特别长，还涂了荧光色。弗洛提指了指她想用的一罐黏糊糊的东西，说："头发蛋黄酱，最好的护发品。"我站在门口，看着路过的行人。从美发店这里我能看到须弥山的全景，它被一层淡淡的云雾包裹着。窗外的马路上，黄色校车、穿绿色校服的孩子们、工人、背负着重担的妈妈们（有的头顶宽大的塑料盆，有的背着一大堆香蕉）来来往往。我试图拍摄孩子们的照片，但是他们都从老远就看见了我那张如同一座引人注目的灯塔般的白人脸孔，然后开始指指点点和大笑不止，我真的拍不下去。在这里，你无法成为普通游客，只能做一个安安静静的外部观察者，因为在这里你永远是焦点。

一名橘色头发的理发师坐在那里，将一大把松散的头发编成细细的辫子，系到顾客椅子扶手上的一根线上。一个满口酒味的年轻人走进店里为手机充电，他在另一把椅子里睡着了。扬声器里传来响亮刺耳的音乐声，是多莉·帕顿、蕾哈娜和特蕾西·查普曼[1]的歌。理发师在弗洛提的头发上抹了蛋黄酱，然后用一种蒸汽烘干机把头发吹干、拉直。此时已经五点半了，夜幕即将降临。

我们回家时，外面已经伸手不见五指。我们沿着那条坑坑洼洼的路摸索着向前走，借助路过的汽车和电动车的前灯找路。我差点迎面撞上一头牛，它是深棕色的。

豪利先生

一天，奥利和我去阿鲁沙办事，却卷入了一系列荒唐可笑的事件，简直就像侦探小说《拉莫茨维小姐》变成了现实。我们去找一位豪利先生，奥利几周前付钱给他，让他给新房子的建筑工地通电，但是直到现在还是没有通电。结果这个人竟然不是坦桑尼亚国家电力公司的员工。他的"工作"是穿上坦桑尼亚国家电力公司的工作服，扮成工作人员，但在收了客户的钱之后，他什么也不会做。我们先在电力公司长长的队伍里排了好久，然后叫来了建筑工程的包工头，用车接上他和另外两个人，出发去寻找豪利先生（据说他是个危险的人物，是著名的地下交易户，所以我们需要多找几个帮手）。最终，我们在迷宫般复杂的、坑坑洼洼的小巷子的尽头，找到了豪利先生的房子和他本人（泥泞的院子里堆满了垃圾，地上的坑里生着明火，晾衣绳上挂着破破烂烂的衣物，门开了一点，屋子里面站着两个孩子和身穿坎加、编发精致的妻子）。随后我们把他带回电力公司（三位个头不小的男人挤在车的后备厢，颠来颠去），却亲眼看见豪利先生试图从电力公司的

---

[1] 三个人都是美国歌手。多莉·帕顿生于1946年，蕾哈娜生于1988年，特蕾西·查普曼生于1964年。

院子里偷偷溜走，然后又听他保证明天上午九点会来电力公司还钱。然而第二天上午，我们在电力公司等了两个小时（他每次接电话时都坚持说自己"在路上了"），令人惊喜的是，他最终出现了，带着电力公司的文件，说没有钱，他要"去银行取"，却再也没回来。奥利曾经说，他把所有的时间和精力都花在了处理实际问题上，我现在开始明白他的意思了。

一个星期过去了，电还是没通，工人们没影了，包工头也不接奥利的电话。奥利气急败坏地扯着自己的头发，说这新房子永远都建不成了，至少在六月之前搬家是没有希望了。

防晒指数（SPF 50）

外面下着倾盆大雨。雨下了一整周，连房子里都开始有些潮湿了，柜子里的衣服、书的纸页也有些潮了。奥利给我看了他在抽屉里找到的一条皮带，已经发霉了。这里的湿气和烈日在慢慢地侵蚀着一切，剩下的就交给白蚁和法老蚁了。妈妈朱尼丝经常扫地，给房间通风，尽力抵抗着自然的力量。

尽管下着雨，我还是很害怕赤道的太阳，每天早晨都要涂上最高防晒指数的防晒霜。在非洲待了一周后，我仍然和刚到这里时一样皮肤白皙。我很担心自己最后踏上稀树大草原时，会被烤成脆片。

素普

一天下午，奥利提议去附近吃一碗"素普"。我们沿着一条泥路走了一小段，见到一个棚子，有几个人在棚子前面煮着一锅沸腾的肉汤。小棚屋的窗洞里挂了几块落满苍蝇的肉，一个人从大锅里捞了一块煮熟的肉给我，他们把切好的肉放在一个小铝碗里，用另一个碗盛肉汤。这顿饭一共 1500 先令，约合 65 美分。门口的人好奇地看着我们，让我们进里面坐。小小的棚屋里群蝇乱舞，我坐在一张脏兮兮的桌子边，一只手拿着勺子，另一只手驱赶着苍蝇。（奥利说驱赶苍蝇的手势已经成为老人们日常手势的一部分，他们在哪里吃饭都会下意识地用一只手不停地扇动，在高级餐厅也如此。）我想，如果我是自己来的话，我肯定宁可饿死也不会在这种地方吃饭。

十日魔法

旅行途中，一开始总是奇特又可怕，比如那里的食物、房屋、居民、动物、气味，还有声音。不过到了某个时刻，你就开始适应了，你的身体告诉自己"都好都好"，睁开眼，看见了奇特的表象之下隐藏的东西。这就是我想让这趟旅行时间长一些的原因，我想等到自己开始"看见"的时刻。

这种情况通常会在第十天左右发生。

现在时间还没到。

单人游猎

我听奥利讲了他作为向导参加的豪华帐篷游猎旅行，简直妙不可言。我一直希望能和他一起去国家公园，但是建新房的工程让他无法脱身。奥利让我不要参加背包客的游猎活动，他说，如果我跟着那些团队去，旅程刚开始我就得发脾气。我明白了一个荒唐的事实，那就是我必须独自去游猎，唔，或者两个人一起去——我自己和一位向导。

这同时意味着几件可怕的事：（1）价格昂贵；（2）无法隐匿于一群人之中，对于内向的我来说是个挑战；（3）向导很有可能是男性，我将要和一个不认识的男人在大草原上独处几个星期。我的脑袋开始疼了，这么做会不会遇到麻烦呢？

奥利不理解我的担忧。

单人游猎一共十二天，在每个国家公园里待两天，行程包括阿鲁沙国家公园、曼雅拉湖、塞伦盖蒂国家公园里的塞罗勒那河、路宝小屋和恩杜图湖，最后是塔兰吉雷生态系统。恩戈罗恩戈罗火山口就不去了，因为一辆车一天的费用是 250 美元，对于单人游客来说太奢侈了。行程整体规划得不错，但不是帐篷游猎，我感到有点失望，因为这样就无法体验原汁原味的凯伦·布里克森的游猎经历了。不过，帐篷游猎也太贵了些，我会住在国家公园的旅馆里。真讨厌，我实在很想睡在帐篷里啊！

奥利说，他快 40 岁时才进行了第一次游猎，我十分惊讶。在此之前，有生物学和环境科学博士学位的他做了一些其他的工作，直到他那本关于蝴蝶的书获得了芬兰最佳非虚构类图书奖，他才下定决心实现童年的梦想，参加一场游猎，然后就被这项活动深深地吸引住了。现在，他对坦桑尼亚的自然公园了如指掌，写了很多本书，参加了无数次游猎，终于在几年前移居坦桑尼亚。在非洲的第一个晚上，奥利是在塔兰吉雷游猎住宿区的一个帐篷里度过的，显然，他也怕得要命。

我们开车到阿鲁沙去见奥利的生意伙伴安德鲁，一起商议我的游猎计划，结果发现价格远超我的预算，让我就像割肉一样心疼。但是，管不了那么多了，还能怎么样呢？我来非洲就是为了游猎啊！

那天晚上，我躺在床上，为了钱的事辗转反侧，弗洛提的盐烤香蕉尼蒂奇罗斯蒂安慰了我（只应天上有的美味）。我想起凯伦曾写过游猎生活能够让人忘记一切悲伤，在大草原上你全程都会有一种喝掉半瓶香槟之后的微醺的愉悦感。或许，喝醉了之后，我就会忘记这种魔力的高昂代价？

洗衣机

我需要为游猎旅行准备干净的衣服，于是我们开始手洗衣物。洗衣机完全不能用，而且弗洛提也不相信这个"新奇玩意儿"能把衣服洗干净。在院子里，弗洛提将一点冷水和洗衣液倒进三个桶，我们开始搓洗。我们一共花了三个小时，洗完之后，我的手红通通的，有些刺痛，还起了水泡，而且在地上蹲了太久，后背和肩膀的肌肉紧绷着。我想，如果西方人需要这样洗衣服的话，他们就什么事都做不了了。或许，洗衣服这件事在世界各地奴役着所有女孩，如果她们需要洗全家人的衣服，谁还有时间去学校呢？

疯狂

弗洛提和奥利的朋友优卓匹娅邀请我们去她家吃晚餐，于是，经过一番精心打扮，我们出发了。优卓匹娅的尚未完工的房子坐落在山坡上，视野极好。我们沿着崎岖的乡间小路往山上开，一直开到没有路为止，然后步行爬上了最后一段陡峭的牛车路，路上经过了几间简陋的泥筑屋，院子里有很多衣衫破旧的孩子和流浪狗，晾衣绳上挂着衣物。

优卓匹娅曾经在一个自然公园的住宿区工作，之后开了一家室内装饰用品店，现在终于建起了自己的房子。客厅看起来很棒，有沙发和牛皮面藤桌，不过，房子还没有通电，也没有接下水系统，没有冰箱，所以客厅就像一个临时厨房，摆满了大水桶。优卓匹娅与母亲、姐姐生活在一起。年迈的查加族母亲耳朵不太好，静静地坐在沙发上，穿着非常讲究，彩色的坎加搭配流苏橘色外套，还有一条花朵图案的披巾。优卓匹娅为我们准备了姆查尼亚多炖菜和啤酒，她和家人已经吃过了。窗外的山谷景色美不胜收，太阳能音响播放着佩西·克莱恩[①]的《疯狂》。

我们开车穿过村庄，沐浴着下午的阳光，一路躲避着鸡和山羊，沿着泥泞不平的路回家。为了庆祝母亲节，我们决定去豪华的须弥山酒店的露台餐厅待一会儿。泥筑屋和酒店的玻璃墙壁之间的对比简直不能再明显了。酒店大门口有安检，保安用伸缩反射镜检查了我们的

———————

① 美国著名歌手，生于 1932 年。

车的底盘。酒店的花园里有一片宽阔的草坪，四周围绕着棕榈树，一侧坐落着时尚的餐厅，泳池边还设有酒吧。露台餐厅里坐着富裕的、衣装考究的本地人和白人，他们通过聊天软件给世界另一头的人讲述着游猎经历。还有个穿着泳裤的人躺在泳池旁边，手里拿着一杯饮料。我们点了草莓奶昔和荔枝汁，账单上的金额约等于优卓匹娅店里的售货员一个星期的工资。

雷区

我才开始意识到，这里的人们身处完全不同的现实世界中，本地人和白人、富人和穷人各过各的生活。混乱的城市、穷困的农村小镇，贫穷、卫生、健康、小偷小摸、贪污腐败和安全等问题都存在。同时还有围墙高筑、大门紧闭、需要通过安检才能进去的富人区，如同贫困地带中间的孤岛。游客们趋之若鹜的梦之非洲，在某个遥远的地方，是"自然频道"里的世界，有原始的大自然和野生动物，那是一个普通的本地人从来没有机会看到的世界。

我还注意到，在这里找到自己的位置并不容易。我突然变成了"富裕"的白人（在芬兰我显然不是），走到哪儿都是绝对的焦点（吸引的目光不全是善意的）。恼人的是，我恰恰是那种自我意识很强的人，在这里待的每分每秒，我都明显地意识到自己与本地人的一切不同之处，比如我的肤色、服装、钱包、关于卫生的认知、游猎的梦想、可笑的凯伦·布里克森计划。我对周围的一切都感兴趣，想要看到一切、理解一切，但是，我怎么可能做到呢？连拍照片都感觉不太合适，我又怎么能把它们写出来呢？我该怎么写一位中年芬兰妇女抵达非洲的故事，同时避免陷入异国情调化（一切对我而言都是异国特色）的描写呢？作为一个来自西方世界的白人，尽管我在努力地尝试，却注定无法理解当地文化。不过，我一定要写，因为我已经踏上了这趟旅程。我反复修订，审查自己的用词，改过来又改回去。我能不能用

"黑人"这个词？能不能写下那个骗子电工的故事？听起来像不像一个种族主义者？该不该假装没有注意到周围的贫困状况，假装不在意变形虫和痢疾的隐患？（就像那次，弗洛提从路边摊买了一个烤玉米给我，而我恰好看到一个老妇人坐在泥泞的院子里，整只手托着玉米，往上面撒盐，尽管看起来很好吃，但我几乎难以下咽。）我能否以旁观者、外国人的陌生眼光来审视一切？如果我至少尝试去理解过，会不会得到些谅解呢？

我在第一本书里写日本时，从未有过这些担忧，想到什么就写什么，不会审查自己的措辞，不会担心政治不正确的问题。但是现在，我开始写非洲了，却感觉自己走进了雷区。无论多么小心谨慎，我都很可能会把自己炸飞。

"法"

最后，我们来到安德鲁的办公室，敲定我的游猎计划。安德鲁的两个漂亮女儿坐在桌子另一侧，我把一个密封塑料袋递给她们，里面装着我的凯伦·布里克森账户里的全部资金。我知道这很疯狂，不过，看起来我必须把两个月的生活预算都花在这两周的旅行上了。

我的向导兼司机、一位 30 多岁的查加人也在办公室里，他冲我友善地微笑。我将和这位法扎尔先生在大草原上共度十二天，远离文明、互联网和手机信号。

我想起来，凯伦最亲近的非洲同伴叫法拉赫，他们在农场上度过了十八年的时光，而且经常只有他们两个人。

都是"法"开头的名字，这一定是个好兆头。

【凯伦的信】

1918 年 4 月 6 日。最亲爱的妈妈，昨天我去穆泰咖俱乐部（在内罗毕）享用了一顿美味的晚餐，我们一共才四个人，包括前总督的女儿和一位极富魅力的人物丹尼斯·芬奇·哈顿。我常常听说他的事迹，却从未见过他……

1918年4月，凯伦与丹尼斯·芬奇·哈顿第一次见面，那时她很快就要过30岁生日了。32岁的英国贵族丹尼斯是一名金牌猎人，专为英国王室等贵宾安排东非游猎旅行。他又高又瘦，文质彬彬，据说"英俊潇洒得不可思议"。不过，我在照片上只看到一个长相普通的秃顶男人。也许他有照片拍不出来的特殊魅力吧。凯伦和丹尼斯第二次见面是在一个月后的狩猎旅行中，他们一行人猎到了三十只羚羊、两只豺狼和一头豹子，凯伦被丹尼斯迷得神魂颠倒。丹尼斯到凯伦家吃晚餐，他们一起度过了一夜。第二天早晨，凯伦开车把他带到内罗毕。"一个人很少能遇到与之一拍即合又能愉快相处的人。天赋和智慧是多么了不起的东西啊。"凯伦在给她家人的信中写道。

凯伦认为自己终于遇到了命中注定的男人，既然布鲁尔到处拈花惹草，她便毫无顾忌地承认，现在她在这个世界上唯一在乎的事就是能再次见到丹尼斯。丹尼斯完全是她理想中的男人，她说她很高兴能在"一大把年纪"的时候还遇见了这样珍爱的人。丹尼斯非常自信、聪明、有教养，而且品位很好。他用留声机播放斯特拉文斯基①的音乐，随口引用莎士比亚、古希腊经典和著名诗人的词句。在穆泰咖俱乐部，如果你要找一位白人猎人，人们就会告诉你：你要找最好的，老伙计；如果可以的话，就找布里克森，或者丹尼斯。

丹尼斯组织的游猎旅行，总是有最好的厨师、熨烫过的布料、水晶玻璃杯、上好的葡萄酒，当然还有一台留声机，七点半准时供应早餐，客人们在灯光下享用热汤、刚打的猎物和当天早晨烤的面包。（1928年，丹尼斯为威尔士亲王安排了一场游猎，他们每天下午还会

---

① 美籍俄罗斯作曲家，西方现代派音乐的重要人物，生于1882年。

停下来喝茶。）另外，丹尼斯还是一个有幽默感的人。有一次，他为了看某场歌剧演出，特意从非洲飞往伦敦，第二天早晨就飞了回来，没见一个亲戚。（不过，那时从非洲飞到伦敦单程就要六天，这个故事估计不是真的。）还有一次，朋友从伦敦给他发了一封电报，询问他知不知道某人的地址，信使经过几周的旅行，终于把电报送到了正在很远的地方游猎的丹尼斯，他随即派信使回去，只带了两个字的回复："知道。"他不在乎别人怎么看待他，总是只做他想做的事，不用说，他是那种不会结婚的人。不过，他无论走到哪里，都会受到极大的尊重。就连布鲁尔都对妻子的"高端"情人感到骄傲，用"我的好朋友兼我妻子的情人"来介绍丹尼斯。凯伦对丹尼斯视若珍宝，甚至在书里对他的描述都惜字如金。一些其他的资料则用"花花公子"的描述将他一带而过。

1919 年 2 月，凯伦欣喜若狂地写信给母亲："周日的比赛之后，我们在这儿狩猎……丹尼斯发烧了，就在我家住了下来，现在他还在我这儿，有他在真是太好了。我从未见过如此聪慧的人，在这里尤其少见和珍贵。我必须停笔了，因为要和丹尼斯一起出去。天上的云层很厚，估计又要下雨了……"

1919 年 8 月，布里克森夫妇（没错，他们还是夫妇）到战后的伦敦和巴黎旅行。（1918 年 11 月，第一次世界大战终于结束了。）他们买了水晶玻璃杯，喝着香槟，定制了晚礼服，用他们带来的蛇皮做了礼服鞋，显然，在内罗毕不可能做出任何时髦的鞋。"服装的意义非同凡响，"凯伦写道，"或许我把它们看得太重了，但是，无论是疾病、贫穷、孤独，还是其他的不幸给我带来的焦虑，都不如没有衣服可穿来得严重。"

回到丹麦时，凯伦因为疲惫倒下了。在丹麦，她终于不用再为任何事负责任，可以随意躺着休息，吃母亲做的食物。凯伦在这里住了一年，继续治疗梅毒，同时遭遇了西班牙流感和败血症。咖啡种植园的未来悬而未决，凯伦感到很绝望。1920 年 3 月，布鲁尔回到非洲，照管咖啡种植园，还要为它四处借钱。凯伦直到 1921 年的新年才回到蒙巴萨。

她回到家时，看到了一幅令人憎恶的景象。布鲁尔不知所踪，房子里住着各种各样的人，很多地方都被损毁了。布鲁尔已经将凯伦的家具和银器变卖或典当，用她的瓷器和水晶玻璃杯作为射击练习的靶子，举办了各种狂欢派对，甚至将客厅的餐桌和椅子搬到了恩贡山丘上，举办了一场异域风情的晚宴。咖啡种植园的财务状况糟糕透顶。春天，公司的首席执行官、凯伦的叔叔奥格·韦斯滕霍兹来到肯尼亚，受投资人和亲戚们的委托出售这座损失惨重的庄园。然而凯伦却拼命地想要留住它，在激动的辩护中可能稍微夸大了自己的能力，比如号称她是唯一知道如何给咖啡树施肥、如何处理农民的烧伤的人。最终的决定是，凯伦将从 1921 年 6 月开始独自运咖啡营种植园，前提是完全不负责任的布鲁尔不得再插手咖啡种植园或凯伦咖啡公司。

布鲁尔彻底离开了农场。凯伦的亲戚敦促她与他离婚，但是凯伦不想这么做。为什么不呢？布鲁尔对她不忠，给她传染了梅毒，糟蹋了她的资产，而且凯伦自己已经爱上了丹尼斯。但是多年以来，布鲁尔一直是她最亲密的伴侣，而且一旦成为离了婚的女人，她将失去社会地位、男爵夫人的头衔，还有她与丹尼斯在一起的自由。最终，布鲁尔提出了离婚。对凯伦而言，这是一次严重的打击。布鲁尔想要某位能够"在经济上帮助他"的"英国女士"。1922 年 1 月，两个人办好了离婚手续，当时凯伦 36 岁，这段婚姻维持了八年。"这对于我是一段困难的时期，远比我生病时困难得多。"凯伦写道。

我明白离开一段糟糕的情感关系有多难，凯伦。就算这个人不好相处，可是当他和你的关系如此亲密时，你们的生命就紧紧地交织在了一起，如同错综复杂的树根，难解难分，你会感觉好像从生命中硬生生撕掉了某一部分。

【凯伦的信】

1923 年 1 月。最亲爱的妈妈，我想给所有年轻女性两条建议：剪短发、学会开车。这两件事会彻底改变一个女人的生活。几个世纪以来，长发一直如同一种禁锢，剪了短发后，你会突然获得一种无从言表的自由，短头发很快就能梳洗完毕，你还能感受到微风穿过发梢。由于这里没人穿束身衣，你就能真正像男人一样任意活动了。如果可以的话，我会穿上裤子，在这里，很多女士都会穿"短裤"。不过，真是遗憾，我没有一双好看的腿，也没有道德上的勇气……

1923 年 4 月 1 日。最亲爱的妈妈，你完全没有理由为我独自一人而感到难过。首先，我不是一个人。在这里，我和男孩们、小狗一起生活，周围还有白人，他们一直陪着我，这是我一手创造出来的情境。这很适合我，而且我感到幸福……其次，你不应该认为我需要你所说的"平和与安静"。永远不要为我的孤独或疾病感到忧心忡忡，我认为它们无关紧要。

1923 年 5 月 28 日。最亲爱的妈妈，如果你看到我穿着雨天的装束，你一定会嘲笑我的。最近我几乎一直穿着长卡其裤和一种长及膝盖的衬衫，光脚穿着木底鞋；我将头发剪短后，会把自己想象成没长胡子的托尔斯泰。我还自学了如何耕地，这样，在照片里我就不会觉得托尔斯泰高我一筹了……

1923 年 7 月 22 日。最亲爱的妈妈，我写这封信的时候，一头温驯的羚羊"露露"正躺在我的桌子底下。我已经照顾她两周了，希望她能活下来。不幸的是，现在房子周围有好多豹子，晚上能听到它们在周围吼叫，和几千年前无甚差别，感觉很奇特。

1923年8月2日。最亲爱的艾丽，我认为女性的未来是非常光明的，接下来的一百年间，她们将会获得很多意义重大的启示。我认为，当女性成为真正的人之后，整个世界都会对她们敞开大门，那将是真正的光辉时刻。

1923年9月10日。亲爱的汤米，自从我收到奥格叔叔的信，我生活中玫瑰的香味就已经消散，满月的光辉暗淡了下来——我已经没有勇气和力量了。你能帮我开启一段新生活吗？按照现在的情况，我能成为很好的妻子，但是我坚信，如果不是因为爱情或者找到真正适合我的位置，我是绝对不会结婚的。

培养女孩的方式真是可耻。我很确定，如果我生来是个男孩，以我的智商和其他能力，我现在能过得非常好。但是，即使是现在的情况，只要在一开始能得到些帮助，我也一定能做到。

1924年2月24日。最亲爱的汤米，我很抱歉这么频繁地给你写信诉说自己的困苦。但是从另一方面讲，我觉得如果我现在死了，你可能反而会希望我按时写信给你。当然，我不确定自己会不会死，不过，肯定比家里任何人心中所想的可能性都大。

如果我认为凯伦的非洲生活是平静和谐的，就像《走出非洲》的叙述者所描述的那样，那么我就错了。她的信件呈现了一个截然不同的现实。凯伦感到抑郁和恐惧，因为焦虑痛苦不堪，压力非常大，而且经常生病。有时候，丹尼斯、母亲或者哥哥托马斯会来农场看望她，那时一切都变得美好了，不过，绝大部分时间她都是独身一人，只有忠心耿耿的法拉赫陪伴着她。与此同时，要她出售农场的威胁，就像断头台上的砍刀一样时时刻刻悬于她的头顶。

事实上，在接下来的十年中，凯伦的情绪一直大起大落，有时坠入绝望的深渊，有时达到近乎狂喜的高度，这完全取决于丹尼斯是否和她在一起。

即使丹尼斯已经离开农场将近两年，但是每当他回来的时候，凯伦的沮丧情绪就神奇地消失了。1923 年 8 月，丹尼斯决定放弃自己的房子，把东西搬到了凯伦在恩贡的家。从那时开始，每次为期数月的游猎旅行之间，他都会回到凯伦家，待上一到两个星期。凯伦在家里为丹尼斯的众多藏书打造了一个书柜。丹尼斯从欧洲带来葡萄酒和唱片，如果他到家时，凯伦正在外面骑马，他就会打开门，用留声机播放舒伯特的音乐，开到最大声，这样她就知道他回来了。晚上，他们坐在熊熊燃烧的炉火旁，凯伦会讲些故事。有一天，他们决定死后都将埋葬在从农场可以看到的恩贡丘陵的某处山坡上，凯伦高兴得不得了。

凯伦写信给她的哥哥："丹尼斯·芬奇·哈顿在这里住了一段时间，估计还要再待上一周，我一直感觉非常非常幸福，简直太幸福了，无论这辈子经历多少苦难、生多少病，只要有这一周，我就知足了。"——凯伦，我明白，如果你能和那个世界上最棒的男人在一起（要有多幸运才能得到他啊），一切就都不重要了。

但是她还恳求哥哥，不要告诉任何人丹尼斯对她造成的影响："顺便说一句，如果我死了之后你意外地遇见了他，一定不要告诉他我曾经在信里这样写他！"

凯伦和丹尼斯在一起时，总是假装很淡定。因为他们之间的关系太自由了：没有承诺，也没有要求。丹尼斯很乐意在农场待着，但他想来时才会来。丹尼斯不相信婚姻，爱情誓言和哪怕最细微的相互依赖的暗示都会使他感到焦虑……凯伦知道，如果他看出来自己对她的重要性，如果她展示出她的全部生命都依存于他的迹象，那么他可能就会像大草原上的野生动物一样，一嗅到她的绝望，就永远消失。因此她改变了自己。她将丹尼斯害怕承诺看作一种美德，甚至写了一篇反对婚姻的评论文章，赞扬了"平等之爱"，而且开始鄙视那些四目相对、控制对方生活的爱侣们。

丹尼斯一来到农场，凯伦就活了过来，开始扮演一位坚强独立、不依赖于他的女人。她从不问他这次打算待多久，主动适应丹尼斯的日常生活节奏，每天早起和他出去打猎，但到了晚上会因为太过兴奋而无法入睡，早上可能会靠嚼些米拉茶叶之类的兴奋剂坚持下去……丹尼斯一离开，她就瘫倒在床上，疾病缠身、精神萎靡，一躺就是好几个星期。

【凯伦的信】

1924 年 8 月 3 日。最亲爱的汤米，我最近一直感觉糟透了，所以——正如你写的——自从丹尼斯走后，这几个月真的"极度难过"。我感觉我的存在毫无意义。无论是在外面待着，画画，还是早晨起床。我真的很想结婚，厌倦了一个人的生活。我相信我的生命将永远维系在丹尼斯身上，我爱他走过的土地。他在我身边时，我的幸福感溢于言表；他每次离开，我都要经历比死亡还要可怕很多倍的痛苦……

每当独处时，凯伦都会想到未来。如果农场被卖掉了，她该怎么办？在"她这个年纪"还可能改行去做其他的职业吗？至少她可以旅行，去中国，或者去罗马、佛罗伦萨学习艺术，去马赛或吉布提经营一家接待非洲人的小酒店，抑或"嫁个好人家"（可惜不能和丹尼斯结婚）。也许她应该到丹麦皇家厨房去上个烹饪课？

凯伦已经 38 岁了，而她的生活却到了一个转折点。"我必须改变。我真的很想对未来有个明确的规划——无论是待在这里，还是做点完全不同的事。"她写道。凯伦仍然不知道她适合做什么，真是不可思议。她将成为一位闻名世界的作家，而她对此竟一无所知。

1925 年 1 月，她和布鲁尔终于彻底分开了。3 月，凯伦去了欧洲。"我非常期待，"她在信里这样告诉母亲，"即将发生的一切，到巴黎买衣服，看画展，听音乐，体验家乡的乡村风情，品尝水果、黑麦面包和虾……请你买一块真正的挪威山羊乳干酪为我接风，我想念它好久了。"

但是，回到丹麦后，凯伦又陷入了绝望。她的未来充满不确定性，丹尼斯只是偶尔来一次，独处的时候，一切都显得那么沉重。凯伦开始说她恨非洲，并且计划永远留在丹麦。当然，和母亲一起生活在隆斯提德是不可想象的，下一年春天，她就40岁了。不过，这个选项仍然很有吸引力。她住在母亲的阁楼里就意味着不必再挣扎下去了，一切就像在花园里散步一样轻松愉快！

凯伦认为自己的生活如同攀登一座陡峭的山峰，令人筋疲力尽，她一直在努力奋斗，想要完成某种有可能会实现的壮举，她羡慕自己的兄弟姐妹能够在平凡的日常生活中感到满足。

对啊，凯伦。我们真的要不停地尝试去做艰难又可怕的事情吗？我们为什么就不能躺在父母阁楼里的床上看自然频道呢？

【凯伦的信】

1918年2月14日。最亲爱的妈妈，游猎生活的特别之处在于，你全程都会有一种喝掉半瓶香槟之后的微醺的愉悦感，难以抑制自己对生命的衷心感激。你将体会到真正的自由，在广袤的大平原上，去你想去的任何地方，傍晚到河边扎营，知道自己明天晚上又能看到另一番风景，在另一片树木之下入眠。

游猎旅行的第一天。上午十点，法扎尔开着一辆枯草叶色的加长版越野车来接我，这辆车超大，里面能容纳六名乘客。我和奥利当时特意提到了不要为两个人的行程开一辆这么大的车，但似乎没有效果。我爬进前座，看着奥利、弗洛提、米切尔站在院子里向我挥手告别。

我们启程前往阿鲁沙国家公园，我给自己安排了采访法扎尔的任务。他 34 岁，做了十四年司机兼向导的工作。他在一所野生动物学院上过学，接受了植物学、动物学、环境问题、地质学、文化学、顾客心理学与领导力等方面知识的培训，现在，他是坦桑尼亚一个导游协会的主席。他说他喜欢这种临时起意的越野旅行。法扎尔雄心勃勃，他告诉我他想写本书，出版一本游猎故事集，问了我很多整个出版流程中的细节问题，比如写作、出版、销售和营销等。他好像不太清楚一件事，那就是书的作者就是实际上写书的人，出版商不会帮你写，也就是说，你想要写书的话，第一件事就是提笔开写。（后来我才想起来，早年间人们会将信的内容讲给专业的记录员，这样我就更明白他的意思了。）法扎尔认为出版社会报给我虚假的销售数据，让我蒙受损失，但是我没有雇律师来应对这种事，法扎尔对此也很惊讶。"你就相信了他们说的话？"他问道，就好像这是他听过的最匪夷所思的事。

我们抵达阿鲁沙国家公园时，天上正下着雨，门口只有一对嚼着口香糖的年轻美国情侣，他们是骑车来的，正计划打一辆出租车进园。法扎尔摇了摇头说："一辆普通的出租车是走不了这种路的。"那个美国女孩拨通了某个出租车司机的电话，她随着铃声的节奏一边嘟囔着一边轻轻跳了两步。感谢上帝，我没有旅伴，而且有辆属于自己的车。

阿鲁沙国家公园里面山坡起伏，绿意盎然。一进门就能看到一片天堂般的开阔草地，斑马、羚羊和疣猪正在吃草。雨滴轻轻飘落，目之所及尽是绿油油的草木，沾着亮晶晶的水滴，一切都是那么安宁。我们驶入常绿山地森林，四周安静得只能听到鸟鸣声。通往观景点的路上，我们在爬第一个陡坡时，轮胎陷进了泥地里。法扎尔前后推动着车，折腾了很长时间，我想起了那些打算坐出租车进园的游客。要把车推出这个深及脚踝的泥坑，我完全帮不上忙。不过，我们最终还是到了山顶，在恩古尔多托火山口旁边吃了午餐。法扎尔带来的棕色纸餐盒里面装了一个热缩膜包装的鸡腿，一个苹果，一些薯片、果汁和面包。塌陷的火山口底部有一群非洲水牛，四周长满了姆金杜草①，蝴蝶纷飞。天气在逐渐转晴，火山口笼罩了一层如梦似幻的光影。

傍晚时分，我们来到了一片平坦的地方，这里风景如画，前方是乞力马扎罗山，山顶白雪皑皑、直入云霄，身后是夕阳下的须弥山，山脚下的莫梅拉湖群之间的草地上游荡着几只长颈鹿，远处尽是连绵起伏的绿色山丘。很久以前，须弥山的一侧崩塌了，所以这一面看起来很平缓，甚至有点凹陷，如同一面幕墙。不过，我们要爬到海拔22000英尺的山顶，至少需要四天时间。而且每个登山者必须有六个搬运工陪同，如果是豪华团则需要十二个搬运工。四个人的豪华团一共需要五十个搬运工，把帐篷、食物、水、厕所和衣物背上山。

晚上，我们来到莫梅拉湖住宿区，它位于绿宝石般的大草原的边缘地带。1962 年，霍华德·霍克斯② 在这里拍摄了电影《哈泰利》，接待处墙上贴着相关照片。电影里，约翰·韦恩在大草原上帮动物园捕捉野生犀牛和长颈鹿，其中很多惊险的镜头显然是拍摄结束后重新配的音，因为你甚至能听见约翰·韦恩生气地大声咒骂。现在是淡季，这里看上去像荒废了一样，笼罩着一种来自久远的过去的、幽灵般的气氛。我后来得知，我是唯一的游客。酒店每天晚上都会保证几个小时的供电，如果游客要洗热水澡，必须先把水龙头打开十五分钟以上，奥利还警告我不要在泳池里游泳，因为河马喜欢在里面洗澡。黑色的千足毛毛虫在房间的地板上爬来爬去，我已经开始担心晚饭了，希望不会食物中毒。但是，在蚊帐笼罩的床上，有人用九重葛的花朵摆了一个心形图案，似乎是为了补偿我。

我打开行李箱，开始进行第二次自我反思，为什么要把那么多衣服、化妆品和其他垃圾带到大草原，我觉得它们不可或缺，但是这场

---

① mkindu grass，一种长在非洲坦桑尼亚的植物，此处为音译。

② 美国导演，生于 1896 年。

景真的很可笑。我的行李箱里塞满了东西，有旅行指南、日记本、头灯、望远镜、充电器、咸味坚果、薯片、瓶装水、日霜、晚霜、眼霜、疟疾药、腹泻药、止痛药、助眠药、备用眼镜、抗生素、电池，当然，还有一堆指定颜色的服装（米色和迷彩绿），包括带帽舌的遮阳帽、工装裤、厚实的游猎裙和衬衫（不能带易坏又多余的装饰，尤其是不能有红色跑鞋，因为它们会引起动物的注意）。不过，奥利安慰我说，带一大堆东西能让我有安全感。或许我在迎面撞上一头水牛时，可以用洗护套装敲它的脑袋。

无论如何，这个地方真是棒极了。我从房间的窗户可以眺望稀树草原，远处是傍晚的阳光下闪闪发亮的乞力马扎罗山。日光逐渐黯淡下来，夜幕降临，在满月的月光下，波斯菊仿佛在熠熠发光。稀树草原在震颤，蚊子开始活动了。在黑暗中，我听到了某个地方传来水牛的声音。乞力马扎罗山周边地区雷雨阵阵。在旅馆宽敞且空无一人的餐厅里，只有法扎尔和我在吃晚饭。

早晨，外面下着倾盆大雨，我们仍然开车穿过了公园。我完全看不到那两座大山，它们仿佛一夜之间就消失了，如同一场梦。我们驶过路上深深的水坑，我不由得想起乘出租车的游客，不知道他们还在不在公园里，也许陷进了一个大泥坑吧。我们周围的一切生机盎然，几乎呈荧光绿色的大地向前延展，直到与暗紫色的天空相接。也许这就是海明威在《非洲的青山》中所描述的景象吧。

有时候，我们开过一大丛高草，几乎看不见路，法扎尔却似乎对地上有路这件事胸有成竹。我们看不到一个人的踪影，只看到长颈鹿、斑马和羚羊，还有静静地盯着我们的水牛。法扎尔讲了一会儿关于偷猎者的事。在这里，偷猎是一个严重的问题。一头水牛能供应 450 磅[1]肉，如果把牛肉卖掉，能挣 100 万先令，合 500 多美元。这使偷猎行

---

[1]　1 磅 = 0.454 千克。

为极具诱惑力，即使被抓住后的惩罚是终身监禁也无法起到震慑作用。我们一路向前，有时会遇到一支狒狒部队挡住去路——队伍里身材魁梧的公狒狒严厉地注视着我们，好像在确认他们能够安全通过。你能闻到它们身上刺鼻的臭味，当它们一边发出轻轻的呼噜声，一边七手八脚地钻入灌木丛时，你还能听到撕扯叶子和咂嘴的声音。我们看到了青长尾猴，它们的脸长得很有趣，尾巴很长，而且毛发像烫过一样卷曲，黑白相间的疣猴则拥有长长的毛发。莫梅拉湖远端的岸边，有粉红色的火烈鸟，但这里的土壤是火山灰质的，从山上流下来的富含氟化物的水使火烈鸟的羽毛变黑了些，也使当地人的牙齿变黑了。

我们在莫梅拉湖附近停下来观察两只在湖岸的长草丛里亲热的长颈鹿，四周非常安静，只能听到远处的鸟鸣声。两只长颈鹿肩并肩站了很久，然后突然向前或向一侧弯下脖子，开始了催眠般的蛇形运动，它们互相配合，一只变换动作时，另一只巧妙地躲开，就好像预知了对方的动作一样。这是多么感人的场景，如同一场神秘的无声舞蹈。

我们两个人坐在这辆停在路边的车里，也像在跳无声舞一样，只不过一点儿也不感人或者神秘。

法扎尔当然一直非常友善、乐观和礼貌，作为一名服务意识很强的向导，他每分每秒都在琢磨我在想什么。我们停下来看动物的时候，他会观察我的姿势的变化，这样就知道我们什么时候可以走了。（如果我想再看一会儿，最好像雕塑一样岿然不动。）如果我们行驶在一条崎岖不平的路上时，我掏出笔来写字，他会把车停下来；如果我把笔收起来，他就继续开车。我在座位上只要做出一点儿小动作，他就会问我是不是还好（好着呢）。他会把虫子从我的衣服上摘掉，赶走停在我身上的采采蝇，提醒我经常喝水和抹防晒霜（即使天气多云时也会提醒我）。他每隔一段时间就问我需不需要上厕所，如果我回答不需要，他就会提醒我没有喝足够多的水，然后递给我一瓶。每天晚上，他会告诉我第二天应该穿什么，长裤或短裤、凉鞋或系带鞋，如果他在开车的时候打开了遮阳篷，他就会让我戴上帽子。客户的健康和体验是他心中的头等大事。

尽管如此，我还是为他感到遗憾，因为他不得不和像我这样沉默寡言、性格内向的人在封闭的空间里相处两个星期。我不知道他上的客户心理学课程里是否讲了如何应对不爱说话的北欧客户，即使他们感动得要命（甚至流下了眼泪），也不会不停地感叹"哇，天哪，太神奇了"。法扎尔一直在问我是否还好，我想说我很好，非常好，只是我不是喋喋不休的类型。"你怎么写故事？"他问，"我觉得你就像我曾经的一个女朋友。我们在一起时，她总是安静地坐着，之后她会把想说的话写在纸上给我。"

他说得没错，我就是这样的人。

早晨天气阴冷，天上还飘着雨，我们就离开了莫梅拉住宿区。距离下一个目的地曼雅拉湖国家公园还有很远的路，我们将经过阿鲁沙，那里正好有一场自然公园向导协会（法扎尔是该协会主席）组织的研讨会，他问我能不能在那里稍做停留。我同意了。

研讨会在一个破旧的老旅馆里举办。大约有两百名向导参加了会议，除了两名女性，其他的都是男性。在我们抵达时，会议已经开始了，人们轮流对着麦克风讲话，偶尔举起拳头、高喊口号，就像一场基督教的培灵会①。我本来被安排坐在最前面的桌子旁边，但是我实在受不了两百名男性投过来的好奇目光，便要求坐到后面去。我听不懂他们在用斯瓦希里语讲什么，不过从会场的氛围来看，我几乎可以肯定，会议的主题是向导的权利和职业自豪感。过了一会儿，法扎尔请求发言，我听到他用斯瓦希里语介绍我，房间里的每张面孔都转向了我，饶有兴致地盯着我看，突然有人往我手里塞了一支麦克风。我惊

———————————

① 基督教的一种聚会活动。

讶不已，张口结舌，勉强挤出了一个试探性的"嗨"。在场的男人为我光彩出众的表现鼓掌欢呼了起来。

随后，大厅里的其中一名女性走过来为我翻译会议的内容，她的名字叫玛吉。研讨会的议题是客户体验，以及游猎公司如何对待他们的向导。一方面，向导们认为自己是公司运营的核心，因为他们了解公园，知道如何与游客进行日常互动，但是很多公司对待向导态度恶劣，而且完全不关心环境保护和公园的状况；另一方面，很多客户期待游猎旅行的条件和他们在祖国的公园里一样好，有柏油路、自来水和电，如果他们发现这里条件很差，提出负面反馈，向游猎运营公司投诉，这个向导就会被解雇。

玛吉还告诉我，坦桑尼亚境内只有两个女向导，那就是她和她的姐姐。玛吉认为女向导太少不是件好事，因为女性非常适合这项工作，她们是天生的领导者，而且本能地知道如何照顾家人，而一群客户正像是一个大家庭，旅途中向导将承担母亲、医生和朋友的角色，为客户服务。玛吉还认为，与男性相比，女性向导处理人际关系的能力更强，能很好地把握中间立场，并且更擅于读懂各种情境下客户的心理。

玛吉明显是个满腔热情、大胆勇敢的女权主义者，她热切地想要为坦桑尼亚的女孩争取更多的教育机会。她告诉我，女孩上学通常会受到女性生理结构的干扰，每次生理期时，因为买不起合适的卫生巾（只能用玉米皮和布来代替），而且出去之后没有办法清洗，所以她们羞于去学校上课，平均每个月缺课五天。一个学年下来，没学到的内容逐渐累加起来，导致她们在课业上与男孩们拉开了距离。实际上，玛吉领导了一个名为"妇女敢为基金会"的志愿者组织，为女孩提供卫生巾、卫生和健康饮食指南，以及有关环境保护的信息。她们还组织孤儿到国家公园游玩，因为大多数当地人永远负担不起参观国家公园的费用。

令人震惊的是，提高妇女教育水平的努力可能依赖于满足像卫生巾这样的基本需求。

有人告诉我，活动结束后，他们想请法扎尔和我去吃午饭，因为"大家都很喜欢我"。这很可能是夸张的说法，不过确实说明参会者普遍待人和善，我们见到的每一个向导都向我问好，介绍自己，表示欢迎，祝我旅程顺利，还附赠一个大大的微笑。我禁不住想，这件事还要占用多少时间。如果奥利得知，一位花费重金定制游猎旅行的客户被盛情邀请去参加宴会，但实际上她此时应该坐在车里看狮子，他一定会气得扎起头发来。法扎尔则决定充分利用这个场合表达自己的观点，他的致辞持续了至少半个小时。我几乎可以肯定，他已经忘了我的存在。

我们的午餐是夹馅的整条烤鱼配米饭，烤鱼非常美味。玛吉和她姐姐熟练地用手吃了起来，撕下一小块鱼，和米饭一起团成饭团。法扎尔的饭一直没做好，不过他吃掉了我剩下的那部分。游猎的第三天，我们已经像一对老夫老妻了。

去往曼雅拉湖的路上，"十日魔法"起作用了，我开始"看见"了。刚开始看上去那么吓人的路边卖货摊位，不再是用波纹铁建造的摇摇欲坠的豆腐渣工程，现在，我看见了一片生意兴隆的景象。每个摊主都是创业者，你能在这里找到任何想要的东西。有一个叫作"完美文具"的文具店，提供复印、打印和代写服务。有几家美发店（"发剪""兄弟剪发沙龙"）、药店（"希望药店"）、服装店，我们还路过一个标着"巴拉克·奥巴马先生手机店"的售货车，还有汽车零件店（"完美汽车"）、汽车修理店和建筑建材店，如果店铺外面有"fundi"标志，就说明该店正在招聘零工。

还有，这里放眼望去全是未完工的房子，其中许多房子就像一艘艘鬼船，除了屹立的砖墙，什么都没有。据说最穷的人用黏土和树枝建造房屋，建筑材料可以到树林里免费采集，如果邻居能帮忙，一周之内就能建成一座住宅。如果有钱，人们就会买砖和混凝土来建房子，但是建造这种房屋通常要花很长时间，这笔钱几乎一定会在某个时刻用光，但只要有额外的资金就可以继续开工。只是看着这些灰色的房屋骨架，你是不可能知道它们能不能建完的，比如，无从得知房子的建造者是否已经彻底耗尽了资金。

我们终于抵达了马赛大草原，沿着一条笔直的路开了 70 英里，穿过一片广阔的绿色平原。我们前方是东非大裂谷的边缘，那里围着一圈薄雾，如同一个童话世界。

这片区域属于马赛族人，他们保持着自己的传统文化，在大草原上没有固定的居所。我们偶尔能看到马赛族男孩手拿一根木棍放牧，驱赶着山羊和牛群。对于游牧民族来说，牛群是最重要的资产：他们买卖这些牛、睡在牛皮上、靠喝牛奶和牛血补充营养。一个马赛族男人的财富是用妻子、孩子和牛的数量来衡量的。如果一个人拥有的牛少于五十头，就会被看作穷人。我们经过了几个用木栅栏隔开的"曼亚塔"（马赛族村庄），村里的房子是用牛粪建造的，围成一个圈。在树荫下，男人们聚在一起开会。这些男人身披红格纹"舒卡"布，女人、幼童和未行割礼的男孩则穿着蓝色格纹布。按照传统，战士们会用赭石将头发、皮肤和牛皮斗篷涂成鲜红色，威吓敌人（也就是野生动物）。这些全身通红的马赛战士威武强壮，象征着危险。

我们在一个马赛族的集市停留了一会儿，法扎尔让我把相机收起来，因为马赛族人不喜欢被拍。在这个尘土飞扬的广场上挤着几百个马赛人，有年轻人、老年人，有男人、女人，很多人都没有牙齿或者眼球发黄，大部分人都是从几十甚至上百英里之外赶来的。这绝对不是给游客看的表演，剃着光头的女人们背过身去，把她们的婴儿用带子绑在后背上，夸张的大耳饰重重地垂下来。她们骄傲的凝视如同一面镜子，当我望向她们时，我只看到了自己的样子——白人，可能挺有钱，像其他游客一样傻乎乎地盯着她们看。我来自一个不同的世界，那个世界对于她们而言完全无关紧要。

在到达曼雅拉湖国家公园的大门之前，我们停在了一个名为姆托瓦姆布（意为"蚊子溪流"）的村庄，作为一个疟疾肆虐的地区，简直没有比这更糟的名字了。一位法扎尔认识的向导想带我参观这座村庄，看看旅游项目。于是，我顺从地跟着他去了一个木雕工那里，这个木雕工用乌木、桃花心木、花梨木和柚木作为原料雕刻工艺品。我们走过香蕉林时，两个小学生跟在后面咯咯笑。这位向导说，单是这片地区就有三十种不同的香蕉，包括做汤用的香蕉、甜水果香蕉，还有一种是用来酿酒的。有一个交叉路口长着些金鸡纳树，它们的树叶可以治疗疟疾。在村里某户人家的后院里，我能看到衣服挂在晾衣绳上，孩子们透过微微打开的门缝往外瞧。每家人都有一只山羊和一头牛。据说它们是一家人的银行，一旦发生不测，就卖掉那只山羊。游览临近结束时，我们走进了一家小型香蕉啤酒酿造厂兼酒吧。在一间小屋里，三个女人围坐在一个装有香蕉啤酒"姆贝格"的塑料盆边，轮流喝着酒。盆见底了之后，下一个人又买了一盆。这种饮料看着像一种可怕的棕色浓粥。我立即开始疯狂搜寻一个拒绝品尝它的礼貌借口，幸运的是，向导说，无论如何我都不能碰它，它一定会让我生病的。不过，小屋里的女人们同意让我拍照，她们举起酒盆，一脸满足的表情。

一直到晚上六点，我们才抵达曼雅拉的住处，我已经快饿晕了。这个地方棒极了，酒店坐落在大裂谷边上，能看到底下的一大片自然公园，竟有些不真实的感觉。奥利让我无论如何都一定要选择48号到54号的房间，因为这些房间的风景最好。酒店为我预留了12号房间，我要求换一间，结果被换到了高一层的24号，从这个房间里看到泳池、花园和休闲椅。我表示想换到48号，但是被告知因为是淡季，那一侧的房间都封闭了，没有热水，酒店无法为我提供"符合常规舒适度"的房间。不过，他们还是带我去看了那个房间。房间里到处都是厚厚的尘土和蜘蛛网，而窗外的风景也确实令人惊叹，从床上、浴缸和阳台都能向下看到大裂谷和青翠的曼雅拉地下水森林。令我惊讶的是，这时法扎尔开始给酒店员工施加压力，最终他们同意将房间打扫干净，并设法按时将热水送到房间里。我羞愧得无地自容。

当我得知法扎尔不能像之前一样和我一起吃晚餐时，因为这违反了酒店的规定，我感到更加难为情了。他们甚至不能向导提供房间，法扎尔必须开车走半小时才能找到一个可以过夜的村庄。他抱怨说那个村子没有能吃的早饭。事实上，他认为那个村子的旅店太脏了，就开车去了更远的地方。

我不知道该怎么想。这家酒店归坦桑尼亚政府所有，当地导游却不能出现在餐厅里，可是，如果导游是芬兰人，他们才不会管呢。作为一个付费的顾客，我是不是能要求对我的向导区别对待？毕竟，为了让我看到满意的风景，酒店员工已经特意大费周章地为我准备了热水！我能住最好的套房，享受豪华自助晚餐，餐厅里还播放着非洲鼓乐，我却感到非常内疚，不想被安顿在这个与世隔绝、风景优美的酒店里。这座建筑占据了最佳地段，当地人也无福享受，他们就住在栅栏外的泥筑屋里，没有窗户，也没有电。我被羞愧的情绪淹没了。尽管酒店员工忙活了半天，还是没有送来一滴热水，但我仍然谎称一切都好。

我不知道凯伦住着漂亮的房子、穿着华丽的衣服时，是否也曾感到汗颜。也许在殖民时期，人们还无从体会这种内疚的感觉？

夕阳西下，我待在东非大裂谷边上的阳台里，不禁被眼前所见深深地撼动了。见鬼，我居然来到这里了，来到了非洲的狂野大自然。我究竟为什么要来这种地方？夜幕降临，一轮巨大的橙色满月从地平线上升了起来，蝙蝠在我房间门外的走廊里呼啸盘旋，蟋蟀唱着他们的小夜曲，远处的夜行动物的叫声在下面的峡谷间回荡。

第二天早晨可不怎么美好，前一天晚上，我的头突然疼了起来，无法入眠。我估计是因为我想看橙色的月亮和即将到来的日出，所以一直没有拉上那面风景如画的窗户两侧的窗帘。而且，房间里有蚊子，还有，我的胃发起了第一次抗议。我已经来这里近两周了，经受住了那些爬了苍蝇的食物的考验，现在竟然在一家高级餐厅的自助餐桌边倒下了，这怎么可能？然而，按照奥利安排的游猎行程，今天早晨要先在曼雅拉湖国家公园转一圈，我只能忍一下了，如果有必要的话，可以吃点药。

我向法扎尔抱怨头痛的毛病，他说那是因为我不说话，把所有的经历都憋在心里。他的总结真有意思。我对说话能改善头痛这点持怀疑态度。根据我的经验，每次被潮水般密集的印象淹没时，我就会得偏头痛，如果在一天之内发生了太多事情（常常发生在旅途中），第二天我就该待在床上处理这些新获得的信息。不过，法扎尔有一点说对了，我确实会在车里坐上一个小时一言不发。为什么不呢？

我们开车向下到了曼雅拉地下水森林。从下面往上看，酒店只是峭壁边缘上的一个小白点。法扎尔总能注意到一些东西，一会儿是山坡上树林里的大象，一会儿是远处的狒狒或者巨蜥，远到我用望远镜都找不到。这需要专业训练的技巧，就像我在校对文稿时，离得很远也能看出两个词之间多了一个空格。我还意识到一件事，那就是独自一人和游猎向导一同出行并不像想象中那么奇怪。两天之后，我就觉得像和朋友一起旅行一样，对方还是那种完美的朋友，什么都知道，负责所有的行程规划，还会说当地语言，我甚至不用想该轮到谁来开车。我们只有一个无法达成共识的点，那就是社交互动的频次。

早晨凉意已经消退，阳光穿透云层直射下来。到处都能听到昆虫的嗡嗡声和鸟鸣声。池塘里有几头河马在打呵欠，还有一头在高高的草丛中游荡，寻找食物，背上站着一只白鸟。四头大象在路边"伐木"，草地上飘来令人迷醉的草本香气。我们看到湖上有鹈鹕和马拉布鹳，远处的地平线上涌动着一大群粉红色的火烈鸟，如同梦境或海市蜃楼一般。它们把鸟喙置于水中，排成一长队，像芭蕾舞演员一样，严格按照舞蹈编排有节奏地走过水面，只是听不到柴可夫斯基的音乐而已。我们在一个斜坡上停下来吃午餐，从这里可以将曼雅拉湖的景色尽收眼底。在迷雾笼罩的天堂般的湖岸上，有成群的斑马、水牛，庄严肃穆却孤零零的长颈鹿，还有驮着背奔驰的牛羚。这样的景象真的可能存在吗？

像大裂谷这样的地方让我的想象力转向了整个地球，一切事物的范围和规模，大与小，意义重大与微不足道，大自然难以置信的多样性，创世纪的故事……这颗神奇的球体如何带着我们穿越太空。眼前的景象简直不可思议。

我看到吉普车敞开的遮阳篷里的游客们，我想，他们看起来很滑稽，且有点害怕，似乎不属于这里。我也一样，真是蠢极了。我们从一头长颈鹿旁边开到另一头长颈鹿旁边，拿着照相机转来转去——哇哦，太美了，棒极了——这些数着自己去过多少国家的人，又能从心愿清单上画掉一条了。我转过身去，很想在那天堂般的湖岸上蜷成一团，身处长颈鹿群之中，就这样待在那儿，以某种神秘的方式与周围的一切融为一体。我当然知道自己做不到。如果你来这里是为了体验原始的生活，寻觅人类与世界起源和创造之间的某种联系，是能够达到目的的，至少在某种程度上能达到。毕竟你与这个世界之间还隔着一层玻璃。但是你不能融入其中，只能静静旁观。

我努力地投入全身心去欣赏一切。

到了晚上，我躺在那张美景床上，想起凯伦，她在这个野性的自然景观中肯定也感受到了无穷无尽的快乐。我在脑海里播放着一百年前凯伦的照片，渐渐地与我刚刚看到的风景分不清了。

我最喜欢的照片是一次游猎中，年轻的凯伦坐在桌子旁边拍的。她穿了一件朴素的衬衫，脖子上系着围巾，头戴一顶毡帽。餐桌上摆了一个盘子和一只叉子，应该是要上菜了。凯伦可能正在冲着布鲁尔笑，她看上去自在又幸福，莫名地放松。

还有其他一些精彩的照片。有一张照片，凯伦穿了一条白色长裙，戴着珍珠，正在用奶瓶给露露喂羚羊奶。这只小羚羊已经搬进了房子里，凯伦写信的时候，它有时会在桌子下面睡觉。

在另一张照片里，凯伦坐在桌边，抽着烟，肩膀上有一只温驯的猫头鹰。

还有一张照片，凯伦身穿骑行装，骑着名为"小红"的马，旁边有两只苏格兰猎鹿犬。它们正跃跃欲试，准备冲向大草原，驱散那里成群的水牛。

还有一张照片，凯伦坐在门廊上，旁边放了一大簇茎秆和她一样高的白色百合。

还有一张照片，凯伦和丹尼斯坐在高高的草丛中，身旁放着一个野餐篮。他们看起来不像恋人，既没看着摄像机，又没看着对方。

【凯伦的信】

1926 年 7 月 4 日。最亲爱的贝丝姑妈，母亲在信里说她正在考虑是不是用她来这里旅行的钱让我回一趟欧洲更好。我首先要说的是，在 1928 年春天之前，我是不可能也绝对不会回家的。一方面是因为我能看出事情不可能进展得那么顺利——如果我离开这里的话；另一方面是因为我不能把自己的生活分割成小小的几份。除了需要在旅行准备和旅途中花费大量时间，一个月甚至三到四个月才能重新习惯这里的事务和生活条件。从上次回国一直到现在，我才重新开始真正地觉得自在起来。

1926 年 11 月 7 日。最亲爱的妈妈，这里有一只鹳，它非常温顺，在走廊里踱来踱去，你一叫它，它就会过来。我用青蛙喂它，这些青蛙是托托们一桶桶送来的，每桶 3 先令。露露陪着它。我觉得我和野生动物相处很有一套——你还记得那只在很短的时间内就变得很温顺的猫头鹰吗？我和当地人相处得好，一定也是因为这种能力。不过这一点导致我厌恶婚姻，如果你明白我的意思的话！我丝毫不希望把他们抓住、关起来、进行改造，他们也能感受到这一点。

　　凯伦在丹麦待了八个月后，于1926年2月回到英属东非。她独自一人，精神抑郁，而且似乎无法摆脱低迷的情绪、精疲力竭的感觉和对未来的绝望。她试着打起精神，开始绘画或写作，但无法集中精力。她做任何事情都提不起精神来。最糟糕的是，高原地区正在遭受饥荒，一大群猴子在农场周围定居下来，大肆破坏玉米地。而且，附近的村庄正流行一种新的疾病，叫作"黑水热"——一个凯伦十分喜爱的男孩阿卜杜拉伊就是这种疾病的受害者。凯伦用农场来收治病患，在紧急情况下进行家访，逐渐开始被人们称为"奇迹医生"。

　　3月，丹尼斯回来了，不过只待了两周，之后他计划前往英格兰。凯伦努力地想尽情享受他在这里的时光，但是总是忍不住想"只剩五天了""只剩两个小时了"，然后丹尼斯就要走了，她又将沉入一片黑暗的孤独深渊。凯伦绝望地给哥哥发了一封电报、写了一封信，但是都没有寄出去。她在电报中写道："你能不能帮我回欧洲，如果继续待在这儿我会死的。"她在信上写道："我必须写点什么，却不知道除了你还能写给谁。被迫保持沉默……感觉就像被活埋了一样，你一定要想象着看到我躺在黑暗中，整个地球的重量都压在我的胸口，这样你就能原谅我的呼喊声了。"凯伦写道，她近一段时间在想是不是最好自杀。如果不这么做，她又能做什么呢？"汤米，你认为我还能'成就些什么'？你认为我没有把生活赐予我的机会都白白浪费吗？"

　　5月，凯伦的情绪波动发生了新变化，她觉得自己怀孕了。凯伦热切地想要一个孩子，立刻给在英格兰的丹尼斯发了一封电报，用"丹尼尔"这个名字作为可能出现的宝宝的代称。丹尼斯的回复简短极了：

"强烈建议你取消丹尼尔的行程。"凯伦回复之后,他又发了一份电报:"你想怎么处置丹尼尔都行,如果我能够成为你的伴侣,我应当欢迎他,但是这是不可能的,不要这么做。"对此,凯伦的回复是:"感谢(你发来的)电报,我未曾想求你帮助,只需你同意,塔尼娅。"

这是凯伦最后一次怀孕,她和之前一样流产了。这个夏天,她再也没有给丹尼斯写过一个字。

凯伦 41 岁,离婚。她感染了梅毒,没有钱,爱上了一个不愿给她承诺的男人,她想通过生一个孩子给她的生活赋予意义,但那也是不可能的。她处于人生的谷底。在跌落的过程中,凯伦给她的哥哥写了一封长达十七页的信,透露了她经过自学得出的结论——寻常的"幸福"是不属于她的,她必须接受命运,与爱人"并驾齐驱",不去占有他,尽管孤独是一种沉重的负担。她将精力专注于养育农场上的孩子们。她将丹尼斯当作一位值得信赖的老朋友,把自己看作一个独居的智慧非凡的老女人,有点儿像修女。

也许凯伦已经决定顺从命运的安排,也许她在为自己的生活找借口。但是,作为一名 40 多岁、离婚、无子女的妇女,除了用上帝发给她的"扑克牌"来谋生求存,是否还有其他选择呢?凯伦写道:"重要的不是发给你什么牌,而是你玩牌的方式。"事实上,选择只有两种,要么躺在那里怨天尤人,要么意识到这些"扑克牌"恰恰是一条通往与众不同的美好未来的路,然后开始按照新的路线来生活。如果情况不像现在这样艰难,你反而无从找到它。

【信件,未寄出】

只有一件事我必须对你说,凯伦,那就是我也一直爱着丹尼斯,那个魅力超凡、引人注目、心不在焉的男人,来去随心所欲,离开的时候从不说去向何处、何时归来,或者多么不想离开你、想陪着你;一起床，他就会走到前厅，披上外套，说一句"我走了"。而且，丹尼斯有种特质，会让你感觉他每次回来，房间里的灯都亮了起来，总是觉得好像我正好处于自己该待的地方——总是这样，尽管我知道，他很快就会再次离开。

丹尼斯能让你等他很久很久，但是当没有丹尼斯的时候，凯伦，我们必须找点其他事来做，比如写作、旅行，思考如何度过余下的并不长的人生。

实际上，我们终于不用再等待任何人，连丹尼斯也不例外，这是一份难得的礼物。

看吧，接下来的几年，她过得很幸福。

【凯伦的信】

1927年7月13日。我最最亲爱的贝丝姑妈，我相信大部分人都会觉得和一只猴子一起逛集市比蹲在有保险的房子里、拥有有保障的收入来得更快乐，前者能让他们获得更多新的经历、印象和行动，后者则每天过得毫无新意。我想，大部分人在潜意识中都会觉得，灵魂与精神在危险和疯狂的期望中不顾一切地探索，能够比在平静与安全中苟活时汲取到更多的养分。

1928年11月11日。亲爱的妈妈，周六晚饭后我开车到穆泰咖去参加一场舞会，丹尼斯不愿意去，所以我想早点回家，但是没有人会早早离开穆泰咖的，我直到五点半才回去。德拉米尔小姐在晚餐时举止极为不雅——她将大块的面包扔向威尔士亲王，其中一块还打到了我，正中一只眼睛，所以我今天是个乌眼青……

正是在这些年间，凯伦经历了几次与狮子的近距离接触，这对她而言意义重大，预示着其他一些事，后来还成为她的文学创作的精髓所在。但我真的不知道该如何理解杀死狮子这种事，也很难接受。比如1928年元旦那天，凯伦和丹尼斯遇到了"一头威武的黑色大狮子"，这是他们见过的最棒的狮子，于是他们决定"非要得到它不可"。之后，他们开枪打死了它，感到"非常自豪和开心"，他们坐下来吃早餐，喝了一瓶红酒。凯伦兴高采烈地写信给母亲说："我认为这是我经历过的最愉快的新年早晨。"

另一件对凯伦有重要意义的事同样让人难以理解。同年四月的一天，农场工头告诉凯伦，两头狮子正在骚扰牛群，并请求她同意毒死它们。凯伦不允许他这么做，认为这种行为有违冒险家精神。凯伦和丹尼斯将一头牛的尸体拽上山坡作为诱饵，当他们晚上回到家时，在凯伦手中提灯的灯光下，他们看到一只"异常巨大"的狮子正在盯着他们，离他们大约二十码^①的距离，很快又出现了一只。情形十分危急，但是丹尼斯设法将它们都打死了。随后他们回到了家，"如同刚结束一场最激动人心的冒险"，兴奋地开了一瓶香槟。"它们是两只年轻的雄狮，都长着黑色鬃毛、巨大的爪子——连死去的样子都很漂亮，我永远不会忘记他们在黑夜中移动的样子。"凯伦写道。

这次事件之后，当地人开始称呼凯伦为"可敬的母狮"，这件事从头至尾都以某种方式证明了43岁的凯伦在"狮子与家庭生活"之间做出的选择是正确的，她擅长处理有关狮子的事。她给贝丝姑妈写信说，农场工头本来是可以去打狮子的，但后来他想到自己是一个已婚男人，家里还有个孩子，另一个也即将降生，于是决定不去冒这样的风险。"好的，我完全理解。"凯伦回答道。"丹尼斯·芬奇·哈顿和我可以替你去。"她对丹尼斯说："来吧，我们走，让我们这些毫无价值的生命去冒险。"她接着给贝丝姑妈写道，她得出的结论是，你必须作出选

---

① 1码=91.44厘米。

择，那些计划结婚的人应该非常清楚自己选择的是狮子还是婚姻生活。"（我的生命价值）很大一部分（如果有的话）取决于我打死狮子这一事实，或者是我能够自由自在地生活，去做自己喜欢的事情。世界上有很多这样的人，我认为他们和拥有家庭的男人、女人一样，都应该享有自己应得的权利和地位。"

没错，凯伦，我明白你的比喻。然而，我只是不能理解，在曼雅拉这样天堂般的大草原上，猎杀动物竟能让你兴奋到想要灌下一瓶香槟。

不过，也许一百年之前不太一样吧，毕竟在那个时代，游猎是一项非常受欢迎的活动。那场游猎热潮始于美国前总统罗斯福，他在1909年进行了为期九个月的野外游猎，一共杀死了一万一千只动物，令人震惊。此后，富裕的上流社会游客纷纷涌入东非，枪杀了无数野生动物，以至于到了20世纪20年代，高原上种类繁多的野生动物面临着灭绝的危险。

凯伦第一次迷上狩猎是在1914年，与布鲁尔度蜜月期间。在那之前，她一直不理解狩猎。但是后来一切都变了，她简直为之疯狂——枪杀动物，欣赏兽皮和牛角……他们几乎就像沉迷于某种赌博一样，而且猎物越大、越漂亮，猎手得分就越高。凯伦在1914年写道，她不相信"任何生活在狮子国度的正常人能够忍住不去枪杀它们"。相比之下，在凯伦看来，拍摄野生动物只是"令人愉快的柏拉图式相遇"，无关生死，因而并不是特别有趣。

晚上，当我想起凯伦的时候，脑海里也会浮现出很多令人不安的图像——比如她和狮子的那些合影。

在其中一张照片中，凯伦和布鲁尔手持来复枪，脚下躺着两头母狮子，看起来就像正在午后的热浪中小憩，但是它们已经死了。凯伦露出愉快的神情。

在另一张照片中，游猎帐篷上铺了六张狮皮和三张豹皮，凯伦坐在帐篷前面，脚边放了一个豹头。

在又一张照片里，凯伦和隔壁农场的英格丽在她们猎杀的一匹斑马旁边摆好了姿势，她们身穿适于狩猎的裙子和宽檐软帽，手里拿着来复枪。那是周日的一场游猎，她们带着狗，身后的大草原一直延伸到远处的地平线。

【写在曼雅拉酒店信纸上的信】

亲爱的凯伦：

尽管我认为你非常了不起，但是我无法直视那些你洋洋得意地和死狮子拍的合影。请不要再给我寄那些照片了。

你真诚的 M

1928 年秋天，威尔士亲王、未来的国王爱德华八世来到非洲访问。丹尼斯被要求为亲王安排一场游猎旅行，途中亲王要求到凯伦家用晚餐，他想看一场传统的恩戈麦鼓部落舞蹈。凯伦感到压力很大，她只有几天时间筹划菜单，"找一些女士来作陪"，以及说服部落族长送几位战士来表演恩戈麦鼓部落舞蹈。

不过，晚宴举办得十分成功。1928 年 11 月 9 日，凯伦家的皇家宴会上，第一道菜是卡曼特著名的清汤，接着是蒙巴萨风味比目鱼配荷兰酱、带荚豌豆（从马赛人那里买来的）、奶油松露意大利面、野生韭菜、番茄沙拉、野生蘑菇油炸面包块、萨伐仑蛋糕，还有草莓和石榴。凯伦和丹尼斯分别坐在桌子的两端（凯伦在写给母亲的信里画了一张座位图），餐后他们一起到室外去观看恩戈麦鼓部落舞蹈，那是一场震撼人心的视觉盛宴，基库尤族男人用粉笔将身体涂成红色，戴着鸵鸟羽毛，穿着猴皮裤子，伴随着激越的鼓声，在火光下疯狂地跳着舞。

后来，我在观看威尔士亲王游猎的纪录片时，注意到亲王身边有两个向导：布鲁尔和丹尼斯。在那些游猎照片里，布鲁尔和丹尼斯就站在亲王身旁。丹尼斯又高又瘦，看上去却很健壮，头上戴了一顶难看的老人帽。不过，当我得知他是那个提出要严控毫无节制的狩猎活动的人之后，对他的好感顿时大增。在爱德华亲王的支持下，丹尼斯开始在英格兰游说，要求禁止乘车狩猎。他憎恶这种做法，因为这么做会让技术很差的游客都能一天打死二十头狮子。最终，塞伦盖蒂的一切狩猎活动都被禁止了。爱德华亲王引领了游猎摄影的新潮流。

凯伦后来也逐渐接受了。75 岁的她在《草坪上的影子》一书中写道："我第一次来到非洲时，一定要集齐每种非洲动物的最好的标本才肯罢休。我在这里的最后十年间，除了为当地人获取食物，未曾打出过一颗多余的子弹。对于我而言，随意狩猎已经变得不合情理，为了几小时的愉悦而杀害属于这片伟大的自然景观的生命，确实是非常丑陋和粗俗的行为……不过我无法拒绝猎狮，离开非洲之前不久，我最后枪杀了一头狮子。"

早晨，我们踏上了寻找狮子的路途。从曼雅拉开到塞伦盖蒂，我们有一整天的时间。高原上大雾弥漫，凉意袭人，我们驾车穿越文明结束之前的最后一座"城市"卡拉图。这座"城市"实际上只是十字路口边几个覆盖着红色沙土的小房子，看起来不怎么友好。在我们停下来给车加油时，一个小男孩走过来敲了敲车窗，向我们讨要 1 美元来买校服、午餐或者一杯茶也行。这是富有的游猎旅客前往目的地的必经之路。正因为如此，这些小房子才会建在这里。

我们沿着恩戈罗恩戈罗火山口的边缘向前开，在一个观景点停了一会儿。这个火山口是马赛人的圣地，看上去就像童话里的场景，或者宫崎骏动画片里的某个梦幻国度。奥利抱怨说他已经看烦了"那个倒霉的火山坑"，他说那里什么都没有，但是对于游客而言却如同人间天堂。我们从火山口的边沿开下来，进入风景秀美、绵延起伏的山谷地带，地上长满了黄色的小花，偶尔能看到几个马赛族村落"曼亚塔"和大群的牛。

然后，眼前的地貌突然变成了一片干燥的平坦沙漠，气温骤升了 30°F。我们还要沿着一条笔直的道路再开 60 英里，才能到达塞伦盖蒂的住宿地点。这是人类生命的摇篮奥尔杜瓦伊峡谷，我们的祖先一百万年前生活在这里，但这片沙漠可一点儿都不像伊甸园。地面极度干旱，热浪如同一柄能把人砸晕的大锤子，空气是灰色的，飘满了灰尘。道路两旁的荆棘丛覆盖了一层白尘，每辆汽车的后尾都扬起长达几百码的灰尘带。很快，车里所有的东西都覆盖了一层奥尔杜瓦的尘土。这条土路从头到尾都像搓衣板一样，而法扎尔却以最快的速度向前冲去。我们的身体每时每刻都在承受地狱般的冲击。法扎尔早晨说今天的路非常难走，现在我终于明白了他的意思。我用围巾捂住了嘴和鼻子，这样才能呼吸。灰尘从窗户外面涌进来，而窗户又必须敞开，否则我们将难以承受车里烤箱般的高温。我们偶尔会路过一棵孤独的树，树下坐着马赛族妇女，我无法想象他们是怎么在这里生活的，因为方圆数十英里之内都不可能有水。

终于，在天黑之前，我们抵达了塞伦盖蒂公园中间的塞罗勒那河。我有点晕车，尽管一直在喝水，还是有点脱水和中暑。那种高温很奇怪，通常我会汗如雨下，但是在这里，我的皮肤又干又烫，像发烧一样。就好像炙热的空气和干涸的土地将我身体里的每一滴水都吸走了。我躺在塞罗勒那游猎小屋的房间里，精疲力竭。我大口大口地喝水，吃薄脆饼干，在绝望中还将一袋补液粉（肠胃感冒后补充水分用的）倒入水中吞了下去。我甚至无法站起来欣赏窗外大草原的景致，也无法在黑暗中聆听外面的声音，鬣狗很快就会开始叫了。对于渺小的人类来说，塞伦盖蒂的环境真是太艰苦了。

到了早晨，我终于恢复了一些体力。六点的大草原仍然一片黑暗，我们开始了当天的游猎行程。据说，今年塞伦盖蒂的雨季结束得比往常早一些，庞大的角马群已经往北走了。角马大迁徙一直是这片地区的未解之谜。上百万头角马每年循着雨水和绿草迁徙一大圈，从塞伦盖蒂南部到北边的肯尼亚的马赛马拉。而且，迁徙的角马群可能还在塞伦盖蒂西南部的基拉维拉，但是离这里很远，至少要开车经过两至三个小时才能到达。不过，我们还是往那个方向驶去，很快，我们就看到一大群角马正在穿过格鲁美地河。无穷无尽的角马队伍从河一侧的树林里涌出来，几十头、上百头，角马群里还有斑马，甚至还有狒狒。它们都决心要去某个地方（可能是基拉维拉）。远处，在一片干涸的河床上，躺着一头角马的尸体，附近站着一头小角马，看起来很迷茫。

我们停在角马群的中间，爬上车顶，打开了游猎小屋准备的早餐盒。角马群有节奏地哞哞叫着，在我们四周形成了一片持续不断的颇有喜剧效果的声场。我不知道它们无休止的、看似毫无意义的叫声是否会惹怒静静地跟随它们一起迁徙的斑马。这趟旅程中第一次，我不得不蹲在车后面解手。数以百计的角马都在专注地凝视着我。

早餐后，一对上了年纪的美国夫妇开着越野车跟了上来。"什么，这么大的车里就你一个人？"车里的男人把头从天窗里伸出来，冲我大喊。"她不是一个人，还有我呢。"法扎尔恼火地喃喃自语道。后来他又回到了这个话题，我对他们的态度嗤之以鼻，那对夫妇怎么知道我们没有结婚？我明白法扎尔为什么生气，向导经常被当作隐形的仆人。负责我们住宿的人也乐于维持这种区别的对待。

我现在知道了为什么我有这辆加长吉普车，而那对美国夫妇却挤在一辆只有它一半大小的车里。法扎尔告诉我，很多独自旅行的女性都希望保持隐私。她们不想和男性司机共处于一个狭小的空间内，更不用说坐在前座了，这辆车让我可以选择保持距离。我从没想过他可能期望我爬到后座去。实际上，那么做会显得很蠢，而且法扎尔和我只能冲对方喊话了。

我们抛下那对美国夫妇向北驶去，穿过一片天然的黄色长草丛，所过之处草秆摇曳。这里可能会有猎豹，不过我们只看到一头美洲豹。它正在一棵伞形合欢树的树枝上休息，用黄色的眼睛盯着我们。我们穿过长草丛，离它越来越近，它却一动不动。

中午过了没多久，我们回到住处吃了午餐。今天余下的时间，我们的计划是休息。我累极了，又感到恶心，而且在我看来法扎尔的状态也不太好。听起来很可笑，可我真的已经六天没有上网了，一直等着有机会重新回到网络世界，结果这家旅馆的计算机房（有十五个供客人使用的工作站）由于淡季关闭。筋疲力尽的我差点爆炸，不让我在塞伦盖蒂上网是侵犯人权！经过许多复杂而尴尬的要求、安排和技术困难后，我终于利用友善的印度厨师的笔记本电脑进入了网络世界。

然而，我与文明世界的短暂联系却像蛛丝一样脆弱，而且经常中断。我尽量读了几封电子邮件，然后又陷入了一种类似乡愁的烦躁抑郁的情绪中，也可能与肠道病和脱水有关。我费力地在脸书上发了一段欣喜若狂的文字，然后回到我的房间，瘫倒在床上。

我在想，塞伦盖蒂究竟是怎样将人掏空的。高温、尘土、无穷无尽的干枯的平原、无法逃脱的阳光的炙烤……我在痛苦中意识到，如果我自己被扔到这片平原，只需待上二十四个小时，我就会死掉。如果我没成为狮子的美餐，那我也会因为高温和口渴而死，没人会注意到，也没人会关心。角马群会从我身上越过去，秃鹰会啃咬我的尸体，最后只剩下一堆白骨，成为这无边的平原上一个微不足道的小装饰。

塞伦盖蒂让我开始思考，生活是多么短暂——多么丰富，却又多么脆弱。我们为了安稳地生存下来所做的一切——工作、金钱、衣服、食物、技术、安全锁、保险、数据通信、脸书信息——在这里都毫无意义。塞伦盖蒂有它自己的生存必需品，那就是阴凉和水。实际上，最近几天以来，我一门心思想着的只有它们。

我也开始明白人们在这里为什么会发疯，受太阳、高温和周围条件的影响，他们会失控，大发脾气，看到幻象，举止奇怪。我已经开始明白，人们为什么会感觉无法逃离这里，就好像世界上的其他地方已经不复存在。

我回想起昨天我们见到的第一头狮子，那是一头雄狮，从我们敞开的车窗下面走过去，它离得那么近，我都能听到它沉重的喘气声。我坐在那里，一动不动，想起凯伦说狮子的身体构造极为合理，令人叹服，它那令人难以置信的身体上没有任何多余的东西。也许现在我对人们为什么在一百年前狩猎狮子有了更好的理解，如果我独自遇见了狮子，必然要做出选择——我们之间有一方必须得死。

【凯伦的信】

1918 年 10 月 23 日。我挚爱的妈妈，很抱歉这么久没有给你写信，实际情况是，我大部分时间一直病着。你会在我发的电报里看到，我从驴背上掉下来之后又食物中毒了，（然后）我发了高烧，医生给我用了氯仿①，将我的腿从膝盖到臀部之间切开来，掏出了很多"死肉"。这里的西班牙流感疫情非常令人担忧，上周有 22 个人死于这种病，还有好多得天花的……

1919 年 1 月 14 日。最亲爱的妈妈，近五个月之后，我的腿还没有完全痊愈。此外，我最近一切安好，我会用一点砒霜，效果非常显著。

1920 年 12 月 4 日。最亲爱的妈妈，我的病症是经常呕吐、头晕，但是我不知道是不是因为中毒了……

1923 年 5 月 6 日。最亲爱的妈妈，很长一段时间以来，我的身体一直不太舒服。我最近咨询了一位内罗毕新来的年轻医生，他认为我得了疟疾……

1926 年 5 月 4 日。最亲爱的妈妈，我很生气，因为我又得卧床休

---

① 三氯甲烷，曾经常用的一种麻醉剂。

息了，而且我感觉不太好，我不能确认是否真的病了，但是感觉极度疲乏，什么事都做不了。我以前从未过有这样的感觉，就好像活着是件很不容易的事，我也不知道情况会如何发展。（整个春天）我一直处于这种状态，除了丹尼斯过来的那一次。

真见鬼，我的身体太不堪一击了！体质强健的人会更适合做探险家，如果我是这样的人，就可以无视环境条件了。任何新环境都不会使我的身体机能失调，我也不必经常因为各种头痛、恶心、精疲力竭、失眠、紧张、胃病、脱水、中风或血糖波动而一再倒下。每天晚上我都感觉很累，几乎没有足够的力气打开行李，就连把手伸进去拿些（随便一件！）干净的衬衫出来，都很勉强。我真是太脆弱了！

在我的想象中，凯伦和我正相反，她应该是那种精力充沛、健康强健、令人羡慕的类型，但我错了。事实上，她经常生病。她也受不了这里的暑热，经历了疟疾、中暑、伤口化脓和恶心。她曾呕吐过，也曾有过头晕和食物中毒的症状。她经常因为脚跟、双手和耳朵莫名其妙的如同牙疼一样的剧痛而住进医院。她曾抱怨头发大把地落下来，不得不戴上头巾。

她还患有抑郁症，后来开始出现恐慌心理。无论其原因是梅毒、丹尼斯、持续的财务问题、农场在她的管理下不得不出售的危险、孤独，还是情绪波动，她经常连续好几周卧床不起，焦虑不安，一周又一周，长此以往，累计成数月甚至数年。凯伦一共在床上躺了好多年！

起初，我对凯伦有点生气：这种女人怎么能成为榜样呢？然而，在极度干燥、尘土飞扬的塞伦盖蒂，我也因恶心而卧床不起，身旁放着药，此时，我几乎无法想象一个世纪前在这种条件下因病卧床是什么感受。我想，无论如何，凯伦都在非洲生活了近十八年，只是回欧洲治病有时要花上一年多时间。

凯伦的神秘症状在很大程度上可能是梅毒病情恶化所致，毕竟，可能正如人们所认为的那样，她的病并未在 1925 年被治愈。她的病史似乎证实了这一点：在最初感染时，出现皮疹和高烧，容易被误诊为疟疾（符合实情）；第二阶段，食欲减退、失眠、恶心、头痛，突然在某些地方出现疼痛，如骨头、关节、手和脚，还有肠道疾病、眼睛感染、脱发，感觉像中毒（非常符合实情）；第三阶段，症状会间歇性地缓解，在此期间，疾病继续对内部器官、大脑、神经、骨骼和关节造成严重破坏……然后奇怪的症状再次出现，患者被认为只是臆想和神经质（符合实情）。

在 19 世纪末期的欧洲和非洲，梅毒是一种极为常见的病，但它像如今的艾滋病一样是禁忌。没有人会谈起或写到它，甚至在私人日记中也不会提起，即使提到也是用代称。在感染梅毒最初的几年间，因为这种疾病传染性极强，病毒的携带者只能独处，而且要承受无休止的身体上的痛苦，因为汞和砷疗法的副作用几乎比疾病本身还要严重。好在病毒的传染性于两年后开始降低，直到第七年前后，就完全不再具有传染性了，这就解释了凯伦为什么能和丹尼斯有性生活。

我了解到梅毒如何可怕之后，开始以全新的眼光看待凯伦在非洲的寂寞岁月。也许她的绝望、沮丧，情绪的大起大落，狂热的高潮与沮丧的低谷在一定程度上是梅毒导致的，而不仅仅是因为丹尼斯。她只要想起这种病，就一定会感到很痛苦，足以让她连续好几天卧床不起。

然而，令人感到矛盾的是，梅毒这种病具有一种特殊的传染力——不少英雄和艺术家都得过这种病。哥伦布、贝多芬、尼采、波德莱尔、奥斯卡·王尔德、文森特·威廉·梵高等著名人士都得过梅毒。1926 年，凯伦在给哥哥的信中写道："要不是这么说听起来太奇怪，我可能会说，为了成为男爵夫人而感染梅毒是值得的。"再后来，她相信这种疾病让她得以成为一名作家："我允诺将灵魂交与魔鬼，作为回报，他向我承诺，我将把此后经历的一切都变成故事。"

还有一种可能是，凯伦的五花八门的病症并非源于梅毒，而是持续的中毒状态导致的。多年来，她一直以自己认为的最好的方式进行药物治疗，那就是服用微量的砒霜（含砷）。

早上，我努力从床上爬起来，准备去国家公园兜风，但是接待处的女人告诉我法扎尔生病了，已经被送到医院。什么？！其实法扎尔昨天就抱怨说肚子不舒服，但我不知道会有这么严重。具体是哪家医院？（这里离文明究竟有多远？）这个女人说她不知道。她说，在旅馆工作的一名技术员同意早上带我出去兜风，其他事情都待定。

幸好这已经是我的第七个游猎旅行日，我的内心已经坚强了很多，我相信一切都会顺顺利利。如果我真的死在大草原上，那我也已经准备好了。

于是，因法扎尔生病休息，我和在旅馆工作的一名技术员一起开车穿越大草原，这片草原向四面一直延伸到看不见的远处。平原的颜色和狮子的皮毛差不多，周遭非常安静，我能听到草丛被风吹得沙沙作响。我们看到一队斑马在金色的晨光中向一个水坑溜达过去，队伍长得看不到尽头。我们看到了成对的豺狼，疣猪跪在地上吃草，猎食归来的鬣狗，微笑的嘴边还挂着血迹，黑斑羚翘起尾巴奔跑。我们用双筒望远镜观察猎豹，它们蹲在远处的黄褐色草丛中，我们只能勉强看清它们从草秆中抬起的脑袋，徒劳地等待它们开始追踪附近的一群瞪羚。我们发现一只猎豹试图穿过长草丛捕捉黑斑羚，但是跟在它后面的十辆观光车纷纷伸出相机，让它的努力白费了。

我们回到酒店吃午餐。午饭后，我看到一只大狒狒在空荡荡的饭厅里大摇大摆地走来走去，并设法弄到了几个新鲜出炉的面包，把它们偷运了出去。在我们四周，大自然的步伐不断向前，我们只能尽力跟上它。

下午，法扎尔回来了。原来他食物中毒了，整晚都在呕吐，所以早晨去旅馆的诊所看了医生，以确保没有其他问题。"我们在这儿有手机信号，而且他们还有一架直飞城市的小飞机。"他说。我们的下一站，位于塞伦盖蒂北侧边缘的洛博，那里就没有这么好的条件了，因为那是一个远离尘嚣的地方。

没人会在淡季跑到洛博这样的荒野里来，所以我又成了旅馆的唯一游客。我从房间里能够直接看到开阔的大草原。不过，旅馆本身就坐落于一座岩石孤山的顶端，这里是美洲豹最喜欢光顾的地方，所以晚上是严格禁止游客去外面散步的。美洲豹常常捕猎狒狒和岩獾，而且曾经爬上台阶走进餐馆。几个月前，人们发现几只美洲豹幼崽在旅馆的泳池里玩耍。酒店经理要我保证不会独自攀登观景台，而且坚持陪我走到岩山的顶峰。他是一位身穿格子西装的胖胖的印第安人，手里还拿着一杯啤酒，我实在看不出如果遇到美洲豹袭击，他会如何救我。

日落和晚饭之间有半小时的空档，这时候会有热水，我可以洗头。我刚洗完头，正在吹头发的时候，突然停电了。这是常有的事，我站在黑暗中，手里拿着吹风机，等着灯重新亮起，但什么也没有发生，我意识到一定不是整个旅馆都停电了，可能只是我的房间的保险丝断了。灯是不会自动亮起来的，因为没人知道断电了。

我心想，这下可糟了。我没穿衣服，房间里漆黑一片。（在非洲，天黑之后真的是非常黑。）我不知道头灯在哪。我琢磨着要不要打开房间门，这样走廊里的灯光就足以让我看清周围、穿好衣服了，但是有人特意警告我，走廊里可能会藏着些傲慢无礼的狒狒，一旦他们嗅到食物的气息，就会冲进我的房间（我的房间里某处放着一袋饼干和水果）。我现在尤其不想和狒狒共舞，它会让我尖叫着跑出房间求助（而且一丝不挂）。我努力抑制着心里的恐慌，在伸手不见五指的房间里摸索（怎么会这么黑？！）固定电话，但是它已经用不了了（还用说吗），而且我也看不见电话旁边写着的前台的电话号码。终于，经过一番漫长的摸索，我找到了手机，通过显示屏的微光，设法找到了衣服和头灯。我这才想起来，我一到酒店就把头灯放在了床头柜上，以备不时之需，我竟然忘了。

经过一番折腾，我终于来到富丽堂皇（但是空空荡荡）的餐厅享用晚餐，整个餐厅里只有法扎尔和我两个人，还有戴白手套的侍者为我们上菜。

【凯伦的信】

1928 年 2 月 5 日。最亲爱的妈妈，关于游猎的一切都无与伦比、令人着迷，即使在一片黑暗里，在寒冷、清新的夜风中启程也不例外。

第二天早晨六点，我们开始了游猎行程。我了解到早上开车是最好的，天气很凉爽，晨光斜照，美不胜收，而且感觉好像就我们能看到这些动物各自忙着早间的私事一样。肚子圆鼓的鬣狗吃完了夜间的盛宴，在黑暗中静静地走在回家的路上。随着日光渐强，我们在车顶上吃早餐，看到大象一家也正在吃早餐，在沙地上追踪狮子的脚印，看着小狮子在高高的绿草丛中翻滚、嬉戏。

再往前走一点，我们碰到了一对正在度蜜月的狮子。它们疲惫地躺在草地上休息，直到母狮爬起来，走过去躺在公狮旁边。这是公狮可以起床干活的信号。达到高潮时，它咆哮着咬住母狮的颈背，她翻了个身，用爪子抚摸他。这场景看起来像田园诗一般，但实际上，需要四百次这样的交合才能使母狮怀孕。这就是为什么一对狮子夫妇会连续一星期不停地做这件事，大约每隔一刻钟一次，几乎日夜不眠不休、不吃不喝，直到头晕眼花，为爱用尽最后一丝力气。

第四轮结束后，我们仍然坐在车里看着这对狮子。现在是十点，我们已经在外面不疾不徐地转了四个小时。我发现，即使我有朝一日不记得这次旅行中发生的任何事情，也会记住眼前的这个场景：黄色长草在风中摇曳，背景中起伏的洛博山丘青翠如玉，两头狮子从事着延续生命的工作。我，一辆越野车，用来保护仪表板的红格子马赛族舒卡布，上面摆着我的双筒望远镜、相机、笔记本和水瓶。法扎尔在一旁看书。我爱上了洛博。它是绿色的，比塞罗勒那河的干旱平原更加明艳、清新、包容，而且更私密，因为这里一个人也没有。我站起来，身体探出敞开的天窗，法扎尔给我拍了张照片。他说，戴着遮阳帽、太阳镜和白色围巾，我看起来像个如假包换的塔利班女孩，就差一把步枪。

我们继续向前行驶，来到了最像伊甸园的地方。上百匹斑马在起伏的绿色草原上吃草，我拍了几十张照片，但是没有一张能捕捉到此处风景的灵魂。那种感觉，就好像这片草原是永恒无边的，只有我们二人置身其中，目之所及尽是天堂。

我的感受正如芬兰画家亚克瑟利·加伦-卡雷拉 1909 年来到这片大草原时所想：当我来到这个地方，时间停止了。

七个小时的车程后，我们回到旅馆吃饭。为了容光焕发地用午餐，我洗了洗出了很多汗的脸，涂上了西瓜色的唇彩。"你的嘴怎么了？"法扎尔问，看上去很担心。我回答道："哦，我觉得可能是被什么东西咬了。"在空荡荡的餐厅里，我们竟然吃了一顿五道菜的正餐。吃完饭，我们的肚子就像早上见到的鬣狗一样圆。

下午，我坐在阳台上欣赏大草原的景色，看着黄绿色的草丛在风中起伏，就好像风（或者一千条黄色的蛇）在平原上奔腾。

我想到法扎尔，想到与一个素不相识的人一起度过这么长时间是多么不寻常。今天，我们坐在稀树草原上，等待在树下打瞌睡的狮子起来追捕斑马。法扎尔读着书，我凝视着远方。那是非常安静的一刻，在这无边无际的风景之中，我感觉和他亲近了许多。一方面，法扎尔根本不是我喜欢的那类人，这是多么幸运的事，我绝对不想陷入尴尬的境地，遇到无法控制的情况。另一方面，他是一位非常专业的向导，曾经花很多时间陪伴那些戴着傻乎乎的太阳帽的、汗流浃背的、被晒伤的游客，所以他很可能不会对我有任何想法。

我非常不情愿离开翠绿的洛博，但我不得不走。我们开始了一整天的车程，路上会经过极度干燥的塞伦盖蒂，朝公园南角的恩杜图行驶。我们在游客中心停下来吃午餐，法扎尔在那里遇到了一位为游客提供热气球游览项目的朋友，和他聊了一会儿。（他的朋友长得帅极了，我很庆幸自己没有和他一起游猎。）停车场里有一辆载满狂热的背包旅客的敞篷游猎车，他们从拖车里爬下来后，一个沉浸在恐惧的阴影中的家伙假装冷静地用手在备用轮胎上不停地敲了起来。法扎尔告诉我，一对夫妇走过我身边时，男人大惊小怪地说她（指"我"）不得不独自旅行真是可怜，直到旁边的女人让他闭嘴，说："当心，她的丈夫走过来了。"上帝啊，让我离其他人类再远一点吧。

当我们晚上抵达恩杜图的游猎旅馆时，我的嗓子肿了起来。我的茅草顶小屋坐落在一条石路的尽头，在傍晚的阳光下金灿灿的。一切都说明这个地方为欧洲人所有，每个细节都是白人游客梦寐以求的凯伦·布里克森的非洲梦的完美诠释。而且，它还很符合"绿色"环保的要求。雨季收集的雨水经过过滤和净化作为饮用水。旅馆老板也很像我的女性榜样们。其中一位女士性格开朗，已经 70 多岁了，名叫阿德杰·格尔茨玛，她早在 20 世纪 70 年代就来到这里研究恩戈罗恩戈罗火山口。我听见她在一句话里偶然提到，她在火山口附近、在车里住了三年，期间没见过其他人类，除了玛格丽特·吉布。她从玛格丽特那里购买食物，后来和她一起买下了荒废的恩杜图营地，并将其进行了翻新。

晚餐前，我在篝火旁坐了一会儿，在黑暗中仰望头顶上方的星空。我听说，有时候会有犬羚来到篝火边，我有点希望见到凯伦的羚羊露露。

第二天早晨，四周光线还很暗，我们在平原上发现一头孤独的雄狮。它显然感到有必要划定自己的领土，因而发出了各种各样的咆哮声，叫了好一阵子。从低吼声、各种咕噜声和鼻息声开始，但是当他的嘶吼声达到最大时，我控制不住自己了，我的手本能地伸向喉咙，整个身体开始颤抖。狮子的黄色眼睛直勾勾地盯着我。当我通过双筒望远镜回望他时，我的血液几乎凝固了。它的头部和口鼻非常庞大，鬃毛呈深棕色，身体肌肉发达，这正是凯伦所描述的那种狮子。它用全身的力量怒吼，一连串令人胆寒的声音从他的身体内部涌出，滚滚而来，如同来自地球深处的地震，或隆隆的雷声。它用庞大的身躯发出了穿透力极强的、极其低沉的声音，在数平方英里之内的大草原上久久回荡。

我感觉好像此前从未听过狮吼声，尽管我本以为自己看过成千上万的自然纪录片，更不用说常常听见的美国米高梅电影公司的标志性狮吼，已经对这种声音相当熟悉了。我记得凯伦说过，远方的狮吼根本不是一种声音，而是一种空气的剧烈震动。后来，奥利告诉我，狮吼声的频率非常低，很多录音设备都录不到。为了录制狮子的吼叫声，他曾试过很多次，但最终录下来的只有鸟鸣。

我们沿着恩杜图湖岸边行驶，看到一只大耳狐正在巢穴边处理晨间事务；看到湖岸上有牛羚幼崽的遗骸，也许它们还不知道这片碱水湖中的水如果饮用过量就会中毒；看到几头大象在草地上成捆地采摘黄色花朵；看到长颈鹿在一个小池塘边喝水，它们将前肢张开足够宽，使长长的脖子能够垂到干燥的平原上，碰到明蓝色的水流；看到平原上有羚羊头骨和奋力推着粪球的甲虫。早晨的空气清新凉爽，微风宜人。

最后，我们遇到了三头猎豹，它们正在早晨的阳光下晒太阳，法扎尔掏出早餐。他说他擅自修改了早餐，因为就在昨天，我碰巧提到那是我在一天中最喜欢的一顿饭。我将不得不为这个"令人垂涎的早餐篮"额外支付整整 6 美元，因为恩杜图的厨师今天早晨四点就要起来烤餐篮里的面包。"我希望你不要生气。"法扎尔说。

我没生气。相反，我开心得不知该说什么好。车顶上铺了格纹桌布，上面摆好盘子、刀叉、餐巾、金属茶杯、热水壶，然后放上新鲜的培根、煮鸡蛋、一篮新出炉的香蕉面包和薄煎饼，再加上酸奶、水果沙拉、黄油、果酱、蜂蜜和橙汁，而且我们身处在猎豹群中，沐浴在晨光下，背景音是鸟儿的合唱。我感动得把自己噎着了。法扎尔警告我，有时候猎豹会跳到车顶上欣赏风景。我不知道那会是什么情形，不过我不在乎。

我们终于离开恩杜图和塞伦盖蒂，等待我们的是驶向塔兰吉雷国家公园的漫长旅途。在穿越炎热干燥的奥尔杜瓦伊沙漠的惨烈的颠簸路途中，我们遇到了许多探险队，他们的汽车都坏了。有些人正在更换轮胎，有些人试图修理引擎，有些人在等待多余的配件。由于法扎尔停下来为每一个遇到困难的人提供帮助，我们的行程一再拖延，他帮助一个人启动汽车，把我们剩下的午餐盒和瓶装水给了另一个人。我完全理解。如果我被困在这片地狱般的平原上，我也会热切地希望有人能停下来。

有一次，我们停下来帮助一辆抛锚的车，这时一位年轻的马赛族妇女跑到我们车前，她的背上还绑着一个婴儿，想要向我们兜售用金属线串成的五颜六色的珠串手链。当她看到我独自旅行时，她非常高兴，想送给我一条手链。"我爱她！"她用斯瓦希里语大喊（法扎尔为我翻译成了英语），然后兴奋地单脚跳着跑走了。

塔兰吉雷——我的游猎旅行的最后一天。

站在半帐篷式小屋的前面，我可以俯瞰峡谷的壮丽景色和动物饮水处，我想，我已经到达了目的地。但是，当我们驶入塔兰吉雷清新宁静的绿色世界时，我意识到在稀树大草原上度过十二天也是一段相当充实的自我认识之旅。一开始你很害怕，然后在某个时刻开始感到放松，最后你不可避免地要面对最真实的自己。

我们正在经过几棵古老的猴面包树时，法扎尔再次提出了关于我"沉默寡言"的问题。坦白地说，他真的有点惹恼我了。现在已经十二天了，我一直在努力地使自己尽可能健谈，陪他说话难道是我的职责吗？

事实证明，在旅途中，他经常不得不解释我为什么"不爱交流"和"显得生疏"。显然，在当地文化中，沉默是不礼貌的，只要我不是在不停地说话，就会被认为是脾气暴躁或者不高兴。如果我安静地坐在那里写作，人们会以为我在写投诉！例如，在阿鲁沙国家公园，法扎尔会提前告诉护林员，我不会在前往瀑布的路上说太多话，这样护林员就不会觉得奇怪。后来那个人还感谢法扎尔的提示，说如果没有这个提示，他会以为这次远足是失败的。实际上，我给护林员小费时，他甚至感到惊讶。搞什么啊！我能和这个护林员聊些什么呢？他本人就一言不发，只是拿着来复枪走在我前面而已！

我真的被惹恼了。我知道自己不是世界上最会社交的人，尤其不擅长和素不相识的人聊天，但法扎尔也太过分了。

还不止这些。我一直很高兴我们在整个旅途中的互动既专业又友善，现在法扎尔却要毁掉一切，开始发牢骚。我简直不敢相信我的耳朵。

他之前曾经和我谈论过人际关系，但在我看来是在相对抽象的层面上。如果你与某个人在同一辆车上相处十二天，你们之间的谈话必然会转向与眼前车窗外的大草原生态无关的话题，包括一些相对私人的事情。我了解到法扎尔离婚了，他与 4 岁的女儿住在一起。我知道他想收养更多的孩子，至少要再收养两个。我知道他与许多客户成了好朋友，并且他正计划前往瑞典和丹麦探望其中几位朋友。同样，我也告诉他很多关于我个人生活的种种事情，包括我的工作、旅行、家庭状况。但是现在，问题却开始转移到新的领域：你能想象自己与外国人约会吗？你理想中的男人会具备什么素质？如果有人带你出去吃晚餐，你最喜欢哪种餐厅？只是假设而已，你懂的。你能想象自己住在非洲吗？什么样的生活水平能够满足你的需求？噢，顺便说一句，恕我直言，你看上去比实际年龄至少小 10 岁，你是怎么做到的？

我觉得这些问题很奇怪。整整两个星期以来，我一直就是个汗流浃背、皮肤松弛的中年妇女。面对法扎尔提出的新问题，我拒绝敞开心扉。在同一天内完全摊牌，这就是你的计划吗？难道是孤注一掷？法——扎——尔，你可不能这样！

对于这些假设性的问题，我尽可能地敷衍了事。

"听着，在同一辆车里共处十二天确实很久。我希望我们能保持朋友关系，工作中的朋友关系。"

"我们能把那个形容词去掉吗？"

"不行，因为我怀疑你和我对朋友关系的含义理解不同。"

"你没给我留下多少机会。"他抱怨道。

但是他没有放弃。

"我在想可以带你去哪。不能去俱乐部，因为你不喜欢那里的活动。不过，或许可以去阿鲁沙国家公园？他们为工作人员留了一个小别墅，能看到壮美的乞力马扎罗山，我们可以在那儿过夜。"

好呀，我们当然可以。

你为什么要毁掉这一切，毁掉我们之间如同凯伦和法拉赫的关系？对于这个名字同样以"法"字开头的值得信赖的男人的故事，他当然一无所知。难道事情一定会变成这样？我们又为什么要开始这个愚蠢的游戏？

法扎尔还在不停地说。我静静地坐在那里，不怎么说话，大约和往常差不多。

他直截了当地告诉我，他是故意将抱怨（好吧，用他的话说就是

"谈论友谊")留到最后一天说的。看上去这种情况经常发生,在游猎旅途中的某个地方,独自旅行的白人女性会陷入一种无可比拟的迷醉感。大自然是如此广博,游猎经历几乎无所不包,而世界的其他地方又显得如此遥远,这些女性会希望通过性爱来加强这种体验,许多向导都乐于抓住这个机会——你懂的,为了维持客户关系。

我望向窗外,绝口不提我在洛博时的胡思乱想,其实,有一天在天堂般的大草原上,我确实想到了性爱。按照法扎尔的说法,那是一种常见的生理反应。

法扎尔继续说道,不幸的是,这些感受和想法与在夜店喝酒喝到凌晨三点的感受颇为相似,第二天一定会感觉不妙。他自己永远不会在游猎途中利用这种情形。不过他认为,在旅途的最后一天,一切即将结束,这时试探一下客人的想法是完全合适的。谁知道此后我们的友谊会如何发展呢,他说。

我没有勇气告诉他我已经心知肚明的事,那就是,他不是我喜欢的类型,我不想谈恋爱,而且时间也不会对此有任何影响。

夜幕降临时,我终于走进自己的帐篷。一进去,我就哭了起来,因为这筋疲力尽的十二天里累积的疲惫,也因为这趟令人难以置信的旅程即将结束,而在这个星光灿烂的夜晚,在非洲,有人向我提供了我确定自己不需要的东西。我之所以哭,是因为我不知道该怎样继续活着,我似乎以某种令自己无法忍受的方式成了自己的囚徒,我好像无法从周遭的一切事物中汲取他们能够提供的价值。我之所以哭,是因为我刚刚意识到,这是我在大草原上度过的最后一个夜晚,这是我一直以来梦寐以求的远离文明世界的地方。我还能更有效地利用那些时间吗?也许不能。但是我知道,与世界隔绝两个星期会使一个人开始与自我对质,而且,也可能会使一个人紧紧抓住身边的任何人。

最后一天的早晨到来了。我躺在床上,透过蚊帐望向外面,倾斜的阳光照亮了塔兰吉雷的绿色金合欢树和大草原。我想:我可能不是我想成为的那种女人，但凯伦也一样。

【凯伦的信】

1926年9月5日。最亲爱的汤米，去年，我得出了一个结论，我的生活如此艰难的原因是贫穷。听起来可鄙可憎，我花了好长时间才真正接受了这一事实——为了每年得到5000英镑[①]，我甚至愿意拿一条腿来换，因为我觉得少了一条腿，我仍然是我自己，但是没有钱却要做自己，实在是太难了。一个人承认因为贫穷而感到痛苦，是不是比因为孤独或恐惧而痛苦显得更糟？

1928年9月13日。最亲爱的艾伦，我自己得出的结论是，幸福并不取决于外部环境，而是一种精神状态。随着岁月的流逝，一个人将学会如何理解和整理生活中那些不重要的细节，这能够让他勇于做自己。例如，我知道我一定不能变胖；我最好忍受住饥饿的痛苦，因为变胖会"束缚我的风格"。我还知道，我是一个势利眼，如果我不能和贵族或知识分子在一起，我就必须和无产阶级在一起，或者说在这里相当于是无产阶级的原住民，因为我无法忍受和中产阶级生活在一起。

阅读凯伦的资料时，从一开始，我就感到某种令人不快的疑虑一直在困扰着我，如果她不是我想象中的女性榜样呢？回忆录《走出非洲》中的叙述者显得镇静、勇敢和聪慧，但是她的信件和传记却展现出了一个截然不同的人。许多资料都提到了她做作又虚伪的行为。丹尼斯就像她在绝望中抓住的救命稻草。她的情绪极不稳定，这还是委婉的说法。她对狩猎的热情令人瑟瑟发抖。另外，所有的信件都清楚地表明，她会将同一个事件写成很多不同的版本告诉不同的人，她常

---

① 1英镑≈8元。

常撒谎。而且，如果问问当代非洲作家对她的看法，凯伦的殖民者态度一定不会得到好评。她真的是值得我在深夜想起的人吗？

凯伦·布里克森的读者都熟悉这个自信、睿智、能干且公正的女人，她以佛陀①般的镇定和温暖的幽默感对待生命中遇到的一切。

但是还有其他版本的凯伦。

在写给哥哥托马斯的信里，凯伦没有过度美化自己。这个凯伦是一个犹豫不决、体弱多病、精神抑郁的女性，她的情感就像过山车一样起起伏伏，她害怕一大堆东西：经济困难、失去农场、失去爱人、独自旅行、独自生活，还有她自己的软弱。这个女人经常内心恐慌，不想继续活下去。这个凯伦的世界完全依赖于丹尼斯：当他在身边时，她欣喜若狂；当他离开时，她瘫倒在床上，一无是处。

相比之下，在写给母亲的信里，凯伦则无忧无虑、爱玩爱闹，她遇到的问题都不值一提、很快就会过去。凯伦总是让母亲觉得她的婚姻挺好的，对自己的疾病轻描淡写，甚至谎称没什么问题（只是有点轻微的中暑！），维持着一个开朗活泼、好脾气的外表。不过，我们中间谁不会这么做呢？

还有传记作者笔下的凯伦：一个自相矛盾、令人不悦的人，以自我为中心，反复无常，虚伪。这些作家将七宗罪甚至更多的罪恶统统扣在了她的头上。

（1）凯伦是个傲慢的、野心勃勃的人。

（2）凯伦情绪不稳定，一会儿极度绝望，一会儿狂喜，而且很容易感到沮丧。她总是把仆人的疏忽和健忘看作针对她本人的侮辱或者对她的背弃。

（3）凯伦总是为所欲为，因为没人敢反对她。人们害怕她："你会感

---

① 佛教创始人，圆满觉悟真理者的总称。

觉，她随时可能突然向某人开枪。"

（4）凯伦总是在扮演着某种角色。与她的朋友们在一起时，她坦率而放松，但是如果一个她不太熟悉的人加入他们的行列，她可能会换上一种谁都认不出的做作口气说话。当她想给人留下深刻的印象时，她会变成一位非常迷人、自负的、精通世故的女人。显然，她的"智性"和"近乎疯狂的能量"让男人感到紧张。对于那些她看不上的人来说，她如同一座冰山，而且她也不是真的喜欢孩子，她像旅行产品推销员一样贪婪地研究着小孩，想知道自己如何能够用最少的努力摆脱他们。

（5）凯伦常常编造和美化故事。有时谎称自己的年龄，有时故意抬高同伴的社会地位，有时她会把别人的英勇行为归功于自己。例如，她曾经声称自己用枪打死了一头狮子，而那头狮子明明是丹尼斯的猎物。她在书中歪曲事实，使它们看上去好于实际。在阅读《走出非洲》中她如何勇敢、冷静地独自骑马驰骋于非洲大草原时，你要记住她的哥哥托马斯的评论，说她无法自己跨上马背，如果她召唤来帮助她的"男孩们"不能让马站好不动，她就会对他们发脾气。

（6）凯伦很自私。在姐姐埃亚死后，她要求母亲到非洲来，并拒绝认识到母亲此时更重要的任务是照顾埃亚的小女儿。在凯伦看来，她的外甥女还能和外婆一起待很多年，但她没有那么长时间了。

（7）凯伦是个势利眼。她想要与众不同，而且急切地希望变得富有。在某些圈子里，她以戏剧性的着装和穿着自己猎到的动物毛皮而出名。

（8）有人甚至声称，凯伦的梅毒并不是布鲁尔传染给她的，而是在一次巴黎之旅中感染上的。

一个难以理喻的女人，魔鬼的伴侣，虚构故事作家？还是书中勇敢、冷静的凯伦？至少她知道如何给自己打造品牌。

读完她的传记，我感到困惑、惶恐，坦率地说，我对凯伦很生气。她真的是一个精神错乱的贱女人吗？后来，我重读了她从非洲寄出去

的信件，却逐渐发现她的传记作者朱迪斯·瑟曼可能把她写得比实际更坏一些。瑟曼紧紧抓住她在所有脆弱的时刻写下来的每一句话，断章取义，让凯伦听起来非常令人讨厌。我从头到尾阅读这些信件的时候，发现这些话其实是可以理解的，没错，而且非常符合正常人的反应。瑟曼！你试试去一趟非洲，独自生活，穷困潦倒，十八年一直生病，只能通过信件与外界交流，而且常常要几周甚至几个月才能寄到，然后看看你会不会经历这些脆弱、自私、沮丧或绝望的时刻，感觉好像你独自生活在地球上，没有任何人能帮你！确实，凯伦占有欲强、自私，而且情绪波动明显。她一定要想尽一切办法将自己的弱点隐藏起来。不过我们不都这样吗？

当我重温凯伦写的《走出非洲》时，一切都显得不同了。这本书卷首的引语来自希罗多德[①]，"骑马，射箭，说真话"，现在我知道了，这本书是文学作品——对现实的半虚构性浓缩。我知道她的冷静只是虚张声势而已。"当农场上的时光索然无趣时……"凯伦不经意地提到，就好像她遇到的那些困难只是一个幸福快乐的故事的小插曲而已。事实上，这句话指的是整整十八年间在不适宜咖啡生长的气候下种植咖啡的困难、令人头痛的干旱、蝗虫、周期性资金短缺、孤独、疾病、感情危机、流产，还有一直悬在头顶的威胁，就好像一切努力随时都有可能化为泡影。

与此同时，她笔下的非洲就像一座失乐园，展现了一切本可能成为的，甚至曾经成为过的完美的、理想的图景。在这个世界里，凯伦不害怕，不会躺在床上哭好几个星期，她是聪慧勇敢的。这个世界里的凯伦经历了种种困难后得以幸存，冷静地盘算着她的生活，就像从空中（像丹尼斯坐在飞机上一样）俯瞰大地，在足够远的距离之外观察时，就连痛苦都会看上去很美。这就是我在夜晚想起的那个凯伦。

[①] 古希腊作家、历史学家。

我追随着她的脚步来到非洲，想要更好地欣赏她。

或许这也是凯伦本人在夜里想到的那个凯伦，她的优秀自我，她毕生追求却未曾实现的理想。我们都希望自己能够成为她。

在行动中失踪

我回到奥利和弗洛提的客房，浑身疲惫，已经开始想家了。这里一如往常，建筑工地那里没有任何进展，还没通电。弗洛提在头发里编入了新的带红色的发辫，很好看。但是我的心仍然在别处，在另一个宇宙里，完全不想回来。奥利了解我的感受。为了安慰我，他向我展示了几年前从马赛人那里买到的宝贝——一个狮子毛团。真是令人惊叹，那是一个高尔夫球大小的黑褐色实心毛团，大草原上的风将它打磨成了一个完美的圆球形，它散发着古老的荒野气味。我惋惜地深深地吸了一口气。

奥利想知道旅途是否顺利，问我有什么印象深刻的地方，我试图讲些什么，但是那一切就如同一场梦。我无法开口解释那个深深地镌刻在我的脑海里的最重要的时刻：从恩杜图到恩戈罗恩戈罗火山口的路上，我们停在一望无际的大草原上，下车走了很远，直到车变成了地平线上的一个小黑点。举目四望，除了我们两个人，什么都没有，微风徐徐，斑马、羚羊，可能还有豺狼卧在某处草丛里，背景是雾气缭绕的恩戈罗恩戈罗山，时间好像停止了。照片里的我身处无边无际的草之海洋中，缩成了一个微不足道的生命。

那时那刻，旅程的倒数第三天，人类的渺小，我只是风景中一个微乎其微的细节，多么令人神清气爽的想法。

我计划最后一周去肯尼亚，但是最近那里的恐怖袭击增多了，我不太想去。我从新闻中了解到，美国已经发布肯尼亚旅游禁令，英国已将游客撤离并取消了往返航班，由于新一轮罢工和绑架的威胁，芬兰的肯尼亚使馆敦促游客要非常谨慎。这一切让我感到非常焦虑。我决定将内罗毕的行程缩减到几天之内，在这里多待一阵子。

　　奥利听了我的游猎故事一段时间之后，我能看出来他有一种回到丛林去的冲动，而我开始琢磨是不是应该想办法诱惑他带我们去露营旅行，几天就行，正好现在我有多余的时间。在我回去后的第二天，只是为了好玩，奥利开始计算前往姆科马齐国家公园住几个晚上要花多少钱。我们需要一个厨师和一个机修工、帐篷、四十加仑①的水、食物，也许还得有一套户外淋浴设施。四天三夜的行程，包括汽油费、公园门票、随行人员工资和食物花销在内，一共 800 美元。我能负担得起吗？他给了我两个小时的时间考虑，因为我们后天就要出发。救命！但这是否意味着我终于能体验到凯伦式帐篷游猎了？

　　我一直想在公园里扎营住帐篷，但是现在我必须承认，如果真的这么做，我很害怕。我不是个适合露营的人，而且我的露营经验不多。奥利说，姆科马齐的动物不多，让我不必担心。不过那里气温很高，甚至比塞伦盖蒂还要热，必须要时刻注意预防脱水，那厕所呢？他没有把厕所列在清单上，而我又不敢问。我知道怎样在地上小便，但是四天的行程中我肯定还会有其他诉求。我真的很想知道凯伦在她的游猎旅行中是否会带便盆，哪怕是一个壶呢？我很不高兴，她在信中对这些事情只字未提。嘿，给传记作者提个醒：这是人们想要了解的基本知识！人们在野外怎么上厕所呢？

　　奥利证实了我的猜测：没有厕所。我可以随身带一把铲子进灌木丛里解决。不过，这似乎是我即将面对的最不重要的问题。奥利之前曾经提到，在姆科马齐几乎不会看到任何动物，我以为他的意思是没有多少动物，但是事实上是有的。那个地方特别荒凉和原始，以至于动物都会躲在人类的视线外。在姆科马齐，如果你来到大象附近一百码处，它就会开始准备进攻，因为它感觉自己受到了威胁。在塞伦盖

---

① 1 加仑（英）= 4.546092 升。

蒂，狮子已经习惯了游客的车，但奥利在姆科马齐从没见过一头狮子，夜里却一直能听见它们的咆哮。不仅如此，奥利还兴致勃勃地告诉我，那里的狮子是"著名的食人狮"，就是一百年前凯伦在读了一本令人毛骨悚然的书——《察沃的食人魔》后写到的那种。"当然，"奥利安慰我说，"你听到的有关狮子把人从帐篷里拖出来并吃掉的故事都是胡说。如果有这种情况发生，那就是因为有人没拉上帐篷拉链，或者有人把头伸到帐篷外面睡觉！我们会没事的。什么？晚上去外面上厕所吗？呃，相对来说应该是安全的。"我怎么有勇气参加这种旅行呢？我去冒险的唯一动力就是体验一百年前凯伦在帐篷里睡觉的那些经历的愿望。没有旅馆，没有习惯了游客的动物，除了汽车外没有任何避难处，而且他们并不是一直有车。

我告诉奥利我很害怕。他说，恐惧是人类自然情感中的一种，但西方人通常不知道真正的恐惧是什么感觉。从另一个角度看，睡在非洲的城市里和大草原上的帐篷里，你就会知道什么叫作为自己的生命担忧。唯一的问题是，你能否控制住自己的恐惧。他告诉我，他对大自然一点也不怕，但是在阿鲁沙却感到害怕，因为他被抢劫了很多很多次。

我不知道凯伦在游猎时是否感到恐惧，我不记得她曾写过这一点。不过也许与布鲁尔或丹尼斯在一起，她根本不会害怕。也许你在和自己倾慕并完全信任的男人一起旅行时，就不会感受到恐惧。

奥利开始制定旅行计划。他迅速地与机修工一起检查了汽车，和厨师一起计划如何采购食品。他往车里塞满了东西，有帐篷（包括一个军用餐棚）、睡垫、睡袋、露营椅、锅碗瓢盆、餐具、露营厨房设备、盥洗盆、提灯、自来水、饮用水、备用轮胎、千斤顶，还有各种工具。我用水桶洗了衣服，把自己要带的东西装好。几天前我就开始感觉胃不舒服，最近愈发严重，所以我吃了奥利提供的抗生素药，这种情况必须在明天早晨之前得到控制。药效让我感到疲倦和迟钝，但是我告诉自己，只要能让我感觉舒服一些，吃什么药都没关系。

清晨，弗洛提用一顿丰盛的早餐给我们送行。她祝我们旅途愉快，她承认她无论如何都不敢在大草原上露营，因为她非常非常害怕狮子。

我只是努力想着，关于游猎的一切都无与伦比，令人着迷。

姆科马齐国家公园的丁德拉露营地在山顶的一个小悬崖边，可以俯瞰底下向远处伸展开来的绿色大草原和一片长满睡莲的小湖。现在天气多云，但是在晴朗的日子里，还能看到从一片山峦后面伸出来的乞力马扎罗山的山峰。在公园的入口处，我们被告知我们是唯一的访客。这真的不是哄骗游客的手段，他们每年只能看见屈指可数的少数游客。这个地区荒蛮而原始，也许有点像一百年前的整个东非大草原。公园与外界没有任何联系，你需要自己带好所有需要的物品。

我们一到达营地，个子不高的帕尔族厨师阿卢瓦立刻着手将他的烹饪设备安装在悬崖边的石护岸上。他点燃了木炭火，开始烧开水泡茶、择菜和腌鸡腿。原来阿卢瓦一直以为这次旅行只有两晚，购买了三天而不是四天的食物。作为一个极易低血糖的人，我快疯了，想象着我们的最后一顿晚餐将只有一个鸡蛋和一杯水……难道要像凯伦一样捉住一只羚羊来吃它的肉？但是经过一番思考，厨师说食物是够吃的。不过，他还是抱怨整体的食物预算太少了，他习惯在豪华游猎旅行公司工作，在那里他不用在食物原料上想方设法省钱。而且，这次行程太短了，只有十天的旅程才能让他的超凡厨艺得到充分发挥，阿卢瓦将这次旅行的风格定义为低价豪华款。我坐下来吃他做的晚餐时，才明白他的意思。

从一个芬兰人的角度看，在露营旅行中雇佣厨师着实显得有点夸张，但是在这里却是常规操作。这里的人不会打开一罐豆子汤放在炉子上热一下就吃，就连奥利在他十六年的游猎工作期间也从未不带厨师就出行过。他告诉我，他可以连续七周住在灌木丛里，没有淋浴和厕所，但是不能容忍晚餐桌上少于三道菜。我的理解是，如果你在旅途中要工作，就不能把时间和精力浪费在烹饪上。此外，这里劳动力很便宜。厨师和机械工的工资是每天每人 2 万先令，平均不到 9 美元。

即使某些精打细算的北欧人决定不雇厨师，那么雇佣一名汽车修理工仍然是至关重要甚至生死攸关的。如果没有汽车修理工麦克斯和至少一加仑的水，即使车程很短，我们也不敢离开营地半步。如果汽车发生故障（在这种环境下经常发生），是不可能找到人来帮忙的。电话打不通，而且数十英里内一个人也没有。白天，姆科马齐的温度会飙升到 90°F 以上，因此你在一辆破旧的汽车里坐不了太久，也无法步行去任何地方。

奥利和麦克斯把帐篷搭了起来。军用餐篷实际上只是一个简单的遮阳篷，下面放着餐桌和椅子，桌上铺了桌布，放了果汁和茶水。两名雇工将共用一个帐篷，奥利则睡在一个单人纱管帐篷里。他可以躺在那里看一夜星星。他告诉我，那个帐篷过于"通透"，以至于他的两名雇工都不肯睡在里面。在我们出发之前，奥利曾经问我是否也想要这样的帐篷，我回答说我想要他能找到的最厚最硬的帐篷面料。结果他们为我搭了一个能住四个人的帐篷，内部帐篷外面还有一层外部帐篷。当然，即使是这样的帐篷也不能抵御一群大象，但如果其中一头大象决定踏过我的帐篷，至少我会感觉比睡在透明纱管帐篷里更安全。

露营设施基本就是这样。一条树枝上挂着毛巾，下面放了一个盥洗盆，在我帐篷前面的一块岩石上放了一卷卫生纸，供我在户外迅速上个厕所时用。奥利还向我展示了一个更像厕所的厕所，只要往露营地边的长草丛里走上几步就能看见，那是一块中间有个大洞的混凝土板，上面铺满了石块，可以想办法把它们堆成一个便座。

日落之前，我们开车出去兜了一圈儿，想去看看奥利所说的坦桑尼亚最美丽的风景，但是没有成功——河水泛滥，路被淹了。阿卢瓦留在营地准备晚饭，尽管他似乎不愿意独自待在营地，这里甚至没有可以提供保护的汽车。如果一只狮子闲逛到这里来，他唯一的活命机会就是爬到厨房旁边的树上。不过，阿卢瓦做的晚餐真是太棒了。大约在晚上六点三十分，太阳落山了，突然间周围一片漆黑，蟋蟀和青蛙的叫声震耳欲聋。我们坐在军用餐篷下面，借着一盏小户外提灯的昏暗灯光，阿卢瓦拿来面包，把韭菜香菜汤盛到小钢碗里，作为前菜，主菜是一大盘罗非鱼配香菜土豆、美味的卡初姆巴里沙拉和黄油煎豆子、胡萝卜，甜点是甜菠萝片。后来我得知，这就是阿卢瓦抱怨的"抠门的预算"造成影响的地方，奥利画掉了厨师的购物清单上所有"无用且愚蠢的东西"，例如作为甜点的巧克力慕斯。"我们在灌木丛里不需要什么巧克力慕斯！"奥利粗里粗气地说。"你会想要吗？"现在他问我。

刚刚八点钟，我们已经回到帐篷里了，我戴着头灯写下这些文字，在一片黑暗中没什么其他可做的事。我换上睡衣，躺在睡袋上，浑身是汗。当然，晚上可能会变得很冷，到时候我会钻进睡袋里。我听到其他帐篷里传来声响，奥利打了个哈欠，两个雇工在小声聊天。我在帐篷里感觉像在子宫里一样，非常安全，身处一切之中，同时却拥有我自己的（想象中的）避风港。

凌晨一点，我听到了一头狮子的吼声，那低沉的、金属碰撞般的、让人血液凝固的、震动大地的轰鸣。它好像是从下面的平原上很远的地方传来的。这头雄狮彻夜在他的领地巡逻，发出一系列变化繁多的吼声，每隔一刻钟就会飘到我们的耳朵里，一直持续到早晨，缓慢地从东向西移动，路过我们扎营的悬崖底下。我一秒钟都没合眼，也不敢出去尿尿。而且，帐篷里全是虱子，我对它们发动了一场无休无止的战争。

早上，我得知现在正是姆科马齐虱子最活跃的季节。我们在穿过齐腰高的草丛走到厕所的路上已经中了招，虱子跳到我们的衣服上，被我们带回了帐篷。奥利说他在这里两次被叮咬后发烧，说他终于在芬兰找到了一种有效的抗生素，"但是他们停产了"。好在虱子不会直接叮进你的皮肤里，它会先在皮肤褶皱中藏上一两天，如果我能及时把它们除掉，就不会有任何危险。

早晨五点钟，阿卢瓦开始生火做早餐。奥利也因为狮子和虱子的出现，一夜没合眼。太阳升起之前，他往山坡上的厕所那边走，一边大喊一边拍手，因为晚上他听见有豹子在斜坡上咆哮。我一想到有豹子，就完全失去了去厕所的欲望，在路中间迅速小解一下就足够了。

日出绚丽壮观，东侧的群山沐浴着橙红色的光芒，西侧的山脉笼罩着一层薄雾，看起来像被柔软的白色毛皮或者一层毛茸茸的霉菌所覆盖。从厨房所在的区域，我们隐约可以看到乞力马扎罗山的顶峰。阿卢瓦做了蔬菜煎蛋饼、炸香肠和番茄、吐司以及牛油果片和水果片作为早餐。如果我们经过这趟旅行得以幸存，至少我们不必担心饿死的问题。

天空半阴半晴，空气已经非常湿热了。我们把帐篷收起来，8点准时出发。

丁德拉地区绵延起伏的青翠大地很快就变成了一片干燥的红沙沙漠，银灰色阴影下的金合欢树和密不透风的荆棘丛仿佛在发光。在途中，我们看到了小旋角羚、狷羚、令人印象深刻的东非长角羚和非洲长颈羚，它们用前蹄往树上爬，啃树顶的叶子。在坦桑尼亚全境内的很多动物，我们只有在姆科马齐才能看到。

我们的目的地是肯尼亚边境的毛雷，路上要花费好几个小时。奥利想在途中的基西马停下，装满我们的水罐，顺便看看他的朋友托尼在不在。托尼确实在，配备卡拉什尼科夫冲锋枪的守卫告诉我们，往里面开，山上那座与景观融为一体的石房子就是托尼的住处了。它一定是附近唯一的房子。

托尼·菲茨约翰年近70岁，是个与众不同的人物。小时候，他在肯尼亚跟着乔治·亚当森工作了18年，他们在恶劣的条件下与野生狮子一起生活在科拉自然保护区里。乔治·亚当森是一位传奇的狮子护卫者，他一生致力于保护狮子，并把人工饲养的个体放归野外。他的妻子乔伊·亚当森为狮子艾尔莎写了《生而自由》一书和两部续篇。1971 年，由于之前的助手被狮子咬死了，乔治聘用托尼为助手，那时托尼 26 岁，在非洲的阴暗角落里勉强谋生。在一张近乎不真实的照片里，这位帅气十足的年轻人赤裸上身和狮子扭打在一起，看起来很像泰山。

1989 年，正值肯尼亚政治局势动荡，乔治·亚当森被偷猎者杀害（乔伊在近十年前就被谋杀了），托尼也成了不受欢迎的人，不得不离开肯尼亚。他搬到坦桑尼亚，来到当时情况极糟的姆科马齐自然保护区，开始开发它。他发起了一个恢复公园非洲野狗种群的项目，当时这个种群几近灭绝；后来又为犀牛建立了围栏保护区，这个区域非常大，围住了一整座山。第一批濒临灭绝的犀牛是从南非空运来的，如今共计 25 头左右。该地区设有一个教育中心，孩子们可以在那里学习自然保护和犀牛的相关知识，水坑旁还建了一个地下观景台，以便游客观察待在水里的动物。他凭借坚忍不拔的精神和钢铁般的意志，几乎是独自一人获得了所有这些令人难以置信的成就，如果没有这种精神和意志，与这里如腐败、偷猎和非法放牧等永恒不变的问题进行的斗争，以及提升自然保护意识的努力，都是不可能成功的。姆科马齐在 2008 年被列为国家公园，在很大程度上都要归功于他二十年来的工作。这几天，托尼雇用了 40 多位本地工人，他一直通过无线对讲机与他们保持联系，我经常听到他用斯瓦希里语下达指令，声音轻而低沉，给人一种不容置疑的感觉。

托尼是个彻头彻尾的自然保护主义者，但他的脾气一点儿都不和善。他以难以接近的暴躁脾气和直言不讳而闻名。当地人要么害怕他，要么恨他。几年前，奥利第一次来他家，他的欢迎词是"立刻给我滚开"，旁边还有一名武装警卫配合。托尼尤其讨厌研究人员，他们带着自己的理论出现在这里，却一点儿都不了解实际情况。事实上，如果托尼在这方面有发言权，研究人员肯定不会被允许靠近这个地方。他说："我不和人打交道。"但他承认如今他的脾气已经好多了，不再"喝酒、偷盗、吸毒或殴打妻子"。不过，他仍然无法忍受擅自闯入者或额外的客人，因此阿卢瓦和麦克斯必须全程坐在车里，不能出现。托尼知道自己招人恨，不想让当地人看到他的生活方式。也许是因为他本人所处的境地非常微妙：自然保护并不总是受到被逐出家园的当地居民的欢迎，尤其是如果导致他们被驱逐的幕后黑手恰好是性情暴躁的"姆宗古"们。这可能就是为什么托尼的基金会最重要的任务就是培养孩子们的自然保护意识。

托尼本人是极富魅力的。他的黑色幽默比夜空还黑，我可以发誓他在和我调情。"她是谁？"我们一到达，他就恶狠狠地问奥利，甚至都没有看我一眼，不过至少没有拿枪指着我。后来，奥利反复地用"她"或"那个女士"来称呼我时，托尼说："你至少可以说她的名字吧，她叫米娅。"他坏笑着补充道："我们必须好好对待她，让她感到舒服，之后我们就可以把她煮了吃掉。"当我问他是否可以购买他几年前出版的自传《天生野性》时（奥利已经开始把它翻译成芬兰语，但到目前为止还没有联系上一家芬兰出版商），他抱怨道："我看起来像个卖书的吗？"但他随后就对着一台无线电对讲机低吼了几句，让一个人拿一本来给我，并写下了题词："送给米娅（战斗失踪人员？）"（注：Mia 的拼写与战斗失踪人员的缩写 MIA 一致），如果你没能让我的书在芬兰出版，我要你把这本书还给我！"当奥利提到我们今天在这里的经历可能会变成我的书中美好的章节时，托尼抱怨道："我不需要什么美好的章节！"我向他保证，我不会在书里夸他。

托尼难得地招待了我们——邀请我们共进午餐，午餐前还开车带我们去了犀牛保护区。他开敞篷越野车的时候像个疯子一样，吓得我抓得紧紧的，生怕他会把我颠飞，让我头朝下栽进满是刺的金合欢树丛里。我刚得知托尼的飞机正在内罗毕服役时，感到非常失望，因为我也想进行一次凯伦式的示范飞行。但是当奥利告诉我，托尼的飞行风格甚至比他的驾车风格更糟糕时（他可能会在离地面仅十米处将飞机颠倒过来），我顿时释然了。

托尼与妻子和四个孩子一起住在山顶上漂亮的不规则形状的石房子里，那里的景色简直令人惊叹。他的妻子正在英格兰的学校探望孩子们，所以托尼代替家人向我们介绍了一头两岁的小象，它从出生一周起就和他们一起生活，它的母亲死了。一天晚上，它出现在警卫棚里，弄醒了警卫，好像在寻求帮助。小象身上沾着红土，看上去呈古铜色。它看到我和奥利时，表现得有些谨慎，不过仍然允许我们拍拍它。在过去的几年中，如果我们过来的话，还可能会遇到托尼的狮子吉普，据说它的"握爪"要可怕得多。

我们在景观阳台上的大帐篷里吃午餐。"用手抓，米娅。"托尼说道，然后埋头啃起了厨房送来的烤鸡腿，偶尔停下来把手指舔干净。我们把骨头扔给猫鼬，它们一看到我们在吃饭就直奔阳台，贪婪地扑到那些几乎和它们差不多大的骨头上。午饭后，托尼不拘礼节地说他要去睡个午觉。"出门时，记得去看看那些非洲野狗，"他说，"另外，后天你们回来路上经过这里再停一下。"然后，他一边走进房子里，一边对着无线对讲机说话。

晚上，我们来到毛雷，在宽广的大草原中间一棵大树的树荫下搭起了帐篷。日落之前，我和奥利到附近的湖边散步。奥利找到了各种动物的踪迹（看，这儿有斑马的蹄印，那儿有一头水牛的踪迹，还有新鲜的狮子脚印），我努力让自己的视线不离开地平线，并保持呼吸平稳。这里没有汽车作为庇护所，我突然有种奇异的感觉——自己就像在裸奔一样。

晚餐后，我们就直接去睡觉了。上方澄澈的星空如同穹顶，能看到星云、银河，还有颠倒的北斗七星。出乎意料的是，我不再感到害怕。我立刻沉沉睡去，睡得像根木头一样。没有虱子，没有狮吼，什么都没有。我一觉醒来已经是早上七点，太阳升起来了，云层越来越薄。奥利预测今天天气会很热。

这几天早上我只是用盆洗了脸，昨天晚上我还洗了洗胳膊上的红色尘土。明天早晨，我一定要洗一次头。尽管每天早上我都会更换衬衫、袜子和内裤，但我还是开始变臭了。奥利向我保证，在草原上的小风中，没有人能闻得到。我们定期就探险队中每个成员的肠道功能情况进行探讨（在这种生活条件下似乎是必需的），奥利为了扮演好生物学和医学专家的角色，不断追问我和消化道状态有关的尖锐问题。每当我拿着卫生纸卷走进灌木丛时，他都会问我是否需要铲子。我说不需要。我的胃肠道停止工作的原因是心理问题（与豹子有关）。

我们早上八点之前开车出去兜风，一直开到远处的卡玛科塔山。阿卢瓦留在了营地，麦克斯开车，我站在车里，从敞开的阳光棚里探出身子，奥利坐在车顶上，那是他最喜欢的位置。带刺灌木和干枯的金合欢树枝在阳光下闪着银光。这里的土壤是富含氧化铁的红土，泛着橙色、铁锈红色，甚至还有点粉红色的色泽，阳光照在上面显得非常明亮，甚至有点晃眼。有时候，周围风景的色彩就像出自某部恐怖电影或者后世界末日的科幻电影的场景。我开始理解为什么人们称这个地方为姆科马齐，这个名字的意思是"没有水"。

我们偶尔会看到几只大鸟，例如蛇鹫、白琵鹭、鹭珠鸡或南方地犀鸟，奥利一一给我介绍了它们的名字。每一组动物都像听见了统一指令一样齐齐转过身来，然后逃离我们的视线，包括伊兰羚羊、长颈鹿、斑马、疣猪等，它们都像这里的土壤一样呈橘红色。黑白色的鸵鸟在这里是橙黑色的，奔跑时高高竖起尾巴的疣猪是橙色的，斑马身披橙色条纹，长颈鹿看起来就像用橙色的铜铸成的。我们的车是橙色的，我们自己以及周围的所有东西都是橙色的，一切都覆盖了一层橙色的尘土。

我们偶尔会停下来拍照或从道路上收集弯曲的浮木，这些木头被火焰和红土染了颜色，经过大草原上的风多年的"侵袭"，逐渐变成了坚实的木块。我们爬到了卡玛科塔山上一个巨型岩石凸起的顶端，从那里可以眺望各个方向的奇妙景观。我们看到大草原上有一条直线，或者说是一条边界线，一直延伸到远处的地平线。在这条线的右边，灌木丛是银色的、干枯的，左边是绿色的、枝繁叶茂的。这条线就是雨停的地方。

当我们返回营地吃午餐时，天气已经很热了。饭后，奥利在树荫下高高的草丛里打盹，我坐在折叠椅上翻着托尼的回忆录。我想到乔伊·亚当森，书里提到了她，想到凯伦也会"选择狮子"，还有在一部纪录片里，我看到叙述者谈到她与狮子艾尔莎的关系如此亲密，是因为她没有自己的孩子。我不禁开始思考，为什么膝下无子女的女人总是被认为是一个悲剧，为什么她的行为常常被解释为"为补足没有孩子而留下的缺口"。女人没有孩子并不一定是悲剧，只是因为你走上一条路，就不会再走另一条路而已；如果不能生孩子为你的生命关闭了几扇门，那么同时也会打开其他的窗户。而且为什么男人的行为就不会按照相同的方式来解释？至少我从未见有人声称乔治·亚当森将一生奉献给狮子是因为他没有自己的孩子。

整个上午我一直在贪婪地欣赏周围的景色，一直站着，而且脑袋伸到阳光棚外面去透气，结果在阳光下暴晒了太久，导致我现在感到头疼又反胃。即使如此，我还是强迫自己参加了傍晚的旅行，因为傍晚的光线是最美的，夕阳会将一切都镀上一层金色。我们继续沿着肯尼亚边境（距营地仅几百码）行驶了很长一段路，看到一只战雕正在捕猎灰颈鹭鸨幼鸟。两国边界用一条道路清清楚楚地分隔开来，这条路像箭一样笔直地穿过起伏的地形，一直延伸到地平线。我有时会琢磨，为什么非洲国家之间的边界就像用尺子比着画的一样直。现在我明白了，如果两国交界处只有稀树草原或沙漠，就没有任何理由去划定一条曲折的边界了。

我们回到营地后开始洗头发。没有足够的水来淋浴，但是只用一盆水就能洗净两个人的头发。洗完头发，我感觉神清气爽。

为了晚上能感觉好一点，我还喝了很多水，结果到了晚上，我的膀胱都快爆炸了。我花了很长时间试图说服自己不要想着膀胱的事，但没有任何作用，不可否认，我必须起来去释放一下了。我坐在帐篷里，专心地聆听黑暗中是否有声音，但是什么也听不到。我打开帐篷的拉链，像游击队员一样用头灯扫视周围的环境，极度警觉地观察周围是否有察沃食人狮，然后我迅速地在帐篷外面蹲下来，脱下裤子，尽可能快地完成任务，再倒着走，退到帐篷里，飞速拉上拉链，才喘了一口气。我的心脏扑通扑通地跳个不停。

我承认，这可不怎么优雅。但性命攸关啊，我顾不了那么多了。

晨雾迷蒙，美得无法用语言形容。我们离印度洋非常近，夜间的湿气凝结成厚重的露水，在早晨则化成了雾气。帐篷和我们其他的东西都湿透了，就像被暴风雨淋过一样。早上偏斜的光线还照亮了散布在黄色草丛中的数百张蜘蛛网。它们在微风中轻轻摇曳，就像一片片悬挂在草茎上等待晾干的小圆形花边布一样。

这是我们的最后一个早晨，我已经开始想念帐篷生活了。（我的便秘问题解决了，现在我可以再露营一个星期。）一切都很简单，只有一点点不方便，不过最重要的是一切都清晰明了，令人放松。神奇的是，在帐篷营地的自由时间比住小木屋还要多，不用总是赶着要在各种时间限制内做完某些事，比如晚餐、供电、热水和日落都是有时限的。你必须时刻盯着时钟，为了有时间去洗澡、擦干头发、化妆和为晚餐换装，然后还得按时爬上某个特定的阳台，才能欣赏日落或日出。在营地就没有那些麻烦，你只需要坐在帐篷椅上欣赏风景、阅读或写作，即使头发很脏，也不管穿着什么衣服，都可以看到太阳落山和升起、光线增加或减少、雾气升起或消失，然后在天黑以后或者天还亮着的时候，走进餐棚里吃饭。一切都在这里，在我们周围，我们身处一切的中心。尽管在住旅馆的行程中，你依然能在大草原上度过一整天，一个人也看不到，但是到了傍晚，文明的干预就在那里等着你。在露营地，没有人会介于你与自然之间。我明白了，凯伦，我明白了那是一种怎样的喜悦感。

回到家后，我洗了个澡，洗掉了身上姆科马齐动物的那种颜色。从我身上流下来的水将淋浴房的地板染成了橙色。

【 凯伦的信 】

1930 年 9 月 21 日。最亲爱的妈妈，我度过了最美好的几天，丹尼斯上周四过来了，昨天才离开。我和他一起乘飞机飞行，我觉得不会有比和他一起飞到恩贡更令人感到幸福的事情了。人们应当从空中看看非洲，然后你会真正看到那片一望无垠的大地和变换的光影。丹尼斯想尝试各种飞行操作，有一两次将飞机向一侧旋转了九十度，我很庆幸自己绑了安全带……

五月，丹尼斯从英格兰寄来一封信，信里说他正在寻找一架能够降落在凯伦家靠近恩贡那面的草坪上的飞机。九月，他确实开着新飞机回来了。它的名字叫尼兹戈，就是斯瓦希里语中蚱蜢的意思，凯伦家旁边的那条路现在仍然叫尼兹戈路，丹尼斯总是降落在那里。凯伦和丹尼斯第一次一起飞行时，他们飞到恩贡丘陵上空，视察了咖啡种植园和非洲小屋，还看到了几大群惊恐的斑马和黑斑羚。有时他们只会飞十五分钟，返回时壶里的茶还是热的。有时他们会飞越纳特恩湖、奈瓦沙，或者飞到印度洋海岸线，直达塔卡昆古，在那里度过一个周末。丹尼斯告诉凯伦，他买下这架飞机就是为了让她能够从空中俯瞰这个国家。在凯伦看来，她正是在空中才终于理解了一切。可以肯定的是，在那个时候（在有自然频道之前），飞行一定美妙绝伦，他们第一次将广阔无际的东非平原尽收眼底。

【凯伦的信】

1930 年 10 月 12 日。亲爱的艾伦，我基本上每天都和丹尼斯飞到空中去，我简直能想象出成为天使是什么感觉。

那是他们在一起的最后一段快乐时光。

到现在为止，我一直从边境的另一侧追寻凯伦的踪迹，说实话，肯尼亚对我的吸引力几乎为零。我一直在关注新闻，同时感到越来越恐慌。由于存在恐怖袭击的威胁，在内罗毕，人们应该远离购物中心、国际酒店、出租车、贫民窟和受欢迎的聚会场所，并避免在交通高峰时段和周末出门。那还能做什么呢？麻烦的是，我的返程航班要从内罗毕起飞。

现在，我正坐在一辆往内罗毕方向行驶的公共汽车上，我们的车嵌在三车道高速公路看不到头的运输挂车队伍里。周围有排放浓烟的工厂，一英里又一英里丑陋的路边景观，由停在路肩上的卡车、汽车维修店和仓库组成。空气中弥漫着浓烟和奇怪的化学物质的臭味。工业、交通、车辆、污染、人群——这一切从我身旁飞闪而过，令人不知所措，与我在坦桑尼亚看到的一切都不在一个层次上。

这些景象与田园风光相去甚远。不过，我想，这才是我为了找到凯伦必须前往的地方。

从姆科马齐回来后，我在奥利和弗洛提家的最后几天都在为旅行做准备。我在桶里把衣服搓洗干净——衣服上沾了太多稀树草原上的尘土，在三次漂洗之后仍然是橙红色的。弗洛提陪我去买了带回芬兰的伴手礼：几块基科伊棉布，尽管我不得不为它们付出至少两倍于当地价格的钱。弗洛提的朋友普利斯卡给我带来了她在自己的商店里为我挑选的一件衣服。我曾经提到自己一直梦想着能拥有一件简朴的土黄色坎加裙，但是普利斯卡的喜好显然比我所希望的更艳丽，所以现在我拥有了一套图案花哨的非洲妈妈服装，还有一条与之搭配的头巾。

弗洛提带我去附近的商店量身修改，女裁缝花了一个小时在脚踏缝纫机上完成了这项工作。为此我只付了 1000 先令，不到 50 美分。

我们最后一次散步，在一大群苍蝇中间吃了素普。我在笔记本中描述了最后几个我不好意思拍照的场景。各个年龄的女性站成一排，靠在一间黏土小屋的墙边，她们身穿各式花纹的坎加，头上统一戴着红色羊毛绒线帽。在夕阳的光照下，她们看起来很漂亮。我用眼睛将她们的古铜色面孔和许多其他的场景一起记在了脑海中。

晚上，我穿着坎加裙和 T 恤，躺在沙发上观看了奥利独家收藏的影片中几个非洲主题的纪录片。米切尔友善地在周围晃来晃去，用芬兰语对我说"拜拜"。弗洛提正在煮姜茶，她穿着一件羊毛外套和一双羊毛袜子。她告诉我这样能御寒，因为冬天就要来了。我想，如果当初没买回程票，我完全可以在这儿扎下根来。奥利插嘴说，那样我们可以再去姆科马齐旅行一趟。我感觉自己已经融入了这个美好的家庭。

而且，如果在这里生活，我就不必在狮子和家庭生活中间二选一了。我的家人在这间房子里，狮子就在野外。

最后一天早晨，我在五点三十分醒来。弗洛提四点就起床为我六个小时的公共汽车旅行准备午餐了（鸡肉和炸薯条）。我试图向她解释，一个鸡腿足够了，我不可能带一整只鸡上车。从昨天开始，弗洛提就一直在为我即将离开而抽泣，所以气氛并不怎么欢快。弗洛提再次问我能不能取消回程航班，留在这里——永远留下来。我向她保证，这也是我最大的愿望。

奥利开车送我到阿鲁沙的因帕拉酒店，去往内罗毕的公交车正等在那里。我是这辆公交车上唯一的白人乘客，不过，它并不是我想象中的那般拥挤、喧闹、嘈杂的异域风情破老爷车。在整趟旅行中，公交车里就像教堂一样安静，也非常准时，分秒不差。

两个小时后，我们停了肯尼亚边境上。我看到周围有很多当地人在排队，他们手里拿着一张皱巴巴的破纸在等待盖章，那应该是他们的身份证件。我正在坦桑尼亚一侧的入境检验处排着队，突然手机响了。听筒那头噼啪响了几声，我仿佛听见了从很远处传来的熟悉声音："你拿到许可了，恭喜！"奥利冲手机大声读着他在网上找到的信息。随后我跨过边界线，走进肯尼亚。

我在内罗毕的住处离市中心很远，处在一个以凯伦命名的地区，距离她的房子只有几公里。除了我，这个地方一个住客也没有，由于恐怖袭击和旅行禁令，其他游客都取消了旅行计划。接待处的那个人同意帮我找个司机和一辆车明天用（乘坐普通的出租车很不安全，走路就别想了），然后帮我把行李拎到楼上一间巨大而冰冷的房间里。晚餐时，我独自在旅馆空荡荡的饭厅里吃了一块硬邦邦的羊排。四周显得颇为凄凉，但是我的钱付不起其他酒店的费用，我负担不了那凯伦·布里克森式的光彩夺目的梦想，每晚都要花掉上百美元呢。最糟糕的是，天气寒冷彻骨，还一直下着雨，接下来的三天预计也会如此。

我需要花点时间才能理解这一切。

恩贡丘陵正在下雨。

【电报】

凯伦我来到这里了／整个地区都是以你命名的／这里有凯伦路／凯伦乡村俱乐部／凯伦布里克森咖啡花园／凯伦购物中心／凯伦医院／凯伦警察局／这里没有尼兹戈简易机场／原来咖啡农场的位置现在是一个高尔夫球场／我明天会去那里看看

M

"我在非洲有一座农场，它坐落在恩贡丘陵地带。"

亲爱的凯伦，这就是你的故事的开头，当我终于站在你家的院子里时，你写的那些文字一句句浮现在我的脑海，如同幻象一般。我终于站在了你的房子前面。它比我想象的更小、更朴素，但没错，这就是姆博加尼。牛群在平原上的浮尘中漫步，那些浮尘被夕阳映成金色，正如你在书里写的一样。在这里，你和丹尼斯乘着他的飞机从这片草坪上起飞，你头戴羊皮飞行员帽，飞越青色的恩贡丘陵。在这里，你骑在马背上走进农场边的原始森林里，如同走进一块古老的织毯，四周深深浅浅的层次不同的绿色美妙极了。在这里，清晨的空气像水晶一样清澈透明，令人神清气爽，让人觉得好像在海底漫步。那边有几个圆形的尖顶小屋，是几家基库尤人在农场里居住的房子，南边是水牛、羚羊、狮子等大型猎物的王国，赋予了这座农场一种独特的气质，就好像你是一位伟大国王的邻居一样。太阳下山之后，空中回荡着各种动物的声音，河流下游方向传来鬣狗的嚎叫声。在这里，你是世间万物的一部分，你的呼吸与晚风吹过树叶的沙沙声合而为一。雨季伊始，咖啡灌木的花开了，十分美丽，就像一大团粉白色的云，在滋润着六百英亩土地的绵绵细雨和薄雾中悄悄绽放。

你用手掌轻轻拍打着一棵非洲郁金香树幼苗的嫩茎，如今它已经长成了 100 多岁的参天大树。你每天早上坐在这个石凳上，与农场的工作人员讨论事务，每天晚上抽着烟眺望恩贡起伏的丘陵。当时你仍然能看到，因为周围的树木并没有像现在这样会挡住你的视线。有时，基库尤族酋长会坐在这里，身穿猿猴皮，头上戴着羊胃制成的无边帽，与其他部落长者一起做出重要决定。基库尤族男孩对你说，再像雨一样讲话吧，意思是再给他们读几首诗，因为在他们听来，诗行的韵脚如同雨声。

在这里，你享受了很多个周六的午后，这对你而言是最幸福的一段时间，直到周一下午之前都不会收到信件，所以你一定不会被令人烦恼的商函打扰。丹尼斯和你的朋友伯克利·科尔在他们的各种游猎行程之间抽空过来；他们为你家供应了精美的葡萄酒和烟草，还给你从欧洲带来书籍和留声机唱片。在这里，每一个寂寞的夜晚，你凝视着内罗毕的方向，还有夜幕时分小镇上空笼罩着的发光的迷雾，这些景象让你思绪万千，并在脑海里构想出欧洲大城市的景象。

在那些寂寞的夜晚，时光从钟表上缓缓滴落，生命似乎也随之从你的体内点滴流逝。但是即使在那一刻，你仍然感觉到了原住民的沉默，阴影笼罩着他们的生活。他们在另一个世界，和你的生活走在同样的平行轨道上。

我在你的房子里不疾不徐地四处闲逛。有人告诉我，早些年间，厨房里的烤箱会一刻不停燃烧着木料，后来由于存在高温和起火的危险，厨房被搬到另一栋建筑物里，两座建筑之间由一条人行道连接。厨房里有一个有百年历史的红木柜台，一个手动黄油搅拌器，一个绞肉机，以及用于晾晒凯伦的袜子的晾衣架。那里没有冰箱，所有食物都存放在普通的食品柜里。卡曼特在这里为皇室做饭，用除草刀打蛋清，使它们像轻巧的云朵一样高耸起来。

凯伦的书房里有一扇和整面墙一样大的玻璃门，通往前院和门廊。丹尼斯送给她的留声机放在一张小边桌上，壁炉前铺着豹皮。一面墙旁边摆放着一座大书柜，上面有一个金属牌，写着丹尼斯名字的首字母。书柜顶上摆了两只船上用的提灯，分别为红色和绿色，是凯伦用来向她的最亲密的朋友发送消息用的，比如丹尼斯。书桌上摆着一台旅行打字机，它的尺寸很小，几乎和现代的小型笔记本电脑一样，只不过这个机器自带打印功能。我在脑海中描绘出凯伦坐在桌边的场景，她两旁堆满了文件，正在和卡曼特谈论写书的话题。卡曼特对她说："姆萨布①，您相信自己可以写一本书吗？"卡曼特边问边半信半疑地指了指书架上厚重的皮革封皮的书籍。"但是，您所写的是零零散散的一些内容。当人们忘记关门时，风会把那些纸片吹得到处都是，甚至掉到地板上，然后您会生气。它不会是一本好书的。"

据我所知，凯伦和布鲁尔分别住在两间不同的卧室里，而且凯伦

---

① 基库尤语中的"女主人"。

在她的卧室里度过了很长时间，有时是因为生病，有时是在写信，有时是在读她那些精装本"真正的"书，那是从欧洲带过来的稀有物件。凯伦卧室里几乎所有的东西都是白色的，墙边的储物柜、床、还有梳妆台，上面可能会摆放着从花园摘下来的白百合。我想象着凯伦身穿白色睡衣躺在这里，她感到疲惫、难受、沮丧、绝望，不过有时也会沉浸在幸福中。那个真实的、隐秘的凯伦，我想要了解的优秀女性，只有在这里才真正存在过。我让所有的感官都变得敏锐，希望能感觉到她留在这里的一些东西，或许是一种气味。我想象着自己躺在那张床上，向右侧卧能看到花园，仰躺着只能盯着屋顶黑暗的椽子。凯伦曾经盯着它们看了许久许久。

游览路线在餐厅结束。1928 年 11 月 9 日，卡曼特就是在这里为威尔士亲王提供餐食的，紧跟在我身后的向导骄傲地告诉我。没错，卡曼特著名的清汤，然后是蒙巴萨风味比目鱼、带荚豌豆、石榴、奶油松露意大利面、野韭菜、番茄沙拉、包裹在陀螺形面包壳里的野生蘑菇、萨伐仑蛋糕和草莓……我认真地点了点头，飞快地记下笔记。向导看上去很讨厌回答关于每件物品的来源，以及在凯伦生活的时期是否摆放在这里的问题，因为他特意说了一句"壁炉中的炭灰当初不在这里"。

我独自待在餐厅，这里很冷，房间的装饰都是深色的，只有桌子上摆放着的瓷器反射出明亮的光。我听到了窗外的鸟鸣和蝉鸣。

我仿佛穿越回了一百年前的过去，想象着那些看不到尽头的寂寞夜晚，几周、几个月，甚至几年，这里的生活会是什么样。我现在知道，赤道的夜晚就像坟墓一样黑，一年中每天都有十二个小时身处黑暗之中。我知道没有电是什么感觉，只能在闪烁的油灯的昏暗灯光下吃晚餐。周围一片漆黑，稀树草原无边无际，凯伦要想回到丹麦，需要艰苦跋涉四十四天。

【凯伦的信】

1931 年 3 月 17 日。最亲爱的妈妈，你一定不要觉得在这里我的"生活白白浪费了"，或者说我想要和任何我认识的人交换生活，尽管这一切以失败告终。我感觉这令人惊讶，我已经达成了多少成就啊。（非洲）可能对其他人更温柔些，但是我一直坚信，我是（她）最宠爱的孩子。一个壮丽的诗歌世界在我的眼前展开——就在这里，而且我热爱它。我和狮子对视，在南十字星座下面安眠，我看到辽阔平原上的草在燃烧，几场雨后又覆盖了一层细嫩的绿色新芽，我和索马里人、基库尤人、马赛人成为朋友，我飞越了恩贡丘陵。我相信我的房子已经成为旅行者和病人的庇护所。对于黑人来讲，这里向四周传递着善意。最近，生活变得更艰难了。不过全世界都是如此。

1931 年 4 月 10 日。私密信件。亲爱的汤米，我觉得这些艰难时刻帮助我比从前更好地理解了生活的方方面面是多么丰富和美好，让一个人忧心忡忡的那么多事情实际上完全不重要。例如，在我看来，完全没必要感觉糟糕或难过。如果我能在这里，被我所爱的一切环绕着，安静地离开这个世界——对于妈妈来说肯定糟透了——在这里和我的世界一起消失，是最自然不过的事了。

说真的，我简直难以想象我在这个世界上还能做什么。比如说，我会做好接受一份工作的准备吗？在两三年内自学或者重新开始做些什么事？你一定不能把我说的话当作一种威胁。帮助我，让我活下去，否则我就会死。对于我自己来说，最合理也最容易的事就是死去。但是如果你感觉努力活下去有什么意义的话，就好好考虑一下我的请求吧。

1930 年 12 月，一切都迎来了终结，凯伦咖啡公司的股东决定拍卖农场。抵押贷款已经两年没有偿还了，股东损失了很多钱。凯伦向丹尼斯求助，想要借到足够的钱来留住房子和土地，但无济于事。经过十七年的奋斗，梦想还是破灭了。

买家是一个年轻的内罗毕房地产企业家，名叫雷米·马丁，他想将农场改建为时尚的市郊地带，以高尔夫球场和白人乡村俱乐部为卖点。他计划将这个地方命名为"凯伦"，以纪念布里克森男爵夫人，甚至允许凯伦继续住在她的房子里，直到土地作为建筑地块被出售为止。凯伦的回答是："我宁愿生活在撒哈拉沙漠里，也不愿住在市郊的 20 英亩 ① 待售土地上。"

1931 年 4 月，凯伦开始遣散家里的用人，出售她的家具和瓷器，她把这些家具和瓷器摆在餐桌上供人们挑选。在内罗毕，驱车前往农场欣赏和把玩待售物件成为一种时尚活动。麦克米兰小姐买下了大部分家具。丹尼斯搬到内罗毕，和朋友住在一起。他说，他在那里感到更舒适，他有一部电话可以用，附近还有牙医。因此，在凯伦的整个世界都崩塌的时期，她拍摄的大部分照片中都没有他的身影。凯伦自己处于精神崩溃的状态，不能睡觉或吃饭，也无法清晰地思考。她说她想先射杀她的狗和马，然后自杀。她做了许多恐怖的噩梦，害怕极了，于是让一个仆人的小儿子陪她睡觉。

凯伦会怎样活下去？确切地说：一个 40 多岁时抛弃了她的工作、家和生活的无家可归的女人该怎样继续生活下去呢？

1931 年 5 月，丹尼斯打算飞到海岸边去修理自己的房子，凯伦在她的书里描绘了他们最后一次相遇时田园诗般的画面。丹尼斯走了出去，又回来拿一本诗集，然后，他为凯伦背诵了一首诗，作为对她的最后告别。

当时的场面很有可能不那么平静。根据一些消息来源，凯伦和丹尼斯的关系很糟。实际上，他们吵得非常凶，以至于最后彻底决裂了。大约在那个时候，凯伦曾试图自杀。她写了一个自杀的留言条，不过

---

① 1 英亩 ≈ 4046.86 平方米。

它已经消失了。

发生坠机事故的消息先在内罗毕传开了，然后才到达农场。凯伦当时正在内罗毕办事，她好奇为什么人们在大街上看到她时会把脸转向另一边，不想和她说话。她写道："我开始感觉在内罗毕就像在荒岛上一样孤独。"在午餐时，麦克米兰小姐将她带到一间休息室，才告诉她这个消息。她后来写道，她在听到丹尼斯的名字的那一刻，就预感到发生了什么，她"知道并理解了一切"。

第二天，丹尼斯被埋葬在恩贡丘陵，离他们一起选好的墓地不远。凯伦给她的哥哥发了电报："丹尼斯今天在第十四次飞行时不幸身亡 / 埋葬在恩贡丘陵 / 塔尼娅。"

【凯伦的信】

1931 年 7 月 5 日。亲爱的汤米，我非常疲惫，有太多事要做。

整个夏天，一群非洲人每天都会过来坐在房子前面，他们不愿意相信凯伦真的会离开。他们也在等待消息，想知道自己将会被怎样安排。尽管听起来令人难以置信，但是凯伦通过谈判设法在基库尤族保留地上为她的佃农要到了足够的土地，所有 153 个家庭和他们的 3000 头牛都能搬过去。每个人都像对待寡妇一样对待凯伦，或许凯伦终于如愿以偿了，因为新一任地方长官在丹尼斯去世后也请她节哀。

1931 年 7 月底，一群定居者和非洲人把凯伦送到内罗毕火车站，她从那里出发，最后一次前往欧洲。凯伦在蒙巴萨登上了一艘蒸汽船，她的钱只够买一个下等舱的位置。那时，凯伦 46 岁。

五年后，她才开始写下非洲生活的故事。十二年后，她终于打开了从非洲带回来的那些木板箱，里面装满了她在恩贡生活时的书籍和其他纪念品。

我在非洲也不剩多少时间了，但我仍然想看看凯伦和丹尼斯在一起的最后一年飞越的著名的恩贡丘陵，以及丹尼斯在那里的墓地。一个在凯伦故居工作的名叫约翰尼的男人表示可以带我去丘陵地区，前提是我要愿意让他4岁的女儿碧昂丝一起去。于是，碧昂丝一脸严肃地坐在后座，约翰尼开着车，把我这个白人游客带到了恩贡丘陵。

　　约翰尼似乎非常了解与凯伦有关的事情。他告诉我，他自己曾经做了一些研究。他谈到凯伦在这里是多么有影响力和受尊重。凯伦提供的薪水很高，尽管遭到部落首领的抵制，她仍然创办了一所学校。约翰尼向我保证，直到现在，基库尤人和马赛人都知道凯伦的名字。此外，他说他认识凯伦的仆人卡曼特的孩子们。他们现在已经60多岁了，而且他还收集了他们了解的凯伦的故事。他想把笔记给我，供我在这本书里使用，它们从未在任何地方出版过。他说："你下次来内罗毕时，请给我打电话，我会把文件拿过来。"我不知道这是真的还是他只是在说些我爱听的话。碧昂丝在后座一言不发。

　　实际上，有一本包括卡曼特对凯伦的回忆的书已经出版了，是一本画册，名为《渴望黑暗——〈走出非洲〉中卡曼特的故事》，由美国人彼得·比尔德编写，他在20世纪60年代发现卡曼特仍然生活在内罗毕郊区的基库尤保留地。卡曼特确实将凯伦与非洲人之间的感情描述得很暖心。在题为"仁慈的凯伦夫人"的一章中，他描述了该地区的每个人都如何喜爱凯伦。如果人们被驱逐出他们的土地，凯伦会给他们提供在她花园里的工作，以及一片能盖房子和耕种土地的地方。"她确实是一位出色的女性，因为她从不会仇视任何人或任何教义，对任何人都一视同仁。"

　　到恩贡和皮尼亚 - 哈特恩先生的坟墓只有9英里的车程，但并不是我预想中简单的短途旅程，我们花了一个多小时才到达目的地。凯伦地区的购物中心前面交通拥堵，因为进入该地区的每辆汽车都必须经过炸弹排查。这显然是常规操作，与最近的恐怖袭击无关。

我们经过了《走出非洲》电影的取景地,我立即认出了荫凉下的蓝花楹车道,车道尽头是拍摄电影用的房屋。我们还开车路过了凯伦的仆人朱玛的家。这座房子是凯伦于 1931 年离开之前为她建造的,至今仍留在原处。我们又跨过了位于一百年前凯伦拥有的土地边界上的河流,河的另一侧就是马赛人的保留地。当凯伦和丹尼斯骑马到恩贡时,这里还是一片原始森林,但是现在街道两侧都是燃烧的垃圾堆、建筑工地、棚屋、类似垃圾场的地方和残破的房屋,很难说它们是只建了一半还是毁坏了一半。路边洒满垃圾,山羊群在垃圾堆里找草吃,当我们驶过这个路段时,约翰尼自豪地说,当地的山羊肉是最棒的。位于起伏的山丘后面的恩贡镇区是一个特别破旧的地方。今天是赶集日,街上人很多,改装过的小巴车大声地播放着音乐。约翰尼说,我应该把车窗摇上去。这完全不是我想象中前往神秘恩贡丘陵的田园风光之旅。

接近目的地时,我们的车开始爬坡,风景也比之前更美了。我们驶过几个小村庄,到最后,满是石块的泥路几乎无法通行。看管丹尼斯墓地的女人打开了一扇铁门,铁门周围长满了九重葛。围墙里面有一座纪念碑和一个经过精心照料的小花园,但是旁边的树木遮挡了视线,看不到远处凯伦的房子、肯尼亚山和乞力马扎罗山的景色。传说狮子曾经常常光顾这座坟墓,所以当我看到守墓人的黄色土狗冲进去并在纪念碑基座旁趴下来时,并不感到奇怪。

经过了五周的旅行,此时我和在非洲待了十八年的 1931 年的凯伦几乎一样穷困潦倒,而且我真的负担不起在老农场凯伦·布里克森咖啡园里过夜的费用。但是,我从恩贡丘陵回来时确实饿坏了,赶紧停下来吃了顿迟来的午餐。如果说内罗毕是一个充满各种极端对比的城市,那么这里便是其中一个极端:在严格守卫的大门内(所有汽车再次被检查是否装有炸弹),是一个完美的小世界,让内罗毕的富人在这里休闲放松。在百年前的瑞典小屋(凯伦的工长住的房子)周围,又建造了餐厅和住宿等综合设施，这是纯粹的凯伦·布里克森梦幻世界。花园四周精致的"小屋"里保持着旧殖民地装饰风格，田园风情的花园餐厅里到处都是富有的白人、来庆祝生日的超级时髦的黑人，以及身穿白衣、假装热情洋溢的服务员，手上的托盘里摆满了饮料或精致的食物。我在花园餐桌边点了一份芝麻吞拿鱼配芥末酱作为午餐，但不禁感到烦躁起来。一切看起来都很荒唐和多余，自以为是，装模作样，就连吧台旁边大屏幕电视发出的声音都很刺耳。我对此十分反感。也许因为我远离人群，在一望无垠的大草原上待了太久，或者因为我见过太多极端贫困的地区，或者我只是饿疯了而已。

或者就像奥利所说的那样，在非洲，你的所有感受都会更加深刻和强烈，无论好的还是坏的。所有事物都是极端的，令人惊叹的大自然，赤贫的人民，还有白人的精神错乱。

穆泰咖俱乐部提供了更多有关精神错乱的白人的证据，那是凯伦也曾骑马或驱车前往的定居者的天堂，但我没有任何办法进去。时至今日，你不可能以观察美丽的人群为理由走进那方神圣之地。你需要申请会员资格，并获得某种背书，听起来就像石器时代进入上流社会的流程，整个地方简直让我神经过敏。

不过，我还能参观 1904 年开业的诺福克酒店。在凯伦生活的时代，你在这里可以找到所有的英国将军、少校、小姐、伯爵和伯爵夫人。凯伦作为布鲁尔的新娘于 1914 年到达内罗毕时，正是在这里度过了第一夜。当地报纸的社会专栏上宣告了凯伦的到来，冯·布里克森-菲尼克男爵与男爵夫人于周四抵达内罗毕。不过，没有任何人夹道欢迎我的到来，所以我能够悄悄溜过前台，四处看看。不幸的是，酒店在 1980 年的炸弹袭击后经过了彻底的改建，我所寻找的复古氛围已然不复存在。

我在诺福克酒店著名的殖民时期风格的德拉米尔爵士酒吧和一个朋友的芬兰朋友希尔卡一起吃午餐，对如今这里的白人生活有了一些了解。希尔卡在内罗毕为一家芬兰援助组织工作，经常出差去非常危险的地方，当然她有武装警卫陪同，每个白人工作人员都配有两名士兵。沙漠里没有路，条件艰苦，有时他们不得不依靠随身带着的饼干和罐装豆子维生，一周的旅途结束后，他们常常身体虚弱，营养不良。

如果说凯伦的生活意味着想象所及之最大程度的自由，那么如今，外国人的生活则受到了各种极端限令和安全指令的严格管制：禁止在市中心散步；禁止打车；被抢劫的可能性非常高，如果你想慢跑，那么不仅要把手表留在家里，而且眼镜也不能戴；如果你想去野餐，最好在有围栏、有保安的安全公园里进行，不过他们要收门票。

我问希尔卡，她是否会害怕。她摇了摇头，"我不是胆小鬼。"她说。

我将最后一天留出来，进行一场白人游客的非洲梦想之旅。我参观了一个大象收留所，在去机场之前，设法为自己在一家高端英式庄园中安排了一顿午餐，那里的住宿价格是每晚 800 美元。庄园外墙覆盖着常春藤，稀有的罗氏长颈鹿在草坪上吃草。我听说，早晨它们会走到客人的早餐桌边讨要美食，还会把长脖子伸进窗户。

领班热情地欢迎我，问是否可以给我拿些饮料。我靠在椅子上，看着长颈鹿。最近两天一直在下的雨似乎已经停了。太阳从浅褐色的云中间漏出一点光线，不久之后就拨开云朵，大放光芒。在这里的最后一天，我坐在梦幻般的历史悠久的长颈鹿庄园里，只听见了午后昆虫极其微小的嗡鸣声。

凯伦，我意识到，或许真实的你和我想象中不太一样。也许你不是我在脑海中描绘的那个勇敢、坚强、独立、睿智和善良的女超人。你是一个更真实的人，身体更虚弱，更容易得病，更虚荣，更抑郁，更易受情感的摆布，更自私，更绝望，占有欲更强，更着迷于拍摄美丽的动物。

但是没关系，凯伦。我们都是这样的人。

【凯伦的信】

1928 年 1 月 22 日。最亲爱的妈妈，我觉得我已经得出了一个结论，生活中的一切恐惧实际上都是神经紧张造成的，因为实际上没有什么值得害怕的事物。也就是说，一个人自然会怕被杀死，或者得肺炎，或者把车开到沟里等。这些风险是生活的一部分，但是人一定不能被它们吓倒，因为生活中没有什么可害怕的。所有恐惧或多或少都是由于身处黑暗：点上灯，恐惧感就一定会过去的，因为你会看到实际上没什么东西可怕。

哥本哈根，一月。

一年半之后，我站在凯伦位于那座古老农场的坟墓前。正值一月，天色灰暗，地面满是雪泥，一阵寒冷的狂风径直从海面上吹来。在一棵有着三百年历史的巨大山毛榉树下，竖立着一大块平坦的纪念牌匾。我在它前面停下脚步，一个遛狗人从旁边经过。

这是来自恩贡的问候，凯伦。

高大的山毛榉树开始在狂风中飒飒作响，好似在回应我。

凯伦于 1931 年从东非回到了她童年时代的家，身无分文，精神抑郁，患有梅毒，失去了一切。她的农场被出售，丹尼斯死了。在这间屋子里，在父亲的旧书桌边，她开始敲打那台小型打字机。

于是她开启了第三段生活，以一名作家的身份。

刚开始，对于一个四十年代末期的不知名作家来说，要为《七个哥特故事》找到出版商并不容易。但这本书好不容易于 1934 年 1 月在美国出版后，立即大获成功。当时她以伊萨克·迪内森作为笔名，一年半后，凯伦将它翻译成丹麦语在家乡出版。凯伦被写作折磨得精疲力竭，不相信自己能再写出什么好书，但是在 51 岁那年，她又重新开始写作。《走出非洲》出版于 1937 年，首先是英语版，接着是丹麦语版。

余下的事情就众所周知了。特别是在美国，凯伦的书销售火爆，取得了很大的成功。她于 1942 年出版的《冬天的故事》非常受欢迎，以至于出版商推出了特别定制的薄纸军用版，正好可以装进军装上衣的口袋里。凯伦曾两次获得诺贝尔文学奖提名，但在 1954 年输给了欧内斯特·米勒尔·海明威，1957 年又输给了阿尔贝·加缪 [①]。在改编电影《走出非洲》上映后，不读书的人甚至不知道她是谁。

在凯伦生命中最后的二十五年里，流传着许多关于她的传奇故事。她成了著名的男爵夫人、颇有声望的贵妇和神话故事作家，她"已经 3000 多岁了，曾与苏格拉底共进晚餐"。她举办雅致的晚宴，给宾客供应牡蛎、松露、蛋奶酥和完美的汤。她将一群年轻的文学男青年聚集在身边，与比她小 30 岁的作家发生了戏剧性的恋爱关系。1959 年，她作为受人敬重的文学明星前往美国旅行期间，与玛丽莲·梦露一起喝香槟，在桌子上跳舞。她患有很多疾病，大概都与梅毒有关，并且进行了许多次胃部和脊髓的外科手术，她除了牡蛎、果汁和安瓿装的蜂王浆外什么都吃不了，体重只有 84 磅，瘦骨嶙峋，她 70 岁的时候看着就像 100 岁。然而，她如此贪婪地追求生活享受，在巴黎，她整个下午都在呕吐，半昏迷地躺着，然后晚上却能去参加一个闪闪发光的派对，或许是因为有维他命的帮助。"纯种马会不停地奔跑，直到倒地而亡。"凯伦这样描述自己。

凯伦于 1962 年 9 月去世，享年 77 岁，那时梦露去世刚满一个月。我想象着最后她在无法走路和站立的情况下，如何继续坚持写作，或许躺在地板上或床上，让秘书记录下来她最后的作品。她去世前两天还签署了一份出版合同。

我站在这座古老庄园里凯伦的书桌边，眺望窗外波涛汹涌的大海，我认为凯伦真正成为女性榜样，可能不是因为她在非洲的冒险生活，

[①]　法国作家、哲学家。

更不是逐渐被人们看到的、她的性格中不那么有魅力的一面。不是的。我想，让她真正成为榜样的，是她作为一个 40 多岁、无家可归、放弃了工作和房子的女人，仍然能够做到重塑自我。

她在 46 岁时才终于启动了让我们铭记至今的事业。

她开始写作。

历经所有风风雨雨，她成为一名作家，并且跻身伟大作家的行列。

女性榜样的建议：

要勇敢。如果你感到害怕，不要担心。

接受你的命运。

即使你生病了，你仍然可以过上最充实的生活。

如果你失去了一切，就开始写作吧。

亲爱的伊莎贝拉、艾达和玛丽：

我在父母的阁楼里给你们写信，因为我感到心烦意乱，快要爆发了。我是一个 42 岁的单身女人，忍受着失眠、头痛、挫败感和偶发抑郁症的折磨，我在想，像我这样的女人究竟该如何应对生活呢？没有自我地活着，从不主动吸引任何人的注意？把自己家装饰得漂漂亮亮，积累一些退休金？履行作为纳税人的公民义务？照顾生病的亲戚，成为慈善组织的志愿者？因为无法履行我们作为妻子和母亲的主要职责而歇斯底里地崩溃？只要我们还有牙齿，还能寄希望于找到一个愿意迎娶年老色衰的老处女的男人？

当然不是，我只是在夸大其词。这又不是 19 世纪！不过，也许正是因为现代女性拥有"一切"可能性，所以让自己的生活井然有序的难度才显著增加了。我怎么可能知道如何过好这一生？我需要灵感、榜样、实用的建议！女性榜样们，请为我指路！

这就是为什么自从听说你们的事迹以来，我一直激动不已。对于一个 42 岁未婚妇女大脑中的每一个问题的答案都是：去旅行！去旅行！

（未完待续）

4. 卡里奥—维赫蒂，夏天

>>>

奇怪的事情：水龙头里的水可以直接喝；走在街上不用紧紧抓住我的钱包；凉爽的阳光。中途困境，一团乱麻。

从非洲回来后，我陷入了深渊。我从内罗毕到赫尔辛基的卡利奥区乘坐的交通工具像一辆又旧又破的车一样咯咯作响。我被卡在了一种奇怪的中途困境里，感觉就好像我无法应对从一个世界到另一个世界的突然转变。我的头疼得好像脑神经在突突直跳，我简直累坏了，一直想哭。我在床上躺了好几天，大脑一片空白。一切以一种错误的方式向我扑过来，明亮的夏日夜晚、报纸头条、超市里满当当的货架。我不知道在这里该如何生活，但是非洲的记忆已经如同梦境般逐渐消逝了。我仔细观察那些照片，自己站在无边无际的大草原中间，变成一个微不足道的小点；或者在姆科马齐晨雾中，坐在帐篷外面写日记。我投入浓烈的情感经历过的一切，怎么会这么快就消失了呢?

整个夏天的大部分时间，我都窝在父母家的阁楼里，就在赫尔辛基郊外的维赫蒂。我在城里租了一间公寓，想让自己摆脱非洲之旅所带来的经济困境。芬兰南部地区近几周来连续遭遇高温天气，我感到沮丧极了。

晚上，我在脑海中列出了一个女性名单，画了很多张图表。我把拥有不同领域的成就的女性放在世界地图上，分别处于不同时区，又按照职业、时代和地理位置将她们分组。我把她们分为已婚和单身、母亲和无子女，列出了她们的职业、成就、疾病、死亡原因。我画出谁影响了谁，直到这些女人似乎紧紧联结在一起，形成一团地下根茎。这些根茎迅速增长，变成了一束束混乱的时空线条，复杂到难以绘制出来。我询问我的朋友，她们在晚上都会想起哪些优秀女性，然后我的名单越列越长。我想到那些仍然漂浮在我的意识边缘的优秀女性，却仍然不知道她们将与我产生怎样的联系。我想到要去哪些地方旅行，追寻优秀女性的足迹，但是出于某些奇怪的原因，我心目中的优秀女性和我想去的地方没有交集。

不过，她们一直在我身边。

有一天，我的目光落在了我的编辑很久之前送给我的一大本图册上，这是一份鼓舞人心的礼物。不知何故，它被埋藏在一大堆其他书籍中。这本书介绍了历史上的女性旅行家，封面上有一张照片，一位年轻女子骑在装有马鞍的斑马身上，大概是在 20 世纪 20 年代的非洲。我的心跳加快了。她是谁？她是怎样顶着波波头、身穿游猎短裤和及膝靴到达那里的？她直视着前方，手握缰绳，仿佛即将到大草原上驰骋，但是斑马是无法驯化的！

奥萨·约翰逊，一位了不起的、疯狂的美国探险家。这本书里有好多女性可以成为我的榜样。

在父母的阁楼里，感觉气氛突然激昂了起来。我兴奋地翻动着书页，手指在键盘上飞舞，一页一页地写满笔记。然后，我开始寻找参考书目中列出的书籍（这本书很快就被证明有很多不可靠的内容），又从大学图书馆里搬回一大堆书籍，订购了其中最有趣的女性的传记，在网上翻阅一些被遗忘的旅行书的数字化副本。我像侦探猎犬一样循着气息一路狂奔，但是我花了几天甚至几周才终于意识到自己着迷的是什么。一个完美的主题，一群我从未听说过的激动人心的优秀女性。我找到的是19世纪的女性探险家。

或者，更确切地说，是一群非常普通的中年妇女，她们履行的家庭职责自然而然地告一段落，于是决定抛开社会规范，身穿紧身胸衣和长裙，独自一人去完成环游世界的梦想。

以苏格兰女性伊莎贝拉·伯德为例，根据我读到的内容，她就像我的第二重身，一位40多岁沮丧的老处女。她经常头痛和失眠，对她所生活的社会为她设定的狭小空间感到厌倦。1872年，一名医生建议她换个气候更适宜的地方居住（想象着他的病人会乘小船前往布莱顿或者附近什么地方度个假），伊莎贝拉却买了一张前往澳大利亚的票，然后发现自己被奇迹般地治愈了，结果她在地球上最沉闷的低级酒吧里独自晃悠了近三十年，写出了十本左右的旅行书，最终成为第一位获得皇家地理学会会员资格的女性。

还有19世纪40年代的奥地利人艾达·菲佛，她的孩子们在她44岁的时候长大成人，离开了家。那时她决定戴着一顶体面的蕾丝帽，以很低的预算去看看世界，并最终写成了极受欢迎的一系列旅游书籍。

还有英国人玛丽·金斯利，作为孝顺的女儿，她一直照顾着父母，直到他们都长眠于地下，然后独自一人前往西非丛林，在那里与食人部落、欧洲商人成了朋友。

【信件续篇】

亲爱的伊莎贝拉、艾达和玛丽，我太激动了！多么了不起的勇气！你们没有被抑郁、头痛、糟糕的婚姻或父母去世击垮，你们决定去做自己想做的事情，毫不在意其他人对你们的看法！还有你们去旅行的方式！你们在出发之前无法上网，不能搜索喜马拉雅山的住宿选择或刚果丛林的独木舟时间表。你们没有抗生素、能量棒或带有国际漫游 SIM 卡的手机。你们不想带旅行伙伴。你们收拾好黑色的长连衣裙、书写纸、几罐食物，加上明确的处事态度，然后乘坐不定期轮船和农民的马拉货车去看世界，历经数周、数月甚至数年的时间。晚上，你们坐在烛光下，不顾身体的极度疲惫，在笔记本或信件中记录下当天的活动，这些信件和笔记费尽周折才能抵达在家里等着的人们。就这样，我和其他所有女性从现在开始直到未来很多年中，都可能会读到你们的旅行事迹。

伊莎贝拉、艾达和玛丽——你们是厌倦世界的中年女性，早在一个半世纪之前就已经摆脱束缚做自己。受到你们这些榜样的启发，我一定会尽一切可能早早离开这间阁楼。

你们的 M

8 月 X 日

我决定仿效伊莎贝拉·伯德的方法，立即开始治疗自己低落的心情，于是买了两张机票，一张是九月飞往日本京都的，另一张是十一月飞往佛罗伦萨的。我立刻感觉好多了。

在阅读那一堆书时，我已经非常清楚，独自旅行对女性而言并不是一件容易的事情。我可以收拾好行装就出发（假设我的银行存款、日程安排和勇气允许我这么做）。但是在过去的几个世纪中，没有伴侣，或者没有丈夫或父亲的允许，女性是不能去旅行的。（历史上有一些女性只能伪装成男人才能做到，比如说装扮成士兵或水手。）这种情况直到 19 世纪才有所改善，当时欧洲人的旅行更为频繁了，但女性最好带上一个女监护人（比如未结婚的姑妈），或者参加托马斯·库克安排的某个旅游团。对于英国女性来说，能够独自去欧洲之外的地方旅行是令人钦佩的。当时的大英帝国领土遍及每个大洲，甚至在地球上最遥远的地区，你都可能会遇到同胞并受到他们的款待，前提是要有足够的资金和合适的介绍信。

但是从 19 世纪 50 年代开始，出现了一批可以被称为探险家的女性。通过旅行在途中"探索"学习新知识变得越来越流行，因为地球上仍然存在很多未知的地区，向那些地方派遣探险队还可以提升人们对殖民的兴趣。旅行归来的探险家（基本上都是男人）成了民族英雄，人们贪婪地阅读关于他们的新闻报道和书籍。这种旅行对女性也颇具诱惑力。但是，一位体面的女性能够直接站出来，抛弃自己的责任和义务，向那文明范围之外的世界扬帆远航吗？

没错，"体面"。对于 19 世纪的欧洲女性而言，最重要的考虑因素就是体面以及它的关键构成要素——对声誉的担忧。其次重要的是要肩负起自己的责任，而且责任总是有很多。一个女人只要有丈夫、父亲或兄弟，她就需要负责家里的日常琐事。除了做饭和打扫卫生，她还必须管理家务、抚养孩子、照顾生病的人，即使她未婚，也要照顾一些远房亲戚。但是，她如果不再需要承担这些责任，如果她是独身的老姑娘，而且父母已经去世，就可以考虑满足自己的愿望了。当然，前提是她没有被一种模糊的、难以摆脱的内疚感困住。

即使是现在，女性的态度仍未完全摆脱这种说不清、道不明的责任感和内疚感。我没有抚养过孩子，也还没有负责照顾父母，但是在我看来，迄今为止，大概是在有条件的服从和责任心的影响下，我仍然是按照潜移默化的外界期望活到现在。我按照预期获得了大学学位，进入了我有准入资格的行业，为了在这个行当里不断进步而努力奋斗了近十五年……而且一直心甘情愿甚至满腔热忱。但是后来，不知何故，它开始让我感到厌倦。这就是生活的全部吗？我的生活中就不会有什么新的东西了吗？（可能恰好在这个时间点上，我的许多朋友开始了家庭生活。）我开始觉得自己受够了做这些本应做的事情。我保持尽职尽责、体面、听话和懂事已经太久了。我不想再这么懂事下去了！（伊莎贝拉、艾达、玛丽，你们都知道这种感觉。）因为我厌倦了做一个通情达理的人，所以我先休了假，然后就没再回去上班。我决定尝试写作和旅行，发明了属于自己的新职业——探险作家。我知道这有点过头了，是不是？但我觉得这样我就能够随心所欲地去探索、旅行和写作，而且我的银行账户也不会亏空。（好吧，我同意，"探险家"原意是指一个去未知地域旅行和研究的人，如今它的字面意义已经不再适用，因为已经不存在未知地域了。但我把探险视作一种精神态度，正如我的个人使命是要突破中年女性的生活局限。）于是我卖掉了公寓，买了一间只有之前一半面积的房子，放弃了所有多余的物品和支出，开始申请经费、规划旅行。

没错，我对自己所做的一切感到内疚。当朋友问我在做什么时，我会倾向于强调负面因素（微薄而不稳定的收入，我的一生都像在做项目的那种感觉，永远在装拆行李）。我一直觉得，这种实现自己的愿望的自由并不能被社会完全接受。我的意思是，不可能被接受，不是吗？

在 19 世纪，这种自由是不被接受的。如果一个女人决定出发去旅行，她必须找出一些能够被社会接受的理由。仅仅对旅行感兴趣是不够的，那种过度的好奇心对于女性而言并不"合适"。因此，购买了去往京都和佛罗伦萨的机票后，我开始非常专注地研究一份"社会认可的女性旅行理由清单"，这是我根据自己在阁楼里读的那堆书列出来的。

（1）丈夫的工作。（当然，这个原因必须排在第一位，因为一名尽职尽责的妻子一定会愉快地跟随她的丈夫前往世界上哪怕是最原始的角落。）

（2）健康原因。（默许。）

（3）传教工作，宗教朝圣。（一定会默许。）

（4）创作风景画。（鲜花和昆虫也可以被接受。）

（5）收集植物标本。

（6）科学研究。（假设我们认为女性具有这种能力。女性对地理或自然科学感兴趣，难道不荒唐吗？至少是有点反常？这样的女人怎么能完成她的主要家务，比如缝衣服？）

到这里，我已经有些绝望了，但幸运的是，第 7 条拯救了我：

（7）为旅行书籍收集资料，并利用作品启发读者。

启发读者！事实上，这正是伊莎贝拉、艾达和玛丽抓住的那根救命稻草。此外，当时写旅游书的好处是能赚很多钱（原文如此！），这意味着每本书和基于该书的巡回讲座都可以轻松地资助下一次旅行。

一旦这些 19 世纪的妇女提出了充分的理由去旅行，就没有什么可以阻挡她们了。我坐在父母家的阁楼里，周围堆满了越摞越高的书，我意识到这些旅行的女性就像一个军团，有女旅行作家、女探险家，从事各种冒险活动的女性以及其他以各种方式取得功绩的旅行者。以前我为什么对她们一无所知？

现在，我开始毫不留情地缩减鼓舞人心的女性的名单。比如，在我的旅行作家名单上，我冷酷地画掉了那些极为富有的贵族继承人、传教士、家庭教师、与丈夫一起旅行的女性和生于 1900 年之后的女性。我毫不犹豫地删去了猎人（一本出版于 1893 年的书名为《我如何射熊》）、登山者、飞行员、水手、汽车和摩托车爱好者以及海盗（是的，也有女性从事这个职业）。我还拒绝了探险家的妻子，尽管她们的经历让我很感兴趣。有些人被画掉，纯粹是因为她们的目的地不合适，即使那些书名看上去令人心生敬畏（如《挪威未受保护的女性》）。还有一些人我很不情愿地删去了，尽管那些书名引起了我对内容的浓厚兴趣（如 1886 年的《乘坐篷轮椅前往坦噶尼喀湖》，还有 1877 年的《在南非料理家务的一年》）。我还避开了那些内容消极的书，也就是说那些不情不愿地与丈夫一起旅行的女性，或者关于女性寻求疾病治疗方法的报告，尽管我完全有可能在这些胆小的旅行者中找到自己的灵魂姐妹。（我必须严正地提醒自己，我是要寻找榜样。）我彻底拒绝了参与政治活动的女性旅行者、间谍和秘密特工，因为无论她们的成就有多了不起，我都无法在晚上想起她们。过多的宗教内容也让我兴趣寥寥。我不得不咬着牙丢掉昆虫学家和花鸟画家，这些令人喜爱、看起来有些书呆子气的姑妈们，为了追求自己的梦想四处奔走，写了一些题为《好时光》或《幸福的回忆》之类的书。还有一群维多利亚时代的女性旅行作家独自行走在非洲，我需要坚定的决心才能把她们删掉。最终我将她们的书放回了书架上，因为她们似乎缺少那些我奉为楷模的女性榜样所不可缺少的某种火花、某种超自然的能力，激励我追随她们的脚步，即使我不知道那将会带我去往什么地方。

伊莎贝拉·伯德、艾达·菲佛、玛丽·金斯利和另外几个人，让我感受到一种去追随她们的脚步的强烈愿望。她们没有钱，身体不够健康，没有经过科学训练，没有获得任何社会支持，有的甚至年纪有点大了，还患有疾病，但她们还是出发了。

这就是我爱她们的原因。

伊莎贝拉·伯德

建议二：如果你感到抑郁、沮丧或头痛，就出发去旅行吧。

> 职业：49 岁才结婚，环游世界，成为旅行作家。
>
> 经历：患有抑郁症，脊柱不好，失眠，直到医生建议她将进行一次短途航行作为治疗方法，最后她绕地球转了一周。开始旅行后就停不下来了。

这太令人着迷了。对我来说，就像生活在一个如此自由、新鲜、有生命力、无忧无虑、不受拘束、充满趣味的新世界之中，就连睡觉时间都是一种浪费……没有门铃，没有"夫人请"，没有仆人，没有账单，没有任何的要求，不用白费力气去承担所有应该做的事情。最重要的是，没有紧张感，也不需要循规蹈矩。……我简直说不出有多喜欢我的生活！

——伊莎贝拉，在大西洋上的一场暴风雨中航行时，1871 年

伊莎贝拉·伯德（1831—1904 年）生于英国约克郡，在那个世界里，女人最重要的美德是勤奋和奉献。她的父亲是一位牧师，母亲在学校教书，全家人跟随父亲从一个教区搬到另一个教区。伊莎贝拉的母亲在家里教她和她的妹妹亨丽埃塔读写、绘画和缝纫。伊莎贝拉对拉丁文、希腊文和显微镜也很感兴趣，但是女孩没有上学的机会。家附近没有女子学校，大学也不对女性开放。

伊莎贝拉是一个体弱多病的孩子，经常感到疲劳、背痛、头痛和

全身无力。一场手术切除了她脊柱上的一个肿瘤，但是其他疾病的唯一治疗方法就是换个气候环境生活。因此，医生建议年幼的伊莎贝拉呼吸山区空气，她的父亲便举家搬到了苏格兰高地①。医生建议长途海上航行，22 岁的伊莎贝拉便和她的表亲一起乘船前往美国。伊莎贝拉也写了一本关于这趟旅程的书——《英国女人在美国》，但是，她认为用书赚钱不合适，于是将版权使用费捐赠给了慈善机构，为贫穷的渔民购买渔船。之后她听从医生的建议又去了一次美国，回国后父亲却因病去世了，她感到内疚不已，决定再也不做像旅行这样自私的事。

父亲去世后，母亲携一家人搬到了爱丁堡②。委婉地说，那里的生活无聊透顶。28 岁的伊莎贝拉上午在报纸上撰写有关灵性和慈善主题的文章，下午进行社交拜访，这对女性来说是被社会接受的得体活动。她的追求者并不多。几年后，她的母亲去世了，她的选择受到了很多限制。当时伊莎贝拉 34 岁，亨妮③31 岁。没错，她们可以像许多老姑娘一样生活，没有固定居所，从一所房子搬到另一所房子，照料生病的亲戚，看管小孩，但是伊莎贝拉不想这样活着。也许她们可以依靠微薄的遗产生活，伊莎贝拉还可以撰写有关教区问题的文章来增加一些收入？

这个计划有效地实施了几年，但随后伊莎贝拉开始无法忍受这种生活。这就是她的全部余生吗？真的没有单身女性可做的其他事情吗？38 岁的沮丧的伊莎贝拉写信给十三年前认识的出版商约翰·默里，他们出版了一系列受欢迎的旅行书，她说她正在寻找更具挑战性的文学工作："如果您能向我提出任何建议，我将非常高兴。"默里敦促她出国旅行，寻找有趣的新材料，伊莎贝拉却犹豫了。她热切地想要出发，

---

① 对苏格兰高地边界断层以西和以北的山地的称呼。

② 英国苏格兰首府。

③ 亨丽埃塔的昵称。

但她怎么能这么做呢？毕竟，她已经承诺不再旅行！她想出的一个解决方法是去耶路撒冷朝圣——不行，那也太自私了。

当伊莎贝拉正在与社会行为准则作斗争时，她的身体却掌握了主动权，她的背痛、头痛和失眠复发了，再加上无数其他疾病，比如皮疹、发烧、胸痛、肌肉痉挛、恶心、脱发、神经质和抑郁。她常常整天躺在床上，无法入睡，焦虑地监控着身体的每一种病痛，她确信它们都非常严重。她跑去看医生，却诊断不出任何病症。一位医生建议用钢网包住她的头，以减轻脊椎承受的重量，并敦促她在船上度过一段时间，因为船的不断摇摆会减轻她的痛苦。医生们用针和水蛭从她身上抽血和放血，开了鸦片酊这样的镇静药，还开了酒精以及当时时髦的"利眠宁"（鸦片、大麻和氯仿的混合物），所有这些药物的副作用不仅令人上瘾，还加剧了某些本该减轻的症状。伊莎贝拉乖乖地听从了医生的所有建议，甚至登上了去苏格兰高地的船做晃动治疗，但没有任何效果。

她的许多症状可能是心病造成的。像其他聪明又有能力的女人一样，她想要做更多的事，而且愿意远离家乡。这就是为什么这么多心情低落的女性最终陷入了那个年代被诊断为"歇斯底里症"的状态的原因。看在上帝的分上，如果我真的想做些实事，却不得不头戴钢网躺在船上，我也会歇斯底里的！在伊莎贝拉的处境中，她的病也为她提供了一条逃生之路，因为当时单身女性的健康问题是很宝贵的几个社会可接受的出行原因之一。当亨妮强迫她听从另一位医生的医嘱出海航行时，经过数月的犹豫不决，她终于买了一张去纽约的通行证。

健康问题，多么光明正大的理由！伊莎贝拉以它为幌子，在接下来的二十年中理所当然地进行了各种冒险之旅。我几乎可以听到她从全球各地发电报时的嗒嗒声：我的背痛需要通过环游世界的航行来治疗……由于头痛，我被迫在夏威夷待了半年，因为那里气候宜人，可以骑马、游泳和攀登火山……为了治疗抑郁症，我和著名的恶棍兼逃犯一起攀登了落基山脉的朗峰顶峰，顺便说一句，他长得帅极了……因为失眠，我不得不骑着骆驼穿越西奈沙漠，作为唯一的女性加入了二十个贝都因人①的小队……你真是天才，亲爱的伊莎贝拉。

于是，1872 年，伊莎贝拉又购买了前往澳大利亚的船票。她在大西洋中部的一艘船上幡然醒悟（"这太令人着迷了！我简直说不出有多喜欢我的生活！"），出于为健康的考虑，计划环游世界：首先从英国到澳大利亚，接着到新西兰、美国加利福尼亚州，最后横穿北美洲大陆，越过大西洋，回到家乡。伊莎贝拉在行李箱里装了靴子、一条花呢连衣裙、内衣、保暖袜子和一条在特殊场合穿的黑色丝绸连衣裙，以及药物、空白的横线笔记本、素描本、钢笔、墨水和纸张，还有在路上寄长信给亲爱的妹妹时要用的信封。她于 1872 年 7 月在利物浦上了船。

那一年，她 40 岁。她将用一年半的时间进行第一次环球旅行。

实际上，伊莎贝拉并没有立刻康复。经过三个月的海上航行，她才抵达澳大利亚——这里却令她失望，除了令人震惊的高温，一切都和家乡英格兰一样。伊莎贝拉感到孤独，对任何事物都提不起兴致。她精神抑郁，很想家，还遭受了中暑和头痛，晚上无法入眠，她给妹妹写了长长的信件抱怨。她躺在自己的住处，每天吃三顿各种药丸，喝了太多的酒（午餐、下午和晚上都喝葡萄酒和啤酒），并且一直觉得疲倦（难怪）。大约在那个时候，英文报纸上充斥着殖民地有大量可嫁的男人的故事，尤其是澳大利亚，因此对于单身英国女性来说，去那儿是个好主意（英国的单身女性比单身男性至少多一百万）。一个组织甚至帮助"绝望"的妇女跨越重洋寻找丈夫。一些人推测，伊莎贝拉此行是出于寻找丈夫的动机，但她本人似乎并未做这件事。她给妹妹写

---

① 属于闪含语系民族，阿拉伯人的一支，主要分布在西亚和北非广阔的沙漠和荒原地带。

信说，她在整趟旅途中没有看到任何值得一看的东西，也没有遇到一个有趣的人。

由于新西兰的气候不比家乡更凉爽，伊莎贝拉绝望地做出了立即前往美国的决定，预订了下一班前往旧金山的船票。内华达号轮船破旧不堪，就像一个漏水的桶，勉强漂浮在海上。但是，一想到这次海上航行其实非常危险，伊莎贝拉就仿佛重获了新生。她在船上竟然奇迹般地康复了。她的信突然间充满了热情，她自己也兴高采烈，尽管他们碰到了台风，船上的食物糟透了（面包里有蚂蚁和象鼻虫），船的引擎坏了，热带水域的气温上升到 100°F 以上，船上大厅的天花板漏水很厉害，下雨的时候，他们甚至不得不在室内穿雨衣和橡胶靴，而且船舱里有蟑螂和老鼠到处跑。

在太平洋上航行到半途，一位乘客的儿子生病了，船长决定在檀香山停靠，当时叫作桑威奇群岛①。伊莎贝拉上岸帮助找寻医生，她立刻意识到，自己终于找到了在澳大利亚和新西兰苦苦寻觅的有长着棕榈树的海滩、珊瑚礁和火山的天堂。她决定留下来，在夏威夷待了六个多月。当然，在几年后出版的《夏威夷群岛》一书的序言中，她坚持说留在这片岛上是因为她发现了"有利于健康的气候"。

夏威夷让她心醉神迷。她开始过上了一种自己在家乡时甚至无法想象的生活。她攀登了世界上最高的火山，像当地妇女一样跨在马背上骑马，这在"文明"世界里是闻所未闻的。她与当地人住在一起，独自研究这座岛屿，沉浸在无忧无虑的生活为她提供的各种惊喜里。她无所畏惧。她在没有地图或计划的情况下绕岛骑行，在草屋里过夜，吃水果和芋泥，在河里游泳和洗澡，在阳光下晒干衣服，并表示这是她经历过的最美好的事情。在写给妹妹的一封信中，她夸赞了自己做饭、缝补、洗衣服和花钱的技巧，还描述了如何独自跨上马背、勒住

---

① 也称三明治群岛，今夏威夷群岛。

马甚至安装马具。"现在任何人说起任何困难的事情，我都做得到！"她宣称。当她看到镜子里的自己时，她看见一个已经彻底改变的女人，曾经面容憔悴、疾病缠身的40岁妇女，变成了一个皮肤黑亮、眼睛闪闪发光、看起来像年轻了10岁的女人。伊莎贝拉看上去容光焕发，还被一位叫作威尔逊先生的绅士求婚了。（伊莎贝拉拒绝了他。）

她写道："我正在做一个女人几乎不可能做到的事——过着适合男人的生活。带着我的马匹和装备，我不需要制订任何计划。我可以做看起来可行的任何事情。……我感到精力充沛，没有任何传统和文明的束缚。"但是她不能完全拒绝那个"文明"的世界，她仍与在家里等着她的妹妹亨妮紧密相连，而且她不想切断将他们联结起来的那根纽带。有一次，在拥抱世界的狂喜中，她给妹妹写信，提出让亨妮过来，和她一起住在夏威夷：我们可以在这里开始新的生活！但当亨妮认真对待起这个提议并开始进行安排时，伊莎贝拉却犹豫了，列出了在夏威夷生活的所有负面因素。亨妮是不可能旅行的！亨妮应该待在家里。不然她还能给谁写信呢？

1873年8月，伊莎贝拉不情愿地离开了夏威夷，前往旧金山，随后坐上了前往科罗拉多州①和落基山脉②的火车。她在那里租了一匹马，出发去探索，她最大的愿望就是能去因风景壮丽而闻名的埃斯蒂斯公园。旅馆的主人要求两个年轻人带她一起去。这两个年轻人不太愿意，他们确实不想让女人成为他们的负担，但他们还是答应了，抱着这个女人至少是"年轻，美丽，活泼"的希望。（当"伯德小姐穿着灯笼裤，像牛仔一样骑着马于早上抵达"时，他们的希望破灭了。）关于男人们对她的看法，伊莎贝拉漠不关心。她整夜都睡不着，担心的是自己能不能一天骑行25英里。

---

① 位于美国西部的一个州。

② 位于北美洲西南部。

事实证明，这次旅程彻底改变了她。在通往埃斯蒂斯公园的峡谷入口处，他们停在了一座小木屋前。对于伊莎贝拉来说，这座小木屋就像一个野兽的巢穴。屋顶上铺满了展开晾干的山猫和海狸皮，一个角落里挂着一只鹿的尸体，小木屋周围散落着很多鹿角、旧马蹄铁和最近被宰杀的动物的残骸，院子由一条咆哮的狗看守着。从小木屋里走出一个身材魁梧的男人，他身穿破旧的鹿皮裤，在皮带上别着一把刀，胸前口袋里插着一把左轮手枪。这个"令人震惊的人物"是臭名昭著的恶棍和亡命之徒吉姆·纽金特，人称"落基山吉姆"。尽管吉姆令人闻风丧胆，但他长得帅极了，至少一侧的脸很帅，另一侧的眼睛在和一只灰熊的混战中失明了。另外，他还出奇地有礼貌、有教养。尽管一切都不合适，伊莎贝拉还是被他迷得神魂颠倒。这位亡命之徒也是如此。

伊莎贝拉本来只计划在埃斯蒂斯公园待短短几天，但是几个星期、几个月的时间过去了，却依然无法离开那里。她住在埃文斯一家牧场的一间小木屋里，几乎每天都能见到"落基山吉姆"。他们一起在山路上骑行几个小时，在清爽的山区空气里驰骋。有时候，伊莎贝拉帮助她的寄宿家庭赶牛，和男人们一起工作。天气转冷后，她在骑行服外面套上熊皮马甲，买了男款羊毛毛衣和手套。冬天，她连着好几个星期都与牧民一起住在小木屋里，在信里表示方圆 25 英里之内没有一个女人。当温度计上的水银指针掉到零下时，小木屋中的所有东西都冻结了，包括牛奶、黄油、面包、糖浆、写信用的墨水、伊莎贝拉刚刚洗过的头发。她说她的作息像猎人一样，只有一身衣服，一双羊毛袜子连续穿了六周。"我几乎忘记了还有女性这类人，"她写道，"有一天，我骑了 51 英里，一点感觉都没有。我应该已经在户外和马背上待了 10 个月了。"

当伊莎贝拉去攀登朗峰时，"落基山吉姆"成为她的向导，那座山峰被称为美国的马特洪峰①。埃文斯夫人为他们烤了够吃三天的面包，从厨房里挂着的整牛身上切下来一些肉块，还装上了茶、糖和黄油。他们以天为被，以地为床，用马鞍当作枕头（"我睡不着，但是夜晚很快就过去了"），在周围没有其他人的时候，"落基山吉姆"放下了粗鲁的态度，温柔地对她说话。真正的攀登路程对她来说有点过多了，她意识到自己准备得不够充分，不足以应对挑战，她穿着夏威夷的骑装和埃文斯先生的靴子，靴子对她来说太大了。但她还是做到了。她在写给妹妹的信中说："真是太可惜了，你永远不会看到我现在的样子，自由自在、无拘无束，任何事情都难不倒我。"

几个月过去了，观光农场里开始流传关于某段恋情的八卦消息，而伊莎贝拉在写给亨妮的信中也流露出对"纽金特先生"的浓烈情感。他是个非常棒的伙伴，魅力十足、风趣幽默、机智敏锐，还很有教养，你能够和他聊任何事情。当然，他仍然摆出一副粗鲁的样子唬人，维持着野蛮暴徒的形象，有些人认为他的外号来自他撒的弥天大谎。但是，在粗糙的外表之下，隐藏着一个充满活力和爱心的灵魂，而且他还拥有广博的文学知识。伊莎贝拉从未如此公开地写过她对任何一个男人的感情。"他是一个非同寻常的人。他的容貌令人害怕，但（他温柔的态度）……低沉的音乐般的嗓音……无限优雅的风度……有那么五分钟他的举止让我以为（爱情）是可能发生的，不过作为一个40岁的女人，我很快就抛开了这种不可原谅的妄想。"她在给妹妹的信里写道。

伊莎贝拉准备出发回家之前，吉姆向她讲述了自己人生故事中最黑暗的一幕，并在一次戏剧性的会面中表达了对伊莎贝拉的爱恋。伊莎贝拉震惊不已，哭了起来，但仍然坚定地拒绝了他。尽管他有种种

---

① 阿尔卑斯山脉中最广为人知的山峰，位于瑞士与意大利之间的边境上。山峰呈三角锥形，地势极为陡峭险峻。

好处，但她无法忽视他那狂野的过去、情绪的波动以及对过量饮酒的嗜好。"他是一个任何女人都会爱上的男人，但没有一个理智的女人会和他结婚。……我的心对他和他那黑暗、迷失、自我毁灭的生活感到怜悯。他是多么令人迷恋，却又如此可怕。……我非常想念他。"

然后，伊莎贝拉做了她认为每位爱丁堡社交圈中有教养的女人都会做的事情：给他写了一封正式的信。"亲爱的先生，由于您星期一对我所说的话非常冒失，我们之间只能划上一条界线了。因此，我希望我们的友谊立即终止。……敬上。"

【特快信件，以心灵感应的方式寄出】

1873 年 11 月 21 日，星期五。

亲爱的伊莎贝拉，可爱的伊莎贝拉，我正站在朗峰的峰顶上，用烟发出莫尔斯电码信号，扔石头，用扩音器大喊：别——寄——那——封——信！不过当然，无论如何你都会寄出它的，或者在骑马遇到吉姆时直接交给他，尽管你看到他已经很痛苦而且生病了。

亲爱的伊莎贝拉，在经历了所有这一切之后，为什么要写一封如此荒谬的信呢？因为你在夏威夷成了一个全新的伊莎贝拉，不是吗，一个独立的女人，在河里游泳，爬火山，给自己的马装上鞍具，对于社会常规毫不在意——所以你为什么还要坚持做一位举止得体的女士呢？哦，为什么，为什么我们要坚持这些传统的行为守则？为什么即使其他人已经以不同的方式看待我们，我们还是不能改变自我形象？

是的，是的，你坚持告诉妹妹，你从未认真地爱过这个家伙，天啊，可是你脸颊潮红，一直在絮絮叨叨地讲他的事，抓住一切可能的机会提起他的名字。有一次，你甚至梦到自己坐在炉火边，吉姆拿着左轮手枪走进来冲你开枪！当然，正如你所承认的那样，他之所以令人兴奋不已，恰恰是因为他是个"危险人物"，但不需要多少心理学常识就能看出来，你在心里暗暗地希望他能走进来，然后把你的"体面"一枪打到地狱里去。

没错，他是喝了太多酒，而且很可能有抑郁症甚至躁郁症，我非常理解。但是你们两个人心有灵犀，这种特殊的关系在人与人之间是很少见的。伊莎贝拉，如果你能够将自己看作一位新时代女性，那么你至少会写一封完全不一样的信。

你的 M

另：我真的很希望你能与吉姆和其他一些人（如果有的话）相处得更自在一些。如果我碰巧遇到了一个帅气的独眼亡命徒，我希望自己也一样。毕竟这样的人还是很罕见的。

伊莎贝拉和吉姆又见了几次面。伊莎贝拉回想起谦逊的绅士威尔逊先生向她提出的求婚，以及思考为什么她感觉这个阴郁的亡命徒比前者迷人得多，但她没有改变自己的决定。伊莎贝拉在那里的最后一晚，这对奇特的男女在旅馆的厨房里坐了很久，一直在谈论诗歌和写作。

在伊莎贝拉离开落基山仅半年后，吉姆饮弹自尽了，他们再也没能相见。

持续了将近一年半的环球旅行彻底改变了伊莎贝拉。然而，当她即将在纽约登船穿越大西洋时，她却写信给她的朋友："我仍然认为文明令人厌烦，社会就是个谎言，所有的习俗规约都如同犯罪，但我很可能会迅速回归过去的生活轨迹。"确实，她回到爱丁堡后，事情就是这么发展的。她再一次成为体面的伯德小姐，与妹妹住在一起，从事慈善事业，并致力于写作。约翰·默里想要将她在夏威夷的经历以图书的形式出版，于是伊莎贝拉把写给妹妹的信件编辑成书稿，《夏威夷群岛》于 1875 年 2 月出版，书的序言里面写着健康原因的借口。伊莎贝拉的书大受欢迎，她还将自己在落基山脉的经历写成一系列杂志文章。大约在这个时候，一位名叫约翰·毕晓普的医生开始关注她，他比伊莎贝拉年轻 10 岁，还向她求了婚，但伊莎贝拉坚决拒绝提起这件事。她的书和一系列文章的受欢迎程度也让她有些良心不安——从一件如此有趣的事情中获得经济利益当然是不合适的！

几乎在一夜之间，伊莎贝拉从一位狂野、自由、大胆、热爱生活，在夏威夷和落基山脉像男人一样骑马的女性，变回了体面的老姑娘，过于在意一切行为举止是否符合社会规范。在接下来的三十年里，每次她从旅途中回来时，都会重复这种模式。伊莎贝拉过着双重生活：环游世界的她是另一个人，但是她完全无法把那个人带回家。即使旅程越来越疯狂，她的书越来越受欢迎，她本人也被赋予了探险家的正式身份，她也无法摆脱这种模式。

这件事令我烦恼极了，我就不能找到一种稍微能进一步了解她的方法吗？如何理解一个人在经历了改变人生的旅程之后会轻易回归熟悉的例行生活中？在家里什么都没有变的情况下，她要想保持这种改变，留住这个全新的、激进的、充满活力的自我，究竟有多么困难？要想避免因为改变了生活的重心而感到自己像局外人，又有多困难？即使她已经开始将社会视为"谎言"，将习俗规约视为"犯罪"，将组建家庭、拥有自己的房屋并因工作而筋疲力尽的理想视为令人作呕的标准，却很难以其他方式生活，很难保持那种感觉。

于是，回国几年后，伊莎贝拉又病了。她去看了几位医生，但没有一个人能解释为什么在苏格兰她是一个虚弱的病人，几乎无法把自己拖下床，但是在旅行时，她却能无所畏惧、不知疲倦。正因为如此，医生们再也想不出其他的治疗方法，只好又给她开了旧药方，那就是开始一趟新的海上旅程。

这次她会去哪里呢？世界上哪个角落充满足够的异国情调，能够让她的写作工厂继续产出呢？尽管健康原因仍然是旅行的官方理由，但她的真正动机是为一本新书收集素材。她写信给查尔斯·达尔文

（还能有谁？）寻求关于攀登安第斯山脉的建议，达尔文却不鼓励她去，说南美不适合女性。后来，伊莎贝拉对日本产生了兴趣。它刚刚向外国人开放，人们对那里几乎一无所知。

1878 年，46 岁的伊莎贝拉于四月从英格兰乘船前往纽约，再乘坐穿越美洲大陆的火车来到旧金山，然后登上了开往横滨的轮船，于五月下旬抵达日本。这次她"轻装"旅行，除了骑行装备和马鞍外，她还带了一封介绍信，为了给即将在日本会见的人看。

她没有立即爱上日本。她发现横滨没什么吸引力，一切都灰蒙蒙的，非常沉闷，她对日本人的描写充满种族主义偏见，令人震惊。在她的描述中，海港的人个头矮小、身材干瘪、罗圈腿、平胸、衣衫破旧，而且大部分人面容丑陋，尽管他们看上去很友好。（她在近 500 页的书中多次提到日本人丑陋的面容和其他"民族缺陷"。）五月和六月的气候也让她不太愉快，天气炎热、潮湿、细雨蒙蒙。此外，这是伊莎贝拉第一次来到一个人们不说英语的地方，她读不懂当地的报纸、书籍和路牌，因而一切都令她感到陌生。那著名的"宏伟壮丽的东方"也无处可寻，建筑物都是用灰色木头搭建的，人们的衣服是沉闷的蓝色、棕色或灰色，没有人戴珠宝，一切都显得贫穷而单调，唯一能看到彩色和金色的地方只有寺庙。那些脚踩高高的木屐、走路摇摇晃晃的女人确实皮肤清透、头发光亮，但是她们剃掉的眉毛和涂黑的牙齿看起来很奇怪。女人们把嘴唇染成红色，脸上涂满厚厚的珍珠粉，这令伊莎贝拉感到不悦，不过她也表示，很难去批评那些举止极为优雅、心地非常善良的女性。总而言之，她说这里的人民是她见过的最丑的人，但也是最干净、最友好的人。

伊莎贝拉在东京度过了一段时间，她在这里终于找到了一些漂亮的事物，其中她最欣赏漫步在皇家花园里的人们的华丽和服。不过，她一直对去乡下看看"真正的日本"充满向往。在英国领事看来，她去内陆旅行的计划颇有野心，但是英国领事也说，一个女人在这里独自旅行是绝对安全的，她面临的最严重的问题将是跳蚤和不怎么精神的马匹。英国领事给了她一张地图，可惜这张地图用处很有限，大片的区域都是空白的，伊莎贝拉可以一边走一边继续收集更多信息。"那会更加有趣的。"英国领事高兴地说。事实上，在许多偏僻的山区村庄，伊莎贝拉是人们见到的第一位欧洲女性。

为了方便旅行，她需要一位翻译和仆人。面试了众多求职者后，她选择了 18 岁的伊藤，他能说和写英语，还会做饭。他去过内陆地区，号称一天能走 25 英里。伊莎贝拉自己则时而骑马，时而乘人力车，她特意聘请了几个能跑的人来拉车。她在两个柳条篮里装满了要带的东西，包括几件衣服（她的旅行装是一件灰褐色的花呢连衣裙、结实的系带靴子和一顶像倒扣的碗的日本传统竹编帽）、一个充气的人力车坐垫、一把折叠椅、一个帆布行军床（唯一能避免被跳蚤骚扰的睡眠方式）、一个橡胶浴缸、床单、一条毯子、蜡烛、书写工具、英日词典、一张简易的日本地图，还有她自己的墨西哥马鞍和缰绳。每个人都对她进入未知领域旅行的食物选择发表了很多意见，但伊莎贝拉最终只装了一点李比希浓缩肉汁、5 磅葡萄干、少量可食用及饮用的巧克力和应急用的白兰地。基于她的经验，伊莎贝拉在书的脚注里建议日本游客除了带李比希浓缩肉汁，不用带任何其他食物增加负担。由德国教授尤斯图斯·冯·李比希研制的肉汁是一种高度浓缩的肉汤，在欧洲各地极受欢迎，广告里描述了一些极端环境下的使用情况，比如穿越埃及沙漠或与土著人民一起生活。著名的英国探险家亨利·莫顿·斯坦利爵士曾经带着它穿越非洲丛林寻找戴维·利文斯通博士[①]。李比希浓缩肉汁如今还能买到，我在想是不是应该立刻在网上订购一罐，为下一次旅行做准备。

伊莎贝拉出发的那一天精神几近崩溃。她在脑海中不停地仔细回

---

① 英国探险家、传教士，生于 1813 年。

想任何可能出差错的地方。"我常常想放弃我的项目，但是一想到最权威的人士已经向我保证了这里的安全性，我就为自己的怯懦感到羞愧。"可她完全不必感到羞愧，在没有地图的情况下独自进入未知地域，谁能不紧张呢？

旅程的第一部分是行进 90 英里到达日光市①，由一组人拉着人力车在三天内完成。途中他们停下来在茶舍休息，除了喝茶，他们还可以买糖果、柿干和鱼、泡菜、糯米团点心，还有防雨帽和拉车人需要更换的草鞋。伊莎贝拉很快就进入了她渴望看到的"真正的日本"，乡下的房子非常简陋，所有的东西都很难闻，这里的人们"丑陋、寒酸和贫穷"。他们晚上的住宿地点简朴得吓人。伊莎贝拉看见第一个住处时惊呆了，因为按照当地人的生活习惯，她的房间里除了一张爬满了跳蚤的榻榻米垫子和成群的蚊子，什么都没有。伊藤为她找了一张带蚊帐的床，为她准备洗澡水，还送来了茶、米饭和鸡蛋作为晚饭。她想要写一封关于当天情况的信，但是虫子不停地袭击她，简直写不下去，门外还有很多双眼睛试图透过推拉门的缝隙窥视她。她整晚没合眼，奇怪的气味和声音令她感到恐慌极了："这里没有隐私，让人害怕，我和同伴之间还没有建立足够的信任，以至于可以不要锁、墙壁和门！……我的钱就放在那儿，似乎没有什么比伸一只手穿过推拉门拿走它们更容易的事了。伊藤告诉我，水井污染得很严重，气味呛鼻。疾病和抢劫都令人害怕！"

十日魔法还远未降临。

不过，第二天，伊莎贝拉就镇定下来，写信给妹妹："我已经可以笑看自己的恐惧和不幸了。……旅行者必须亲身经历，成功或失败主要取决于个人特质。在继续前进的过程中，丰富的经历将会弥补许多糟糕的事带来的坏心情，我会培养自己的安全感。但是我担心隐私的

---

① 日本本州关东地方北部国际游览城，1954 年设市。

缺乏、难闻的气味以及跳蚤和蚊子的折磨将是无法用任何事物补救的恶势力。"回到英国之后，伊莎贝拉在书的脚注里添加了另一条评论："我的恐惧虽然对一位女性来说是很自然的，但确实毫无道理。在这之后，我继续在内陆行进了 1200 英里，还去了虾夷①。一路上绝对安全，不需要保持警惕，我相信在世界上没有任何国家能像日本一样，让旅行的女士不用担心危险或被粗鲁对待，拥有充分的安全感。"

伊莎贝拉知道旅途会很艰难，并且已经为种种不适做好了准备。然而，在日光市，她却能够在美好的日本田园风光中休息九天。她住在一个名叫金谷的男人家，那是一栋有花园和日式壁龛的漂亮房子。她在给妹妹的信中写道："我几乎希望房间不要那么精致，因为我一直害怕把墨水洒了、把垫子坐扁或者扯坏纸窗。"日光令她深深着迷，她甚至将其视为世界上最美丽的地方之一，书中关于精致的寺庙、神社和德川家康的墓葬遗迹的描写一页接着一页。在金谷的家里，她还观察了当地妇女的生活，并逐渐学会欣赏简致与留白的美学。例如，她很喜欢日本花道，了解到这种艺术形式之后的反应与一百三十年之后的我几乎一模一样："还有什么比我们的'花店花束'更怪诞和野蛮的吗？……花束中的茎、叶甚至花瓣都被残忍地挤压着，每朵花的优雅和个性都被整个体系破坏了。"不过，她不能接受日本的音乐。对于她来说，金谷的工作（在神社里演奏音乐）充斥着"不和谐的音符"，尤其是在听日语歌的时候，她感觉仿佛身处一群"野蛮人"之中。

离开日光之后，艰苦的旅程开始了，伊莎贝拉从内陆前往日本海上的新潟县②，再向北翻山越岭，到达青森县③。他们的行程约为 700 英里，一路走走停停，花了将近两个月的时间才抵达目的地。伊莎贝拉

---

① 北海道的古称。

② 位于日本本州岛中北部。

③ 位于日本本州岛最北端。

仔细地记录了他们经过的每一个村庄以及村庄的房屋数量，她还像所有严肃认真的探险家一样把距离记录了下来。（有一种理论认为，伊莎贝拉的旅程是应英国领事的要求、在他的保护下进行的，目的是找出在日本进行传教工作的机会。）伊莎贝拉和伊藤骑着马，穿过山口、山谷、森林，路过稻田、村庄、寺庙遗址、贫穷的社区、肮脏的污物和沉默地凝视着他们的人群。孩子和成年人毫不忌讳地盯着她看，因为他们从未见过外国女人，也没见过叉子和勺子。许多人以为她是个男人，因为她没有刮过眉毛，牙齿也没有染黑。

在一个山谷里，人们要求伊莎贝拉当众向伊藤发号施令，这样他们就能听到外国人如何讲话。伊莎贝拉对山区的极端贫困感到惊讶，因为"又脏又乱的贫困生活通常是懒惰和酗酒导致的"，但是这里的人们一直在努力工作。在很多地方，人们几乎一丝不挂。在一个偏远的村庄里，妇女只穿着棉织裤子，还有一个女人喝得醉醺醺的，走路摇摇晃晃。伊藤感到十分羞愧，他也不知道日本有些地方竟然如此原始，还让外国人目睹了这些景象。沿路旅馆的环境令人难以忍受，有时候只是个快要塌下来的棚屋，里面全是跳蚤和蚊子，充满噪音和恶臭。有时候房间被炉膛上冒出的烟尘熏得黑乎乎的，每个阴暗幽闭的房间之间只用一层纸屏隔开。他们经常吃的东西只有米饭和鸡蛋，或者黑豆和煮黄瓜。有一天，伊藤保证会把他特意为伊莎贝拉找到的鸡杀了吃，但那只鸡逃跑了，伊莎贝拉感到非常绝望，她已经十天没尝到鱼肉或鸡肉的味道了。（她肯定已经用完了李比希的浓缩肉汁。）有一次，她给一个生病的男孩吃了点药，很快，纸屏后面就排起了长队。许多母亲和父亲怀里抱着赤裸的孩子，他们都患了可怕的疾病，状况一个比一个糟。

每当他们走进那张简易地图上的空白区域时，就不得不开始凭感觉前进。

伊莎贝拉经常感到精疲力竭。他们正经历炎热而令人窒息的雨季，有时候，一场倾盆大雨冲坏道路和桥梁，导致他们无法前进。跳蚤和蚊子一直在折磨着他们。伊莎贝拉的手臂被黄蜂和马蝇叮咬得发了炎，她的脚上都是蚂蚁的咬痕。成百上千只黄蜂袭来，马匹疯狂乱窜。有些日子，伊莎贝拉的背痛极了，她甚至无法骑行。她对当时情况的总结是："只有坚强的人才能去日本北部旅行。"

不过，也有一些美好的时刻。四周的风景令人叹为观止，伊莎贝拉时常能看到一些她所见过的最美丽的景致。

伊莎贝拉对她所看到的一切都做了极为细致、尽可能科学的记录。他们路过温泉时，她记下了水温并描述了当地人沐浴的景象，但一直不敢亲自进去试试（或许只是觉得将沐浴体验写在书里不太合适）。当她发现自己遇上了某种当地节日或"祭"时，她会描述节日的氛围和装饰精美的移动神坛。她在新潟的商店里做了细致的记录，详尽地描述了纸和丝绸的制造情况，还对日本的基督教传教工作状况进行了汇报，对人们的"迷信"嗤之以鼻。她在书中插入了对日本料理的分析，表示即使对最高级的日本料理也很难一下就喜欢上。她说，比如"大根"或日本萝卜的味道就令人恶心："许多勇敢的人见了它都会逃得远远的！"另外，她发现日式茶的制作方式令人愉悦，尽管那不是红茶，也不会加入牛奶，但对她来说，这种清澈的稻草色饮料闻上去、尝起来都非常美味，令人心旷神怡。

8月中旬，伊莎贝拉终于抵达青森县，然后从那里继续向北，前往日本最北部的北海道岛的函馆市，她的目标是在那里会见"多毛的阿伊努人"①，那是鲜为人知的崇拜熊的典型的当地原住民部族。在函馆市的领事馆，她遇到了几个同样准备去阿伊努村庄探险的男人。这些人配备了大量食物和其他物品，还带着小马车来运送这些东西，伊莎贝拉向妹妹预言："他们一定会失败，我已经把行李减到了45磅，一定

① 也称虾夷人，日本原住民的一支。

能成功！"她确实成功了。她在北海道度过了一个月，为那里的壮丽景观心醉神迷，最后在阿伊努村庄住了几天，观察当地人如何生活。

伊莎贝拉从函馆市乘上轮船，穿越风暴肆虐的大海，返回横滨和东京，然后在京都及周边地区度过了三个月。她从京都寄出的大部分信件的内容都没有出现在旅行书里，因为伊莎贝拉认为这座城市不符合书名所承诺的"人迹罕至之地"的特征。幸运的是，其中一些信件还是包含在了她的书里。她对十一月的京都无法掩饰的热爱，与我在这座城市居住更长时间、写第一本书时的感受不谋而合。伊莎贝拉钟爱这座城市对艺术与美近乎虔诚的追求，女人们身穿颜色鲜艳的和服、绑着迷人宽腰带，美丽的茶舍，怡人的寺庙、宫殿和花园，遍布环绕着整座城市的青黛色山坡……伊莎贝拉承认，成百上千家摆满精美物件的小店让她为之疯狂。（我也是。）她想给家乡的所有朋友买纪念品，却又担心他们要么不能欣赏，要么就随手把它们塞在各种其他小玩意中间。这些日本的美丽珍宝只能和少量其他物件一起摆放在黑色漆器托盘上，才能充分展现出它们的精妙之处。（同意。）在京都待了十天后，伊莎贝拉的最终论断是："学校、医院、疯人院、监狱、药房、救济院、喷泉、公园和私人花园、精美的墓地，凭借这些设施以及干净得令人发指的街道，京都可以说是日本境内规划和管理最完善的城市。"

1878 年 12 月 19 日，伊莎贝拉在日本进行了为期七个月的冒险之后，登上伏尔加号蒸汽轮船，从横滨港出发，踏上了回家的路途。这次是穿过亚洲向西走，绕地球一圈。富士山白雪皑皑的峰顶被朝霞映得红彤彤的，轮船绕过它驶向大海，伊莎贝拉在船舱里写着信。

但是伊莎贝拉没有直接回家。有什么可着急的呢？毕竟，她是在为健康而旅行。轮船停靠在了几个地方，包括上海、香港、西贡和马来半岛。过了苏伊士运河，伊莎贝拉下了船，前往开罗。她最珍爱的童年记忆之一是她的牧师父亲为她讲述的摩西[1]的故事，即摩西如何在西奈山上接受了"十诫"，那就是她想去的地方。从开罗到西奈[2]的路程有270英里，需要穿越西奈沙漠[3]，走十八天才能到达目的地。她在开罗居住的旅馆的经理向她保证，她一定坚持不下来。不过，他同意帮忙召集几个贝都因人，还找来了骆驼和一名仆人兼向导哈桑。于是，她打包了少量食物（当然包括李比希浓缩肉汁）、药品、白兰地和遮阳伞，还带了一个她需要用的大帐篷、一个给哈桑用的小帐篷、一张床垫、一块毯子、一把折叠椅、一个洗脸盆和厨房用具（贝都因人会用沿途收集的骆驼粪便生火）。遗憾的是，伊莎贝拉在书中没有告诉我们她如何在保持体面的情况下沐浴、方便，以及进行其他私密活动。但在这趟旅行中，她意识到有了自己的帐篷之后做这些事有多么方便，因此从那时起，她出去旅行时总会带上一个帐篷。（此外，作为二十多位阿拉伯男人中间的唯一的女人，似乎没有对她保持体面造成任何障碍。）

这次旅行就像旅馆经理保证的那样糟糕，而且伊莎贝拉病倒了。第一天早晨，她感到乏力和恶心，但她决定在这片如同烤炉的沙漠上坚持下去。白天，他们停下来休息时，哈桑向她展示了如何蜷缩在一块岩石的阴影下，如果没有岩石，哈桑会挖一个坑，让伊莎贝拉蹲在里面，再盖上一层毯子遮挡阳光。她一边阅读圣经，一边小口咬葡萄干。白天阴凉处的温度是105°F（甚至更高），就连晚上也从未降至90°F以下。那天晚上，在骆驼背上坐了十个小时之后，她嗓子很疼，头痛欲裂，起了水泡和皮疹，她意识到自己得了伤寒。她整夜在床垫上痛苦地翻来覆去，但早晨还得准备好继续前进。她在痛苦中给妹妹

---

[1]　古希伯来民族领袖。

[2]　西奈半岛，简称西奈，位于埃及东部。

[3]　位于埃及和巴勒斯坦之间的旷野。

写道："我觉得看到这片壮美的沙漠，一切经历都是值得的。"

一天晚上，哈桑给她带来了一个坏消息：一个贝都因人偷走了山羊皮袋子里所有的水，他们只剩下一杯左右。那天晚上，她感到极度口渴，几乎要发狂了，圣经中关于水的诗句在她的脑海中萦绕，在某个时刻，她以为自己听到了雨声，从帐篷里冲了出去，但那只是沙漠上的风拍打附近干枯虬结的树枝的声音。哈桑向她展示了如何将鹅卵石塞到嘴里以缓解口渴。第二天，一队人继续在这片沙漠无情的酷热中行进。伊莎贝拉因为剧烈头痛和皮疹发痒，在骆驼的背上摇摇欲坠，她感到头昏，本想告诉哈桑停一下，却发不出声音。当他们终于到达一片绿洲时，她只能勉强分辨出一个男人手拿水罐奔向他们的影子。

伊莎贝拉曾以为自己去西奈山的朝圣之旅将是她这趟环球旅行中最激动人心的部分，因为她正在以虔诚的动机满足自己的流浪癖。但是在经历了这段残酷又无趣的行程之后，她的目的地却令人失望，西奈山连一丝一毫的灵性都没有。修道院的僧侣们公然从游客身上薅羊毛，还会蒸馏烈性酒喝，整天醉醺醺的。

1879年，伊莎贝拉乘船从亚历山大港①航行到利物浦②，然后返回苏格兰，于五月下旬到达穆尔岛（亨妮为她们租了一栋小房子）上的托伯莫里。她已经环游世界一年多了。和以前一样，伊莎贝拉在西奈沙漠里都没有被伤寒和无法忍受的环境击垮，回到家后竟然倒下了。"我的身体非常虚弱，"她写道，"我只能拄着一根棍子走上三百码。"

整个夏天，伊莎贝拉都在完善她的落基山脉系列的文章。它们非常受欢迎，于是约翰·默里想将它们结集出版。她的日常工作效率极高，非常自律。她上午写书，中午一点三十分吃午餐，午饭后和妹妹

---

① 也称亚历山大，是埃及最重要的海港，亚历山大省的省会。

② 英格兰西北部港口城市。

去散步，走上很久，晚上继续写作。亨妮负责经营她们的家，和厨师一起规划饭菜。（你在写书时，有人能帮你做饭，这简直奢侈极了。）落基山脉系列的手稿完成后，她开始着手写作关于日本旅行的书，不过她很担心这本书会比之前的作品更无聊。当年十月，《一位女士在落基山脉的生活》发售，第一批书在一周内就售罄了。各种书评把它夸上了天，约翰·默里以伊莎贝拉的名义在伦敦举行了一场庆祝派对。一夜之间，她成了人们关注的焦点，被誉为"文学之狮"，并被介绍给众多作家、政治家和记者认识。

然而，《泰晤士报》的书评人指出伊莎贝拉在落基山脉身穿男装骑马，引发了一些争议。女人以任何方式模仿男人，尤其是在穿着上，都是一种可耻的行为，伊莎贝拉因此受到了严厉的指责。她最担心的是自己会被当作某种激进分子，或者更糟糕的是，被当作一个女权主义者，然后报纸上会刊登关于她的讽刺漫画，就像其他去旅行的女性一样。于是，为了强化她作为一位仅出于健康原因出去旅行的得体的女性的形象，在下一版书中，她添加了关于骑行装的脚注说明。骑行装包括（为了表述清楚）一件夹克、一条及踝长裙和一条土耳其长裤，根据伊莎贝拉的说法，这是"登山运动和其他艰苦旅行环境中最方便、最女性化的装束，在世界上的任何地方都如此"。

【寄往穆尔岛托伯莫里的信件】

亲爱的伊莎贝拉：

很抱歉，但是我必须写信给你。忘记那些条条框框和繁文缛节吧！就算有人认为你穿了裤子，那又能怎样呢？如果你实际上穿的就是裤子呢？读到你的行为中的种种矛盾，真令人抓狂。想想看，你和独眼暴徒一起在落基山脉里骑马，一边忍受伤寒，一边与贝都因人穿越西奈沙漠，后来你在波斯山脉的积雪中跋涉42天，你的勇敢和坚韧令人难以置信，而且你已经40多岁，到最后都60岁了——你为什么还要介意其他人对你的看法？去他们的体面！想穿裤子就穿裤子！

如果你能给我几句答复，我将不胜感激——也许你能理解我的意思。

你的 M

但事实是，我才是那个不理解她的人。我只是不明白，装束问题对当时的女性旅行者究竟有多重要？由于探险是一项不那么女性化的工作，因此从事这项工作的女性必须证明她们在探险时仍然是女性化的和举止得体的。女性的旅行装束成了一个严肃的甚至有政治意味的问题，结果就是，一个女人必须在所有环境下都穿着自己在家穿的衣服：紧身胸衣、深色长裙、靴子、带檐帽或软帽，还要把头发盘起来。

所以，我带着愤怒用笔写下了一些女性榜样的小贴士。

如果你想像男人一样骑马，则需要在裙摆下面穿上灯笼裤（由名为阿米莉亚·布鲁姆的女权主义者于 1850 年推出的产品）。然后按照伊莎贝拉所说的去做：在落基山脉骑马时，无论何时抵达住宿地，无论那个地方多么破旧，你都需要下马，在裤子外面套上一条裙子，然后侧身骑马走进村庄。

如果需要的话，伪装成一个男人。尤其在登船的时候，很可能是不可避免的——例如，捕鲸船、军舰和海盗船的船长有严格的规定，禁止女性登船。（然而，一位 19 世纪的妇女竟然设法在英国战舰上服役 20 年，从未暴露性别。）伪装的另一个理由是，这样就不必担心被骚扰或强奸。

你想穿裤子，却没有合适的理由？可以考虑你是否能仿效赫斯特·斯坦霍普小姐。1810 年，她打扮成男人的样子在中东旅行，只是因为她发现裤子更方便。她的举动让英国人震惊。（阿拉伯人只是以为这是奇特的外国人的癖好。）尽管如此，这位女士后来在黎巴嫩的山里拥有一栋有 36 个房间的房子，她在那里精神失常、穷困潦倒，最终孤独地死去了。据说那栋房子里到处都是垃圾和过期的药物，还有被蛀虫啃坏的阿拉伯马鞍。我只是这么一说。

第二年夏天，伊莎贝拉挚爱的妹妹亨妮患了伤寒。伊莎贝拉和她的医生约翰·毕晓普昼夜不眠不休地照顾了她数周，最后亨妮还是去世了，享年 46 岁。伊莎贝拉被彻底击溃了。她试图继续编辑当时已经处于最后阶段的关于日本旅行的书，但她的所有灵感都消失了。《日本的人迹罕至之地》于 1880 年 10 月出版，共两册，并很快获得了成功，但是当装有她的作品的包装盒寄来时，伊莎贝拉根本无法打开它。她现在该做什么呢？她当然不能去旅行，也无法享受自己的盛名。从现在开始，她最好全身心专注于慈善事业。（天哪，伊莎贝拉，怎么又是这样！）49 岁的伊莎贝拉认为除了婚姻外别无选择，多年以来，约翰·毕晓普向她提出了很多次求婚，她终于接受了。婚礼于 1881 年 3 月举行，那时妹妹过世了九个月了。教堂里只有几位亲戚参加了仪式，没有举办婚宴。（我想起婚礼当天拍摄的照片里的伊莎贝拉，一位身穿黑衣的女人眼神空洞地盯着镜头。）

婚后仅过了五年，毕晓普于 1886 年去世，伊莎贝拉拒绝继续崩溃下去。丈夫留下来的遗产确保她能够过上舒适的生活，还能随心所欲地旅行。出版商约翰·默里问她有什么计划，她像位合格的优秀女性一样答道："如果我不努力使自己的人生变得有用和有趣，我将不配拥有这么多美好的回忆。我的需求很简单，而且我已经没有任何值得挂念的人了，所以，只要有能力、有力量，我就可以按照自己的意愿塑造余生。最适合我的旅行通常条件艰苦、危险重重，一点都不舒适或轻松，而且在很大程度上与世隔绝，我必须拥有一个值得为之冒一切风险的目标。"

伊莎贝拉确实按照自己的意愿度过了余生。她决定首先前往中亚的山区，最后实现了一直心心念念的前往喜马拉雅山的梦想。就这样，57 岁的伊莎贝拉骑在牦牛背上走进喜马拉雅山探险，接着由索耶少校陪同前往波斯，结果她在严寒中走了 600 英里，旅途极为恶劣和凶险，最后伊莎贝拉瘦了 30 磅，头发都变白了。尽管如此，尽管她会见的传教士们对她的计划表示惊恐，但她还是独自一人穿越叙利亚、土耳其和亚美尼亚，可怕的危险境地以及残暴的游牧部落都在路上等待着她。但是出于某种原因，伊莎贝拉并不害怕。

1890 年下半年，完成近两年的旅程后，她返回了英国。她的日记在旅途中被偷了，幸存下来的只有一个写着简短注释的袖珍笔记本，值得庆幸的是，她从波斯①寄回来的信件还在。她躲在克莱顿小姐的房子里（她已经没有自己的家了），又一次启动了根据自己的经历创作旅行书的细致工作。（"我忙得要命，我不去拜访别人，不读书，只会出门锻炼。"）她的勤勉获得了丰厚的回报——1891 年 12 月，她的厚厚两册《波斯和库尔德斯坦旅行记》一经出版就成了畅销书。

此时，伊莎贝拉已经身负盛名，许多评论都高度赞扬了她的书。她与总理共进晚餐，被介绍给维多利亚女王认识。桑威奇群岛的国王甚至为她那本写夏威夷的书授予她荣誉勋章。她受邀在议会讲话，传奇的伦敦皇家地理学会也邀请她发表演讲。她是有史以来第一位收到伦敦皇家地理学会邀请的女性，然而，伊莎贝拉不愿接受，因为她知道伦敦皇家地理学会不接受女性会员。她决定改在苏格兰皇家地理学会演讲，因为这个组织接受女性成员。对于伦敦皇家地理学会来说，这一事件让他们感觉非常尴尬，于是他们决定接受伊莎贝拉成为会员，这是历史上首位获得这一荣誉的女性。事实上，1892 年 11 月的伦敦皇家地理学会会议共接受了 15 位女性会员。不过，一些年长的会员强烈

---

① 伊朗的古名。

反对这项创新。《泰晤士报》发表过一些语气愤怒的文章，男人们在雪茄屋里谈论着这件"丑闻"的新进展，激动得胡子直抖。一位最近出版了一本关于波斯旅行的书的会员写道："我们不认为女性普遍拥有为科学地理知识做出贡献的能力。她们的性别和接受的训练导致她们都不适合探险，而那种专业的女性环球旅行者……是 19 世纪下半叶产生的恐怖现象之一。"《笨拙》杂志用打油诗嘲讽女性："女士探险家？穿裙子的旅行者？这个概念简直像天使啊。让她们待着照顾宝宝，或者缝补我们破烂的衬衫下摆，但是她们一定不能，不可以且不应该研究地理。"反对者于 1893 年 4 月组织了一次新的投票，如今，女性又不能获得伦敦皇室地理学会的会员资格了。但是，那些已经入选的人可以留下。

伊莎贝拉对这种待遇感到恼火，但还是决定继续工作，她的下一个目的地是中国。62 岁的她已经有许多健康问题，医生建议她少做些工作，多休息，最好去泡温泉。很多人觉得，在她这样的年龄，无论如何都应该停止艰苦的探险工作了。但是伊莎贝拉却保持精神抖擞直到最后一刻，而此时，她仍然还有近十年的旅行时间。1894 年 1 月，伊莎贝拉带着新的三脚架照相机（她学会了照相）前往利物浦，登上了一艘去往中国的船。在接下来的三年中，她研究了韩国、中国和日本，精心拍摄和冲印了数百张照片，这些照片展示了长江沿岸的村庄、寺庙和锥形山，还有水牛、麻风病人和吸食鸦片的人。伊莎贝拉乘着一条小小的河船沿长江旅行，乘坐窗帘紧闭的轿子走过山间小道（打开窗帘可能对女性来说别有意指）。她感染了疟疾，摔断了手臂，被当地人辱骂和扔石头，因为当时的中国人讨厌外国人，尤其是独自旅行的外国女人。有时候，晚上会有人在旅馆墙壁上凿洞，当地人一边偷窥她一边咯咯笑。有一次，村民甚至发起了暴动。在凉山，伊莎贝拉拿着一把左轮手枪坐在她的房间里，不能出门，直到有士兵赶来保护她。许多欧洲妇女都经历了精神崩溃，甚至在当地人发动的袭击中丧生，但伊莎贝拉没有放弃。此时，她已经是一位非常能干和经验丰富的旅行者了，她的决心绝对不会轻易动摇。此外，尽管经历了这一切，她还是对中国和中国人民充满了热情。1898 年冬天，她的著作《韩国及其邻国》和《长江流域及周边地区》先后问世，评论家们不再称她为"旅行者"，而是将她形容为一位韩国政治局势专家。对于一个出于健康原因决定 40 多岁开始旅行的、未受过教育的女人来说，这个评价还不错！

伊莎贝拉的最后一次旅行是前往摩洛哥^①，她在阿特拉斯山脉^②独自骑马和扎营。这位充满了令人难以置信的活力的世界旅行家于 1904 年 10 月的一个早晨在爱丁堡自己的床上安详地去世了，享年 72 岁。她的旅行箱当时已经打包好了，准备再次前往中国。

当我晚上想到伊莎贝拉时，我的感觉是矛盾的。我当然会想起她那种近乎疯狂的勇气和令人钦佩的韧性，尽管她患了各种疾病，却能在极端环境下坚持下来。但是我也会想到她回家后总是瘫倒在床上这件事。她的宗教信仰和有时令人不舒服的种族主义倾向让我感到与她有些疏远，而且对她而言，保持传统的体面和美德竟然如此重要。我想到她那根深蒂固的"好姑娘综合征"，她永远无法消除这样一种矛盾，在旅行时她是另一个人，一位自由而勇敢的新时代女性，回到家却又变回那个为他人的期望而活的人。直到最后，她都因旅行而感到内疚。

我在研究 19 世纪末她在中国拍摄的棕褐色照片时，按照她优美的描写，会想象着她背着相机箱走在长江的河岸上，在夜晚的河水里、大自然提供的暗室中为自己冲洗照片。她的照片总是有些颗粒感，因为无论怎样过滤最终冲洗照片用的水，都会在表面留下一些细颗粒的

① 摩洛哥王国，简称摩洛哥，位于非洲西北部。

② 非洲北部山脉。

长江河沙。我用手指划过影像书凉凉的纸页，照片非常光滑，沙子在途中某个地方被抹掉了。

其他图像一一浮现在我的脑海中：

伊莎贝拉在夏威夷兴高采烈地骑马驰骋，这是她第一次发现内心真实的自我，丝毫没有考虑女人应该是什么样子。

伊莎贝拉坐在落基山脉一簇闪烁的篝火旁，与某个完全不可能有关系的人倾心交谈。空中弥漫着这样一种气氛：这一切是多么合理，却又多么不真实。

伊莎贝拉躺在西奈沙漠的一个沙坑里，疾病缠身，精神恍惚，正在读圣经，她非常勇敢，又非常悲惨和孤独。（因为这正是勇敢常常给人带来的感受。）

伊莎贝拉在薄如蝉翼的纸上镇静平稳地写下那些一丝不苟的信件。这些信件流传了数十年，（最终？）被我读到了。

此时，我想起自己也像伊莎贝拉一样，为了治疗抑郁症，购买了飞往日本的机票。

我觉得自己不顾一切地爱上伊莎贝拉的原因是，作为一名身患疾病又抑郁的中年女性，她一次又一次地出发，去探寻那些还未记录在地图上的世界。

她成功地实现了目标：去旅行，同时获得社会的重视。

女性榜样的建议：

独自旅行，最好去那些条件艰苦的地区。

即使生病了也要去旅行，尤其在你感到抑郁、沮丧或厌倦了生活的时候。

无论你是否属于贵族阶层，是否有钱、漂亮、才华横溢、年轻或者健康，都没有关系。你 60 多岁的时候，仍然可以踏上最艰难的旅程。

不要害怕。要坚强。要勤奋。写十本书。

如果需要的话，可以学习拍照和使用科学仪器。

即使你没有接受过植物学或民族志的专业训练也没关系，尽情写下你觉得值得记录的任何事物。

保持最积极的心态！

艾达·菲佛

建议三：旅行不需要理由。在有限的预算下旅行。
如果能做到的话，四处流浪吧。

职业：妻子和母亲，后来成为世界旅行家和旅行作家。

经历：一边抚养孩子，抛开丈夫，一边偷偷研究地球仪，在她 44 岁时开始第一次旅行。以微薄的预算环游地球两次。通过写书赚到她的旅行资金。她的书被译成了七种语言。

现在，亲爱的读者，我恳求您不要因为我讲了这么多关于自己的事而生气。只是因为按照惯常的观念，这种对于旅行的热爱似乎并不适合我所在的性别群体，所以我才讲了这些自己的感受作为辩护。因此，请您不要对我过于严苛，允许我去享受其中的乐趣，这种快乐不会伤害任何人，只会使我感到高兴。

——艾达，冰岛旅行书前言，1846 年

当伊莎贝拉·伯德只有 10 岁时，奥地利人艾达·菲佛（1797—1858 年）已从维也纳出发，踏上了她的首次旅程。被我钉在软木板上的黑白银版照片中，一位外表严肃的姨妈穿着 19 世纪中叶比德迈厄风格的朴素日常裙装，头戴一顶颌下系带的褶边软帽。她旁边摆着一件探险家的象征物——地球仪，还有一张白纸和一本书。这张照片既荒唐又吸引人，因为它传达了两个互相矛盾的信息。照片中的女人是艾达·菲佛，我在夜晚真正会想到的优秀女性之一。

艾达在一个富裕的家庭中长大，她的父亲拥有一家棉花厂。父亲把她当作儿子，和她的五个兄弟一同抚养，给她穿男孩的衣服，还开玩笑说有一天艾达将被训练成为一名军官。她接受的斯巴达式教育[①]的目标是让孩子们有勇气和决心，能够忍受艰苦环境、食物不足和各种痛苦，这些特点在艾达的后半生确实派上了用场。然而，在艾达9岁的时候，父亲去世了。她的母亲开始朝着更适合女孩的方向培养她，试图使艾达对洋娃娃产生兴趣，让她穿裙子，但收效甚微。艾达变得非常焦虑，生了一场病，于是医生建议让她换回男孩的衣服。尽管如此，艾达还是在13岁时被迫加入了女性世界。她必须学习针线活、烹饪、宗教、外语，当然还有弹钢琴，这些对于所有女孩来说都不可或缺的技能。可是艾达对这些事讨厌之极，为了避免练钢琴，她甚至割伤手指，用封蜡烧伤自己。科学和数学当然是不可能让她学习的，女性教育的目的就是要让艾达成为一位好妻子和好母亲。正是在那段时间，她开始梦见世界上的其他国度，贪婪地阅读各种游记，尽管这样的过度阅读对女孩而言是不合适的。大约与此同时，艾达疯狂地爱上了她的家庭教师，家庭教师还向她求了婚，但她的母亲表示绝无可能接受他们的婚约。艾达宣称，她要么嫁给这个男人，要么这辈子就不嫁人了，而且在接下来的几年间设法摆脱了所有追求者。不过，23岁的艾达还是不情不愿地嫁给了年纪比她大一倍的安东·菲佛。他的妻子已经去世了，是一位律师。艾达接受他的求婚时，坚称她将永远爱着别人。

尽管情况非常不理想，艾达还是当了十三年顺从的妻子和慈爱的母亲。她不幸的丈夫在破产的边缘挣扎，把艾达的嫁妆都挥霍一空，一家人不得不解雇仆人，变卖马车和马匹。据艾达说，他们度过了好几年寒冷、饥饿、朝不保夕的生活。艾达通过偷偷教授绘画和音乐课

---

① 通过严格的军事体育训练，把孩子培养成国家需要的武士。

程来支撑整个家庭，而那些钢琴课程恰恰是她最憎恶的事情。1833 年，她的丈夫为了更好的就业前景搬到伦贝格①时，艾达决定和两个儿子留在维也纳，她的兄弟们仍在这里经营家族企业并热心地答应为她提供资助。当时艾达 36 岁，基本上已经离开了丈夫。她开始秘密地学习地理，仔细考虑去旅行的可能性。

在她的儿子们终于完成学业离开家后，艾达开始认真计划如何实现她的梦想。没错，她想摆脱束缚，彻底改变自己的生活，但是她能以什么理由独自到一个遥远的地方旅行，同时不会引起流言蜚语和招致反对？她的解决方案非常天才——朝圣。几个世纪以来，宗教朝圣一直是妇女环游世界的几种途径之一。一位虔诚、贤惠的 44 岁母亲和妻子（丈夫年纪太大，无法旅行）想要去拜访平生梦想中的圣地，没有人能对此提出什么反对意见。

艾达将她的计划进行删减后给她的家人看，她告诉他们，她要去君士坦丁堡②拜访一位熟悉的朋友，然而实际上，她计划在中东和北非政治动荡的地区进行为期一年的旅行。她的儿子和朋友认为她要前往君士坦丁堡是一个疯狂又荒谬的想法：她作为一个女人，怎么能承受得住旅行的种种压力、严酷的气候、营养的匮乏以及潜伏在各种地方的疾病和虫子？更何况还是独自一人！这种旅行不仅完全不适合女性，还不适合她的年龄。像她这样的女人的合理行为应该是回家去度过一段安稳平静的老年生活。但艾达还有其他的想法："我不介意缺这缺那，我的身体健康强壮，我不怕死，作为一个出生在 18 世纪的人，我完全可以独自旅行。"的确如此，高龄甚至可以成为优势，因为你不需要带上一个旅伴来确保一位老妇人的贞洁。

出发前，艾达已经安排好家里的事务并立下遗嘱，这样即使她有

---

① 今利沃夫，乌克兰西部的主要城市。

② 今伊斯坦布尔。

可能（甚至很有可能）在旅途中身亡，也不会给任何人带来麻烦。其他的实际安排则更有挑战性，因为她去的地方没有酒店，也不通铁路，旅行者必须随身携带所需的一切。托马斯·库克①在二十年之后才会开始安排旅行团，而且关于各个旅行目的地的信息少得可怜。你可以研究书里的铜版画，但那只是欧洲艺术家想象中理想的异国风土，你不得不在什么都不知道的情况下踏上旅途。而且，艾达也没有多少旅行资金，她的旅行费用来自节省下来的微薄积蓄。作为一个务实的人，她在离开之前还特意剪了短发。这实际上是她最激进的举动，因为当时只有女性囚犯或精神病患者才会剪短发。

1842年3月，艾达在维也纳登上了一艘蒸汽轮船。这艘轮船载着她从多瑙河向下游航行至黑海，然后穿越黑海，抵达君士坦丁堡。旅行刚开始的几天，她感到恶心、头痛和发热。当然，刚出门远行时这种不适应的状态很常见，而且她自己也表示，她的病可能是由气候变化、远离亲人和神经焦虑所致。两周的海上航行期间，她一直在与其他乘客聊天，当他们抵达君士坦丁堡时，她已经收集了从住宿地点到应该给多少小费等一切必要信息。

在君士坦丁堡，她有生以来第一次骑马。学会了骑马之后，她立即体会到旅行精神的核心内涵："在这里，一个新的世界在我眼前展开，一切都不一样了——自然、艺术、人民、风俗、生活方式。如果一个人想看到……平凡生活之外的任何事物，一定要来这里。"1842年5月，艾达继续向前走，经过塞浦路斯和贝鲁特，到达耶路撒冷。她的"小小朝圣之旅"持续了九个月之久，除了宗教目的地，她还参观了叙利亚、黎巴嫩、埃及（她爬了金字塔，还骑着骆驼走到红海边）、意大利等地。

艾达于1842年12月返回奥地利后，维也纳的一家出版商开始努力

---

① 现代旅游的创始人，组织了世界上第一个环球旅游团。

说服她出版自己的旅行日记。她对这个建议没什么感觉。她确实在旅途中每晚都写日记，还添加了各种细致的标注，写满了整整十四个笔记本，但她只打算自己留着，顶多给家人朗读一下。她在文学创作方面没有什么雄心壮志。然而，她确实有一个十分困扰自己的问题，那就是钱。她只能依靠兄弟们的支持维生，而出版一本书有可能帮她为下一次旅行筹措资金。（没错，她已经做好计划了。）于是，她把笔记编辑成旅行书的手稿。按照法律，这本书的出版需要她丈夫的许可，但艾达与他已经很多年没有任何联系了。就这样，艾达的丈夫菲佛博士也参与了进来，因为他需要签署出版合同，在他的坚持下，删去了几个可能有问题的段落。1844 年，《一位维也纳女士的圣地之旅》以匿名出版。艾达在序言中恳求读者宽恕：我不是作家，除了写信外什么都没创作过，我的日记只是记述了一个简单的故事，我如实地描述了所有发生的事。尽管如此，这本书却非常成功，很快就进行了四次印刷。让艾达的亲戚们感到不愉快的是，维也纳的每个人都知道谁是这本书的作者。当然，这使情况变得更糟，因为成为这样的名人对于女性来说是绝对不合适的。但是艾达对此满不在乎，因为她找到了摆脱维也纳的那种令人窒息的小资产阶级行为守则的办法。

这本书的版税为她的下一次旅行提供了足够的经费，这一次是为期六个月的冰岛和斯堪的纳维亚之旅（最终她没能到达芬兰大公国，即 1809 年到 1917 年之间的俄罗斯帝国自治实体，现代芬兰的前身）。为了提前做好旅行准备，她参观了博物馆，研究如何制作动植物标本，学习了英语、丹麦语以及一种新技术的基本操作，即制作银版照片。这次出发比之前要容易，因为她"已经证明，一个有决心的女人能够和男人一样处世，而且到处都有好人"，她确实曾经依靠冰岛的善良人们的帮助，因为那里没有旅店或其他形式的公共住宿。她的旅行书《1845 年斯堪的纳维亚北部与冰岛旅行记》出版后，艾达的名声更大了。这本书获得了一些评论家的好评，但也招致了一些人的反对，因为她的第一次旅行勉强能视为一次朝圣之旅，但第二次旅行就毫无道理了，尽管艾达在书的最后列出了她收集的植物标本，好像在试图为这次旅行辩护。她预料到了这种负面反应，还在序言里写下了想象中人们的评论："'又一次旅行，'他们会说，'而且还是去一个所有人都宁愿避而远之的地方，主动去找麻烦。这个女人去旅行只是为了吸引注意力！'"她接着写了这样一句话，使她成为我的清单上所有旅行的女性榜样中最激进的一位："亲爱的读者，请您不要对我过于严苛，允许我去享受其中的乐趣，这种快乐不会伤害任何人，只会使我感到高兴。"最终艾达没有为自己的旅行找任何借口。她之所以旅行，是因为她想要这么做，而且她勇敢地大声说了出来。

艾达关于"吸引注意力"的评论的预言变成了现实。女性如果去旅行，经常会因为所谓"愚蠢的好奇心"而被嘲笑，而且艾达的年龄为她增加了额外的负担。一些评论家纷纷写文章表示惊讶，尽管她的行为举止"像男人一样"（意思是她勇敢而果断），但她还是设法在外表上无可挑剔地保持了女性气质！事实是，她在这方面投入了很多时间和精力。为了能够继续旅行，她知道自己的着装必须非常得体。我看到她的照片时，感觉照片里这位摆拍的女人一点儿都不像自由的古希腊女战士，而是一位极为清醒和明智的中年妇女。在正式的探险家"证件照"中，艾达身穿一件在当时的维也纳小资产阶级圈子里很流行的日常裙装，头戴一顶颔下系带的帽子（一种象征意义很强的头饰）。这顶帽子看起来有点像灯罩，也被称为"量你也不敢吻我帽"，因为它能有效地阻止亲吻，功能和眼罩一样，通过将佩戴者的视野限制在正前方，强调了女性的美德、脆弱性和有限的生活领域。头戴这样的帽子的妇女顺从地留在分配给她的活动区域之内（即家里），而且不能左顾右盼，必须沿着她的男性监护人（父亲或丈夫）为她设定的道路（维护家庭幸福）前进。最重要的是，在帽檐里、艾达的脸周围，还垫着一层厚厚的蕾丝，仿佛在说：没什么好担心的，我在属于我的柔软的一方小小天地里，严格按照你为我制定的规约生活。如果你像艾达那样在地球仪旁边拍照，并且希望得到正派人的认可，一定要在头上绑一个带衬垫的灯罩。

帽子骗局的确有效果。根据同时代的报道，艾达整个人似乎都散发着顺从的、任劳任怨的"家庭主妇"气质，你甚至很难相信她完成了这些充满冒险的旅程。

可这些旅行都是真实发生的。艾达的后半生一直在旅行或为下次旅行做准备。她沿着相反的两个方向绕地球航行了两次。她果敢、顽强、坚韧，拥有惊人的胆量，总是被最不适合单身女性旅客的地方所吸引。她还是一位真正的铁杆游客，总是希望在最短的时间内看到尽可能多的风景，没有比延误时间更让她恼火的事了。她从来都不是一个愿意在天堂般的海滩上躺在吊床里放松的人，她的时间沙漏里的沙子一直在飞快地流走。她写道："如果我年轻十岁——我真想去更多更远的地方旅行！"

为了给这些旅行筹集资金，艾达变卖了她所有的物品，同时继续写旅行书获得稿酬。但是，无论她的生活如何节俭，存下来的版税都不够支付她长达数年的旅行费用。如果她是一位男性探险家，她本可以申请官方批准的探险旅程，或者参加国家资助的科学探险队。但是对于女性而言，这一切都是不可能实现的。

艾达竭尽所能，她开始像男性探险家一样收集植物、甲虫、蝴蝶、贝类、鱼类，以及和民族志研究相关的物品，然后卖给维也纳、柏林和伦敦的自然历史博物馆。柏林和伦敦的博物馆确实从她那里购买了样本，还以她的名字命名了几种生物，其中包括一种长得像木棍的昆虫、一种海蜗牛和一种在马达加斯加发现的青蛙。然而，维也纳的学术界对她不屑一顾，认为她不仅没有接受过科学培训，还认为女性根本不具有研究科学的能力。就连奥地利财政部长在 1852 年的一次部长会议上都宣称"简直不能相信一个没有经过科学训练的女人会知道怎样收集任何具有科学价值的东西"。因此，第二次环球旅行结束回到维也纳后，艾达将一个私人房间对外开放，参观者支付门票就可以欣赏她从遥远的地方带回来的奇特物件，比如从婆罗洲^①的迪雅克土著部落带回的一套当地日常用品，包括头饰、衣服、皮带、武器和用人的头发编织成的篮子，迪雅克人用这些篮子装他们杀死的人的头颅，还有充满异域风情的书籍和日历。

　　艾达还效仿男性探险家，为自己的旅行申请国家资助和各种项目，但几乎没什么收获，她获得的唯一官方补助金是 1851 年奥地利政府发放的可怜的 150 泰勒^②。（我完全能理解这令人沮丧的消息：政府资助申请被拒。）但是，在她的祖国之外，艾达却受到了高度评价，她在柏林的社交圈里尤其受欢迎。那个时代的首席科学家亚历山大·冯·洪堡是她的仰慕者，甚至将她介绍给普鲁士国王和王后。普鲁士国王和王后于 1856 年因她在"科学与艺术领域"的成就授予她奖章。她是首位被柏林地理学会及巴黎地理学会纳为荣誉会员的女性。（由于伊莎贝拉的事情，伦敦皇家地理学会的大门在四十年内都不会再向女性开放了。）可是在她的家乡维也纳，"人们非常不情愿（对她）表示接受"，正如艾达的儿子在她的传记里婉转表达的一样：

　　艾达一直被短缺的资金所困扰。她一生中没有一次能够舒适地旅行，无忧无虑就更不可能了。幸好她童年时期在家庭"军营"里和接下来的婚姻生活中都过着朴素节俭的生活，既然如此，为什么她不能用极少的钱和最简单的行李去旅行呢？她独自一人踏上旅途，没有仆人，只带了很少的行李，这样在紧急情况下，她可以拿起东西就走。她很少关注自己身体上的痛苦和不适，在印度尼西亚患上的疟疾都没能阻止她。

---

① 加里曼丹岛的旧称，位于东南亚地区。

② 旧时奥地利银币。

根据她自己的描述，在马达加斯加"半死不活"地躺着的同时，她还在计划新的路线。她过着极度节俭的生活，就像拒绝任何物质享受的清教徒一样，只按照预算花一点点钱，乘坐最便宜的帆船，买轮船的下等舱，骑驴子，遇见难走的地形就步行前进。她像当地人一样生活，有什么就吃什么（通常只喝水和吃米饭），睡在最便宜的旅馆或帐篷里，有时直接在地上铺好干草床垫，睡在星空下。就这样，她与当地普通百姓及其文化进行了亲密接触。她与现代旅行家们唯一的区别大概就是她的比德迈厄裙装和灯罩帽。

此外，作为一个奥地利人，她有很多精简费用的方法。艾达携带的介绍信让她的旅行容易了不少，她带着这些信走进欧洲领事馆寻求帮助，还有可能搭一程车或者被提供一个晚间住宿的地方。在那些遥远的国家，独自旅行的女性非常少见，她的同胞们会像接待王室般热情地招待她，然后帮助她为下一段旅程做好准备。最方便的是，有时一个主人会把她直接送到下一个地方的另一个主人那里，而且这么做丝毫不会损伤她作为无所畏惧的世界旅行家的声誉。她常乘坐那些愿意为她免票的船，有时为了体面，她还会要求船运公司或船上的男士们为这位独自旅行的已婚妇女提供食物和生活费用。有一次她在一封信里吹嘘说，她一分钱都没花就旅行了 1000 英里。"如果这种情况继续下去，我永远不会回家，因为我已经决定要一直往前走，直到用完所有的钱或者年纪太大为止（现在 54 岁）……"她和现代的"每天一美元"背包客一样，为自己的节俭感到骄傲（"像普克勒－穆斯克亲王、夏多布里昂和拉马丁这样的旅行者在温泉浴场度假两周花的钱，能让我这样简朴的朝圣者旅行两三年"），而且总是乐于嘲笑那些"典型的欧洲人"，他们恨不得要带上全部家当去旅行（和现代背包客所嘲笑的"新秀丽游客"差不多）。艾达出了名之后，开始期望得到免费服务，如果没能免费，她就可能会生气。每次旅行回来后，她都会在书中感谢那些曾经帮助过她的人，也会提及那些待她态度恶劣的人的名字。这或许就是船运公司后来开始恳求她接受免费船票的原因。

　　艾达从冰岛回来之后，越来越愿意去冒险，她走的路线越来越偏离常见的游客路径，有时会去一些欧洲人从未见过的未知地域。1846年，她开始了第一次环球之旅，历时两年半。奥地利的大众读者能够在报纸上"实时"读到她的游记，她的旅行书《环游世界的女人》（1850年，英文版同年在伦敦出版）对世界上充满"异国风情"的各个偏远地区的文化、习俗、宗教、自然现象、动植物、当地食物和衣着、物价和距离等进行了详细的阐述，甚至介绍了医院和监狱的状况。我在她的书里苦苦寻觅有用的生活建议，但这样的表达就像金块一样少见。

　　【写给维也纳出版商卡尔·杰罗德的读者意见反馈】
亲爱的艾达：

　　胡椒树的理想生长条件当然是一个有趣的话题，但是我渴望读到一些关于另一类事情的建议。您随身带了什么东西？如果生病了怎么办？您曾经害怕过、想过家吗？我对以下主题特别感兴趣：吃饭，睡觉，行李物品，交通方式，旅行服装，卫生和健康问题，疾病，您的勇气从何而来，如何保持继续前进的动力，诸如怎么上厕所和来月经怎么办之类的私密问题（尽管我想您可能很快就摆脱了最后这个问题的困扰），您遇到了怎样的困难和危险情况，是否曾与男人发生关系，还有一些作为旅行作家需要考虑的事情，比如写作、资金和收入问题。另外，请不要忘记加上关于如何存钱的建议！

　　希望您不要认为这些话题太过琐碎。

M 敬上

让我们来看一下。1846 年 5 月，48 岁的艾达离开德国汉堡前往巴西里约热内卢，进行了为期十周的海上航行，她想要从西边绕地球一周。请注意，她乘坐的是帆船，因为轮船太贵了。她在日记里记下了一些小建议，说明了在这种极其不舒适的旅途中应该携带哪些必需品，包括床垫、枕头、毯子、大量鸡蛋、米饭、土豆和糖，如果是带孩子的家庭旅行，应该带一头山羊。

海上航行终于结束，艾达在巴西境内旅行了几个月。在路上，她一度成为"原住民"暴力抢劫的目标，但她成功地用遮阳伞和弹簧刀抵挡住了袭击。事实证明，她的体质无法适应巴西的气候，高温和潮湿会引起反胃，但她总是号称自己的身体非常健康。从巴西出发，她乘帆船航行了三个月，途经好望角的风暴水域，到达智利的瓦尔帕莱索，并从这里开始，继续进行了将近四个月的海上航行，途经大溪地抵达中国。当帆船即将驶离瓦尔帕莱索港口时，艾达患上了严重的胃肠道疾病（实际上是霍乱），但她不能留下来治疗，因为这样会浪费购买船票的钱（注意：预算有限）。另外，下一艘帆船要等到几个月之后，而艾达讨厌旅途延误。于是，她禁食了几天，在船上洗了六次一刻钟的盐水浴，竟然完全治愈了。

到中国旅行是艾达的梦想，她因成为见识这个了不起的国家的少数欧洲人之一而感到自豪。但是，就在她想从中国赶往新加坡时，轮船公司拒绝向她出售三等舱船票，为此她发了一通火，因为她为了省钱只想买三等舱船票。据这家英国公司的代表称，下等舱乘客都不是"体面的人"，还说在甲板上看月光非常危险，认为欧洲已婚妇女以这种方式旅行根本就不合适。于是，艾达住进了更昂贵的二等舱，在她的书里写了一段又一段的不满，报道了弗朗森船长驾驶的这艘北平号船的生活环境和待遇，她抱怨说性价比太低。"我一生中从未遭受过这样的欺诈！"她大声疾呼道。

她从新加坡出发，继续前往锡兰和印度，在那里旅行了好几个月。

在加尔各答，她被邀请参加一个社交圈子的聚会。令她沮丧的是，她只有一件朴素的平纹细布连衣裙可穿，而其他女士则身披绸缎、蕾丝，还戴着珠宝，好在她们都假装没有注意到她。

从加尔各答出发，艾达体验了真正的禁欲之旅。她独自一人走了几个星期，穿越了很多地图上没有记录的地域，大多数时间需要坐在非常不舒适的牛车上（比乘轿子或骆驼旅行更便宜），然后与当地旅行者一起在黏土小屋中过夜，只吃一点点东西（最常见的是大米和水，最好的情况下有牛奶煮米饭，还有鸡蛋）。

不过，她经历的种种磨难最终得到了回报，经过了几个星期的旅程，她到达了目的地科塔①。当地的国王得知她的到来后送给她一篮水果和糖果，一头装饰精美的大象作为坐骑，还派了一个由一名军官和两名士兵组成的仪仗队。离开科塔后，她不得不骑骆驼旅行（骑骆驼总是不舒服而且麻烦）。她在伯登船长的帐篷营地住了一晚，伯登船长的妻子已经四年没见过一个欧洲女人了。有些偏僻的村庄没有专为旅行者提供住宿的地方，她就把干草床垫铺在阳台上，在户外睡觉。在伦查村，她只能睡在集市中间的一个棚子底下，村里一半的人都聚集在那里看她。这些村民好奇"一个愤怒的欧洲女人是什么样子"，因为见她将赶骆驼的人痛骂了一顿，原因是他们任由骆驼懒洋洋地往前踱步，一天只走了大约 20 英里，速度和牛车差不多。

在有欧洲人定居的印多尔②，情况就不一样了，她甚至应邀观看了一位刚从欧洲来的外科医生执行他的第一台手术（从患者颈部切除肿瘤，不过乙醚麻醉失效了，患者开始"可怕地尖叫"，于是艾达离开了手术室）。还有一次，她参加了骑象猎虎的活动，当受伤的老虎对大象发动猛烈攻击时，她英勇地保持表情镇定，"如此镇定，以至于任何一

---

① 印度拉贾斯坦邦东部城市。

② 印度中央邦西南部城市。

位男士都猜不出我的大脑里在想什么"。让我们记住一点，在上述所有情形中，艾达都穿着及踝长的比德迈厄裙子，头上戴着灯罩帽。

艾达离开孟买继续向前，去往阿拉伯半岛和美索不达米亚平原，她设法买到了船上最便宜的甲板票。经过一段时间的仔细观察，我们机智的维也纳中年妇女找到了一个绝佳的睡觉地点，在船长桌下裹着大衣入睡了。不幸的是，旅途中她发了高烧，根据她的描述，在进餐时间她不得不为桌边的人们腾出放腿的空间，从她的"庇护所"里爬出来，这是一件痛苦的事。更糟糕的是，几天后船上出现了天花，三名乘客死亡。

艾达来到巴格达①后，对周围的环境进行了一番探索，她拒绝了女主人为她提供的路上带的食物："我的旅行原则是去除一切多余的东西。只要去有人住的地方，我就不会携带食物，因为他们平时吃的东西我都能吃。如果我不喜欢他们的食物，那就表明我没有真正感到饥饿。"后来为了确保自己能执行这一原则，她提出了这样的建议：旅行者如果打算吃那些食物，就不要观看它们的准备过程。

艾达从巴格达出发，骑着驴子跟随一个商队一起前往摩苏尔②，尽管有人警告她，这 260 英里的路程对于一个独自旅行的女人来说，实在太危险了。"由于资源有限"，她甚至连一个仆人都雇不起，于是她"像最贫穷的阿拉伯人"一样，在烈日下花费两周时间穿越了危险的沙漠，只依靠水、面包、几个枣子和几根黄瓜活着。（因为我对食物很着迷，所以我一看到这样的花絮趣闻，就会赶紧把它们记下来以备后用。）艾达记录道，商队在晚上会一刻不停地连续行驶十个小时，然后在白天高温时休息，但即使如此，也很难找到有阴凉的地方。她写道，她羡慕那些传教士和科学家，他们有马、帐篷、仆人和丰富的食物。相比

---

① 伊朗首都。

② 伊拉克第二大城市。

之下，她只能依靠"温水，必须在水里泡一下才能吃的特别硬的面包，还有没盐也没醋可蘸的黄瓜"。然而，她没有失去勇气或耐心，也从未因将自己置于种种困难之中而后悔。而且她心态异常积极，一到摩苏尔，她就说自己"愉快而充满活力"，但是过去的十五天里，她只吃了两顿温热的饭，白天晚上都穿着同样的衣服，天气热得要命，不得不一刻不停地赶路，还有各种令她精疲力竭的状况。

离开摩苏尔后，她需要加入另一个商队穿过更加危险的地区——臭名昭著的库尔德斯坦①，那里没有欧洲人。她把文章和日记邮寄回了维也纳（注意这一点，旅行作家们），这样一来，如果她被抢劫或杀害，至少她的儿子们还能读到她的笔记。从索阿布拉克村再往前，就没有商队了，尽管有人警告她，她可能会被枪杀（也就是说，在没被割喉的情况下），但她仍然独自骑着马继续前进。她不得不给向导支付四倍的费用，因为不跟随商队就没有任何保护了。她在出发前写道："晚上，我准备好手枪，下定决心不能就这样把命交出去。"结果，她面对的最糟糕的敌人却是一大群蝗虫和难吃的食物。有一次，她差点被抢劫，但向导解释说她只是个贫穷的朝圣者，而且她的服饰、少得可怜的行李和没有任何随行人员，都证明了这一点，于是土匪们不仅把她放走了，还为她提供了饮用水。当艾达终于抵达目的地大不里士后，她才承认（她松了一口气）"那种压抑的恐惧感终于消失了"。居住在这座城市的一名欧洲医生，拒绝相信一个不会说当地语言的单身女性能够成功穿越那个地区而毫发无伤，后来又认定她的"随行人员"都被抢劫且杀害了，只有她一个人幸存下来将这个消息告诉世人。

当然不是这样，她可是艾达啊。

1848 年 11 月，艾达结束第一次环球旅行回到维也纳时，欧洲正处于动荡时期，奥地利也发生了一场革命。艾达希望立即着手整理她的

---

① 位于西亚北部。

旅行书，因为她急需获得收入，但是，她寄回来的一包日记还没有到，这简直是灾难！（这是每位旅行作家最担心的事情，辛辛苦苦积累的材料消失了。）艾达感到绝望，甚至在报纸上都登了广告。一年半之后，这个包裹终于在世界各地游荡了一圈之后突然出现了。她开始进行整理工作，随后《环游世界的女人》于1850年以三卷本发行了。这本轰动一时的畅销书被翻译成各种语言，世界各地都有人阅读，艾达因此一举成名。她本人向读者保证，它们只是"简单的故事"，把自己塑造成"一个谦逊的普通女人"的形象，"碰巧拥有永远无法满足的旅行欲望"。从某种意义上来讲，这倒是真的。

　　她已经53岁了，而且在美索不达米亚平原备受疟疾和一些炎症的困扰，但是维也纳很快就开始令她感到局促。于是，1851年3月，她开始了第二次环球旅行，这次是往相反的方向绕地球一周。旅行持续了四年，而且她选择了比上次还要荒凉的地区。她花了一年半时间漫游婆罗洲、爪哇、苏门答腊岛和印度尼西亚群岛的其它岛屿，在很多地区，她都是当地人见过的第一个欧洲人。在婆罗洲，她无视当人地的警告，乘船沿河深入了危险的未知内陆地带，在那里认识了一些割人头的迪雅克族人。（艾达认为他们善良、诚实且谦逊，与他们相处得非常融洽。她被他们向她展示的敌人的干头骨迷住了，仔细地进行了一番研究。）她在星空下的丛林里入睡，有时以一块大石头作为床。如果有迪雅克族人制作的独木舟可用的话，她也会睡在独木舟里。她步行或划小船在丛林里穿行了很长的距离。她遇到了野生动物，被水蛭、寄生虫叮咬，还感染了疟疾。她吃了当地原住民烹制的食物（"饥饿是最好的厨师！"），居住在村子里，从卫生角度来看，住在村子里还是非常必要的。后来她写道，她的勇气和忍耐力从未受到影响，这一点有时甚至令她自己都感到惊讶。她一步一步地走向了自己预先设定的目标。她表示："这证明了一个意志坚强的人能做成几乎不可能成功的事。"

我在笔记本上记下了艾达给出的实用建议，以备将来使用。

（1）避免进入非洲内陆。在那里旅行极为昂贵，因为你需要置备一辆马车和 12 头牛，把马车内部弄成适合睡觉的地方，雇用一名司机、一名照看牲口的人和一名仆人，还要事先买好全程需要用的食物和水。

（2）开普敦的生活成本高得令人震惊。如果可以的话，赖在汉堡领事馆过一夜。

（3）治疗疟疾引起的高烧的秘方是在半杯白兰地里加一茶匙红椒粉和五勺糖。

（4）如果遇到充满敌意的食人族，就扮演小丑。

第四条建议来自艾达进入苏门答腊岛的巴塔克部落①领地的经历。人们警告她不要这么做，因为巴塔克人是著名的食人族，1835 年就有两名传教士被他们杀死吃掉了。艾达不听劝，因为她想成为第一个看到位于超级火山喷口的多巴湖的欧洲人。而且该湖禁止进入，违规者将被处以死刑。在出发前一晚，艾达问当地人，巴塔克人不会立即把人杀死，而是要把他们绑在木桩上活活大卸八块，这是真的吗？这种可能性使她有些害怕。她得到了否定的答案，得知这只是对特别邪恶的罪犯的特殊惩罚。每个被杀死的人都会被立即割喉，巴塔克人先收集流出来的血，以备饮用或者用来制作美味的布丁就米饭吃，接着才将身体切成碎块，手掌、脚掌、头部的肉、心脏和肝脏被认为是特殊的美味佳肴，放在火上烤，撒上盐食用。

去往多巴湖的路途十分艰难，艾达每天步行 15 至 20 英里。浓密的荆棘丛划破了她的皮肉，光着的脚上扎满了刺（不能穿鞋在沼泽地

---

① 东南亚地区印度尼西亚民族之一，主要分布在苏门答腊岛北部以多巴湖为中心的巴塔克高原。

带行走）。每天下午都会下雨，衣服湿漉漉的，沾着泥浆也不能换，食物稀缺，而且她都不知道自己吃的是什么，晚上她睡不着，因为害怕在附近兜圈的老虎。每天早晨她都觉得自己无法继续前进了，但她仍然在不停地向前走。

如果遇到充满敌意的原住民，艾达有一个计划，她相信自己只要把他们逗笑，就能活下来。有一天，她被八十个原住民士兵包围了，他们比画着割喉并吃掉她的动作。她拿出手枪，开始用马来语和巴塔克语向他们解释，并搭配手势示意：他们应该不想杀死和吃掉一个年老的女人，因为她的肉又硬又难嚼，很不好吃！可以肯定的是，这个疯女人的滑稽表演让士兵们大笑了起来，于是他们给她让了路。然而，几天后，就在离目的地只有五六英里的地方，她却不得不停止前进。数以百计的愤怒的士兵聚集在一个村庄里，打着手势挡住了她的路。那时，艾达估计自己真的已经命悬一线了，只好朝着他们指的方向跑走了。（在这里，我们不要忘记：她还穿着长裙。）

在极端情况下，这位女性榜样的建议是：你如果没办法逗笑他们，就赶紧跑吧。

接下来，57岁的艾达游遍中美洲，去了秘鲁、厄瓜多尔和美国的许多地方后，于1855年夏天从纽约乘船返回欧洲，船运公司让这位著名的世界旅行者免费搭乘。第二年，她的长篇巨著《第二次环游世界》以四卷本出版了，不久后又推出了英文译本。（四卷！我简直羡慕那个时代的出版商对书籍长度的随意态度，因为我花了几个月甚至数年的时间按照挑剔的编辑的要求，将我收集的大量材料缩减到五百页以下。）这本书的出版之所以意义重大，还有另一个原因，艾达的名字第一次被印在书籍的封面上。她已经成为19世纪非常受欢迎的旅行作家之一，她的书被译成英语、法语、荷兰语、俄语、马来语和其他一些语言。时尚杂志《优雅的维也纳人》的读者要求把她的照片印在封面上，于是这本杂志就印上了一张艾达的画像，画家让她穿上想象中的旅行服装，手里拿着一个捕蝶网。还有些期刊则出版了她的讽刺文章和漫画，还有什么比一个女人独自旅行更可笑的吗？ 1855 年，在《维也纳电报》上刊印的一幅漫画中，艾达在美国探险期间遇到了美国原住民，她手里拿着望远镜，头戴有纱幔的帽子，提着一个装有咖啡壶的篮子，好像在野餐。"不要跑，我不怕野蛮人！"艾达对正在逃跑的一个美国原住民大喊。"但是我怕！"美国原住民回答。

艾达 59 岁时，梦想着去澳大利亚旅行，还计划中途去一趟印度洋上的神秘岛屿马达加斯加。她患有许多疾病，也不再年轻，但她还是踏上了旅途。她首先快速巡游了几个欧洲城市，从粉丝们那里筹集旅行资金。然而，她在马达加斯加遇到了麻烦。这座岛正在经历政治动荡，艾达和其他几位欧洲游客被当作间谍关进了监狱。他们在原始的竹屋里被关押了将近两个月，士兵们密切监视着他们走的每一步路。按照艾达后来的描述，她连续五十三天不能洗衣服或换衣服，即使她发了烧，他们也不允许她接受医生的治疗。这些囚犯最终获释后，艾达仍然梦想着踏上前往澳大利亚的海上疗愈之旅，但疟疾让她的身体变得非常虚弱，无法出行。最后，她只好乘船回欧洲，然后回到维也纳。1858 年 10 月，艾达因疟疾并发症（也可能是肝癌）去世，享年 61 岁。她在病床上笔耕不辍，工作到最后一刻，在她去世后，关于马达加斯加的旅行书面世了。

在艾达·菲佛离世三十年后，维也纳中央公墓为她建造了一座纪念碑，后来却把她遗忘了一个多世纪。她的头像被印在了 20 世纪 90 年代的奥地利先令上。2008 年，维也纳以她的名字命名了一条街道，但我的德国和奥地利朋友都从未听说过她。要知道，这位中年妇女不仅是违背常规的国际畅销书作者，而且被授予了多个皇家奖章，还以她的名字命名了一种海蜗牛和一种马达加斯加的青蛙。

当我在晚上想起艾达时，她的一张照片就在我的脑海中浮现了出来——她头戴加衬垫的灯罩帽，坐在地球仪旁边。照片中的她好像在说：“你看到的是一位值得尊敬的中年女士。”没错，你无论凝视多久，看到的都是这样一个人。但实际上，“这个世界是我的。管他呢。我见识过地球的每一个角落，你是阻止不了我的”。

女性榜样的建议：

如果你想旅行，那就去吧。你不需要任何理由。

即使你身无分文也没关系。

去讨要所有的东西：交通、住宿、餐食。

节省。（这里指的是钱，如果你愿意节省其他东西也可以。）

写书，收集石头，如果需要的话可以在桌子底下睡觉——为了能够达成目的，需要做什么就去做什么。

如果你来到一个饮食习惯与自己平时的习惯不同的地方，不要惊慌，有什么就吃什么。

别在乎他人的想法。

保持最积极的态度。

玛丽·金斯利

建议四：如果你独自一人，没人需要你，
那么你不如到西非去等死，且一路欢笑。

职业：老姑娘，之后成为探险家和旅行作家。

经历：照顾父母，直到他们去世，然后出发去西非丛林。在那里，她穿着长长的黑裙子在河上划船，并与食人部落的人和欧洲商人交了朋友。写了两本超级畅销的书，她在书里毫不留情地取笑自己。

我只为自己做的两件事感到骄傲：一是冈瑟博士审批通过了我的鱼，二是我会划奥果韦独木舟。划船的节奏、风格、转向等……都和非洲的奥果韦人一模一样。……我经常想，别人最引以为傲的又是什么呢。

——玛丽，1897 年第二次从西非旅行归来

你会情不自禁地爱上这位神奇的、愚蠢的、善于自嘲的玛丽。1894年1月，60多岁的伊莎贝拉启程进行最后一次中国之旅时，30多岁的玛丽刚完成第一次西非旅行回来。我想象着她们在利物浦港口步行擦肩而过，一个人的旅行生涯已经接近尾声，另一个人刚开始。

从英国人玛丽·金斯利（1862—1900 年）的童年生活中，我找不到任何能够预示未来的探险家生涯的信号。她的童年过得毫无乐趣，十分孤独。她的父亲是一名医生，他让仆人怀孕了，孩子都快出生了

才决定娶她。婚礼四天后，玛丽就出生了。一场门不当户不对的婚姻，对女人而言不是一件好事，因为乔治·金斯利不是一位理想的丈夫。在玛丽的整个童年和青少年期间，他陪同贵族病人到世界各地旅行（亚洲、美洲、南海地区等），只给妻子和孩子最低的生活补贴，让她们留在家里待上数月甚至数年。玛丽的母亲曾是一位仆人，她不太适应新的社会圈子，再加上神经衰弱、抑郁症和其他"妇女的烦恼"，使得她一直待在自己的房间里不愿意外出，而且病情从未好转。

于是，玛丽在伦敦郊区房子的四方小天地里度过了自己的童年。她没有上学，也没有家教。她没有朋友，不参与任何社交生活。她的父亲在外面的某个地方看世界，母亲经常躺在床上，唯一的陪伴是她的弟弟查尔斯、保姆和厨师。玛丽后来将她的家庭生活描绘成笼罩着死亡阴影的山谷，她的家人是局外人，他们的生活似乎与世隔绝。通常，像玛丽这样出生在中上阶层家庭的女孩会由母亲教她读书、绘画和弹钢琴，但玛丽的母亲不具备这些技能，她只勉强认识几个字。因此，玛丽从很小的时候就开始做家务，陪伴在母亲的病床旁，看起来她的余生都将奉献给家人。

但是玛丽有一个最不适合女性的特征：好奇心。她如何学会了阅读仍然是个谜，也许在弟弟上学之后就一直跟着他学，而且她一有空就在泡在父亲的图书室里。家里有许多著名作家的作品，而且在这间宽敞的图书室里能找到所有学科的藏书。玛丽读了很多很多书，多年来成功自学了拉丁语、物理、化学、数学、技术、生物学和社会科学，这些都是维多利亚时代的女孩无法学到的知识。她有两个可以看齐的榜样，一个是弱不禁风、不能自力更生、常年卧床不起的母亲，另一个是博学多才、环游世界的父亲，那么不难猜出她会对哪个人产生认同感。玛丽羡慕常年不在身边的父亲和他令人兴奋的生活，贪婪地阅读着父亲从世界各地寄来的信件和图书室里有关探险家的书籍。也许她在父亲的一个书架上找到了伊莎贝拉·伯德的书。玛丽并不知道，在落基山脉旅行时，她的父亲遇到了伊莎贝拉的独眼男友"落基山吉姆"。吉姆因枪伤流血不止，差点死掉，玛丽的父亲把他从鬼门关救了回来。

但是，病床上的母亲让玛丽无法离开家门。20多岁的她不得不全天候照顾母亲，母亲拒绝吃别人做的食物，她只允许玛丽推着她的轮椅去附近的公园。玛丽用余下的时间学习数学，读达尔文的书，在父亲短暂回家期间担任他的秘书，帮他将旅途中的日记和笔记整理成学术文章。玛丽没有追求者或爱慕者，也没有任何社交生活。1885年，23岁的玛丽和朋友一家人去威尔士①旅行，这是她一生中第一次离开家。但仅仅两天后，她就收到了一封电报，说母亲的病情突然急转直下，她不得不赶回去。1888年春天，她度过了人生中的第一个假期，与另一个朋友一起去巴黎待了一个星期，但是当她回到家后，母亲的病情更糟了，她最多只能出门一两个小时。1890年，母亲得了中风，几乎无法说话或活动，玛丽给母亲喂饭，为她做了所有能做的事。1892年2月，父亲意外去世；4月，母亲随之而去。那时，玛丽29岁，她感到悲伤至极，同时却获得了完全的自由。

父母的葬礼之后，玛丽决定找个地方平复心情。家族的一个朋友建议她去马德拉群岛②，但玛丽认为那个地方文明程度太高了。对那些最显而易见的疗养目的地，例如法国或意大利南部的温泉，她都没有兴趣。她逐渐意识到要抓住这突如其来的自由为她提供的宝贵机会，于是决定前往加那利群岛③，当时那里是一个危险的目的地。1892年夏天，她从利物浦乘船出发，航行了七天，抵达特内里费岛④。她在加那

---

① 威尔士公国，属于欧洲。

② 位于北大西洋中部，隶属葡萄牙。

③ 非洲西北海域的岛屿群，隶属西班牙。

④ 加那利群岛中最大的一个岛屿。

利群岛度过了数周的时间，探索不同的岛屿，还爬上一座火山，看了看火山口（在途中还过了一夜，因为她算错了这次远足所需的时间）。由于从欧洲到非洲的所有船只都会在加那利群岛停靠，对她来说，这次旅行最重大的收获是认识了从西非海岸来的商人、传教士和官员，还有那些感染了疟疾，得了黄热病或黑水热的病患——他们从非洲来到加那利群岛进行治疗或等待死亡。

玛丽回到英国时，她已经做好了去西非的决定。

对于19世纪的西方人来说，非洲是一片令人魂牵梦绕的土地。它的未知地域和自然资源引起了许多人的极大兴趣。19世纪下半叶是非洲探险的黄金年代，当时的人们正在探求非洲大陆许多地理奥秘的答案，比如尼罗河发源地的位置。探险者从沿海地区沿着河流逆流而上，走进非洲内陆深处。非洲的旅行非常危险，探险队的成员们饱受疟疾、各种寄生虫和热带病的困扰，这些疾病一个比一个可怕。病人躺在行军床上被带出丛林，很多人丢了命。1858年，理查德·伯顿和约翰·斯佩克①找到了坦噶尼喀湖②，斯佩克独自找到了维多利亚湖③。1864年，塞缪尔·贝克④和他未来的妻子发现了阿尔伯特湖⑤。英国传教士、医师兼探险家戴维·利文斯通在寻找尼罗河和刚果河的源头时失踪了，于是《纽约先驱报》派遣年轻记者亨利·莫顿·斯坦利去寻找他。9岁的玛丽可能在报纸上读到过斯坦利于1871年在坦噶尼喀湖岸边找到利文斯通的故事（"利文斯通医生，是你吗？"），以及两年后利文斯通

---

① 两个人都是英国著名探险家。

② 非洲中部的一个淡水湖。

③ 位于东非高原。

④ 英国探险家、作家。

⑤ 也译为艾伯特湖，位于非洲中部。

在偏远的中非小村庄里去世的报道：医生的两个忠实的非洲仆人先把他的心脏埋在地里，然后将他做过防腐处理的尸体抬到海岸边（步行八个月），将尸体装上一艘船送回英国，埋葬在伦敦的威斯敏斯特大教堂里。

欧洲帝国主义的梦想在 1885 年进入了鼎盛期，在柏林举行的一次会议上，非洲被欧洲的几个大国瓜分了。这场荒唐的会议没有邀请一个非洲人来参加，从未踏足非洲的外交官们按照自己的喜好将非洲大陆切割成了几块。西非的经济前景极具诱惑力，除了探险家、殖民地官员和传教士，商人也开始大量涌入这片大陆，他们用酒精、鱼钩和玻璃珠交换当地的象牙、棕榈油、橡胶和可可。蒸汽轮船公司的海报上写着"从利物浦到西非——拉各斯 ① 快线——隔周出发"，还画着一位非洲"土著"和戴着罗马征服者头盔的欧洲人握手的场景，他们周围有大象、狮子和木板箱，里面装满了最令人向往的商品。

这也是玛丽想去的地方。

但是，在父母去世后，玛丽的家庭责任还没有结束。作为未婚的姐姐，她还需要担任挑剔又苛刻的弟弟查尔斯的洗衣女工、厨师和管家。幸运的是，她的弟弟也喜爱旅行，所以每当查尔斯要离家远航时，玛丽就赶紧为自己也买好票。这一次，她等了整整一年，查尔斯才开始他的下一次旅行。等待期间，他们搬到了伦敦，玛丽在那里上了一段时间的护理课程，学会了如何治疗蛇咬伤和热带病。

玛丽下定决心独自前往西非海岸，这是闻所未闻的事。在那个时代，如果一个女人要去非洲旅行，那一定是作为殖民地官员或传教士的妻子才可以。她本人为这次旅行想出了几种不同的理由，比如继续进行父亲的人类学研究并完成他的书，就好像她是纯粹出于作为女儿的责任才去旅行一样。有的时候，她就说她人生中第一次拥有了几个

----

① 尼日利亚最大的港口城市。

月的自由，于是她想利用这段时间来"研究热带地区"。她还在给朋友的信里用她特有的潇洒风格写出了第三种理由："当父母于1892年在六周之内相继去世，而我的兄弟又去了东方，没有任何人需要我了，我真的感到极度疲惫，我打算去西非等死。西非让我感到愉快，它对我很友善，从科学角度看还很有趣，它还没想要杀死我，而且我也不着急。"

也许她真的想死，或者只是不在乎自己是死是活。也许她想要孤注一掷，毕竟她没有什么可失去的了。

如果是我的话，我会害怕的。在那个年代，西非被称为白人的坟墓，去那里旅行就像参加俄罗斯轮盘赌。医生对玛丽开玩笑说"这是地球上最容易死人的地方"，还向玛丽展示了热带疾病分布的地图。玛丽在笔记本上记满了非洲可能发生的危险，比如疾病，可能发生的恐怖情境，以及她必须随身携带的东西的清单，这与我在121年之后自己写在笔记本上的东西一模一样。玛丽后来记录道，前往西非的人中有85%要么在那里死掉，要么带着终身后遗症回家。许多人在抵达西非海岸后一个月内就死于高烧、黄热病或疟疾，其他人则与高烧抗争了更长时间，随后有一天感觉好了一点，却很快死了。一个男人或女人的命运取决于他或她对疟疾的抵抗力，而且据玛丽所说，没有人能适应西非海岸的水土。

即使如此，玛丽还是于1893年8月启航前往西非。（作为一名现实主义者，她在离开前写好了遗嘱。）她在利物浦登上了拉各斯号货船，船运公司只卖单程票，似乎预告着不祥的未来。她随身带着照相设备，包括沉重的三脚架和底片，用于装鱼类和昆虫标本的福尔马林瓶子，以及用于收集科学标本的其他设备。此外，她带着一个黑色的旅行皮箱和用防水材料密封的袋子，里面装着衣服、毯子等必需品。她还带了两本空白的日记本（一本用于记录科学数据，一本用来写日记）和两本书（阿尔伯特·冈瑟[1]的《鱼类研究》和一本霍拉斯[2]的诗集），以及一把猎刀和一把左轮手枪。最后两样东西是在紧急情况下进行自我了结用的。食物方面，她装了几罐烟熏鲱鱼和饼干，还有足够多的正宗英式茶。后来她发现自己没有装上足够多的发夹和牙刷，因为它们非常受欢迎，可以用来换东西。她的旅行服装与在英国穿的衣服完全一样，因为她认为如果她羞于在伦敦穿着某件衣服，那么她也不能在非洲穿着它走来走去。玛丽在父母去世后，一直穿得像个寡妇，于是她装了几条黑色长裙，一条腰带，十几件白色衬衫，黑色皮靴，当然还有紧身胸衣，她觉得到了热带地区就不用它们了是没有道理的。一些不怀好意的流言声称玛丽带走了她弟弟的旧裤子，穿在裙子里面，假如她不得不涉水渡过一条河，为了避免被水蛭啃咬，她会把裤腿在脚踝处绑紧，把裙子系在腰间，但玛丽本人断然否认了这种说法。

她随身只带了300英镑现金，计划通过货品交易资助自己的旅行。她还打算只吃当地食物，步行或划独木舟前行，在当地部落村庄的泥筑屋或茅草屋里过夜，或者露天过夜。这与当时的其他非洲旅行者非常不同，他们如果没有轿子和一大队人马搬运着罐头食品、帐篷、简易床、橡胶浴缸和便携式厕所，就不敢进入丛林。玛丽当然买不起这些东西，而且她还相信，通过用玻璃珠、金属线、织物、朗姆酒和杜松子酒交换橡胶和象牙，她就能与当地人对话，获得有趣的信息。她的这次旅行也有一个科学的目标，那就是收集鱼的样本（自然历史博物馆的馆长曾暗示这样做会很有帮助）和研究当地人的信仰。

拉各斯号抵达加那利群岛后，船上仅有的另外两名女乘客都下了船，玛丽成了留在船上的唯一女性，其他人都是商人或殖民地官员。这些男人"非常善良"，但是根据玛丽的说法，船上的所有人都在谈论

---

① 英国爬虫学家。

② 古罗马著名诗人。

可怜的某某得病死了之类的话题，非常令人沮丧。玛丽还得知，前往非洲的旅行者需要打包一件好衣服，不是为了参加宴会，而是为自己的葬礼准备的。这些人给玛丽提供了除发烧和疟疾外其他疾病的相关信息，包括葡萄牙瘙痒、脓肿、化脓性溃疡、寄生虫病、昏睡病、黄热病、霍乱、天花和听起来就非常可怕的"克劳克劳"①。关于这次海上航行，玛丽愉快地总结道："我简直不相信自己一生中能经历这么开心的时刻。"与此前期望相反的是，她和商人们交了朋友。这些所谓的倒卖棕榈油的恶棍中有许多人都曾经是奴隶贩子，他们不怎么有文化，甚至都不一定识字，但他们都很坦诚，不像那些传教士和官员，至少玛丽是这么说的。他们成为玛丽最重要的支持网络。

在非洲雨季最糟糕的那段时间，拉各斯号抵达了西非海岸。它在塞拉利昂②的浓雾中停靠了一阵，然后驶过象牙海岸、黄金海岸和奴隶海岸，当时这些地区就是这样命名的。九月初，拉各斯号终于到达最南端的罗安达③港口，玛丽从这里向北出发，开始了长达四个月的长途跋涉，最终到达卡拉巴尔④，然后从此地乘船返程。

玛丽发现船上的那些谈话内容都不是空穴来风。黄热病在邦尼⑤肆虐传播，短短一周内，居住在镇上的十一名白人中有九名因此而丧命。刚果地区几乎被天花和昏睡病摧毁。麻风病无处不在，使村庄一座接着一座地倒下了。在刚果河的下游，发生了几起严重的"恶性忧郁"和自杀事件。按照当地人的理解，所有这些疾病都是由巫术和邪灵引

---

① kraw kraw，此处为音译，一种可怕的疾病。

② 塞拉利昂共和国，位于非洲西部。

③ 安哥拉共和国首都，位于非洲西南部。

④ 尼日利亚港口城市。

⑤ 城镇名，位于尼日利亚，曾是西非最大的贩奴港。

起的，欧洲人认为这很可笑，因为（他们认为）疾病肯定是"坏空气"造成的。不过玛丽好像天生拥有抗疾病的体质，除了曾患上轻微的疟疾，她从未染上任何一种疾病。

法属刚果地区（如今的加蓬）是玛丽几次旅行的核心地带，在第一次旅行期间，她就在那里度过了几周时间，独自一人进入内陆地区，刚开始乘坐轿子，然后乘独木舟或者步行，只带着几个搬运工、一名向导兼翻译和一位厨师。大众认为一位白人妇女独自进行这种冒险简直是疯了，但她毫不在乎。无论玛丽走到哪里，白人和黑人都对她产生怀疑，但经历了最初的困惑之后，她常常能得到当地村庄里最好的芦苇小屋、食物和棕榈酒。许多非洲人从未见过白人，更不用说一个独身旅行的白人妇女了，他们拒绝相信自己的眼睛，仍然顽固地称呼她为"先生"。这些地区根本找不到一位未婚妇女，在 19 世纪，独自到西非旅行的外国妇女屈指可数，非洲妇女中单身的则更为稀少，由于当地实行一夫多妻制，女性总是属于某个男人，就连寡妇也会归属于死者的兄弟。所以，当没有男性伴侣的玛丽到达部落村庄时，村民们无法理解她确实没有丈夫的事实。回到英国后，她给独自旅行的女性提供了一个有用的建议："我可以坦率地告诉任何……想要研究（非洲人）的老处女，你会不停地被问到这个尴尬的问题：你的丈夫在哪？你没有丈夫吗……但是他人在哪里？我必须警告你，不要说你还没有丈夫。我已经尝试过了，这种答案只会让当地人震惊，并引发更多的问题。我认为最好的办法是说你正在寻找他，然后说他就在你的旅行路上的某个地方，这样当地人就会帮助和同情你。"

我记下了这位女性榜样的建议：在非洲旅行时，一直要寻找你的丈夫。

1894 年 1 月的一天晚上，玛丽乘船返回灰蒙蒙的下着细雨的利物浦，她感觉好像被流放了一样。从前的生活令她无法忍受，她在从笔记里整理出的手稿中写道："如果你容易受到西非魔咒的影响，那个地方将使其他的所有生活方式黯然失色。"

非洲彻底地改变了她。出发之前，她是一个害羞、缺乏经验、笨拙的老姑娘，一直在保护伞下过日子，对生活也没有什么期待。可以肯定的是，她仍然长期处于谦逊状态，坚信自己的生命微不足道，但与此同时，她已经成为一位无所畏惧的独立女性，能够为自己做出决定。她的目标是尽快回到非洲，研究鱼类和非洲人的信仰体系，她将其简称为"鱼类和偶像"。为此，她开始更深入地了解人类学，这个学科因达尔文的理论而产生。同时，她还在大英博物馆动物学部门主任阿尔伯特·冈瑟的指导下研究鱼类学。玛丽在旅途中收集的样品让冈瑟印象深刻，但是他对她准备样品的业余手法不太满意。于是，他为她购买了专业的收集设备，并雇用她在尼日尔河和刚果河之间的地区寻找淡水鱼。她还联系了父亲和作家叔叔的出版商麦克米伦，问他是否对她的旅行日记感兴趣，他答应出版她写的任何东西。这意味着她将以专业研究人员和作家的身份进行第二次旅行，口袋里还装着一份出版合同。尽管这次旅行在资金方面有了保障，但她不打算提高旅行的物质标准，只是延长了旅行时间而已。

回国十二个月后，玛丽终于准备再次出发，于 1894 年圣诞节前夕在利物浦登上了一艘名为巴坦加号的船。她当时 32 岁。这次除了行李外，她还带上了人们要求她带给住在非洲沿岸的亲戚和朋友的各种各样的东西，甚至还有一块墓碑和几双绣花鞋。这次她将在旱季到达非洲，那里的天空是湛蓝无云的。

玛丽曾答应与某位麦克唐纳夫人一起旅行，她正准备搬到西非与丈夫一起生活。当船只停靠在开普海岸和阿克拉①时，玛丽非常无奈地参加了各种令人不快的殖民地上层社会的社交活动，包括赛马和茶会。

---

①　加纳共和国首都。

在阿克拉，地方长官邀请女士们前往宏伟的城堡做客，他告诉她们，他们总是要为欧洲人预先挖好两个坟墓，否则他们无法迅速地安排葬礼。麦克唐纳夫人的目的地是卡拉巴尔，当时那里正流行伤寒，她们一抵达就立即被招募为护士。玛丽承认她需要投入全部体力和精力来照顾那些男人，而且还要在他们死后绑住他们的下颌。（我承认我甚至没有勇气开始。）

疫情结束后，玛丽在卡拉巴尔附近的河流边游荡，收集鱼类和昆虫标本。她在丛林里遇到了苏格兰传教士玛丽·史莱索——她在沿海地区生活了二十年，大部分时间都独自生活在卡拉巴尔以北的部落村庄里。

玛丽·史莱索当年 45 岁，是一个热情直率的女人。她留了一头短发，身穿简单的棉衬衫（没有紧身胸衣和发夹！），看起来已经融入了当地生活。她住在一个简陋的泥筑屋里，只吃当地的食物（但还是从英格兰带来了茶叶），有时几个月甚至几年都见不到一个白人。她每隔一段时间就被迫回到苏格兰停职休假，只要在城市里走一走，就会感到十分痛苦。

玛丽·金斯利通常不喜欢传教士，因为在她看来，他们比殖民地政府对非洲文化的破坏还要厉害，但玛丽·史莱索是一个例外。这两位热爱茶和非洲的女性成了亲密的朋友，她们晚上经常坐在泥筑小屋里，一边捧着冒着热气的茶杯，一边聊天。

1895 年 5 月，玛丽终于来到法属刚果的格拉斯港，位于赤道附近的非洲腹地，她感觉自己终于回家了。她开始从事探险家的工作。但是"玛丽先生"无论作为单身女性还是探险家，都是一个怪人。男性主导的探险世界的核心要素就是一种"具有穿透力的男子气概"，也就是帝国主义对自然的征服和统治。玛丽的动机则完全不同，她想要见识和理解。她对部落文化本身很感兴趣，想像当地人一样生活，她觉得自己是半个非洲人。

玛丽聘请了一名向导和两名搬运工，乘独木舟沿着奥果韦河①向内陆地区进发。在接下来的几个月里，她穿着黑色长裙、紧身胸衣和白色衬衫，在丛林中不停地步行或划船前进，与原始部落一起生活在原始的自然环境里，有时直接睡在星空下。有时，她别无选择，只好住在宣教站里，她会吃下人们提供的所有食物（木薯、椰子、秋葵、包裹在叶子里炸的鱼、蜗牛、犀牛甲虫、用树皮作调味料的炖菜，当然还有英式茶），她与蜘蛛、蛇、鳄鱼、疾病和高温进行斗争，用手势交谈（当地官员说法语，她也不会），以物易物，换到了当地人崇拜的物品，捕获鱼和昆虫并做成标本，每天晚上写下她白天所经历的一切。"只有我一个人！"每当她在丛林里找到一个偏远的站点时，她都会开心地哭起来，所以除了"先生"，非洲人还开始称她为"只有我"。有时，人们会严厉地督促她立即转身回去，或者吃下奎宁药片（一种抗疟药），或直接去找卫理公会传教士，他们是"海岸上唯一能够安排体面的葬礼的人"。玛丽并不在乎。和从文明世界的边缘地带来到这里的商人在一起，她不仅学到了一种费力的旅行方式，还学到了很多脏话，她像伐木工人一样咒骂，而且自称是一个务实的水手。

　　玛丽学会了划独木舟，她的技术非常好，后来甚至夸口说和当地人没什么两样。有一次，一名法国官员在探险途中把她拦了下来，禁止他们继续往前走。前面有急流，他不想为玛丽不顾生命的冒险负责任，还责备她在没有丈夫保护的情况下踏上这么危险的旅程。玛丽冷冷地回答说，她不记得在皇家地理学会的旅行装备清单里有"丈夫"这一项，然后继续向前划独木舟，和伊戈瓦船员们一起冲向前方的急流。

　　从奥果韦河到雷布韦河，她徒步穿过雨林、沼泽和花岗岩山丘。从沼泽里走出来后，她身上爬满水蛭，几乎因失血过多而晕倒。还有

―――――――――

① 中非河流。

一次，实际上是好几次，她掉进一个陷阱，被困住了。由此她编出了一条箴言："正是在这些时候，你才会意识到一条厚实的裙子是多么有用。"

有一次，玛丽的独木舟在泥塘里搁浅了，周围全是鳄鱼，她不得不用雨伞将它们赶走："在这紧要关头，你会开始琢磨自己究竟为什么来到西非，还有为什么在做出了这么愚蠢的决定之后，你还要坚定地成为一个大傻蛋，非要画蛇添足地去红树林沼泽里晃荡。"

每当玛丽感到沮丧不安时，她就会去钓鱼，钓鱼能给她慰藉。她可以在独木舟上坐好几个小时，手握鱼竿，随处漂流。在宣教站过夜时，她会到丛林中散步，用砍刀开路，有时会遇到眼镜蛇、蟒蛇或其他蓝绿色或长角的生物在地上爬。"除非我被吓得要命，而且抓住了一两只吓唬我的小生物带回家做标本，否则我是不会回宣教站的。"

有一次，她给冈瑟博士邮寄了一支在奥果韦河堤上采摘的百合。（如今仍然能在伦敦自然历史博物馆里看到它。）

到了晚上，玛丽会拿起她那本又潮又破旧的霍拉斯诗集来读，让自己能够安然入眠。有时，蚊子和跳蚤会让她睡不着。在一个不眠之夜，她离开小屋，独自划船到一个小岛上，脱下衣服到河里游泳，头顶是繁星点点的天空。"用宽腰带擦干自己可不怎么愉快，但是只要你全神贯注就能做到。"

在漂流时，她会遇见划独木舟的赤身裸体的野蛮人，然后到他们的村庄过夜。有时，她会开一家小诊所，为村民处理伤口、传染病和寄生虫，她越来越擅长诊断热带病，还学会了当地的治疗措施。例如，她能发现钻入眼白的线虫、生活在腿里的几内亚蠕虫（可能会长到 3 英尺长，应当在几天时间内将它一点点拉出来，同时把虫子的一头绕在竹竿上。（玛丽警告旅客不要带患了几内亚蠕虫病的人一起乘独木舟旅行，因为每天早晨将蠕虫拉出一点的治疗时间会严重耽误行程。）

玛丽带着她的一大箱商品交换东西（和钱一样有用），用手帕、鱼钩和烟草换来了橡胶、象牙、食物、一晚住宿、交通方式或者没见过的鱼类。她用一条红色的缎带与一位部落首领的妻子换来了大象毛发项链。她带来的商品快用完时，就把自己用的东西拿去交换，如长袜和牙刷。"十几件白人穿的女士衬衫卖得很好。他们穿上之后不能说好看……用衬衫搭配红色油漆装饰和一堆豹子尾巴可不怎么样。"遇见新部落时，她有时会谎称自己为哈顿库克森贸易公司工作，因为"在这里，从属于某个人才是合理的"。

玛丽的几个搬运工实际上是逃犯，由于欠债、和女人纠缠不清、祖先犯下的错误，甚至谋杀，才离开家乡。于是他们来到不少村庄时，玛丽都不得不担任律师。"经历了一天的长途跋涉，在沼泽和河流里弄得浑身湿透，还要在被沙蝇和蚊子围攻的情况下，不得不站上好几个小时，通过辩论争取让搬运工们活下来，我简直累到了极点。"即使如此，玛丽还是认为她的搬运工们是令人愉快的同伴。她最喜欢的向导是奥本乔，她说她知道"如果（他）和我一起去野生丛林里，我们之中至少有一个能活着回来……"

玛丽有一次决定进入尖牙部落的领地，他们是著名的食人族。由于传教士和商人都避开了他们，因此他们生活的地方在地图上只是一片空白。她的独木舟商队出发时，玛丽写道："我一想起曾经听说的那些尖牙部落的传说，就汗毛直竖……哈德森先生让我不要毫无顾忌地到处乱走，为什么我不听从他的指示呢！"她来到尖牙部落后，初次见面的氛围十分紧张。部落里的人默默地站在那里，手里拿着刀子，孩子们看到这位穿了一身黑的白人妇女后惊恐地逃跑了。结果玛丽队伍里有人认识尖牙部落的一个人，让紧张气氛缓和了许多。玛丽说这个村子脏极了，到处散落着两周前被吃掉的鳄鱼的残骸、鱼肠和腐臭的河马肢体。不过，她住进了村子里最好的小屋，还有一个女人给了她一个被压碎的蜗牛作为欢迎礼物。玛丽度过了一个不眠之夜，一直在与蚊子和虱子战斗，她走到河边想休息一下，结果差点成了河马的夜宵。

玛丽与尖牙部落之间形成了互相尊重的友好关系，她雇用了尖牙族人作为向导。有时她很难跟上向导的步伐，徒步穿越丛林非常艰苦，好在尖牙族人每隔两个小时都要停下来吃一点肉，抽一口烟，这样她就能赶上了。她在日记中写道："我们吃了蛇作为晚餐，其实只有我和尖牙族向导吃了，其他人都不肯碰它，尽管一条经过烹饪的蛇是人们在这里能找到的最好的一种肉。"玛丽还认为，所谓的尖牙族食人习俗对白人旅行者不会构成威胁，但有时会有点麻烦，因为你需要"防止某个黑人同伴被吃掉"。

玛丽在尖牙村过夜期间，有一次被无法忍受的恶臭熏得睡不着。经过搜寻，她发现悬挂在天花板上的袋子里有一只人手、三个大脚趾、四只眼睛、两只耳朵，还有其他的人体部位。玛丽冷静地研究了这些残骸后，小心翼翼地将它们挂回原处，然后打开树皮门，去外面呼吸新鲜空气。

有时候玛丽会写，她不敢害怕。她敦促到西非旅行的人们，无论遇到什么事情，都要采取最轻松和最乐观的态度，因为根据她的经验，这是抵制恐惧的唯一方法。

我记下了这位女性榜样的建议：在非洲旅行时，保持笑容。

【奥果韦河上漂流瓶里的一封信】

亲爱的玛丽：

每当我在晚上想起你时，尤其会想到你作为在丛林里生活的单身女性需要应对的那些基本事务，包括洗漱、吃饭、睡觉、湿热的天气、头痛、头晕、恐惧等。

我想知道，如果我患上了可怕的疟疾导致的偏头痛，而又只能吃甲虫、喝煮沸的河水，那会是怎样的感受？或者，如果我在生理期时恰好走进嗜血的尖牙村，会发生什么？（你用什么东西当卫生巾用呢？树叶吗？你会在晚上到有河马的河边清洗布条吗？）如果我睡在一间充满人手和眼球腐烂臭味的小屋里，我的紧身胸衣会让自己透不过来气吗？如果我手里只剩最后一罐烟熏鲱鱼，我会惊慌失措吗？如果我心爱的日本玄米茶喝完了该怎么办？它熟悉的气味令人安心，即使到了陌生的地方，也会让我感到平静，就像在家里一样，没有它，我不会去任何地方。

我真的能够一直保持着你那种积极和愉快的心态吗？我能拥有你那种轻描淡写的自我讽刺和极致的黑色幽默吗？我能坚持在日记里写下一页又一页的连珠妙语吗？我能做到冷眼旁观，置身事外，让自己的所见所感看上去就像一场纯粹的闹剧吗？

我如果能做到就好了！

你的 M

旅程的最后一个项目是攀登喀麦隆火山①，尽管玛丽开玩笑说她很可能会发现"那里几乎没有鱼……能称得上是珍贵的当地物品也非常稀少"，但她还是登上了山顶。玛丽没有登山经验，甚至连一张地图也没有。天气寒冷彻骨，常常下雨，她用了七天时间才艰辛地攀登至顶峰。他们在运送食物和饮用水方面也遇到了困难，最可怕的是，她无法把水烧开！玛丽考虑了一下，在这种情况下是否能昧着良心让搬运工们冒健康风险。"至于我自己的身体，那是我的事，即使我在一个小时内死掉了，也不会对任何人造成损失。"当她终于爬上了13000英尺的山顶时，她感到疲惫不堪，那里的能见度不到30英尺，天气挡住了玛丽的风景！而这里的自然风光恰恰是她决定爬上这座山的唯一原因。她是有史以来第一位攀登喀麦隆火山的（白人）女性，作为一个谦逊的人，她甚至觉得这个成就不值一提。

---

①　非洲西部复式活火山，位于喀麦隆西南部几内亚湾沿岸。

玛丽回到山脚下，借着昏暗的星光，坐在房间的门廊上，周围全是闪烁的萤火虫。维多利亚城的灯光在远处闪烁，她能听到海浪拍打岸边岩石的声音、原住民的鼓声和歌声，所有的声音相互应和，听起来非常和谐。"我为什么来非洲？"她再次询问自己。"为什么！谁不会为了它的美景与魅力冒险来到这座地狱呢？"玛丽，你说得太对了。

　　1895 年 11 月中旬，玛丽乘船从卡拉巴尔返回英国。她已经事先把收集到的鱼、蜥蜴和昆虫标本装了好几箱寄走了，但是仍然有很多东西要带，包括几十个装满酒精的瓶子，里面漂浮着不知名的奇特生物，还有成堆的当地珍贵物品，如木雕、乐器、面具、织物、护身符、用来收集流浪灵魂的篮子、送给伦敦动物园的巨型蜥蜴和一只小宠物猴。（我想象着玛丽拖着行李四处游走的场景——乙醇罐里装着湿地鼠，自封袋里放着千足虫，她已经把鼹鼠先寄回去了。而且在此之前，她已经独自将这些抓到的生物杀死并进行了处理。）在船上，她听说英格兰的报纸上已经刊印了她的旅行事迹，而且有好几家出版商都想买下她的作品版权。玛丽觉得这听起来很不错，因为她想写一部畅销书，这样她就能赚到足够的钱尽快回到非洲。

　　从英国离开将近一年之后，玛丽于 1895 年 11 月的最后一天晚上抵达利物浦港口。当肩上蹲着一只猴子的她走上码头时，借着煤气灯的灯光，她发现有一个记者正拿着笔记本在等她。她的返程被刊登在《泰晤士报》和《每日电讯报》上，但这些文章中骇人听闻的语气让玛丽感到震惊，他们喜爱那些食人族的故事，将她遇到大猩猩时的勇气写得言过其实，最糟糕的是，他们称她为"新女性"。根据他们的说法，她是最近的女性解放热潮的代表性人物。在这股潮流中，一些女性试图通过模仿男性探险家的冒险行为来体验具有男子气概的事情。这太过分了，玛丽怒火中烧，她在打开行李箱之前，就写了一封关于这种报道的反击。"我不喜欢被称为'新女性'，"她写道，"我完全不是那样的人。"

啊，玛丽，你这是怎么了？和伊莎贝拉一样，你难道没有意识到这种反应会让事态继续发酵吗？当然，我如果仔细想想，确实能理解你为什么会做出这样的反应。当时的妇女运动和"新女性"的声誉可不怎么好，那些高声尖叫的双性怪胎一边鼓吹着女性权利，一边翻着白眼口吐唾沫，很少有女性愿意认同她们。作为一个未婚无子嗣的女性已经够奇特了，如果你想成为一位值得信任的探险家，那么最好保持低调，穿着得体，在公共场合要不断强调你的主要事务是准备饭菜、织袜子和照顾患病的亲戚。我研究了一下那时玛丽的一张照片（我找到了仅有的两张照片中的一张），觉得她本人确实如她所说，不像一位"新女性"。事实上，她看起来和在西非丛林中划独木舟的玛丽没有半点关系。在亨利·莫顿·斯坦利的正式的探险家肖像照里，他头戴遮阳帽，穿着卡其裤，站在狮子标本旁边，而玛丽看上去却和维多利亚时代常见的老姑娘没有什么不同。她穿着有蓬蓬袖的黑色束身裙，高领上系着一个蝴蝶结。她的帽子上装饰着几朵人造花，帽子中间还伸出几条突出的饰带，就像大虫子的触角。她一只手拿着手套，另一只手撑着伞，背景是公园，她的嘴角边挂着淡淡的、柔和的微笑。

　　回到家后，玛丽就进入了为弟弟提供家政服务的日常状态。很快，她便感觉整个旅程仿佛只是一场幻梦。她曾经尝试将自己的房间的温度提高到和热带地区的一样，在架子上摆满了部落面具和护身符，把非洲地图铺在地板上，开始写她的书，希望能让自己保持活力。但这一切总是让她感觉平淡乏味。和伊莎贝拉与凯伦一样，和我从非洲旅行回来的感觉也差不多（或者说任何旅行结束后都是如此），玛丽回到家就病倒了。在丛林里，她自己很少吃药，就连疟疾都没有让她放慢前进的脚步，然而一踏上英国的土地，她就开始被各种疾病所困扰：流感、偏头痛、心悸、风湿、孤独和抑郁。就好像她去非洲时携带的是父亲的基因，但是回到家后就变成了母亲，躺在床上日渐萎靡。

　　与此同时，她还过上了疯狂的双重生活。她成了名人，各种各样的政客、知识分子和上流社会的女士轮番邀请她去参加晚宴和茶话会。玛丽不想去任何地方，因为她觉得自己羞怯、笨拙，在社交活动中是个"彻底的失败者"。不过，她对营销学也有足够的了解，知道如果她想为下一本书赚取足够多的旅行经费，就必须维持公众的兴趣，直到书籍出版为止。因此，她从她那炎热的非洲房间里走出来，强迫自己去社交，接受了那些邀请和采访，还进行了巡回演讲。令玛丽惊讶的是，她居然很喜欢讲课！她是一位出色的演讲者，是喜剧演员、大学教授和传教士的趣味混合体，她在英国的巡回演讲大受欢迎。经过精心计算，她发现每挣1英镑，就意味着能在西非行进5英里，于是她激动地排满了日程。到了年底，她已经不得不聘请一位经纪人来处理演讲邀请和佣金的事，因为在两次通告之间，她还要写书。她发现自己陷入了一个恶性循环，巨大的压力造成了焦虑、头痛、失眠，她还常因不知穿什么和没有足够的发夹而感到绝望。

她写书写了整整一年。玛丽，这种情况听起来确实很熟悉啊。她拥有大量的材料（符合），一直在为她是否能写出一本既能吸引广大公众又能让专家感兴趣的书而感到焦虑，但好像无法将她的个人旅行日记与研究数据完美结合（符合）。玛丽被无边无际的不安全感困扰着（符合），因为她没有接受过任何民族志方面的专业培训，实际上也没有接受过任何领域的专业训练，而且她担心专家们会追究她书中的细节，进而让整本书都不可信。也许她应该只用姓名的首字母缩写M. K. 匿名出版这本书（符合）？几年前，美国人梅·法兰奇·谢尔顿的乞力马扎罗探险正是因为没能带来任何科学发现，被各种报纸给了差评，谢尔顿此行的动机仅仅是她的"女性好奇心"（符合）。仅以她的姓名缩写来出版这本书能解决许多问题，人们将无法因为作者的性别而对这部作品不屑一顾，也不会再指控她参与了不够女性化的活动。更何况，她的笔记简直是一本乱糟糟的大杂烩，里面记了一公斤洋葱的价格、她捕获的鱼的大小和数量、食谱、法律案例、族谱，还有当地的脏话，她到底该如何将这堆素材整理成一个系统化的、有趣的故事呢？（符合！）她时而会害怕这本书太幽默、太冗长或者是完全没有可读性的"一锅巨大的单词粥"。于是，她建议给书命名为《一个无忧无虑的疯子的日志》。（既然玛丽最终没有用这个名字，我或许可以借用它作为我这本书的标题。）最后，玛丽发现自己和出版商陷入了可笑的争执，因为编辑"整肃"了她的写作风格，彻底地修改了她的文本，玛丽甚至都认不出这是自己的作品。于是她给出版商写了一封言辞激烈的信，要求将文本恢复到原始状态："作为一个务实的水手和诚实的观察者，我不能抹杀这些优秀的人物特质。"随着图书出版项目告一段落，玛丽比以前更加郁闷了，经常受到偏头痛、失眠和疲劳的困扰（符合）。在书的序言中，她用了整整一页恳求读者宽恕这本书的弱点和作者自身的无能，从而将这本书的自嘲风格提升到了新的艺术高度。

她的劳动得到了回报。这本书于 1897 年 1 月出版，标题为《西非游记》——清清楚楚地说明了书中的内容，而且立即成了畅销书，从长远来看也是该领域的经典之作。直到今天，这本妙语连篇、令人捧腹、内容丰富又真实的书让人读起来仍然非常愉快，我都想给你们节选一两页来赏读。一位评论家确实抱怨说"很遗憾，金斯利小姐没能以一种更淑女的风格写作"，但是另外十几条充满热情的评论却证明她的风格被接受了。另外，如果有人想知道为什么书里没有加上玛丽旅行路线的地图，那么你需要知道，在那个时代，她所走过的区域的详细地图是不存在的，而且她没有时间自己画。

来自榜样的建议，亲爱的玛丽：不要低估自己。

与受到读者的喜爱相比，玛丽更渴望获得学术界的认可。所以，当她搜集的 65 种鱼类和 18 种爬行动物中的绝大多数都被专家接受时，她非常高兴。其中还包括几个珍贵的品种，比如大英博物馆在此前的十年中一直梦寐以求的一种蜥蜴。还有三种新的鱼类以玛丽的名字命名，包括一种非洲攀鲈、一种长颌鱼和一种鲑脂鲤。

我得承认这些有关鱼的事情让我有点激动。只是为了好玩，我搜索了一下鱼名，居然找到了玛丽带给阿尔伯特·冈瑟博士的一些鱼标本的照片（这很不可思议吧）……也就是说，那些是她亲自钓到的鱼（我觉得是）。我兴奋地把那些看起来毫不起眼的小鱼的照片下载到我的电脑上，每天都打开看看，仔细地研究它们，好像通过它们我就能让自己穿越到 1895 年西非河畔的某个特定时刻。（难道没有人注意到这些鱼打开的时间窗口吗？）照片里那些颜色就像半透明的羊皮纸的小鱼，目光呆滞地躺在毫米方格纸上，而我正看着的那张上面贴了一张小纸条，上面写着"金斯利长颌鱼（冈瑟，1896 年），主模式标本 BMNH 1896.5.5：100"。鱼尾上贴着一张明显更旧的纸条，已经发黄了，上面有手写的字迹，也许（也许是真的！）是玛丽亲手写的。

我花了一下午的时间翻来覆去地细看这张照片，首先想到的是自己是不是疯了（真的都是因为这条死鱼吗？），接着觉得有点感动，在赤道上一个炎热的下午，玛丽真的抓到了这只生于奥果韦河拐弯处的小鱼，用独木舟里的相关设备对这条小鱼进行了处理，以备保存，并随身携带着它穿过丛林，最后乘轮船渡过大西洋，来到遥远的利物浦，在那之后，它又穿越了一百二十年，来到我在赫尔辛基的单间公寓里的电脑屏幕上。或许小鱼还在鱼钩上的时候，她曾和它说过话（哈，抓住了，小家伙），或许她一边哼着小曲一边把鱼钩取下来，我怎么会知道呢？也许这么小的鱼是不能用鱼钩钓的，也许玛丽用一个木雕碗捞了一群这种小鱼上来。（无论怎样，在我的想象中，她全程都心情愉悦。）也许她把一条小鱼当作宠物（可以和它聊天），还给它起了名字，例如波莉或默特尔，装在一个小水壶里，放在独木舟上……

我想起几天前，奥利从非洲发给我的一封电子邮件，附了一张小帝王蛾的照片，是一次晚间他在观蛾之旅中设法拍到的。（这个世界上难道还有比它更美的事物吗？他写道。）作为回礼，我给他发了一张玛丽拍的半透明小鱼的照片。我在思考那些让人们心潮澎湃的各种奇特事物，比如西非的鱼，乞力马扎罗山坡上的飞蛾，各种各样的女性榜样。在一些人看来完全无感、奇怪或者毫无价值的事物，对于另一些人而言却意义重大，他们甚至愿意为之牺牲一切。

在接下来的三年中，玛丽一直想要回到西非海岸，结果都失败了。她拥有支持下一次旅行的足够的资金，但她的时间仍然取决于弟弟变化不定的日程安排，这让她很沮丧。玛丽已经是一位著名的非洲旅行家、讲师和作家，可她仍然必须履行自己作为未婚妇女的义务，即为弟弟烹饪牛肉馅饼、洗内衣，在必要时还得去照顾生病的亲戚。（我想知道单身男性探险家的行程是否曾被孩子、兄弟姐妹或年迈的父母耽搁过。你能想象詹姆斯·库克[1]因为厨房里需要他帮忙就推迟探险吗？）玛丽本来计划在书稿出版几个月后，即 1897 年 4 月，出发前往西非，却因弟弟生病而不得不推迟行程。玛丽的弟弟大学毕业后，没有取得任何值得一提的成就，我不禁怀疑他是不是出于嫉妒而故意为难她。（不管怎样，我很讨厌这个爱发牢骚的弟弟，因为他在玛丽死后毁掉了她的日记和书信。）

由于出发时间推迟了，玛丽开始为学术读者撰写《西非研究》，同时继续进行巡回演讲。玛丽在演讲中增进了社会对非洲的认识，结果使自己逐渐成为殖民政策争端中的重要人物。在一些人看来，她是那场争斗中非常危险的人物，因为她的观点与传教士和殖民主义者大相径庭。玛丽认为非洲人既不是"无辜的孩子"，又不是需要"教化"的"凶残的野蛮人"，而是拥有各种常识的普通人，他们的文化值得珍视和尊重。

玛丽的这项非洲探险事业的影响力超过了关于她的其他流言，甚至包括女权问题。我试着接受了这些事实。在非洲丛林里驾驭激流的玛丽，竟然公开反对妇女参政、反对皇家地理学会赋予女性会员资格，她还反对自行车（太危险）和公共汽车（离陌生人太近）。

---

[1] 英国皇家海军军官、航海家、探险家。

想到玛丽穿着维多利亚女王时代老处女的标准服饰进行演讲时，我记起自己曾在某处读到的一句话，各个时代的激进派女性通常都会在外表上坚持传统风格，只为她们认为最重要的事业赢得更多的观众。

非洲确实很重要，不过我觉得玛丽在一次采访中可能偶然地透露了对她而言最重要的事业，毕竟她确实在字里行间提醒了人们这一点。她说，人们认为她作为一个女性去旅行是不同寻常的成就，但同时她还能够继续完成繁重的家务，直至去世，这一点却没有人感到钦佩，她觉得这很奇怪。"如果女人为家庭牺牲一切，没有人会注意到，而当她追随男人的脚步（这么做常常容易得多）时，所有人都会大喊'多么了不起！'"

玛丽认为，在更深层意义上，女人比男人更有耐力。就她个人而言，她宁愿"深陷泥沼或攀登喀麦隆火山，也不愿意承担各种社会责任，过伦敦上流社会妇女的单调生活"。很简单，那种工作的强度会让玛丽生不如死。

玛丽的第二本书《西非研究》于 1899 年 1 月发行，在一周内就销售一空。同年，玛丽坠入了爱河，这显然是她一生中唯一的爱情，可惜这个男人不久之后就被派遣到塞拉利昂去担任地方长官了。

那一年，玛丽终于与备受尊敬的世界旅行家和伦敦皇家地理学会成员伊莎贝拉·伯德会面了。她们曾有很多次相遇的可能，不过直到 1899 年 2 月 16 日，她们才终于在伦敦的一场晚宴上见了面。与其说是会面，不如说是当时玛丽站在附近，偶然听到有人向伯德太太抱怨说"有趣的书并不总是准确的"，当然这个人说的就是玛丽的书，伊莎贝拉表示赞同。

玛丽，我对你们两位优秀女性令人不快的会面感到遗憾。不过我也知道，你和她在几周后又见到了对方。你能告诉我你们谈了些什么吗？

1900 年 1 月，英国的最重要的新闻话题是南非境内如火如荼的战争，即所谓的第二次布尔战争。当时英国人和荷兰血统的布尔人为了争夺一条巨大的黄金矿脉的控制权发起了这场战争。玛丽觉得自己在代表非洲人进行的政治斗争中失败了，于是决定以护士的身份前往南非，这是她能做的事。另外，她可以继续为大英博物馆收集鱼类标本，而且有可能为英文报纸撰写战争报道。她还能去西非海岸，那是她在过去四年中一直向往的目的地。

玛丽定做了一套卡其色的护士装，1900 年 3 月抵达开普敦。她一到那里就被分配了最糟糕的工作，即照料生病和受伤的布尔囚犯。有一家专为他们开设的急诊医院刚刚开放，位于西蒙斯敦 [1] 的老宫殿军营。她在寄回家的最后一封信里写了关于医院里伤寒肆虐的报道，以及她必须同时照顾一百多名病人。"我再次陷入了生活的不幸之中，"她写道，"我能否从中走出来……我不知道。"我只能想象玛丽在这个到处都是恶臭、鲜血、脓液、便盆和灌肠剂的地狱里照顾她的病人，给他们洗澡和喂食。为了预防传染，她开始抽烟，晚上喝葡萄酒，毫无疑问，她这么做还有其他原因。

1900 年 5 月中旬，玛丽因为发烧无法进食，却向其他人保证这只是常见的西非高烧而已。实际上，她的所有症状都说明她患上了伤寒——头痛、发烧、眩晕、各种程度的疼痛，发展到后来是流鼻血、胃痛、腹泻和精神错乱，她独自一人躺在小房间的床上承受着这一切。

6 月 2 日晚上，玛丽要求卡雷医生答应将她葬在好望角以南的大海里，那里是两个大洋的交汇点，位于非洲最南端。她还要求一个人孤独地死去，因为她不想让任何人看到她在最后经历的痛苦。当她陷入昏迷时，她的护士同伴们回到她的床边守着她。1900 年 6 月 3 日早晨，她辞世而去，享年 37 岁。

玛丽的棺材沉入了开普敦海岸附近的大海里。我们的喜剧女主角开了最后一个玩笑——她的棺材没有立即沉入大海，而是在海浪中漂

---

[1]　南非军港。

动，闪闪发光。我想象着她在演讲中讲述这段最新的恶作剧时，听众哄堂大笑的场景。

当我为玛丽哀悼时，《西非游记》里令人捧腹的片段不断浮现在我的脑海中。

（1）对于一个人来说，没有什么比濒死更碍事的了。

（2）疾病的治疗措施的危险性仅次于疾病本身。

（3）饮用水必须煮沸，仅仅过滤是不够的。一个好的过滤器是过滤掉河马、鳄鱼、水蛇、鲶鱼等东西的极佳工具，我敢说，它还能过滤掉河里60%活着或死去的非洲原住民。不过，如果你认为过滤器能除去导致沼泽热病的微生物的话——我的好先生，您可错了。

（4）据说为了预防疟疾，应该避免喝饮用水、呼吸夜晚的空气、接触夜晚的寒气，避免精神和身体上的劳累、神经紧张、激动或者失去动力。其中唯一可以避免的是饮用水。我想知道从晚上六点三十分到早晨六点三十分之间怎么做到不呼吸空气。在夜晚，除了夜晚的空气，还有哪些空气可吸？

几个月后的一天，我正在阅读玛丽的书，并用一块木头压住打开的书页——这页纸上布满了姆科马齐公园的红色尘土。我在想，我去东非的高原地区旅行过，是否就可以写出玛丽的故事，我是否应该朝着西非令人窒息的炎热而潮湿的沿海地区进发。那里有一个芬兰艺术家的居住地项目仍在接受申请。我想象着自己站在贝宁的白色沙滩上，看着玛丽的船从眼前驶过。

不过，我已经去过玛丽最后去世的地方，所以我不需要再去那里了。十年前，我在西蒙斯敦住了几晚，那时我对玛丽或监狱营医院的恐怖景象一无所知，只知道那个地方最有名的是 3000 只非洲企鹅，而它们正是我的目标。我早早起床，静静地坐在海岸上，被数百只企鹅围住。它们好奇地注视着我，发出不和谐的嘶叫声，拍着翅膀摇摇晃晃地走来走去，看上去颇为正经，或者害羞地从我身边冲过去。有些企鹅在海浪中嬉戏，有些默默地蹲在蛋上沉思。当天晚些时候，我看到一只孤独的企鹅在满是游客的浅滩里游泳，还有的企鹅在沙滩上晒日光浴的人们中间穿来穿去，仿佛在忙什么要紧的事。企鹅拥有我见过的最感人的真诚与可爱，我看着它们，很难不哭出来。黎明前的海滩上，风景美不胜收。

我想起了亲爱的玛丽在 1899 年写给朋友的信：

我不比一阵风更有人性。我从未以一个独立的人的身份生活过。我一直做着奇怪的工作，生活在他人的欢乐、悲伤和忧虑中。除了偶尔到真正的人类中间坐一会儿取取暖外，我从来没觉得自己有权利做任何其他的事。……我属于这个非人类的世界，我的同胞是红树林沼泽、河流和海洋。我们理解彼此。它们的所作所为从来不会像人类一样，总是让我感到头晕目眩。

女性榜样的建议：

不要怪罪你的童年或你的母亲。想走就走。

在非洲旅行时，保持笑容。

没有配偶或孩子不可怕，这是一个机遇。如果你死了，就不会给任何人带来麻烦。

即使你只有八年的时间可用，你仍然可以经历许多人一生都无法经历的体验。

如果你对什么事情感兴趣，就去研究它吧。你不需要接受正规的教育。

一直穿黑色长裙。

保持最积极的心态。

5. 京都，九月

1878 年 4 月被医生建议通过离家远行来恢复健康，这种方法以前曾被证明有效，于是我决定去日本。日本的气候适宜是出了名的，但更吸引我的是那里新奇和有趣的事物，这些能够从根本上给一位寻求疗愈的独行旅客带来愉悦和健康。

——伊莎贝拉·伯德关于日本的书的序言

我要收拾行李去京都。伊莎贝拉的抑郁症治疗方法显然是有效的，如果在某个时刻我也感觉异常地精神沮丧，那么单纯买一张机票就能神奇般地治愈我。我禁不住想，如果我出于健康原因去旅行，社会福利部门或许能报销机票？

我最近在为自己外出期间的空置公寓寻找租客，一位作家回复了我，我知道那段时间她正好需要一间办公室。于是今天我把钥匙交给了我的秘密房客，这位作家让我不要告诉任何人，因为她想在公寓里独自工作很长时间。而且她知道，如果她的朋友得知她来到了这里，计划就会泡汤。这些日子以来，只有想到这间秘密办公室，她才能顺利度过未来几周混乱的日常生活。她甚至都不打算把地址告诉丈夫，每天早晨，她就消失了，去了一个无人知晓的地方，多么愉快！

我完全理解她。作家保持写作能力的最重要的先决条件就是能隐藏起来。写作要求极致的孤独，如果你打算写完什么东西，就必须独处，还要有超人的自律能力，拒绝午餐约会，拒绝一起去跳蚤市场的邀请，拒绝出去喝酒，简而言之，就是拒绝生活，而且这种状态需要持续数月之久。在集中写作阶段，你必须把很多天的日程清空，才能试着准备开始。在数日之内，你不能和任何人交谈，只有这样，在你的头脑中激荡的那些脆弱的构想、作品的节奏、结构和因果关系才不会消失。你必须紧紧抓住那些模糊的、转瞬即逝的思路，无论是刚醒来、工作中、吃饭，还是睡觉时，只有自己孤身一人，才能做到这一点。有时，对我而言唯一有效的方法就是逃到父母的阁楼里（这是不参加人类活动的正当理由）。更好的躲藏地点就是我在诺曼底发现的这座房子。当然，我需要将独自写作的时间保持在六个星期之内，如果超过了这个极限，我一定会发疯的。

所以，我明白秘密办公室的吸引力。对我来说，秘密地进行工作永远是最理想的情况。没有什么比善意地询问"那本书写得怎么样了"更糟糕的事了。"你写完了什么吗？"（这怎么衡量呢？用页数还是一段枯竭期后获得的想法的数量？）"你的书写到哪了？"（它处于某个阶段。）"你写到一半了吗？"（不知道，因为我不会直接从头写到尾。）"你还在写那个主题吗？"（是在暗示我该换一个吗？）"不过你已经有进展了，对吗？"（如果你正处于没有取得任何进展的生存恐惧之中苦苦挣扎，这个问题尤其致命。）

有时我想象着自己仍然在继续写第一本书，而且没人知道我在写书，那种感觉真是快乐极了。

在父母的阁楼里和女性榜样们一起躲藏了数周之后，我努力打起精神，使自己变身为一个超级社会动物，或者说至少是一个在做该做的事的人。我履行了一名作家的义务，到读书俱乐部做客（有一场读书会的参与者都穿着和服，食物是寿司）。我在一位读者为有影响力的女性举办的菊花晚宴上读了书中的几段话，这场鲜花与美学的盛宴优雅迷人。我的任务和玛丽一样，是为了充实自己的旅行资金。我估算着自己每售出一本精装书，就代表我能在京都多吃一顿包含很多道小菜的午餐。（我还算出，书店每出售十本平装书，就代表我能在吉田山斜坡上一个专为孤独旅客开设的餐馆里享用一份经济午餐。要知道，我的书并不能让我财源滚滚来。）

我只有几天时间为京都之行做准备，去理发店，去会见朋友，打扫公寓。最重要的是，我还同意在起飞前一天为一本女性杂志拍摄照片和提供专访。

那天发生的事很可笑。这位记者曾承诺过我可以在照片中"做自己"，但事实却有所不同。早上，我到达摄影师的工作室时，除了摄影师、摄影师的助手、化妆师、发型师、服装造型师和杂志的视觉秘书都在场，他们准备给我进行一次彻底改造。我吓坏了。造型师的架子上挂满了与杂志风格相匹配的女强人西装套装、厚重的冬季外套、皮草围巾、系扣衬衫、休闲裤、针织裙、毛毡披肩和亮片高跟鞋，换句话说，就是成年人的衣服，我的壁橱里一件这样的服饰都没有。那是我该穿戴的东西吗？我都没有高跟鞋，更不用说西装了！我努力地挤出一声抗议，说明我只是一个贫穷的旅行作家，但那句话在我自己听来都很荒唐。

这一整天我都魂不守舍。我们在赫尔辛基四处寻找拍摄地点，化妆师不断地在我脸上涂抹更多的睫毛膏和眼影，造型师将我的衣领拉到理想的位置上，简直就像参加全美超模大赛一样。我当然知道这些顶尖的专业人士正在从事他们顶尖的专业工作，但是我完全不知道自己在做什么。幸运的是，摄影师幽默极了。她告诉我要穿着 4 英寸高跟鞋在工业海滩的碎石地上碎步走，就好像我刚刚"从另一个星球飞来降落在这里"一样，还要记住保持嘴巴放松，下巴以怪异的姿势向前伸，满脸疑惑地凝视着砾石，顺便提一句，那些石头可硬了。当我踩着亮片尖头高跟鞋，身披亮黄色皮毛，在石块上摇摇晃晃地迈步时，我抱怨说再也拿不到资助金了，因为资助金管理人员会认为我正身穿华服风光地满世界飞。摄影师告诉我，她曾经给琳达·兰彭纽斯（艺名琳达·布拉法，芬兰小提琴家）穿上了皮裤，你看，这对琳达的整个职业生涯没有任何影响吧？想想扬斯·拉皮杜斯（瑞典刑事辩护律师，作家），如果没有那套深色西服，他现在会在哪儿呢？高跟鞋才好看！伸出你的下巴！放松你的嘴！

有一套服装包括高跟鞋、连裤袜、一件衬衫和一件长冬衣外套，下身什么都没穿。那时正值九月，气温大概 70°F，我汗流浃背。我们更换地点时，造型师拿着我的外套，我只穿着连裤袜、上衣和高跟鞋坐在车里。到了下一个地点，我走下车，腰部以下只有连裤袜，然后在一块花岗岩巨石前伸出下巴摆姿势。几辆观光巴士驶了过去，巴士上的人们都在盯着我看。

拍摄结束后（整场拍摄已经花费了五个人加我自己的六个小时的时间），摄影师想从一个冰激凌摊给我们买一点午餐。而我只穿着一件衬衫和一条连裤袜（那件长长的冬装外套和造型师一起消失了），所以只好在车上等着。

接下来的半天，我一直在担心那些照片和一个旅行作家的故事怎么能搭配得上。这位作家抛弃了稳定的工作，靠微薄的资金维持生计，却身穿华贵的衣服，理论上讲，我应该把这些东西送到跳蚤市场变卖了才对。

第二天，我启程飞往京都。在机场，我突然意识到自己的旅行装扮看起来多么糟糕。打底裤、飞行袜、破旧的运动凉鞋，救命啊！我看了看周围的女士们，她们都精心打扮了一番，穿着白色水钻装饰的毛绒连身裤，脚踩高跟鞋，大步流星地登上飞机。

玛丽的声音一直在我的脑海里回荡：如果你羞于在家乡穿某些衣服，那么你也不能在旅行期间穿着它走来走去！而且，就连伊莎贝拉的旅行服饰毫无疑问都是极为时尚的：（1）寒冷天气穿的花呢连衣裙；（2）骑行时穿的灯笼裤；（3）特殊场合穿的丝绸连衣裙。

我是不是应该给自己的衣橱升个级？

【登机口旁边椅子上的手写便笺】

玛丽：

我记得你很热情地赞成用黑色长裙作为实用旅行装，我一直考虑试试看。一条面料结实的及踝长裙，一顶斜纹棉布帽，一件高领白色衬衫，系带靴，或许可以加上一条红色的丝绸领带，对不对？我在哪里可以买到这样的衣服？如果价格合适的话，我不介意买二手货。我穿40码的鞋，身高一米七五。请尽快回复。我要登机了。

你的M

京都。我熟悉的吉田山斜坡上的住处没有变化，金已经为我准备好了那个榻榻米房间，我曾在这里度过了一年多。我向室友们打招呼（去年我在奥地利认识了艾里斯），把自行车送去维修，在杂货店里遇见了有一半芬兰血统的酒吧老板雷伊（今天我真的没去酒吧），然后在百元商店里花了1000日元购买生活用品。

京都真是个好地方，可是天气非常闷热，令人窒息。如果你要找能治愈疾病的适宜气候，最好不要在九月到这里来。

那么我为什么来到这里呢？我总是觉得必须要给这趟京都旅行一个正当理由，无论是解释给我自己或朋友们，还是父母。我还在倒时差，感觉头痛又恶心。我躺在榻榻米上扪心自问，自己来到这里究竟是为了什么？我飞越半个地球到底要做什么呢？没什么特别的，就是工作。大多数时候，我可能只会坐在屋子里写作，偶尔沿着河骑骑自行车，到有机咖啡店里消磨时光，吃那种有许多小碗菜的午餐，在茶室里享受片刻安静。也许我会去国际日本文化研究中心翻阅那里的藏书。我会阅读伊莎贝拉写的关于日本的旅行书，那是我在大学图书馆里发现的，1900 年版，非常漂亮，布封面上印有镀金的手写体字母和冉冉升起的太阳下的富士山。如果有舞踏、歌舞伎或太鼓乐队的演出，我会去看。我要补充一下茶叶的库存，玄米茶已经喝完了，我得再买一些，还要坐在雷伊的酒吧里喝梅子酒。我将会见以前的室友和朋友们，和塞布与蕾纳一起去山里远足，或许再去泡温泉。如果我的钱还够用，我就到东京去看看当代艺术，然后去妮可的瑜伽疗养地。在寺庙里睡觉的时候，我将回想起怎样把自己变成一座山。

京都有它独特的精神境界。在这里一切皆有可能，一切都美丽、奇特、令人兴奋，无论是咖啡店、花园、安静的小巷，还是寺庙。我想了解当地人在门帘和百叶窗背后的生活，每次来到这里就多见识一点点。我想记下来锦市场出售的所有商品的名称。

有时我会想，京都如此神秘是不是因为我读不懂那些标牌。我如果看得懂广告标语上的字眼和挂在旧町屋门口的门帘上的文字，一切都会突然变得稀松平常吗？

中午前后，我在通济寺市场见到了我的朋友比阿特丽斯。这是一个炎热的大晴天，我把雨伞放在了家里，以为今天不会需要它了，但我在路上想起来今天带着伞还是有用的，可以遮阳。

比阿特丽斯是德国人，三年前她和我是室友。过去半年，她一直待在京都的国际日本文化研究中心，因为她的艺术史毕业论文课题是室町时代漆器上的诗。在我看来，比阿特丽斯好像什么都没做，只是坐在国际日本文化研究中心的图书馆里，靠豆腐、坚果和鳄梨维生。她对京都的景点一无所知，比如她从未听说过市中心著名的艺伎小巷先斗町。还有一周，她就要返回柏林，所以现在该去迅速逛一圈游客景点。由于我们已经买了一张巴士全日票（比阿特丽斯非常务实），我们决定从神庙市场乘车前往京都国立博物馆，欣赏漆器、色彩斑斓的和服以及其他历史珍宝。我最喜欢的展品是一个漆盒，制造者在盒子的表面撒了金粉，看起来像鹿皮的花纹。我和往常一样，在博物馆的礼品店里买了一堆塑料文件夹，因为世界上任何地方的文件夹都不如日本的漂亮。我挑了印有17世纪鹤舞水墨画的那种，上面写着书法优美的诗句。

饱餐一顿日式火锅作为晚饭后，我们来到先斗町的大西洋酒吧，坐在鸭川河沿岸用桩子架高的小露台上。夜晚很温暖，梅酒让我有了些醉意，和朋友一起来这里真是太美好了。

我喜欢的事物

京都的有机咖啡店。它们真的棒极了，不过午餐的价格有点过高，餐食包括灰褐色的小份食物，分别放在几个小碗中，摆在木托盘上。

茶室。狭窄的水道上架着一座桥，一对泛灰色的竹制大门，茶室的墙边摆着一排长凳，坐在上面可以欣赏外面宁静的花园。这里如同一个时间胶囊，一杯抹茶就能将你带到遥远的过去。

琵琶湖上的最后几天夏日时光，正如天气预报所预测的那样。

鸭川河。如果你沿着这条河的西支流向北骑行，路过下鸭神社后，你就会到达另一个世界。这里的河岸宽阔而安静，只能听到水流的声音，四周绿意盎然，其中点缀着黄色和红色的花朵，铃木草像细绒毛一样柔软。鹤群在浅滩上缓缓穿行，还能看到白鸭和在上空盘旋的鹰，长草丛里爬着草龟和蛇，有时还有鹿。我在一家有机咖啡店吃午餐，然后躺在鸭川河沿岸树荫下的长椅上。我凝视着上方的鹰、白云和蓝天。我读了一本名叫《穷出风格的技巧》的书，这是曾教过我的一位教授安娜不久前送我的礼物。我觉得这样的幸福简直是不可能实现的。

我讨厌的事物

令人窒息的酷热，以及时差导致的头痛，至今头痛还没有缓解。

修订女性杂志的采访记录。这样的事情竟然唤起了内心的自我厌恶情绪，为什么我说起话来像个口齿不清的糊涂蛋？

倒时差和头痛时所做的事情

我把包落在了公交车上，我的电脑、相机、日历、钱包都在里面。我当时惊慌失措，感觉胸口就好像开了个冰冷的大洞。已经下午六点多了，我不会日语，不知道该往哪里打电话。我给金和蕾纳发送了电子邮件，请他们给公交车站打电话；和艾里斯一起去了警察局（艾里斯特意为这次旅行学习了一些日语）。第二天收到通知，我的包在北部地区的一个公交车站找到了。我就像一个可怜的孩子，带着一张纸条去了那个车站，艾里斯在纸上写了我可能会用到的日语短语。袋子里的所有东西都在，只有上面的香蕉皮被礼貌地丢弃了。

生日。我到这里已经一个多星期了，仍然感到异常疲倦、头痛、脾气暴躁。从理论上讲，一切都很好，但我真的受不了这种闷热的天气。我做任何事情都提不起兴致，就像到了澳大利亚的伊莎贝拉一样抱怨个不停。

下午，母亲打电话给我，我的侄女们通过聊天软件给我唱生日快乐歌。母亲告诉我，97 岁的奶奶晚上去洗手间，没关手持花洒，还睡在了床底下，因为"雨下得好大"。早晨，护理工在床下找到了她。开了一整夜的手持花洒，对屋子造成了严重的破坏，水把镶木地板都淹了，需要进行大规模的重新装修。我们需要把奶奶送进疗养院，她很可能再也不能回到自己家里了。

晚上，比阿特丽斯和我在河边一家很棒的烤鸡肉串餐厅吃晚餐。比阿特丽斯谈起她与一个男人之间的恋情。我觉得这听起来像一部古希腊戏剧，又如同一场梦，我难以想象这一切怎么可能真正发生。但是，我又是如何成为一个会怀疑人们的爱情故事，而且认为坠入爱河是种病的人呢？

也许我才是那个得病的人。我开始琢磨自己是否能找到艾达、伊莎贝拉、玛丽和凯伦在我的生日这天都在做些什么。我翻阅了她们的日记、信件和旅行书，寻找有关这个日期的所有线索。

我发现，1848 年 9 月 28 日，艾达正在她第一次环球旅行的返程途中，从俄罗斯前往维也纳。那是在她登上这艘即将穿越黑海的轮船的前一天，它停靠在雅尔塔，当时那里是一座五百人的小村庄。她很快就要 51 岁了。

1873 年 9 月 28 日，伊莎贝拉刚刚抵达位于落基山脉的埃斯蒂斯公园。在那里，她开始给妹妹写第一封信。这封信落款上的日期是"埃斯特公园！！！9 月 28 日"。当年 41 岁的伊莎贝拉激动不已，她刚刚遇到了落基山吉姆——他也许是她一生中唯一热烈地爱过的人。经过 10 个小时的艰苦骑行，坐下来写字并不容易，她坐在移居者的小木屋里这样写道，九月的山区空气澄澈清新。当时玛丽很快就要 11 岁了，艾达已经去世了。

1895 年 9 月 28 日，玛丽刚从喀麦隆火山上下来，在西非海岸休整。那是她从山顶回来的前一天，她是有史以来第一位征服喀麦隆火山的白人女性，那年她 33 岁。晚上，她坐在房子的门廊上，一边想着"我为什么要来非洲？"，一边构思出了那个有名的玩笑。那时的伊莎贝拉 60 多岁，正在中国或韩国甚至在日本的某个地方旅行。那时凯伦 10 岁，还住在丹麦的家里。

2014 年 9 月 28 日，我在吉田山斜坡上的房子里，坐在榻榻米地板上，一边想着艾达、伊莎贝拉和玛丽的事，一边写作。我能听到外面的蝉鸣，这时我 43 岁。

我想比较一下她们的生日。

玛丽于 10 月 13 日出生。

艾达于 10 月 14 日出生。

伊莎贝拉于 10 月 15 日出生。

这三位环游世界的女性的生日是紧挨着的三天。她们都是天秤座，和我一样。这意味着什么呢？

看不见的神秘线索编结成网，在我的脑海里缓缓展开。

我陪比阿特丽斯度过了最后一天，明天她将启程回德国。傍晚时分，我们沿着祇园艺伎街散步。街上的传统茶舍里，这个正在消失的职业的代表，擅长艺术、对谈、跳舞和唱歌的专业人士仍在招待他们的顾客。显然其他人也都来到了这里，晚上六点，花见小路上出现了令人难以置信的事，游客们像狗仔队一样目不转睛地看着可怜的艺伎们。我们看到两名艺伎从一个著名的老茶舍里走出来，当她们上了出租车等待同行的其他人时，游客们像鬣狗一样围着她们，相机闪光灯闪个不停。一位日本导游带着他的旅行团在另一家餐厅外面等，当一位年轻的艺伎学徒终于走出来时，导游一边大喊一边摇着手指："舞伎！舞伎！小姑娘！小姑娘！"游客贪婪地冲上去拍摄照片，他接着喊道："你们满意了吗？小姑娘！"可怕。我觉得真恶心。我不知道艺伎每天在这种环境下怎么工作。像马戏团的动物一样被围观和嘲弄之后，她们第二天怎么能重新振作起来呢？我想不出比这条街上的平庸人群的歇斯底里和艺伎们的极致高雅之间更强烈的对比了。

不过，我不是也来到了这里吗？我沿着这条街走过去，就是为了一窥她们的身影。

根据预测，一场来势汹汹的台风将袭击日本，金给我们发送了一封电子邮件，提醒我们给窗户和门开一个小缝，以免房子因为某个角落积聚过大的压力而爆炸。在等待台风期间，我和入侵厨房的巨型蟑螂进行了一场战斗。

晚上，我读了比阿特丽斯在我生日那天送我的有关忍者的书，然后早早睡下了。外面已经在下雨，一股浓郁的泥土味通过敞开的推拉门飘进来，湿气已经渗入了我的蒲团。我尽量不去想这段陡峭的山坡是否有滑坡的危险。

第二天早晨，我发现台风绕过了京都，却猛烈地冲向了东京。航班和火车被取消了，地铁站因泥石流而洪水泛滥，学校被关闭，政府敦促居民搬到指定的避难所。我无故想起了安藤广重的《江户百景》系列中的第 58 号木版画。画面中一场倾盆大雨突然倒在了走在桥上的市民们头上，整个画面都被大雨覆盖，人们躲在伞下，猫着腰，步履艰难。

我想每天更新旅行日记，但是我白天会去各种地方，见各种人，被各种信息轰炸，一天结束后真是累极了，在这种情况下强迫自己每天晚上都写日记非常困难，尤其是在外面的高温和持续的头痛让我感到很不舒服的时候。

"写作太难了，"伊莎贝拉也在 1873 年 3 月在夏威夷写给姐姐的信中说，"我觉得我已经失去了描述任何事物的能力，即使写了别人也看不懂。"

不久之后："基拉韦厄火山①口小屋！！！6 月 5 日，星期三晚上。一想到所有可能发生的事情，我就激动得直发抖。这封信怎么可能写出来呢，我累极了，随时随地可能会睡着。"（伊莎贝拉，1873 年 6 月 5 日于夏威夷。）

"我不知道该怎么写信。骑了一整天马之后，我又困又累，真的提不起笔。"（伊莎贝拉，1873 年 10 月 23 日于落基山脉。）

"我写不出描述广州的文章，因为有太多话要说，而且我总是要么直接昏倒在床上，要么累得写不出字来，也做不到'好脾气'……我真希望自己更坚强些！"（伊莎贝拉，1879 年 1 月 5 日于中国。）

尽管如此，伊莎贝拉每天晚上都会写作，艾达和玛丽也一样。我

---

① 一座活火山，位于美国夏威夷岛东南部。

想象着其他人都进入了梦乡时，她们独自在烛光下写到深夜，凭借着一种永不妥协的意志力，一页又一页地写下去。

在我看来，旅行的重点就在于此——去看，并写下你看到的一切。奇怪的是，当你用笔写下自己的见闻时，世界会变得更加奇妙和有意义。你只有动起笔来，才开始理解这个世界。

女性榜样的建议：

每天晚上都要写作。

我知道，我知道。我会强迫自己。

我决定做点有用的事情，至少要做一件有用的事吧！于是我为了读到一位名叫江马细香的女性榜样的故事，花了一个半小时穿越整座城市，来到日本国际文化研究中心的图书馆。江马细香（1787—1861年）是江户时代的日本诗人、书法家和画家，一生未婚，住在琵琶湖附近父亲的家里，偶尔来到京都与男性诗人同事们会面，和他们一起徒步到山上赏樱、喝葡萄酒和作诗。她不是一位外在行为激进的环球旅行家，而是一个安静的激进分子；她不关心江户时代的女性做什么合适，而是一直在做她想做的事。我经常在晚上想起她柔和的嗓音、平和与沉静的气质、她将一生奉献给绘画的执着、她独自前往京都的旅行、她拒绝结婚的决定，她被葡萄酒、隐居生活和月亮深深吸引。在她的诗歌中，我们能够看到她作为一位女性从少年到中年再到老年的变化。我想起她超凡的智慧，她意识到经历了躁动不安的情绪之后，一定能够获得平静，因为没有任何一种情感能够保持永远不变。

有一天，我翻阅着在日本研究中心的书架上找到的一本书，讲的是江户时代的女性旅行日记，突然发现了一个伪装成微不足道的细节的宝藏。书里写道，在江户时代，日本女性需要得到旅行许可才能从一座城市去往另一座城市。这种要求的主要原因是，由武士统治的幕府为了确保封建领主们的忠诚，把他们的妻子和孩子作为人质关在江户（如今的东京）。幕府必须严格看管这些女人，不让她们逃回家。女性旅行日记表明，出去旅行的最大的难处就是获取旅行许可，以及需要在称为"关所"的特别检查站接受专为女性安排的官方检查。获得旅行许可的过程极其复杂：在申请表中，必须明确写出女性的身份、同行的人数、运输工具（马、牛、车）的数量、出发地点、目的地、申请人姓名（例如在乡村地区，这种申请可能需要由寺庙住持提出）、女性的社会地位、她的母亲或女儿的身份、是否怀孕，以及她的牙齿是否染成黑色。检查站会对女性进行身体检查，包括梳理头发，还要进行审问。如果任何答案与申请文件中给出的细节不同，她就必须回去重新提交申请。如果一位女性试图在没有旅行许可的情况下穿越边界，那么她的惩罚甚至可能是"被当场钉死在十字架上"。许多妇女在旅行日记中抱怨，在获得了旅行许可之后，如果生病了或想回家，也不能更改旅行计划，令人烦扰。到了江户时代末期，这些检查已经不那么普遍了，大约在同一时期，出现了越来越多的叛逆女性未获得许可就出去旅行的故事。如果她们决定在行程中增加一个未在许可证中列出的目的地，她们就会抓着树根和石头爬上陡峭的山坡，绕过检查站，还会付钱找一个向导将她们带到边境站的另一侧。统治阶级女性的旅行许可叫作"关所手形"，普通女性必须携带一种更简单的许可证，上面列出姓名、居住地和她们的母亲或女儿。许可证上要填写晚间住宿地址，以免旅客在日落之前还没有到达目的地，还要填写意外去世的情况下如何安排丧葬。有时，许可证上会明确写出，如果旅行者不幸身亡，无须通知其家属。

　　旅行许可上真正的亮点在于妇女身份的问题。申请要求明确写出这名女性是道姑、武士或宫廷贵族的遗孀或姐妹、伊势神宫①的尼姑，

---

① 位于日本三重县。

还是小姑娘（身穿袖长及地的和服的年轻女孩）、疯子、囚犯或尸体（想想看！）。

尸体！

在京都的这几周以来，我一直莫名其妙地情绪低落，完全不知道为什么。我感到疲倦、精神萎靡、喜怒无常，这一定是高温天气造成的。我还会突然觉得沮丧和恼火，我想要找出这些情绪形成的原因，从而摆脱它们，但它们不仅没见减少，反而还在不断增加。我开始为来到京都感到后悔，就好像我在芬兰酝酿出来的写作激情，因为我无故来到这里而消磨殆尽。我来这里做什么呢？我既没有金钱资本，又没有时间资本来这里享乐！最糟糕的是，这场享乐之旅一点乐趣都没有！

不过现在，我发现了江户时代的女性旅行证，这终于给我的日本之行赋予了一个目的。这样的信息是找不到的，你甚至不知道该怎样去寻找它，因为你甚至都不知道它的存在。正是因为我没有计划就来到了京都，无所事事地四处闲逛，无奈之中试图想出一个来这里的理由，我才意识到这其实是一场幸运的意外相遇。为了"意外"发现它，我首先必须浏览大量不能给我带来任何灵感启发的学术研究（包含"话语"这种词的东西怎么会给任何人以灵感呢？），同时还要因为读不出任何东西不断地责怪自己。

自从我意外得知自己拥有这样一项宝贵的发现，一切都显得更有意义了。我顺着一条刚出现的有趣的线索向前摸索，却不知道它可能会把我引向何处。我收集了各个女性榜样的奇闻逸事，将它们串联成线、编织成网，跨越几十年时间和世界上的几个大洲。我看到的是凯伦在前往非洲的蒸汽轮船上，伊莎贝拉睡在日本山区村庄中满是跳蚤的榻榻米上，玛丽在热带丛林中的河里沐浴，艾达发着高烧睡在船长桌下，江马细香带着旅行许可证和用风吕敷（日本包袱布）包裹着的毛笔与砚台前往京都，在边境站勾选自己的身份：（ ）尼姑；（ ）宫廷贵族遗孀;( ) 精神错乱;( ) 尸体。

最终,这项珍贵的发现有了意义。

我去京都的理由可以是单纯觉得想去。

我不需要向任何人申请旅行许可证。我没有被扣为人质。我不必勾选自己的身份。我的心理健康状况可能会有点问题,不过没关系,因为我不需要通过抓着树根爬山绕过边境站。我可以穿着任何衣服走过机场的出入境检查站。

日本江户时代的女性没有这项权利,世界上很多其他地方的女性也没有这项权利。至今仍有许多女性没有这种权利。

与此同时,我却可以随意待在这个充满幸福和快乐的城市里,随心所欲地做或不做任何事。

我这么做了。

有一天,我漫无目的地骑着自行车,发现了一条从未走过的冷清街道,道路两侧排列着美丽的町屋,也就是日本传统风格的联排小楼。通往茶舍的门廊上挂着红白相间的纸灯笼,上面有三个红色的圆环,那是宫川町艺伎的标志。茶馆之间挤着小小的蔬菜店、豆腐店和美发店。门前的老妇人打扫着人行道,尽管路上已经一尘不染。周围很安静,我听见有人在一扇敞开的门里面一边拨弄三味线(一种日本的三弦琴)一边唱歌,也许是舞伎在练习。我想,这大概就是京都最好的地方了,偶然遇见一条安静美好的小巷,就像拥有了一个没有人知道的秘密。

就这样,到了晚上,我来到宫川町[①]艺伎的祇园甲部歌舞剧院前,买了一张演出票。我周围的街道上站着穿着高雅的日本绅士和他们穿

---

① 日本京都市的一处花街。

和服、木屐、顶着传统发型的妻子们。四处都能看见艺伎和舞伎，她们陪客户一起观看表演。目之所及没有一个游客，这个场景与几个街区外的花见小路上的狗仔队地狱之间的反差惊人。我站在剧院的台阶上，悄悄研究了两个长相甜美的舞伎，她们简直就是优雅本身。当然，我不会一直盯着她们看，但是我的目光扫过她们的频次还是太多，或者在她们身上停留的时间太长了，结果其中一名舞伎直视着我的眼睛，缓缓低下头向我致意。我顿时呆若木鸡，仿佛一头蠢笨的大象或一个衣衫褴褛的野蛮人看到了最美丽的女人，甚至连向她回礼都做不到。我咳嗽了一声，脑袋奇怪地扭动了一下（为什么没有人教过我如何回复舞伎的致意？！），差点哭了出来，因为一位童话故事中的人物真看见我了！

演出美妙极了。到了晚上，我想起了这些如梦似幻的女性榜样们，她们来自一个正在消失的世界。

后面还有更多美好的事物在等着我——在妮可位于禅寺里的瑜伽馆度过三天时间。我一走进禅院，就感觉到一种深沉的宁静，外面的世界仿佛都消失了。我拥有一个美丽的榻榻米房间，可以欣赏窗外的假山花园景观。我们在禅寺主殿的榻榻米地板上做瑜伽和冥想，透过滑动门能看到外面的花园，有时也会走出殿门，在周围环绕的木长廊上训练。空气十分新鲜，微风轻抚我的皮肤，脚下光滑的木板是温暖的。午餐是完美的日式素斋，榻榻米上摆放了一排红色的矮托盘桌，每一道小菜都装在亮红色的漆碗中。寺院住持的妻子为我倒上僧侣们最喜欢的"茶"，热水中浸泡着锅底烧煳的大米，和玄米茶一样散发着烤米的香气。晚上，我们轮流在风吕屋^①里沐浴，睡前，我会在外面再站一小会儿，欣赏月光下假山花园的阴影。

第二天早上六点，我们起床开始冥想。禅寺住持敲起了锣——

---

① 公共浴池，澡堂。

铛，铛——接着我们做了一会儿瑜伽，沉默了一会儿，在禅寺里缓缓地走来走去，袜子蹭在榻榻米上发出沙沙声，就像穿着拖鞋的住院病人的脚步声。我们安静地吃着漆碗装的午饭，眼神空洞，缓缓地、小心翼翼地咀嚼着食物，然后安静地坐在茶室里，一声不响地望着岩石花园里倾斜的沙地，想象着我是一座山，是水流中的小石子，像石头一样沉静，噢，我是一阵风……

然而外面的世界仍然试图侵入禅寺的高墙，电子音响在轰响，扩音器发出噪声，听起来像正在进行某种体育赛事，救护车的警报声，交通信号灯为盲人发出的提示音……我试着将注意力集中在风的低吟和鸟的鸣叫声上，但是这很困难，噪声污染让外面的世界听起来一团混乱。而这恰恰是冥想的意义，学会不让自己沉迷于世界的各种刺激中，任它们从身边经过，不激起一丝涟漪。

同情自己和他人。

即使不太愉快，也要去努力了解真实的自己。

明智地使用你的能量。

不要执着于肉体和精神。

最重要的是，不要过度依恋自己的身份，或者以为那是一成不变的，因为它一直在变化。

这种想法真是一种解脱，走出想象中的自我的外壳，丢下它，就像扔掉戏剧面具一样，变成一个鲜活的、真实的、新的自己。

回到现实世界后，我与朋友们度过了完美的一天。我来到位于京都郊区琵琶湖岸边的塞布和蕾纳的旧木屋，见塞布在火车站等着迎接我。在去他们家的路上，我们在山脚下的一个小公园停了下来，塞布吹奏着他的尺八笛。那首乐曲叫作《鹿泣》，听起来音如其名。我注意到塞布已经开始穿传统僧侣的衣服，蓝色棉质上衣配裤子，而且他在

讲英法混合语时经常插入日语单词和发音。他看起来很疲倦，显然他们一岁的女儿卢娜折腾了他们一整夜。我给他讲了禅寺里的美好经历。塞布说他梦到了一个静修所，他一个人在某个山洞里冥想了一个月，有人每天来送一次食物。我笑了，但是他讲得很认真。像山中的隐修士一样隐居静修大概是他最大的梦想。

我与塞布和蕾纳一起开车到附近的寺庙村，这里的一切都古色古香，就像被装进了一颗永恒的时空胶囊。我们在一家小餐馆停下来吃了釜饭，桌上固定的小锅里装着米饭和肉。我们可以看到窗外的传统花园，里面有一条蜿蜒曲折的溪流。可爱的小卢娜在榻榻米地板上玩耍。隔壁寺庙的住持曾经住在这栋房子里，但如今没人想住这样的房子了，因为落地滑动门的上部是纸糊的，冬天冷得要命。

吃完饭后，我们爬到一间附近的神社。这是个神秘的地方，就像被整个世界遗忘了一样，据说它自古以来就一直在保护京都免受东北地区邪灵的侵害。参天大树和神社背后高耸的比睿山让我们感觉自己非常渺小。神社后面有一道清澈的、水流翻滚的瀑布，山上冰冷的水流入了周围的水道和河流。树林里有一个废弃的茶舍和一间破旧的旅馆。这个地方感觉好不真实，有一种无处不在的能量在涌动，直冲云霄的雪松中、山洞里、地球的电磁场中……我往肺里吸满了这种能量。

我们还去了山侧面的温泉，蕾纳做了晚饭。朋友、竹笛、许多小碗盛的食物、偏远山区的神社、瀑布、温泉浴——这趟旅行的任务完成了。一轮新月下，我从火车站骑车回家，感觉既疲倦又快乐。

在京都的最后一天，我将这次旅行收集的所有科学样品装进一个箱子邮寄回家，包括几千克散发着香气的茶叶，色彩斑斓的风吕敷，书籍，茶碗，京都特色的奶奶绗缝羽织外套，我在寺庙市场上找到的木制托盘，图案精美的塑料文件夹，琵琶湖浅滩上的贝壳，仔细地压在我的笔记本纸页之间的长松针和银杏叶。我想象着那个带有我名字的包裹，在半挂车上沿着丝绸之路走了几个月，横穿亚洲大陆，一直走到赫尔辛基。我意识到，尽管我非常喜欢这些物品，但其中没有一件会以我的名字命名。

天气温暖，万里无云。我到鸭川河岸边躺了一小会儿，看鹤群，听水流的声音。我呼吸着凝结在京都空气中的幸福气息，希望自己能永远待在这里。

在飞往赫尔辛基的飞机上，从舷窗向外望去，我看到了戴着一圈云朵冠冕的富士山。芬兰正处于多雨的 10 月，潮湿的冷雾和倒时差的痛苦正在前方等着我。

几天后，让我感到焦虑的女性杂志上市了。我穿着亮片高跟鞋站在那里，凝视着砾石，一脸迷惑的表情。

读早报的时候我注意到妇女杂志上面有一整版最新一期的广告。杂志封面上的标题是——时装设计师米娅·坎基玛其："我们是充满激情的物种。"一口玄米茶呛住了我，真是难以置信！

事情是这样的，制作这期杂志的关键人员被解雇了，一片混乱中，他们不小心忘记替换广告上的假标题，报纸就付印了。主编给我发了一封致歉邮件，问我是否在家，她能不能送一瓶香槟来道歉。我说我在家。在等候送香槟的人期间，我回复了那些惊讶的朋友们，他们都在问我最近为什么突然换了职业。

【寄往喜马拉雅山的信，用磁铁固定在冰箱门上】

亲爱的亚历山大莉亚夫人：

如果我的消化系统像您一样就好了，我还想要您的胰腺功能和血糖调节系统，或者不论什么身体机能，能让您在几乎没有食物的情况下游历喜马拉雅山。反观坐在赫尔辛基的一室公寓里的我，如果想避免因头痛或恶心而瘫倒在床上、什么都不想做，就必须至少每四个小时准备一次食物或小吃。

所以，如果您能尽快将消化系统寄给我，或者如果没有条件的话，

请让菲利普先生尽快到突尼斯^①去寄一份特快专递。如果菲利普先生也能寄出一笔数量可观的钱（比如能让我撑过年底），那么我将不胜感激。我意识到写这本书所花的时间比预期要长，但是继续写作是至关重要的。我很快就能找到解决方案了。

M. K. 谨上

【给内莉·布莱的电报，寄往内莉·布莱的火车】
（随信附上十二朵红牡丹花）

亲爱的内莉：

  我很快就要踏上另一段旅途，正在准备开始最艰巨的任务——收拾行李，所以只能匆忙地写下这张便笺。你的手提包一直在我的脑海里挥之不去。你怎么可能在那么小的包里装下两个半月环球旅行所需的一切？你会考虑为环球旅行的女性开一堂行李打包课程吗？如果我能上你的课，而且学费合理，我甚至愿意为此去一趟纽约。（再加上，如果我能把东西都塞进包里的话。）

  另：纽约在哪儿？

你的 M

---

① 突尼斯共和国，位于非洲大陆最北端。

亚历山大莉亚·大卫 - 妮尔

建议五：沿着你该走的道路向前走，不要回头。

> 职业：任性的女权主义者，后来出家成为尼姑，同时是旅行家兼作家。
>
> 经历：1924 年，她成为第一位进入拉萨的白人妇女，当时假扮成了一名乞丐。

对于那些内心不够坚强、无法充分掌控自己的情绪的人来说，避免进行这种旅行会更明智些。

——亚历山大莉亚，1923—1924 年冬季徒步翻越喜马拉雅山脉前往拉萨途中

我不相信自由意志。我只是沿着该走的道路向前走。

——亚历山大莉亚，1914 年印度，当时丈夫正在为我不回家而恼火

从京都回来后，我晚上一直在想亚历山大莉亚·大卫 - 妮尔。我非常羡慕她获得了我梦寐以求的成就，取得了令人难以置信的成功，途中完全没有想过要回头。我还想到她实现了我那个永远不离开寺庙的梦想，可以待在那里冥想和领悟。另外，她以一种多么荒谬的方式实现了许多旅行者的愿望，那就是在途中变成另一个人。还有，足够的意志力能够取代任何事，甚至包括均衡的饮食需求。

有时候，我真想把她从脑海里赶出去。问题就在于，尊敬的大卫 - 妮尔夫人有点太特殊了，根本不符合这本书的范畴。出去走走吧，我告诉她，但亚历山大莉亚拒绝离开，而且我也不知道该如何删去这样

一位特别的女性榜样。

亚历山大莉亚·大卫-妮尔（1868—1969年）生于比利时，是一个精力超级充沛、意志坚强、顽固任性的人。她向往野外的山脉和坚不可摧的冰川，少年时期就曾独自出国远行。她20岁时开始对佛教产生兴趣，前往巴黎学习神智学、梵语和音乐。1891年，她第一次前往印度，两年后回国，把祖母留下的遗产花得分文不剩。她决定靠唱歌维生（当时那是一位25岁未婚女性为了养活自己可做的少数受人尊敬的职业之一），然后作为歌剧演唱家前往印度半岛进行巡回演出。除了演唱歌剧，她还四处旅行、讲学、撰写激进的女权主义文章发表在报纸上，基本上过着自给自足的独立生活。她不想承担夫妻生活的重负，更不用说拥有子女了。

但是，在去突尼斯演出途中，她遇到了保守传统的铁路工程师菲利普·尼尔，并决定与他结婚。他们的故事算不上爱情故事。亚历山大莉亚已经35岁了，作为一位接近中年的女性，她的确需要确保自己有稳定的经济支持。有几年时间，她努力成为一个优秀的资产阶级妻子，但不怎么成功，她得了抑郁症，感到恶心、头痛和神经痛。她给丈夫写信说，他是她在这个世界上唯一爱着的人，可是她不适合婚姻生活。

她真正渴望的是了解更多西藏佛学和神秘教义的知识，后来她的丈夫终于建议她去亚洲进行一次疗愈之旅。菲利普承诺资助她为期一年的印度考察之旅，也许是认为他的妻子回来之后就能变成一位理想的配偶？亚历山大莉亚立即抓住这个机会，宣布她将即刻出发。事实证明，她于1911年8月从突尼斯乘蒸汽轮船离开，甚至没来得及向丈夫告别。

亚历山大莉亚穿过印度，最终到达了位于印度东北角、离西藏边境不远的锡金，她打算在这里学习佛学。亚历山大莉亚第一次在喜马拉雅山旁搭帐篷睡觉，看到西藏高原边界上庞大的冰川，地平线上白雪皑皑的群山在阳光下闪闪发亮，她感觉自己已经抵达了真正的目的地。她写道："经过漫长又无趣的跋涉，我感觉好像回到了家。"那时她 44 岁。

一年后，亚历山大莉亚没有像她丈夫所期待的那样回到家里（在此期间她的丈夫饱受折磨），而是去做了很多人梦寐以求的事情，那就是放弃回程票，背弃她的承诺，清空日程，留在了那里。这一待可不止几周或几个月，她的旅行期限延长了整整十四年。如果有人热切地想弄清楚她从哪里得到的经费，请看这一条女性榜样小贴士——如果你想将旅程延长十四年，请紧紧抓住自己的丈夫。

即使他们再也不会像夫妻一样生活在同一个屋檐下，菲利普仍然继续资助着亚历山大莉亚的旅行，直到他去世。菲利普不仅是她的钱袋，而且是她与欧洲之间的重要纽带。几十年来，亚历山大莉亚几乎每天都给丈夫写信。她的信有 3000 多页留存至今（尽管她曾下令将绝大部分信件烧毁）。她不断地从亚洲的各个角落寄回很多大箱子，里面装满了她的解释、书稿和要在报纸上发表的文章。可怜的菲利普一遍又一遍地恳求妻子回家（有时候他觉得耐心已快耗尽了），不过他依旧乖乖地给她汇款，寄送她需要的各种东西，包括她最喜欢的和服、六双棕色长袜、又长又厚的羊毛背心（最好是红色的），一本实用的医学书、解剖学和体操书，她的珊瑚和琥珀首饰，以及其他贵重宝石和次等宝石（她用它们换东西）。菲利普在回信中收到了关于健康、饮食和商务方面的无穷无尽的指导。真难以置信，亚历山大莉亚竟然能将这段对她如此有益的婚姻维持十四年，一遍又一遍地解释为什么继续研习有那么重要，她怎样即将找到自己内心的宁静，让自己彻底恢复健康，怎样正在实现自己的伟大梦想。"我最亲爱的小穆希，离婚是不可能的，我比以往任何时候都更爱您。"亲爱的亚历山大莉亚，您真是天才。

对于当时的欧洲人来说，到西藏旅行是很时髦的事，亚历山大莉亚也很想去那里旅行。19 世纪末，西藏的边界关闭了，山口被严兵把守，许多尝试入藏的人都未能进去。亚历山大莉亚有几次试图从印度偷偷溜过边界，但每次都不得不折返。这件事令她非常恼火。那么，我们这位决不动摇的优秀女性做了什么呢？她发誓要成为第一位进入拉萨的白人妇女。她将向世界展示一个女人的力量！

她花了十三年的时间，终于成功了。在这期间，她全身心地沉浸在亚洲人的生活方式中，学习藏语和梵语，开始收集和翻译各种经文和手稿。她在喜马拉雅山的一间寺院里学习了佛学和藏传瑜伽，像隐修者一样在山洞里生活了很长时间，以最严苛的方式进行冥想，最终取得了法号"智灯"。她热爱隐居生活，对她而言，没有什么比穿着修女装束、过着禁欲生活更奇妙的感受了，割断一切纷扰，独自一人享受着山里无边无际的寂静。（亚历山大莉亚，我能理解这种生活的吸引力。）在山上的修道院里，智灯遇到了15岁的庸登喇嘛，让他成为她的向导和终生旅伴，后来还收他作为义子。

即使亚历山大莉亚曾经考虑过重返欧洲，但第一次世界大战的爆发为她回家造成了障碍。1916年，亚历山大莉亚和庸登决定向东走，他们经过加尔各答到达缅甸、法属印度支那、日本和韩国，然后到了中国。亚历山大莉亚随身带了27个行李箱，里面装满了旅行用品、书籍、手稿、笔记和照片底片，她显然无法舍弃这些俗世的物品。亚历山大莉亚全程都在表达她对西藏的想念，"尽管那不是我的祖国"。他们在中国的藏传佛教寺庙塔尔寺住了两年半，研究和翻译佛经，亚历山大莉亚不断练习，她的藏语日臻完美。（这也是我所羡慕的——能够在寺院里平静地工作。）1923年冬天，他们决定打扮成乞丐，动身前往他们的秘密目的地——拉萨。

亚历山大莉亚和庸登有充足的时间制定策略，他们决定以母子的身份入藏，亚历山大莉亚假装成阿霍帕，即常见的乞丐朝圣者，她的"儿子"庸登扮成喇嘛（他本身就是喇嘛）。他们经过极为艰辛和危险的长途跋涉，从云南省出发，翻越大雪覆盖的喜马拉雅山，抵达拉萨

（全程 600 英里），历时四个半月。请不要忘记，亚历山大莉亚当时已经55 岁了。

为了打扮成一个真正的乞丐，亚历山大莉亚只能携带很少的物品，所有可疑的东西都必须藏在长袍底下。她的装备包括烧水壶、两把勺子、一把刀、筷子、两个碗、火种，长袍里藏着的一把左轮手枪，皮带里塞着的一些黄金首饰和银币，以防他们需要支付赎金，还有温度计、时钟、迷你指南针和一条由 109 块人头骨制成的念珠。他们把地图和沿途的笔记藏在她的牛皮靴子里（尽管他们很快就意识到这些地图基本派不上用场，因为从来没有一个西方人徒步穿越过这片地域）。亚历山大莉亚的西藏乞丐打扮可谓绝妙，毕竟她在当歌剧歌手时学会了如何扮成不同的角色。她用墨水染黑了头发，用黑牛毛编成小辫子，用可可粉和煤渣把脸涂成棕色，然后在热水壶的壶底把手抹黑。融入当地生活、成为当地人是每个背包客的梦想，而亚历山大莉亚在这方面达到了新的高度。

在途中，他们的主要目标是不被逮住，因而一开始，他们就避免白天赶路，只在每天日落时分才出发，趁夜色行进。他们大多数时间在户外睡觉，有时在树下，有时在山洞或帐篷里，白色的帐篷在雪地上几乎看不见。他们几乎没什么食物，有时甚至一口都没有，而且他们的饮食结构确实很简单，每天只吃一顿饭，可能是加少许酥油和盐的酥油茶，或者是一碗可能有条干培根的汤配一小块糌粑（一种烤制大麦粉，与咸酥油茶混在一起吃，或者揉成一团面糊）。

亚历山大莉亚，在这里我必须对你表示钦佩。我承认，我是一个弱女子，绝对不可能在喜马拉雅山里跋涉四个月，以酥油茶、大麦面团和清汤（基本上就是水）为食。出行的第一天我就会崩溃。

亚历山大莉亚和庸登坚持不懈地向前行进，走了一周又一周，一个月又一个月。亚历山大莉亚喜爱那色彩鲜亮的西藏草原和山坡，高得令人眩晕的山脉，永恒不变的积雪，开阔的天空，地平线上炫目的光，贫瘠得没有一点绿色的平原，形状奇特的巨石，还有那种除了风声什么都没有的寂静。他们爬过白雪皑皑的山脉，穿越亮晶晶的冰川，蹚过分岔的、水及胸深的河流，拉着绳索跨过裂隙，走过美丽的山谷，有时需要抵御极寒的天气。有一次，积雪浸湿了点火用的火绒，而山上寒冷的夜晚会危及生命。不过，亚历山大莉亚用她从隐士瑜伽大师那里修习的内火呼吸法（通过冥想让体温升高）把火绒烤干了。还有一次，他们在暴风雪中迷路了，庸登扭伤了脚踝，他们不得不躲进山洞。第二天早上，积雪封住了洞口。他们好不容易爬出来后，还要在及膝深的雪地里艰难地跋涉，寻找正确的路径。他们整整三天粒米未进，最后把做鞋底用的皮革煮着吃了。（女性榜样的建议清单中添加一条：在紧急情况下，吃掉你的鞋。）

有时情况会比较尴尬，他们被当地人当作客人邀进家门，而且很多次险些被识破。庸登必须履行喇嘛的责任，比如预测未来、举行仪式、给予垂死者最后的祝福，为了表示感激，这些人会为喇嘛和他的老母亲提供一晚食宿。这当然很难拒绝。他们不能表现出任何惊讶、恐惧或疑虑的情绪，必须装作土生土长的西藏人。每项活动（即使是最亲密的活动）都必须按照当地的习俗公开展现在所有人面前，比如喇嘛的老母亲蹲在房顶边缘解手（上厕所）时，即使有急切地想要帮忙的年轻人拉住她的手，她也不能感到尴尬或突然便秘。他们必须和主人在同一个房间里睡觉，非常担心早上如何按照例行程序涂黑脸部并把装备藏起来。如果需要的话，他们不得不平静地坐在满是尘土、油脂、酥油和痰的地面上，用流利的藏语喃喃念上数小时的经文。妇女们腿上盖着看似多年没洗的手绢和毛巾，将肉放在上面切成小块，而他们必须心怀感激地接受这些肉块。他们必须像穷人一样用手擤鼻子，然后微笑着将手指浸入汤和茶里。他们不得不适应对方的习惯，从不洗碗，只是把它舔干净，如果像亚历山大莉亚那样舔不干净碗，那么第二天早上就得把茶直接倒进碗里，茶里泡着前一晚晚餐的冷冻残渣。他们一直生活在担心被逮住的恐惧之中，比如人们期望乞丐用手指搅动奶茶，而亚历山大莉亚的手指一伸进茶里，上面涂的黑色就会变淡。一天早晨，亚历山大莉亚弄丢了指南针，她大惊失色，四处寻找。如果在他们离开后，房子的主人发现一个没见过的物件，或者当地人在远离村庄的山里找到了它，那么每个人都会谈论它，同时政府会马上搜寻非法入境的外国人。

尽管如此，这两位旅居者从未失去前进的勇气。让我满怀羡慕之情地记录一下亚历山大莉亚身处各种危险境地时发表的意见，请注意，即使拿着放大镜，你在我的旅行日记中也绝对找不到类似的话：

"接下来的日子里将会发生很多事情，精神不如我坚强的人一定会被击垮。"

"没时间浪费在无用的情绪上。"

"我准备向他们展示一个女人的能力。"

"我们来这里不是为了看当地人暴饮暴食的。"

"情绪波动会让我觉得很累，但永远无法阻止我吃饭或睡觉。"

"我们一刻不停地走了十九个小时，没有吃任何东西。奇怪的是，我并不感到疲惫。"

我忍不住想知道她写最后一句话时到底在想什么。

从云南出发四个多月后，1924 年 2 月，两位又脏又累的旅行者终于抵达拉萨，亚历山大莉亚成为取得这一成就的首位欧洲女性。她在信里给丈夫写道："我最亲爱的好朋友，我这就告诉你，我已经完全……成功地完成了上一封信里所写的'散步'。这次徒步旅行对于一个年轻健壮的男人来说都是极其艰难的，而对于我这个年龄的女人来说简直是不可能完成的疯狂任务。"她补充道，"这种事不会再发生了。"另外，她的体重轻了很多，看起来就像一副骨架。"我摸了摸自己的身体，发现已经是皮包骨头了。"

她写信给菲利普说，这座城市本身令人失望。亚历山大莉亚，当然会如此了！在旅行结束时，梦想实现的那一刻不总是令人失望吗？在一趟耗尽心力的旅行之后，你很可能会给丈夫写一些极端的话，无论如何，你来这里只是为了开个玩笑，为了做给那些试图阻止你出发的人看。但是，当旅途带来的痛苦消失甚至被遗忘后，亚历山大莉亚就会认为自己装作乞丐在喜马拉雅山行走的那四个月是她一生中最幸福的时光。

次年，亚历山大莉亚带着庸登终于回到法国，她正式收养他做义子。她的丈夫菲利普一定已经受够了，他说他的房子太小了，放不下妻子的旅行纪念品，更住不下一个年轻人。但是整个西方世界都向她张开了双臂，这位返乡的旅行者受到了热烈欢迎，亚历山大莉亚出名了。在孟买时她就收到了法国和美国报纸发送的电报，请求她在旅途中写一些文章和更多的故事，甚至有记者到巴黎的火车站迎接她。亚历山大莉亚的《一个巴黎女子的拉萨历险记》于1927年在巴黎、伦敦和纽约出版，几年后出版的《西藏的巫术和奥义》在接下来数十年内都受到了狂热的追捧。她总共写了三十多本关于东方宗教、哲学和旅行的书。100岁时，她再次更新了护照，因为她计划去亚洲旅行，即使不能成行，也要为治风湿病去一趟柏林看医生。她没能实现这些愿望。1969年，亚历山大莉亚于101岁生日前夕辞世而去。

法国地理学会给亚历山大莉亚颁发了一枚金牌，授予她法国荣誉军团勋章。但她经历的著名的拉萨之旅始终笼罩着一片奇怪的阴影，因为有些读者质疑整个故事的真实性。出于某种原因，他们似乎无法相信一个女人能够完成这样的旅行。她为什么不绘制一张地图，或者至少详细地描述一下她的路线、中途停靠的地方和具体日期？（或许是因为她还有更重要的事情做，那就是活下来？）为什么没有照片？亚历山大莉亚大概没有携带相机，因为照片会暴露他们的"骗子行径"，但是她的旅行书中有拉萨的照片，这些照片号称是作者拍摄的。这场"造假案"的关键是一张在布达拉宫前面的合影，那是达赖喇嘛的宫殿，前景的草坪上坐着三个人，文字说明他们分别为亚历山大莉亚夫人、庸登和一个拉萨小女孩。从照片上几乎辨认不出亚历山大莉亚，因为她的脸"按照西藏妇女的样子"被涂成了黑色，而且庸登眼睛的位置只有两块白斑，就好像他用黄瓜片盖住了眼睛或者有人把照片上的眼睛涂掉了一样。我不知道这代表了什么意思。如果照片是伪造的，造假者的技术实在是很糟糕。如果不是伪造的，是谁把眼睛涂掉了？

整件事的疑云萦绕在我的心头。在1987年出版的亚历山大莉亚传记和1997年的修订版中，学者们重新整理了文件、地图、信件、过去被忽略的脚注，甚至英属印度的绝密档案，以证明亚历山大莉亚确实访问过拉萨。某位英国官员的笔记本上记录了亚历山大莉亚通过边境站离开西藏的时间，特勤局档案中有大量关于一个代号为"法国修女"的女士的记录，有很长一段时间他们都在关注她的行踪。布达拉宫的照片很可能是由某位西藏摄影师拍摄的（当时那里的摄影师屈指可数）。经证实，亚历山大莉亚于1924年将那张照片作为圣诞节礼物从印度寄给了她的丈夫。

当我在晚上想起亚历山大莉亚时，我被那些与她有关的相互矛盾的信息深深困扰，甚至连最基本的细节都很难确定，而且这种不确定性在我的女性榜样们身上很常见。问题不仅在于历史书经常忽视女性或者留存下来的事实记录太少，还因为这些女人自己也会弄虚作假、歪曲事实，删掉了故事中可能会让她们显得无能的所有细节，包括疾病、自我怀疑、脆弱的时刻、承担差旅费的丈夫、别人拍的照片等，这些都是普通人会遇到的现实问题，也是我想了解的事情。

尽管如此，在这一团乱麻之中，还是有一种力量让我难以忘怀，那就是一种难以想象的意志力。它能够战胜一切困难，而且不是亚历山大莉亚专有的，我所有的女性榜样都拥有这种能量。那些记错了的日期、误解、误译、带着偏见的解释、充满怀疑的评论，在她们强大的意志力面前都不值一提，它就像一束明亮、纯净、压倒一切的光，让人羡慕不已。

最终，我确实在网上找到了至少一种有形的、毫无争议的、可以证明的东西——以亚历山大莉亚命名的茶。你可以买到由巴黎著名的玛黑兄弟茶室调制的"亚历山大莉亚·大卫－妮尔冒险家红茶"，价格为14欧元，另需付17欧元的运费。除了花香，它还添加了胡椒、丁香、姜、肉桂和豆蔻，悄悄告诉你，我讨厌这种加香料的茶，不过我还是订了一罐。也许在某个不眠之夜，我会用它煮一壶茶，加上黄油和盐，再加一点糌粑，然后想象着自己正在和亚历山大莉亚一起翻越喜马拉雅山。如果喝完之后还是觉得饿，我可以再打开一罐李比希浓缩肉汁。

女性榜样的建议：

如果你想做什么事，就马上去做。

及时"行乐"。去追求你的梦想，即使这意味着将为期一年的项目拖延十四年。结果和旅途中的经历最重要。

如果你想悟道，需要住进一个山洞。

按照直觉前进，慢慢来。如果有必要的话，进行伪装。

如果有时境遇艰难、天气寒冷，或者你有点儿饿，没关系，你会活下来的。

不要担心，尽管向前走。"通常一切事情在忧心忡忡的讨论中会显得比实际情况更加艰难和可怕。"（亚历山大莉亚在通向拉萨的大桥上等待检查。）

内莉·布莱

建议六：为了一个好主意不吝投入。
随身携带一手提袋的应对策略。

职业：记者，女权主义者，环球旅行家。

经历：继承了丈夫的生意之后成为实业家和发明家。她只带一个手提包就能环游世界七十二天。

如果你想做，就能做到。问题是，你想这样做吗？

——内莉，1889 年接到环游世界的任务时，距出发仅有一天时间

我承认，我疯狂地迷恋上了内莉·布莱。她是美国调查新闻学的先驱，一百多年前，她投身于为妇女争取权利的事业，并用七十二天环游了世界。最重要的是，内莉是一位具有创造力的天才，《疯人院十日》《环游世界七十二天》《尝试当仆人》《身为白奴的内莉·布莱》都是她的作品，仅仅看看这些故事的标题就已经让我热血沸腾。这是一位能够全身心投入某件事的女性，还是一位才华横溢的作家，她的作品逻辑清晰、行文简洁、风趣幽默。我真希望成为内莉·布莱！

我爱上内莉的另一个原因是，她的行李打包技术很了不起。在某些夜晚，尤其是即将踏上行程之前，我特别想念她。

内莉·布莱（1864—1922 年）原名伊丽莎白·科克伦，出生于一个贫穷的工人阶级家庭，她没有上过学，却擅长从各种有趣的视角写出笔锋尖锐的作品。她对编辑提供的主题（例如园艺、烹饪、时尚和

社交圈）完全不感兴趣，热衷于创作关于社会问题的内容，尤其是女性常会抱怨的话题，比如工厂工人和仆人的工作条件、未婚妇女的社会地位、被遗弃婴儿的命运等。

就这样，内莉想出了她最著名的一个创意。1888 年一个星期天的晚上，身在纽约的她躺在床上辗转反侧，因为第二天早晨她必须向老板，也就是《纽约世界》主编约瑟夫·普利策提出一个故事构思。（如果我的老板真是那个普利策，我一定会被吓得瘫倒在地。）凌晨三点，内莉绝望地大哭了起来，她觉得自己需要休假。她想，我希望我在地球的另一端。叮！一个想法出现了——进行一次环游世界的旅行。叮！她能否以比儒勒·凡尔纳①超火的小说《环游世界八十天》中的主人公菲利亚·福格更快的速度环绕世界一周？一定要查一查，内莉想着想着就进入了安稳的梦乡。

第二天早上，内莉起床后第一件事就是上网——不，去轮船公司的办公室，找了一大堆时间表，仔细研究一番后，发现实际上用不到八十天的时间就可以环游世界一周。她的头脑突然兴奋得嗡嗡响，胃里像有一堆蝴蝶一样，胸口激动得直抖，想出一个绝妙的创意就会有这种反应。

她走进总编辑的办公室。"有什么想法吗？"他问道。"嗯，有一个，"内莉回答，"我想环游世界，我觉得能超越菲利亚·福格的记录。我能试试吗？"结果发现编辑部以前曾提出过这个创意，但旅行者必须是男性，他们认为女性是不可能完成这项任务的，因为她需要带上一名同伴，行李也太多，无法快速换乘交通工具。"好啊，"内莉反驳道，"让那个男人准备好，我去为其他报纸工作，然后我们同一天出发，我一定会击败他。"

一年后，编辑部决定派内莉去完成这项任务。1889 年 11 月，在一个下着雨的夜晚，内莉被请进总编辑办公室。"你能后天开始环球旅行

---

① 19 世纪法国小说家、剧作家及诗人。

吗？"他问道。"现在出发都没问题。"内莉答道。就这样，她只有一整天的时间为旅行做准备。这种情况下有些人可能会感到恐慌，但内莉不会。第二天早上，她走进时尚的戈姆利裁缝店，做了一套旅行装："我想要一件能连穿三个月都不破的衣服，今天晚上就要用。"四个小时后，这套衣服就做好了。她在另一家商店订购了一件厄尔斯特长大衣和在高温天气穿的薄连衣裙。最后，她买了一个像旅行皮箱一样的皮制手提包，她需要将随身携带的所有物品都装进去。晚上，她给朋友们写了简短的信笺进行告别，然后装好手提包。她写道："装那个包是我一生中遇到的最难的事。"那条薄裙子无法装进包里，所以她穿着这条裙子环游了整个世界。

1889 年 11 月 14 日（星期四）上午九点四十分（加三十秒），内莉乘坐奥古斯特维多利亚号从纽约出发。《纽约世界》给了她 200 英镑和一点美元作为旅行基金，没人知道世界上有没有地方会收美元。她把金币装进衣服口袋里，把钞票装在挂在脖子上的小麂皮包里。前方有 28000 英里的环球行程在等着她，而且大部分时间她将独自旅行。然而，内莉站在甲板上时没有感到一丝喜悦。"我能回得来吗？"她满面愁容地想："酷暑、严寒、可怕的暴风雨、船难、发高烧……所有这些令人'愉快'的话题都涌进了我的脑子里。"很快她就晕船了。出发总是艰难的，对于女性榜样们也一样。

不过，在海上航行一周后，内莉就进入了状态，她迅速地依次经过了这些地方：纽约、伦敦、加莱（法国）、布林迪西（意大利）、塞得港（埃及）、伊斯梅利亚（埃及）、苏伊士、亚丁湾（索马里）、科伦坡（斯里兰卡）、槟城（马来西亚）、新加坡、香港、横滨（日本）、旧金山，最后回到纽约。内莉在伦敦的半岛东方轮船公司购买了至少一半旅程的票。（这时她的手提包已经满到合不上了。）穿过法国的火车途经亚眠，她在那里短暂停留了一下，因为儒勒·凡尔纳先生和夫人来信要求与内莉见一面。（内莉感到非常不安。由于旅途艰辛，她看起来很邋遢，而且也没有办法把自己收拾整洁。不过这场会面进行得很顺利，双方一边打着手势交流，一边微笑和点头。凡尔纳夫人非常可爱，内莉不得不抑制住自己想要亲吻她的嘴唇的冲动。）会面结束后，她回到火车上，继续前往加莱。（"如果车窗更干净些的话，我在穿越法国时可能会看到更多的东西。"）到了意大利，内莉想给纽约发一封电报，却遇到了困难，因为电报员根本不知道纽约在哪儿。内莉这样评价印度运通公司的船："那些想被礼貌对待、吃到可口的食物的旅行者绝对不应该乘坐维多利亚号旅行。"内莉在那只可怕的"大桶"里还汇报说，她遇见了一个热爱旅行的年轻人，他说他最大的梦想就是找到一位能不带一大堆行李出门旅行的妻子。没错，这个年轻人自己带了十九个行李箱。

塞得港，苏伊士，亚丁湾，斯里兰卡……到了新加坡，这艘船要在港口停靠二十四小时，内莉已经落后于预定的时间了，她感到很绝望，如果错过了下一艘从香港出发的船，旅行时间又会延长好几天！也许是她对新加坡的不满让她打破了自己设置的购物禁令："我确实在塞得港抵制住了买一个男孩的诱惑！也抑制住了在科伦坡买一个辛加女孩的欲望！但是当我看到那只猴子时，立刻失去了自控力，直接开始讨价还价。我买到了它。"好吧，至少她不需要把它装进手提包里。

在香港，内莉直奔东方与西方轮船公司的办公室，想找到到达日本的最快途径。她的旅行已经持续三十九天了。轮船公司的负责人平静地告诉内莉，她一定会输的。"会输！？"结果她发现《世界》杂志在同一天也派了一位女士去环球旅行，只不过绕行地球的方向正好与她相反，现在全世界都绷紧了神经，想看看谁先回到纽约。"你难道不知道吗？"这位官员问道。"她三天前刚离开这里。你们说不定在马六甲海峡附近擦肩而过。她说只要船只能提前出发，多少钱她都能付。……她打算在七十天之内完成任务。她手上有给轮船公司负责人的信件，可以要求他们竭尽所能让她上船。"

内莉目瞪口呆。她竭尽所能地绕地球飞奔了三十九天，现在却多了一个竞争对手，而且她对此一无所知！她经常往《纽约世界》的编辑部打电报和寄送信件，汇报她的行踪（邮寄的信件要花几周才能到达，所以从严格意义上讲她也不是一直"在线"），这些报道已经传遍世界各地。成千上万，甚至数百万的读者在阅读"内莉·布莱的旅行故事"。结果她却发现所有人都知道她在与另一个女人竞争——所有人，除了她自己！

内莉在中国被困了好几天。由于她只有一身衣服，而且已经连续穿了三十九天，所以她拒绝参加香港人为她安排的晚宴和招待会。她意外地发现那里到处都是富有又帅气的单身汉，于是敦促所有年轻女性尽快乘下一班船赶往亚洲。下一程船的船长同样年轻英俊，他遇见内莉时惊讶不已，因为想象中的内莉是"一个老悍妇"。

书中我最喜欢的一章的标题为"在日本的一百二十个小时"。内莉对横滨、东京和镰仓的评价很有见地："如果我爱上了一个人并与他结了婚，我会对他说，'跟我来，我知道伊甸园在哪里'。"她唯一的遗憾就是没有想到要准备一台柯达相机，那些"柯达爱好者"们人手一台，拍的照片美极了。

她在海上的最后一程是乘坐大洋洲号横跨太平洋到达美国。这段航程经历了暴风雨和各种困难，水手们认为内莉的猴子导致了坏天气，甚至讨论着要把它扔下船。尽管如此，水手们还是尽了最大努力，按时抵达了目的地，他们在船的引擎上写道：为了内莉·布莱，要么赢，要么死。

船只抵达旧金山的时间比原计划晚了两天，不过，内莉发现普利策为她安排了一趟私人火车专列，正等着要带她以最快的速度穿越美洲大陆。此时，全国人民都知道了内莉，每个车站都有一大群盛装打扮的人朝她挥手，为她加油，有时欢迎她的群众甚至达到了万人以上的规模。人们纷纷想要和她握手，欢呼声此起彼伏，一束束鲜花、一篮篮水果和糖果通过窗户被扔进车厢。全国各地都发来电报祝贺，而地址只填了"给内莉·布莱，内莉·布莱的火车"。

内莉于1890年1月25日抵达新泽西州，成为全美妇女的英雄和榜样。她用了七十二天六个小时十一分钟绕地球环行一周，比预期提前了三天，创造了新的世界纪录。（另一位女性旅客被困在了一艘穿越大西洋的慢船上，四天后才到达纽约。）

不过，内莉的伟大成就中最突出的事迹，仍然是仅穿一件衣服，拎着一个手提包环游了世界。这怎么可能呢？

"自从我回来之后，经常有人问我，我在一个手提包里放了多少件衣服。有些人以为我只装了一件，还有人认为我带的衣服是绸缎做的，所以不占地方，其他人则问我有没有在各个港口购买必需品。你永远不知道一个普通的手提包究竟能装多少东西，除非你迫切需要发挥一切创造力将所需要的东西精简到最少。我在包里装了两个……全套的……一个小……几个……大量……还有最占地方却最不可或缺的东西——一罐雪花膏，可以在各种气候下保护皮肤，避免皲裂。那罐雪花膏简直是我最大的敌人，它好像比包里任何其他东西占用的空间都大，并且总是卡在一个让我合不上包的地方。……后来的经验告诉我，我拿的行李太多而不是太少。……有一次，在香港，我被邀请去参加一个正式的晚宴，我很后悔没带一套晚礼服。但是，与路上带一堆箱子的担心和麻烦相比，那顿晚饭的损失不值一提。"

我在晚上想到内莉时会想些什么，应该非常明显吧。

最糟糕的行李打包者前三名

（1）阿丽辛·汀妮

一位极为富有的荷兰贵族，患有旅行癖。于1862年出发寻找尼罗河的源头，当时她26岁。她带着60多岁的母亲、姑妈、两名女仆和过多的行李，包括36箱豪华档生活必需品，装了三艘船。行李内容包括家具、帽盒、茶具（中国瓷器）、银餐具、遮阳伞、皮草、晚礼服、整整一图书馆的阅读材料、镜子、铜版画、五条狗、一架钢琴、帐篷、简易床、毯子、床垫、床单、照相机、洗照片的设备、用于收集和制作植物标本的仪器、画架、绘画所需的所有其他物品、五把左轮手枪和一把普通手枪、够一年吃的食物（装在笼子里的鸡、用来挤奶的骆驼和绵羊、几公斤盐、几箱葡萄酒、干邑白兰地和咖啡）、用于货物交换的 150 公斤玻璃珠、800 根铜棒和 12000 个海螺壳，后来还在尼罗河岸领养了一只没有妈妈的小豹仔，一只豪猪、一只猴子、鳄鱼毛绒玩具，有时会雇佣奴隶（后来阿丽辛付了钱为他们赎身），还带了仆人、搬运工、厨师、向导、翻译和士兵共计 150 人，外加骆驼、驴和马。

他们的行李太多了，这是致命的。装着女人们堆成山的用品的船在加扎尔河地区①迷宫般的沼泽水路里搁浅了，长长的尼罗河沼草和水上漂浮的成片水葫芦让他们好几天都无法前进。雨季将至，这群人需要尽快到达内陆地区，但是这附近找不到足够的搬运工人来扛那么多东西（至少需要 500 个健壮的男性）。当他们终于能前进时，天空下起了倾盆大雨，沼泽地被洪水淹没，热带病和其他可怕的疾病朝他们一行人扑了过来。他们很难找到靠谱的路线和露营地，更不用说为那么一大群人找食物了。他们携带的动物逐渐都死了，重要物品被大雨毁掉。在又窄又滑的小路上，那些穿着漂亮裙子的固执的贵族妇女还坚持要坐轿子，400 名搬运工、150 名士兵和仆人在后面跟着，形容憔悴，又病又饿。

在那次旅行中，阿丽辛周围的所有人都死了，包括她的母亲、两名贴身女仆、一位陪伴他们的科学家，还有她的姑妈。这些人的死因是女性带了过多的行李。

在想起阿丽辛的夜晚，我的脑海中永远是她悲惨的身影——她沿着尼罗河游走，首先是上游，接着是下游，被母亲、姨妈和女仆包围着（她们先是活人，然后变成死人）。最终，她于 1864 年 12 月回到开罗，她的船上装着尸体（和她们的行李）航行了 2000 多英里，历时近

---

① 南苏丹共和国西部地区。

一年半。她只差一点就找到尼罗河的源头了。

几年后，阿丽辛本人在撒哈拉沙漠无情的环境中死去了。显然，包括 50 个人和一大堆行李的骆驼商队对当地游牧民族来说是非常诱人的目标。

（2）梅·法兰奇·谢尔顿

法国文学翻译家、女商人和女权主义者，后来成为探险家，英国皇家地理学会会员。1891 年，43 岁的她攀登了乞力马扎罗山，因为她想证明，男人做的任何事，女人也都能做，甚至会做得更好，所以她被称为"疯梅"和"布瓦纳宝贝"。她在桑给巴尔①雇用了 150 个搬运工，要求他们穿上得体的衣服，精心组织管理她的远征队，保证没有一个人会挨饿或挨冻。她打包了大量食物、武器、帐篷、可折叠桌椅、浴缸、可以手工组装的船、瓷盘、银器、餐巾布、床单、各种医疗用品（包括必要时拔牙的工具）、一条晚宴穿的丝绸连衣裙、一封苏丹写的介绍信，专门为这次旅行定做的一大堆戒指，上面都刻有她的名字，她会送给她遇到的当地人。她乘坐着一辆自己设计的带软垫的柳条轿椅，穿着全套淑女服饰，臀部左右各别了一把手枪，腰包里（传说中的"法兰奇－谢尔顿医疗腰带"）放着急救用品。她带了一条横幅，上面写着拉丁语格言"勿碰我"，想给人留下地位尊贵的印象。她每走进一个乡村，都会穿上白色晚礼服，上面绣着银线并镶着人造宝石，头戴一顶白色假发，旁边放着装满宝贝的首饰盒。她成为第一个在火山口看到查拉湖的白人。

（3）我

我觉得自带茶叶和配套茶具的重要性无可比拟，所以我在旅行期

---

① 位于坦桑尼亚东部。

间永远带着木制小茶壶和装在密封袋里的各种茶叶。早上喝玄米茶，下午泡普洱茶或高品质的日本煎茶，晚上喝洋甘菊，感冒时来一杯德国的"咳嗽与支气管"牌花草茶。我还装上了足够全程吃的燕麦片和黑麦面包（不是因为我怕自己不想吃当地的食物，正相反，这么做是为了避免每天早上吃太多面食而长胖）、能量棒和坚果（好吧，也许我确实对被饿死这件事有点神经质的恐惧）。我的包里还装有一个头灯（信不信由你，但我总是需要它）、一个洗衣袋、鞋油（不可或缺！）、一块坦桑尼亚的基科伊棉布（可以用作围巾、毛巾、野餐巾或裙子）、无数日本的小布袋（用于分类收纳物品）、一个多余的薄袋子（用来装礼物）和一小卷胶带（可以用来粘好破掉的袋子，或者如果我想把喝了一半的苹果酒装在箱子里从诺曼底带回家，可以用胶带粘住瓶口）。我还带了存放现金的腰带、一副备用眼镜、一个充气飞机枕头、耳塞、一个眼罩、纸巾（在日本旅行过的人会知道当地的纸巾不好用），以及一大堆各种药物，其中我真正需要的就是维生素和紫锥菊锌片，根据我的经验，它们几乎可以无限期推迟流感症状的发作。当然还有书、笔记本、便笺、笔、移动硬盘、笔记本电脑、相机、手机、所有电器设备的充电器、一个电源适配器、便携吹风机和衣服，包括日常服装、宴会服装、居家服和睡衣、运动服、鞋子，最后是化妆品，倒入分装瓶然后装进密封袋。我的托运行李重量为 50 磅，随身行李 18 磅，这还是在我没有自带马鞍的情况下。我非常需要上一节内莉·布莱的行李打包课。

内莉·布莱的行李打包课

一条连身裙（穿两个半月）。

护照和钱（装在麂皮袋里，挂在你的脖子上）。

一把丝绸伞（拿在手里）。

一个手提包（装有以下物品）：

两顶旅行帽

三条围巾

一件网球外套

睡袍

内衣

拖鞋

褶饰 *

手帕、化妆品

发夹

针线

墨水瓶、钢笔、铅笔、复写纸

一个小便携瓶和一个水杯

雪花膏

* 褶饰是女人最重要的饰品，可以根据需要用针线或扣子固定在衣领和袖口处。

女性榜样的建议：

关于旅行许可证。问问自己是否想去旅行。如果想，就去申请一张旅行许可证。

关于行李。不要带任何需要雇用 10 名以上搬运工才能搬得动的东西。

关于挫折。将挫折视作上天的礼物，一切都自有它的用处。

关于是否与外界保持联系。伊莎贝拉的姐姐亨妮 1873 年在设得兰群岛旅行时断绝了与外界的联系："旅程长达五周，我充分地享受了这段时光。一切都是新鲜的，我没法让别人把信寄给我，所以就完全不用担心了！我让所有的烦扰都靠边站，只活在当下。"

如果可以的话，在旅途中不要让别人寄信给你。

✉ >>> **介绍信**

尊敬的收信人：

　　首先，我向您保证，递给您这封信的 M.K. 小姐从任何角度来讲都是一位值得尊敬的女士。如果您能帮助她找到合适的住宿地点，我将非常感激。朴素的住所就足够了，但是如果您能够提供更高规格的住宿地点肯定更好……鉴于 M.K. 小姐是单身女性，住宿地点最好能提供餐食……烦请您注意，尽管 M.K. 小姐喜爱旅行而且性格内向不讨喜，但她是一个可敬又值得信赖的人。

您真诚的【签名模糊不清】

6. 佛罗伦萨，十一月

>>>

　　从日本京都回到芬兰后，我需要快速调整状态。我只有两个星期的时间来倒时差、洗衣服、会见朋友、逛赫尔辛基书展，马上又要收拾行囊出发。我将于十一月前往意大利的佛罗伦萨。自从我 16 岁那年在那里度过了炎热、令人精疲力竭却非常美妙的一天之后，我一直热切地希望能够再去那里欣赏佛罗伦萨的艺术瑰宝。一晃 27 年过去了，现在，我计划实现自己的梦想（毕竟我有条件这么做了）。我给自己颁发了一张旅行许可证。

　　此外，佛罗伦萨一定会有女性榜样。

　　不过，我有点担心自己的住宿安排。我又得和一位素不相识的男士住在一起，除了他的名字，什么都不知道。我在京都时的室友尼诺为我安排了这个住处，他儿时的朋友的女朋友的弟弟在佛罗伦萨的家里为我留了一张床。这位斯特凡诺先生承诺让我住那间较大的卧室，免租金，我只需要支付一半的电费和水费。这简直美好得不真实。我对这位先生一无所知。他可能是 20 岁或 60 岁，我不知道，也不愿意问。我的脑海里浮现出一个不洗澡的单身宅男，正像蜘蛛等待美味的苍蝇落网一样，等待着我来到这间乱糟糟的男性巢穴。也许我应该抵制住诱惑，花 1000 多欧元在市区租一间公寓？不行，艾达一定会接受这个邀请的。

收拾行李中间休息时，我读了安娜·科特莱宁的书《狂喜》，了解到法国作家司汤达在佛罗伦萨有过一次著名的"狂喜"经历。大约在两百多年前的 1811 年 9 月，这位朝气蓬勃的 28 岁年轻人从佛罗伦萨的驿站马车上跳下来，后来写了这样一段文字描述自己在圣十字教堂的震撼经历——"我差点感动哭了"。他写道："我从未见过如此美丽的东西。走出来之后，我的心脏怦怦直跳，柏林人称之为'激动过度'，我的生命力逐渐从体内流失，我担心自己走着走着就会摔倒在地……整整两个小时，我一直在颤抖。"他第一次经历了所谓的"司汤达综合征"——一种由艺术体验引起的多症状意识模糊状态。

一个外国城市，一个陌生的男人，文艺复兴时期的艺术珍品，未规划的旅行日程，我等待着这种症状的出现。

佛罗伦萨，噢，佛罗伦萨！我在机场打了一辆出租车直奔公寓，一个"接待委员会"站在门口欢迎我，包括非常年轻、非常时尚的斯特凡诺，看起来是位典型的知识分子，他的姐姐安吉拉（住在同一栋楼里）和男友贝内德托，他们都很友好，看起来完全无害的样子。斯特凡诺将我的行李箱抬进一间家具稀少的现代公寓里，他的公寓位于狭窄的螺旋形楼梯顶部，有两间卧室，更确切地说，是一间带双人床、连着浴室的大卧室，浴室里还有一扇遥控天窗，通往那个卧室的狭窄过道里摆了一张床，斯特凡诺说他睡在那里。我们俩都有点尴尬，我真的不知道该如何回应这样的待客方式。

傍晚，贝内德托过来察看我的情况，询问我对住处是否满意。我是否满意？斯特凡诺睡在楼梯间，而我却住进这间巨大的卧室，我感觉糟透了。"但你是个女人啊。"贝内德托用轻快的意大利调调挥着手说道，仿佛这样就能解释一切。

斯特凡诺很快就开始做晚饭，为我接风，晚饭是意大利面配他母亲做的番茄酱。意大利面非常美味，嚼劲十足。他打开老式唱片机播放古典音乐——是的，他有一个老式唱片机。他告诉我他喜欢收集旧黑胶唱片。他的唱片架上有平克·弗洛伊德[1]，法兰克·辛纳屈，伊迪丝·琵雅芙[2]和古典音乐，都是我最喜欢的。到现在为止，我觉得自己真的来对地方了，这一切是真的吗？他的藏书里也有很多经典著作，从薄伽丘的《十日谈》到马塞尔·普鲁斯特[3]，桌子上还摆着但丁的《神曲》（当然是"意大利语原文"），斯特凡诺说他正在背这本书，这样就能教家乡的孩子们和老人了。一个柜子的顶上放着他的曾曾祖父的19世纪末的相机，墙上挂着一块旧怀表和康定斯基的海报。这位害羞的22岁学生说："我喜欢与新东西结合起来的老东西。"我向你保证，他指的不是我。

我暂时还不想告诉他佛罗伦萨、乌菲齐美术馆和平克·弗洛伊德构成了让我感到狂喜的神圣三角。16岁那年夏天的一个早晨，我结束了一次激动人心的意大利之旅回到家里后，就被那座烧赭石色的城市和达·芬奇笔下的色彩彻底迷住了，彻夜不眠，循环播放着平克·弗洛伊德的唱片，目不转睛地盯着我在乌菲齐美术馆书店购买的挂历上达·芬奇画的米色妇女。那些画作在我房间的墙上挂了很多年。

现在我在这里。我的皮肤下面仿佛有火焰在燃烧。

第二天早上一起床，我就乘巴士去往老城区，整天都在佛罗伦萨迷宫般的狭窄街道上闲逛。我吃了午餐，特别想知道这家餐厅给我带来的感受是不是"司汤达综合征"的狂喜体验，那道龙利鱼配黄油炒菠菜的味道如此绝妙，让我热泪盈眶。

---

① 英国摇滚乐队。

② 两个人都是法国歌手，生于1915年。

③ 20世纪法国伟大的小说家。

下午，我步行来到圣十字教堂。米开朗琪罗的坟墓让我有些哽咽，乔治·瓦萨里^①为他雕刻的人像有一张智慧和温暖的面庞，但无论我多么努力地想要挤出一点情感，我的感受都比不上任何一种"综合征"。不过，我在欣赏礼拜堂的壁画时差点体验了"米开朗琪罗综合征"（由于工作姿势不符合人体工程学而导致颈部和眼睛患病，这位画家在绘制西斯廷教堂的天顶时遭受了这种病症的折磨），感到头昏眼花和恶心。我告诉自己要打起精神来，因为我那宏大的佛罗伦萨壁画项目才刚刚开始！

回到住处后，"司汤达综合征"确实发作了，而且像往常一样姗姗来迟。我感觉就像要开始浑身抽搐了一样，一边大笑一边哭泣，仿佛有什么大东西要从我的身体里膨胀出来。

斯特凡诺从大学回家时，我也刚从商店回来。他不像 2014 年的其他年轻人，一进家门就打开笔记本电脑或者开始看手机。他在唱片机上放了一张平克·弗洛伊德的黑胶唱片，拿起但丁的书，坐在了沙发上。唱片机里传出专辑《希望你在这里》中世界上最长最美的前奏，而我坐在厨房里吃鸡肉沙拉。我掉进了一个时间漩涡，好像刚才吞下的是一块普鲁斯特笔下的玛德琳蛋糕，我再次哽咽了起来，在那一刻，仿佛一切皆有可能。我用颤抖的声音给斯特凡诺讲了我 16 岁时的故事，但他只是笑了笑。然后我回到厨房，继续吃我的鸡肉沙拉——玛德琳蛋糕，脸上带着欣喜若狂的微笑。

有人提醒我，十一月佛罗伦萨会下一整月的雨，我发现这是真的。然而，我是一个尽职尽责的铁杆游客，冒着雨去了各种教堂、修道院、博物馆和宫殿，走得腿都快断了。我参加了导览团，想着如果有一种帮你安排好整个人生的导览，生活将会容易得多，我会感激不尽。

我本以为来佛罗伦萨是为了欣赏文艺复兴时期留下来的美——这

---

① 意大利画家、建筑师，米开朗琪罗的崇拜者。

座令人叹为观止的美丽城市，美丽的壁画和美丽绘画中的美丽女人，但我很快就意识到，佛罗伦萨的建筑之美并没有什么特点。我看不到奢侈豪华的享乐城堡，所有建筑的外墙都没有装饰，宫殿像堡垒一样拒人于千里之外，让人想起恐怖的中世纪（这并不代表我不喜欢它们中的绝大部分），高耸的守望塔里仿佛有守城的士兵，正准备射出密集的箭雨或将沸腾的油倒在入侵者身上。它们看上去一点都不轻松愉快，甚至不怎么友好。教堂的外墙上顶大多装饰着不同颜色的大理石（卡拉拉的白色大理石、马雷玛的粉红色大理石、普拉托的绿色大理石），但这些彩色石块本身也常常没有任何装饰。大教堂令人印象深刻，被周围环境衬托得尤其宏伟壮观，但它的轮廓也比较简洁。傍晚时分，夕阳下的它看起来有点像宫崎骏动画片里的大龙猫，孤零零地蹲在地上。

毫无疑问，这里有许多美丽的壁画和绘画，美得令人窒息。我努力记住那些壁画所呈现出的那个时代的每一个细节，明亮或暗淡的色彩，以及其中隐藏的含义。我了解到，壁画是佛罗伦萨最珍贵的瑰宝（只有在特定的气候下才能画出来），绘画技巧很难掌握（只有大师才会画），圣母像的面容实际上是照着同时代某些具体女性的脸画出来的（包括妓女）。还有，如果一幅画中处于外围的人物直视着你，那可能就是画家本人。

圣三一教堂里的壁画是我的最爱，我每次经过这座教堂时都会看看教堂是否开放。我简直离不开那间萨塞蒂礼拜堂，15 世纪 80 年代，银行家弗朗切斯科·萨塞蒂请人在墙上绘制了全家人的肖像，以展现家族的财富和地位。文艺复兴时期，教堂的重要收入来源之一就是富裕家庭，他们习惯于捐赠建设私家墓葬礼拜堂，现在看来仍然如此——你必须将一枚硬币放入礼拜堂侧墙上的金属盒中，才能点亮一盏灯，照亮壁画，只是每当我觉得自己快要明白某个重要的含义时，灯光一定会暗下来。

我越看这座城市里的各种画作，对它们呈现的故事越了解，我就越会执着于审视它们，几乎到了上瘾的地步。就好像只要我盯着这些作品看足够长的时间，记住其中每一个细节，我就能获得某种无可替代的珍贵的东西。我几乎可以看透画作表面的那层面纱，就好像我能明白这些画作想表现些什么，那就是生命。我就像一个做着梦的人，突然将事物看得清清楚楚，但是醒来之后就忘掉了一切……

或者，完美和谐的体验会产生一种整合的效果？画中的和谐在某种程度上转移到了参观者身上？

当然，我这趟朝圣之旅的主要目的地是乌菲齐美术馆——这座世界上最古老的美术馆、文艺复兴时期艺术品的麦加圣地。早在 14 世纪，佛罗伦萨就是欧洲非常富裕的城市。当时它是由各种专业行会统治的，例如羊毛和丝绸商会，银行家、法官和药剂师等各自的同业行会。在文化领域，绘画先驱乔托有画家协会，但丁·阿利吉耶里和乔万尼·薄伽丘（及其他人）有作家协会。但是，到了 15 世纪，美第奇时代开始了。这个强大的家族统治了佛罗伦萨长达三个世纪之久，艺术领域的复兴应当归功于他们。美第奇家族是不择手段的银行家，他们建造教堂和礼拜堂，并雇用画家绘制许多宗教作品，以提高自己的声誉。这样他们就获得了进天堂的机会，同时催生了艺术的复兴。15 世纪到 16 世纪期间的文艺复兴艺术与建筑的大师级人物，从马萨乔到弗拉·安杰利科，从布鲁内莱斯基到多纳泰罗，从列奥纳多·达·芬奇到波提切利和拉斐尔，都获得了美第奇家族的资助。

15 世纪后期最受人敬佩的佛罗伦萨人物是具有超凡魅力的统治者、诗人兼艺术赞助人洛伦佐·德·美第奇，他让这座城市熠熠生辉。洛伦佐组织了盛大的宴会、狩猎活动和运动比赛，涉足了哲学领域，还在他的花园里开设了一所雕塑学校，其中一位学生就是年轻的米开朗琪罗。贵族们研究古代时期的美德、阅读柏拉图的作品，艺术家们的工作室产出了绘画、大理石雕像、建筑图纸和有史以来最美的壁画的草稿。宫殿石壁外的金属杆上高高挂着旗帜，示意正在进行某种庆祝活动，有的金属杆上还挂着鸟笼，让笼中的鸟儿呼吸一些新鲜空气，戴着项圈的猫和宠物猴子有时也会爬到那里。1490 年，洛伦佐的花园里养着西西里岛的金雉鸡、突尼斯的瞪羚、猴子、鹦鹉和一头长颈鹿，那是巴比伦王国的苏丹送给他的礼物。

那时的生活并不完全像田园诗一般。我们如果脑补一下"伟大的洛伦佐"时代的佛罗伦萨的十一月，一定会想到寒冷、泥泞、瘟疫和臭味，只有在堡垒式的房屋墙壁上固定着的火把勉强照亮黑暗潮湿的夜晚。艺术家们在黑暗、冰冷的教堂里极端困难的条件下工作，冒着得结核病的危险。雨后，街道泥泞不堪，市场的地面也又黏又滑，妇女不得不穿着厚底鞋去购物。街道上没有排水系统，臭气熏天，根据地区的不同，粪便的气味还和染房、制革商、屠夫肉店、杂货店和蚕农场排出的各种气味混在一起。在老桥上兜售商品的不是如今的黄金和珠宝商贩，那时都是鱼商和皮革工在这里摆摊。建筑物内的空间也不怎么闲适美好，十一月，宫殿里很冷，石墙的内侧挂满了衬有松鼠皮的挂毯，如果房主买不起玻璃，窗户开口处会用浸油或蜡的亚麻布覆盖住。在谈论佛罗伦萨的气味时，我们还必须记住，居住在寒冷的宫殿里漂亮的人们从不洗澡。他们绝对不会用水冲洗自己的身体，因为水会传播细菌，在最坏的情况下，还会带来疫病。此外，触摸自己的身体可能会唤醒内心不纯洁的想法。人们相信洗脸会使视力下降并引起牙痛……他们那些花哨的衣服也从来不洗，最多只会挂起来吹吹风。贵族会往身上喷洒香水，四处悬挂花束，出门时会把浸透香水的手套举到嘴边，据说香水可以保护他们免受瘟疫的侵害……

"伟大的洛伦佐"不幸死于痛风，享年 42 岁。在他之后，佛罗伦萨有一段时间不再受美第奇家族的人统治。那些年间，这座城市最有权势的人是吉洛拉谟·萨伏那洛拉，一位严格的多明我会[①] 会士。他

---

① 多明我会是天主教托钵修会的主要派别之一。

强烈抨击贵族阶层的放荡和奢侈，让一群背着十字架的孩子走上街头，寻找浮华虚荣的迹象，敦促市民禁食和互相告发。许多人服从了他的命令，时髦的女士们开始穿着没有颜色的礼服，银烛台和带图画的书籍从教堂和修道院里消失了。1497 年，领主广场上燃起了吞噬浮华的篝火，烧了许多香水瓶、假发、扇子、项链、丝绸裙、象棋棋盘、波提切利的画作、柏拉图的作品和魔法书，还有那些没被画成圣女的美丽女人的画像。不过，萨伏那洛拉的冷酷行动只持续了一小段时间，一年后，他在同一座广场上被处以火刑。

1737 年，安娜·玛丽亚·路易莎·德·美第奇去世，她没有子嗣，美第奇家族从此销声匿迹。幸好此时美第奇家族规模庞大的艺术品收藏已转移到了乌菲齐美术馆。这座美术馆是由科西莫一世、德·美第奇大公于 1560 年建造的，开始时用作他的办公室，后来他的儿子弗朗切斯科一世将其中的一部分改建成了艺术馆。安娜·玛丽亚·路易莎的功劳是将家族收藏的艺术珍品捐赠给了佛罗伦萨的人民，规定该收藏必须保持全貌并永久地向公众展示。

美第奇家族的珍宝至今仍然在此，只要你有耐心在乌菲齐美术馆前排队几个小时，就能够瞻仰到这些艺术品，或者像我一样在十一月的雨中来到美术馆门口，就能够径直走进去。

这里有乔托笔下在金色海洋中沐浴的圣母们，菲利波·利比色彩明丽的淡彩圣母像，皮耶罗·德拉·弗朗切斯卡的《乌尔比诺公爵和公爵夫人》，还有惊人的达·芬奇的《天使报喜》——这位当时 20 多岁的画家用科学的方法按照鸟类模型精确地绘制了天使的翅膀。这里有本应挂在私人卧室的暧昧画作，例如波提切利的《维纳斯的诞生》和《春》，据说这两幅画的模特都是文艺复兴时期佛罗伦萨最美丽的女人西蒙妮塔·韦斯普奇。还有提香的《乌尔比诺的维纳斯》，订制这幅画的人想要它尽快完成，那样这位侧躺着的裸体维纳斯就可以作为榜样指导他的 13 岁新娘了。这里还有米开朗琪罗的圆形画《圣家族》，它是这位艺术家唯一的圆形画形式的画作，因此很有名。米开朗琪罗最讨厌绘画，他认为与雕塑相比，绘画完全是浪费时间，所以他一生中只完成了两幅画作，即这幅圆形画和西斯廷教堂的壁画，后者佣金丰盛，他只好咬着牙勉强同意了。好吧，那我们就把它整到上面去吧，他哼了一声，然后迅速地把壁画画在了西斯廷教堂的天顶上，后来的人们一直没搞明白他到底是怎么做到的。

如果我的目标是在佛罗伦萨寻找女性，那么乌菲齐美术馆的墙上有很多——圣母、抹大拉①的马利亚、夏娃，美第奇家族的妻子、母亲、姐妹和女儿，不知名的修女、端庄的贵族妇女、在妆奁②里翻翻找找的女仆、艺术家的女友、虔诚的妻子和性感的维纳斯，其中大多数女性都没有名字，仅仅是装扮成其他人而已。

寻找女性艺术家就像大海捞针一样。

她们真的存在吗？

斯特凡诺到伦敦待了几天，我开始寻觅女性榜样。我搜集了有关佛罗伦萨文艺复兴时期的书，堆在他的（前）卧室的大床上，然后开始浏览。艺术家、壁画画家和建筑师的名字像美味跳跳糖一样在我的舌尖滚来滚去（我一遍又一遍地用夸张的意大利语发音大声朗读它们，获得了一种奇特的愉悦感）。它们无疑是华丽的（米开朗琪罗），花香四溢的（弗拉·安杰利科），像马赛克砖片一样脆脆的（布鲁内莱斯基），或者让人联想起一种回旋舞（基尔兰达约），而那些富有的大家族的姓氏（斯福尔扎、斯特罗齐、帕奇、皮蒂）则散发着一种力量和神秘的奢华感。（后来我了解到它们的意思是武力、扼杀、勒索和精神错乱。）

但他们全都是男人。

———————————

① 抹大拉是地名，位于以色列加利利海西岸中段。

② 女子梳妆用的镜匣。

我读到了一些美第奇家族女性的故事，有母亲、女儿和妻子，其中一些人最终成为法国王后，比如卡特琳娜和玛丽亚。我读到了出现在乌菲齐美术馆的画作中的女性的故事，发现贵族阶层的妻子在肖像画中都面色苍白。

我读到了着装风格大师、美容秘籍分享者和时尚先驱的故事，比如卡特琳娜·斯福尔扎或伊莎贝拉·德·埃斯特（后来嫁入了冈萨加家族），她们的手指对于时尚潮流异常敏感，以至于路易十二国王告诉妻子不要去意大利旅行，因为这些"德·埃斯特家的女人"的时髦装扮会让她自惭形秽。伊莎贝拉还是一位热爱艺术和文化珍宝的收藏家。她在曼托瓦的工作室里收藏了顶尖艺术家的绘画、雕塑、浮雕宝石和绘有精美图画的书籍，还有一些无与伦比的珍品，比如奇怪的鱼的牙齿和独角兽的角（这些都是藏品中必须有的东西，因为在那个时代只有处女才能得到）。

不过，我现在对极品美女、改变和颠覆贵族家庭的人或虔诚的圣徒都不感兴趣。我正在追寻其他猎物。

你看着美术馆墙上肖像里的女性时（甜美的圣母像、从泡沫中诞生的维纳斯、光彩照人的贵妇们），可能会觉得在文艺复兴时期女性是受到尊重的，但是我却逐渐看出这些美丽的女性身后隐藏着的苦难。佛罗伦萨是男人的城市，女人只是他们的财产。这些女性对于父亲来说是处女，对于丈夫来说是妻子，对于儿子来说是寡妇，人们期望她们始终严格地坚守贞操，保持最极致的谦卑、奉献和顺从。

简单来说，当时的女性大约有三种选择：（1）结婚；（2）去修道院；（3）成为妓女。尤其是对于出生在优渥家庭的女孩来说，结婚是必须完成的任务，但是由于嫁妆费用高昂，一个普通家庭通常只能负担得起一个或两个女儿出嫁的费用，其余的女儿只能进修道院。贫穷的未婚女孩常常会成为仆人，她们的命运是向家庭的男主人和他的儿子们提供性服务。她们生下来的后代会被送进孤儿院，之后她们可能会成为男主人正房妻子所生子嗣的奶妈。除了卖母乳，这些贫穷的女孩也会卖头发，当时男人的假发是用马毛、绵羊毛、稻草和死人的头发制成的，但是最高级最昂贵的假发是用女仆的卷发制成的。有一些妇女会从事手工业，例如织工、纺纱工和制鞋工，她们也有可能成为葡萄酒商或油商、羊毛和丝绸商、旅馆老板或者放债人。佛罗伦萨城内还有许多女奴隶，大部分是斯拉夫人[①]或鞑靼人[②]，也有俄罗斯人、希腊人或非洲人。一个奴隶的市场售价是 50 弗罗林[③]，如果一位绅士碰巧买了一个怀了前任主人孩子的女奴隶，他可以要求获得受损商品的赔偿金。

如果说贫穷女孩生活不易，那么即使是拥有第一个结婚选项的贵族女孩，境况也好不到哪里去。贵族家庭的女儿年纪轻轻就要出嫁，通常在 12 岁或 13 岁左右，也就是月经初潮之后，因为童贞是新娘最重要的品质。父亲会从需要与其巩固关系的家庭中选择新郎，而新郎通常比新娘大 10 至 20 岁。嫁人之后，新娘的任务就是生出尽可能多的继承人，一位女性通常从 15 岁开始就不断地怀孕，生下十个左右的孩子，其中三个或四个可能会存活下来长大成人。婴儿出生后会被立即交给奶妈或送往农村。这样的话，这位女性还可以立即再次怀孕，即使上一个婴儿死了也不会感到太难过。不过，怀孕和分娩对于许多女性来说都是致命的。

走在佛罗伦萨的街道上的女性大多数是仆人或妓女。贵妇会一直待在室内，她们生活在宫殿的庇护所中，因为人们认为体面的女性不应在公共场所四处走动，除非是去教堂。她们唯一的体力劳动就是分娩。女性没有投票权，不能参加政治活动或"伟大的洛伦佐"组织的

---

① 主要分布于中欧、东欧和东南欧。

② 历史上在东亚地区生活的人。

③ 荷兰古币。

游行，因此在盛大活动期间，她们只能通过卧室的窗户观看。（我决定从现在开始将搜索范围集中在宫殿的卧室、厨房和卫生间，因为这些地方毕竟是世世代代的女性生活的世界，她们在这里生养了一代又一代重要的男性人物。）

但是，无论她们是否需要外出，女人们都花了无数时间管理自己的外表。理想中的美丽贵妇人应当拥有白皙的皮肤和浅色的头发，几乎没有人天生拥有这些外在条件。她们使用的美容疗法非常痛苦，而且接触的物质常常有害甚至有毒。例如，她们用含有柠檬和尿液（自己的或马的）的液体淡化头发的颜色，在头发上抹了这种尿液溶剂后，她们需要坐在宫殿的屋顶上暴晒数天、数周甚至数月，同时用一个剪了洞露出头发的软帽子来保护脸部。把头发烤成金色（如果没成功，粉金色也行）还不够，她们还得通过提高发际线向上拉长额头，因为高额头标志着智慧。她们还会拔掉眉毛和睫毛。另外，她们要用醋酸铅制成的"少女乳液"漂白面部，使整个脸看起来像个面具一样，不过同时也会损伤皮肤，留下些大坑。最时髦的是一种尸相，光秃秃、面无表情、白皙的脸。乌菲齐美术馆的妇女肖像中最能完美体现"尸相"的一位是巴蒂斯塔·斯福尔扎（她的肖像是在她去世后她的丈夫请人绘制的）。

那么选项二怎么样呢？那些出身不错但由于经济原因无法结婚的女孩，最迟9岁就会被送进修道院，这样她们的童贞就不会受到威胁。当然，也有女性出于宗教原因成为修女，但是在大多数情况下，这些机构只是储存无法结婚的女孩用的，通常都会违背女孩本人的意愿。而且，为了防止哪位修女逃走或者打破保持贞操的誓言，修道院通常都被高墙死死围住。（显然，这还不足以预防意外，因为1460年在佛罗伦萨有两个修女在修道院里生了孩子。）从某种意义上讲，修道院无异于女子监狱。不过，有一个好处，它给女性提供了难得的读书、学习和创作艺术的机会。很多修女在房间里摆满了书，每天阅读或绘画。

举个例子，17世纪，在威尼斯有一个名叫阿坎格拉·塔拉伯蒂的女人，她被迫在修道院里度过了三十多年，把大部分时间花在了写作上。但她遗留下来的著作（尤其是《女修道院地狱》和《父权暴政》）在当时都是不允许出版的。她积极捍卫女性的权利，控诉贪婪的父亲们因为不愿付嫁妆的费用就把女儿关进修道院，要求女性享有自由和学习的权利。干得漂亮，阿坎格拉！女性榜样！

如果多余的出身好的女孩最终都成了修女，那么下层阶级的女孩就只有妓女这个选项了。在文艺复兴时期的意大利，人们对于卖淫的接受度比人类历史上任何时候都高。例如，威尼斯是著名的"风月场"，为来自各地的旅客印制了最受推崇的妓女的花名册，包括她们的地址和价格。这些妓女都受过教育，除了拥有卧室里的专业技巧，还会谈论彼特拉克的十四行诗、唱咏叹调和弹奏鲁特琴。不过，佛罗伦萨也不乏该行业的专业从业者，当地的妓院始建于14世纪50年代。15世纪，佛罗伦萨创立了一个政府办公室，专门给妓女定价并颁布"道德保护"法，妓女们必须戴手套、头戴铃铛、脚蹬高跟鞋来表明自己的职业，且活动范围要尽可能远离男女修道院和地位崇高的妇女居住的地区。

那么我会选择哪个选项呢？选项一、选项二还是选项三？

我会顶着涂了尿液溶剂的头发坐在宫殿的屋顶上度过一生，脸上都是铅中毒导致的大坑吗？或者说只要我没在生育，就要做这些？我会拥有漂亮的衣服和昂贵的珠宝，但为了这些，我会被禁止在公共场合露面，而且很可能会死在产床上。

我会住进伪装成女修道院的女子监狱，过着禁欲的生活吗？我可以阅读、写作和绘画，但是我永远不会有男人或孩子。

我会选择"自由"吗？我能在城市里四处走动，与男人交往，做所有女性被禁止做的事情。缺点是性工作、性病、被指施行巫术、在悲惨的环境里死去。

有没有选项四啊？有吗？

晚上，我想起了巴蒂斯塔·斯福尔扎，乌菲齐美术馆藏画中的美女们开始折磨我了。今天，我在画廊里看到了她，周围的仰慕者们构成一道人墙，自那以后，我一闭眼就会想起她的死亡肖像。她在这幅画中看起来超然、安宁、完美。她的皮肤是铅白色的，额头很高，金色的秀发在耳后编成一个发髻，她的珍珠和珠宝闪闪发亮，她的喉咙处有一条黑线，就像那张死亡面具的底部边缘。

在我的想象中，巴蒂斯塔·斯福尔扎（1447—1472 年）的生平只剩下了断断续续的破损记录。

受到了很少女孩能接受的人文教育。

才华横溢，聪慧。

能流利地说希腊语和拉丁语。

在修辞学领域无可匹敌。

13 岁时与乌尔比诺公爵（比巴蒂斯塔大 24 岁的鳏夫）结婚。

开始生育孩子。

13 至 23 岁之间共生了六个女儿。

第七个孩子终于是个男孩。

生育后再也没能恢复健康。

死亡。

巴蒂斯塔死后，她的丈夫请了皮耶罗·德拉·弗朗切斯卡画她的肖像。艺术家取得了辉煌的成功——巴蒂斯塔成了美的典范。如今，巴蒂斯塔和她的丈夫的画像已成为乌菲齐美术馆中最著名的画作。

但是，当我在晚上想起巴蒂斯塔和她作为婴儿生产机器的职业时，我突然很想哭。在互联网的某处，我找到了她的泥铸死亡面具的照片。那张面具并不拥有任何理想化的、苍白的美，只是一张非常疲惫的已故女人的脸——25 岁的巴蒂斯塔被七次怀孕折磨得筋疲力尽，耗竭而逝。

晚上，我也会想起比阿特丽斯·德·埃斯特（1475—1497 年）。人们评论她的肖像时总是将焦点放在她华丽的珠宝和漂亮的发型上，美术馆墙上的说明牌这样写道：这是"科阿棕"发型的出色示例，一条粗辫子用发网固定住，非常优雅。没错，辫子很漂亮，但在我看来，她的表情有点生气。她的嘴瘪成一副"我受够了"的样子，眼睛茫然地凝视着前方，目光空洞。我觉得她整个人都在静默中愤怒地大声喊叫。不过，也许她的表情只说明她是个坚决果断的女人。

也许这幅画对比阿特丽斯不太公道，从一些故事来看，她就是完美女性的化身。她出生于一个富裕的家庭，不仅以美丽著称，而且着装风格和品位无可挑剔，她和姐姐伊莎贝拉·德·埃斯特引领了整个欧洲的潮流。

比阿特丽斯在 5 岁那年就被许配给了比她大 23 岁的卢多维科·依·莫罗，15 岁时与他结婚，列奥纳多·达·芬奇主持了婚礼（那时候达·芬奇在米兰宫廷中承担着"天才"的角色）。据说，比阿特丽斯在社交中的圆滑得体可与丈夫媲美。卢多维科曾派遣 16 岁的她作为大使到威尼斯宣传他想被任命为米兰公爵的雄心。据说她 20 岁时曾坐在和平谈判桌旁，展现出了极强的外交手腕和技巧。比阿特丽斯和卢多维科在宫廷中取得了巨大的成功，她召集了当时最优秀的学者、诗人和艺术家为宫廷服务。此外，比阿特丽斯还生了两个儿子——他们后来都成了米兰公爵。简而言之，比阿特丽斯是完美的，她漂亮、有才华、时尚、受过高等教育，是所有女性的典范，直到她 21 岁时生下一个死产儿后在产床上丧命。

这些才华横溢的乌菲齐美女的人生故事就像按了快进键一样，难怪她们看上去都很生气。

我没睡好，早晨醒来时头很疼，于是我决定今天去街上的自助洗衣店洗衣服。我走进拐角的一家餐厅吃了点东西，点了一个松露比萨，它的面积很大，却像纸一样薄，我几乎一口气就把它吞了下去，好像怕自己一放下叉子它就会被抢走一样。我想知道松露里是否含有某种让人上瘾的东西，比如某种类似海洛因的成分，因为一旦你的舌头尝到了那种味道，就吃得停不下来，直到舔干净最后一粒饼屑为止。

下午，我躺在床上，浑身乏力。我在搜索了芬兰图书界的新闻之后，用通讯软件和朋友布兹聊了聊。我又想到现代科技真是方便，我不需要像伊莎贝拉·德·埃斯特的那位住在费拉拉①的朋友那样，吃饭时把伊莎贝拉的肖像摆在她面前，想象着她正坐在桌子对面。1498 年，伊莎贝拉让她的另一位朋友塞西莉亚（顺便说一句，塞西莉亚是"生气的"比阿特丽斯的丈夫的情人）把达·芬奇刚给她画的肖像寄过去看看。塞西莉亚答应会寄给伊莎贝拉（这幅画现在被称为《抱银鼠的女子》），但是又抱怨说这幅画不那么真实，因为自己已经老了，而且画中的衣服和发型都不再流行。伊莎贝拉也有自己的肖像画，她可以将它们寄给朋友，不过她对大部分都不满意。例如，她觉得一幅画中的人物完全不像自己，她的姐夫却盛赞这幅画很逼真，对此她一点儿也不高兴。

我想起自己一直在追寻的画中女人——这些乌菲齐女人，假扮成圣母的艺术家女友，壁画中的年轻女孩，她们直视着"相机"。我想起那种带可折叠封面的便携人像，绘有年轻贵族女孩的画像，作为相亲广告送往整个欧洲，以及临终前在病床上绘制的肖像。

我又想到人们在阿诺河老桥②上兜售自拍杆。（我没买。）我还想到我在中世纪的达万扎蒂宫③的闺房里一面黑乎乎的镜子边为自己拍的镜像照片，这是我能想到的唯一的可以让自己置身于这些女性世界中的

---

① 意大利北部城市。

② 意大利佛罗伦萨市内一座中世纪建造的石造拱桥。

③ 意大利佛罗伦萨的一座宫殿，设有佛罗伦萨老房子博物馆。

方法。

我还想起了伊莎贝拉、艾达、玛丽和内莉的肖像照片，其中记录了她们凝视镜头的眼神、发型、服装、看起来很无辜的遮阳帽和地球仪，这一切都在传达预先设定好的信息，以及其他一些被抑制和隐藏起来却仍在背景中像阴影一样挥之不去的信息。我想到，一张图片似乎在讲述一个故事的同时总会掩盖另一个故事。

我开始琢磨自己是否能在佛罗伦萨找到我的女性榜样，她们不只是摆好姿势、变成一个被别人凝视的对象，而是自己去作画。这里有女性绘制的图像吗？有没有哪个女性用绘画呈现了女性的生活？

如果有的话，就意味着有人确实找到了选项四。

我知道女艺术家在历史长河中一直比独角兽的角还要罕见。如果你翻阅厚厚的艺术史图录，在前几个世纪里找不到几位。一直以来，女性都被当作模特和缪斯，但要成为艺术家则困难得多，因为女性学习绘画是不被允许的。而且长久以来，人们认为她们的创造力基本上应当局限于手工艺领域，比如编织挂毯和刺绣。尽管确实有一些女人成了艺术家，但她们常常不得不偷偷创作，而且她们的作品不会被公开展示。很多时候，她们的作品都被认为是某位男性创作的，仅在过去的几十年中，许多被认为出自男画家的作品才被确定为由女性创作。那些在世时广受赞誉的女性艺术家，总是由于某种原因被遗忘，被历史书籍排除在外，而她们的作品则被存储在博物馆储藏室的某个角落里长达数百年之久、变黑、被老鼠啃、沾了鸽子粪或者被潮气毁掉。比如，在乌菲齐美术馆的画廊里，你就算踏破铁鞋也找不到一幅女性艺术家的画作，而那些应当展示少数几位女画家作品的区域总是因为正在翻修而关闭，或者就是它们以某种神奇的方式一直在躲避我的视线。

不过，我还是设法在这里找到了一位女性艺术家的单幅作品，画的是耶稣从十字架上被取下来的场景，画家名叫普拉蒂利亚·内莉，一位佛罗伦萨修女。毕竟，修道院（选项二）是少数几个可以让女性发展自我的地方，有艺术才能的修女可以给祈祷书画插图。普拉蒂利亚·内莉修女（1524—1588年）年纪很小时就住进了锡耶纳多米尼加圣卡特琳娜修道院（现已不复存在），她是一位自学成才、成就颇丰且被认可的艺术家，显然很有名，因为乔尔乔·瓦萨里在他的《艺苑名人传》一书中提到，她的圣徒画出现在"许多佛罗伦萨绅士的家里，如果都列出来就太冗长了"。但是，普拉蒂利亚的绘画作品只有少数幸存了下来。其中之一正在圣马可修道院（现为艺术博物馆）展出，最近刚从地下室深处的某个角落被取出来并进行了修复。这幅大型画作色彩丰富，令人感动，哀悼耶稣的妇女的眼睛因为哭泣肿了起来，鼻子也变红了。有人批评她笔下的男性人物像女人一样，或者好像是由不同的部分拼凑成的，但你能怪她吗？作为一名修女，几乎可以肯定，她见不到任何男性裸体。另一件尚存的画作是七米长的《最后的晚餐》，这是她真正的杰作，应该举世闻名才对，因为这是已知的唯一的由女性绘制的"最后的晚餐"。除了传统的面包和酒，普拉蒂利亚还把沙拉、豆子和整只烤羊羔摆上了桌子。在我看来，她不仅让画面更具有宗教象征意义，而且给这一场景添加了些许女性的关怀——谁愿意只把面包作为最后的晚餐？遗憾的是，这件稀有的作品正在新圣母玛利亚教堂餐厅的墙上日渐腐坏，外面的人完全看不到它。

我在佛罗伦萨的时间所剩无几了。有一天，我回家时正好碰到站在楼下门外吸烟的贝内德托。我告诉他，我还有一个星期就要走了，如果在此之前能见见"你们两个"就太好了。他说："你可以随时按门铃。"门铃！在芬兰，我们不会直接过去按门铃！"但这是意大利啊。"贝内德托夸张地摇了摇手。

贝内德托还进行了当天的政治宣讲。简而言之，在过去的20年间，意大利已经被毁了。政客们是骗子，人们完全找不到工作，几家大银行在经营着这个国家。他对自己的生活也不满意。他毕业于米兰大学，成绩非常优秀，现在担任一家跨国保险公司的咨询师，并且极其讨厌这份工作。我问他想做什么工作。"无论如何都是不可能实现的。"他说。但是在理想世界中，你的梦想是什么呢？"我想住在罗马，去中学或大学任教。"一位40多岁的博士想教自己所学专业的课程，就梦想而言，这个梦想听起来并不夸张。

晚上，斯特凡诺待在家里，我们坐在厨房，各自吃着自己的食物。斯特凡诺向我展示了他春天去纽约的照片，唱片机播放着弗兰克·辛纳屈的歌。他告诉我他打算退学，进皮革行业当一名工匠。他说，他对转行并不感到兴奋，但这是最明智的选择。他说，意大利的年轻人因为找不到工作感到绝望，而学习并不能保证什么，不过也许他能借助家庭背景在皮革行业找到一份工作。他向我透露了他最想做的事——写小说。

我躺在床上思考，这个世界上每个人似乎都想做些与现在所做的不同的事，而出于种种原因，他们不能做自己想做的事情。贝内德托想教书，斯特凡诺想写小说，文艺复兴时期的贵妇们无疑更愿意做一些除生育之外的事。

我想起我在京都参加瑜伽静修会时听到的一件事，到了这个年纪，人体细胞会随着年龄的增长全部更新一遍，所以这个时候，我们的身体里已经没有任何东西与小时候一样了。

我突然意识到，这个细胞再生理论几乎可以解释一切。如果你想和男朋友分手："听着，我的细胞再生了。"如果你在该积攒退休金的时候想成为一名作家，或者你想成为那种在没被邀请的情况下四处按门铃的人，这些都可以归咎于再生的细胞。细胞再生使一切成为可能——新生活，新态度，真正的重生。

一次文艺复兴。

在佛罗伦萨的最后几天，我开始恐慌了，我还有时间去哪些地方？我回到圣三一教堂，往金属盒里投了一枚硬币，灯照亮了壁画。

我又看见了萨塞蒂一家人，包括银行家本人、他的妻子、女儿、儿子和女婿，以及一些佛罗伦萨的精英人士，从弗朗切斯科·萨塞蒂的老板洛伦佐·德·美第奇开始，到艺术家本人、佛罗伦萨最杰出的壁画画家多梅尼哥·基尔兰达约。

但是，我的目光停留在萨塞蒂的女儿们身上，挪不开了。其中年龄最小的女儿的目光和我相遇了。她说，我就是下一个，我准备好受孕了，你可以娶我。我的肚子有点圆，你看，我已经开始来月经了，能够为你生下后代。你有兴趣吗？

也许她说的是：救救我吧。

在回家的路上，我终于找到了它！我走进大教堂附近的一家书店，立刻就知道那就是我这几个星期以来一直在寻觅的东西——在英文书区的架子最底层有一本书，名为《看不见的女性：佛罗伦萨被遗忘的艺术家》。这本书的作者找到了每位女画家在佛罗伦萨展出的所有艺术品，在地图上标明了它们的位置，就像一张秘密宝藏的藏宝图。

书中的三位女画家让我激动不已——意大利克雷莫纳的贵族阶层女性索福尼斯巴·安圭索拉，博洛尼亚一位艺术家的女儿拉维尼亚·丰塔纳，以及出生在罗马的阿特米西亚·简提列斯基。

她们成功地选到了第四个选项，她们的画作隐藏在这座城市之中。而我只剩几天时间去寻找它们。

佛罗伦萨的马拉松比赛那天，乌菲齐美术馆里空无一人。我兴奋地冲进空荡荡的画廊，先停下来和我那些挂在墙上的老朋友们打招呼。我注意到，巴蒂斯塔的头发看起来有点蓬乱（抱歉，巴蒂斯塔），但她毕竟已经死了，我不应该对她要求太严苛。我凝视着比阿特丽斯的珠宝，它们简直太逼真了，几乎要从画里掉出来。她的头发确实在画中占据了最重要的地位，就好像她是个发模一样。我之前怎么没有注意到她眼睛下面的黑眼圈？真正的绘画作品与它们的照片之间竟有这么大的差异。（让旅行值回票价的事情：现场体验美术作品。）我向佛罗伦萨银行家的妻子梅丽尔·斯特里普（当代著名女演员）打招呼，她实际上是玛丽亚·邦奇亚尼，这幅作品属于佛兰德斯艺术风格，因此她的脑袋有点过大过长了，有点像外星人，但是也有奇特的迷人之处。我看了很久菲利普·利皮的可爱女友卢克雷齐娅·布蒂，她从女修道院里被放了出来，在这幅画里被描绘成圣母的样子。我经过埃莉诺·托莱多的画像，她穿着巨大的礼服坐在那里，旁边有一个小男孩，是美第奇家族统治者的候选人之一，她显然成功地履行了生育职责。当我走过赤身裸体站在贝壳中的西蒙妮塔的时候，我叫了一声"你好，美人"，我觉得她一定是佛罗伦萨最著名的女人。西蒙妮塔 22 岁死于肺结核，棺材被带到镇上巡游了一圈，让所有人都能最后欣赏一次她的美。直至今天，她的面容也常出现在明信片、邮票、冰箱贴和每本艺术书籍的封面上，随着无数游客去了世界的各个角落。

但我找不到索福尼斯巴和拉维尼亚的画，我的藏宝图上说它们应该在 33 号和 34 号展厅展出，但是这俩展厅的门被关着。我只能从门廊外偷瞄一眼微型画展厅，看不到藏在里面的任何女画家的作品。

我发现自己走进了卡拉瓦乔画廊，在画廊的一角挂着一幅展示残酷暴行的画作，名字叫《朱迪斯割下荷罗孚尼的头》。画中的女主人公穿着黄色丝绸裙，卷起袖子，用剑割开了男人的喉咙，男人快死了，血喷溅到白色床单上；画中另一个女人是仆人，正用强壮的胳膊将扭动着的男人按在床上。朱迪斯和女仆的力量如同一股强大的冲击波，她们目光镇定，而男人则恐慌不已，战斗仍在继续。我几乎可以听见他的喉咙里发出濒死的咯咯声……

我看了一眼下方的说明牌：阿特米西亚·简提列斯基。

四百年前她在佛罗伦萨画了这幅画。

喔！真是位英勇的女性榜样。

我回到家后热切地想要走进乌菲齐美术馆那条神秘的瓦萨里走廊。根据我的藏宝图，女性榜样们都藏在那里。那可是意大利文艺复兴时期为数不多的女性艺术家的自画像啊，像独角兽的角一样稀有。

这条位于阿诺河上的半英里长的走廊以其设计师乔尔乔·瓦萨里的名字命名，由美第奇家族的科西莫一世委托建造，是连接美第奇家的皮蒂宫和乌菲齐的秘密通道。如今，乌菲齐美术馆庞大的艺术家自画像收藏都放在那里。这些藏品的历史可以追溯到 16 世纪，共有 1600幅自画像，当然，其中 93% 是男性画像，不过仍有大约 20 位女性作品被选中了。（储藏室里也有一大堆女性榜样，比如帕蒂·史密斯，20 世纪美国创作歌手和诗人。）无论如何我都要设法找到索福尼斯巴和拉维尼亚。

我设法预定了一场包含瓦萨里走廊的九十分钟特殊导览，价格奇贵，但这是进入走廊与女性榜样们面对面交流的唯一途径。向导带着我们先快速浏览了一遍乌菲齐美术馆的精品，我不耐烦地看着那些利皮、波提切利、达·芬奇和提香的作品，还有那件米开朗琪罗的孤品画作。然后守卫打开了墙上一扇毫不起眼的门，我们一下子走进了那条著名的走廊。我们走过上上下下曲折的楼梯，时而进入一条狭窄的百米长的走廊，走廊两侧的墙上各挂了两排肖像。透过圆形的带栏杆的舷窗，我看到了阿诺河和老桥，黄金珠宝和自拍杆的小贩仍在那里兜售商品。我们的向导像赶牛一样带着我们穿过走廊，时不时停下来讲一些小知识。我一边听着，一边扫视着墙上的画寻找女性榜样。自画像按时间顺序排列，向导解释道，但 16 世纪的部分没有一位女画家的踪影。参观小队继续前进，我努力跟上队伍，因为这场导览有明确的规定，谁也不能落在后面。我在狭窄走廊的两面墙之间不停地跑来跑去，守卫们用冷酷的眼神警觉地看着我。我满头大汗，但什么也没发现。什么也没有，两面墙上一位女艺术家都没有！

最后，我终于找到了索福尼斯巴——她被放错了时期，周围环绕着 18 世纪的男性画家。向导和人群默默地走过她，什么也没说（这里难道会有什么有趣的东西吗？直到最后几百米才看到第一位女性画家），但是她就在那里，那双智慧的大眼睛平静地凝视着我。

在这些头戴假发、自命不凡的男性画家中间，索福尼斯巴的白画像看起来异常真实和普通。画中的她只有 20 岁——她于 1550 年在克雷莫纳画了这幅自画像来庆祝自己的生日。没有用尿漂白的头发，没有宝石或刺绣丝绸裙，她穿着一条朴素的黑色连衣裙，浅褐色的头发拢到脑后，露出一张真诚的脸，她一只手里拿着一张纸，另一只手拿着调色板和画笔。"我绘画，"索福尼斯巴说，"你做你的事，我绘画。"我凝视着她的眼睛，直到守卫来催我快走。

我找到了她们，找到了这些让我如愿以偿的女性榜样。

索福尼斯巴·安圭索拉

建议七：你做你的事，我绘画。

> 职业：贵族家庭的女儿，后来成为第一位自由女艺术家，是所有女艺术家的榜样。
>
> 经历：为西班牙宫廷工作，画了大量自画像。

我爱上了索福尼斯巴。在她的众多自画像中，她总是以友善、平和且自信的目光凝视着我，就好像她明确地知道自己是谁。也难怪，她毕竟是第一位作为专业艺术家闻名于世且以绘画为生的女性。

索福尼斯巴·安圭索拉（约 1532—1625 年）出生于现意大利北部克雷莫纳市的一个贵族下层家庭。她的父亲可能感觉无法负担六个女儿的全部嫁妆，因为他很早就采取了一种非同寻常的行动，让女儿们接受教育。通常，"出身好"的女孩顶多会上音乐和刺绣课（对未来当妻子和修女都有帮助），而阿米尔卡雷·安圭索拉却不惜毁掉她们结婚的机会，采用卡斯蒂廖内①广受欢迎的《朝臣之书》中的原则来教育女儿，让她们学习拉丁语、希腊语和绘画。

于是，这个家庭的大女儿索福尼斯巴在 14 岁时和她的妹妹埃琳娜师从克雷莫纳的肖像画家和壁画画家贝尔纳迪诺·坎皮，他们是他最早接收的一批女学徒。她们与坎皮一家住在一起，由于她们在男人的工作室里与男人一起工作不太合适，她们很可能是在坎皮太太的厨

---

① 意大利画家。

房里练习绘画和准备绘画用具的。（不要小瞧厨房及其中的资源，因为就在几年前，博洛尼亚的普洛佩兹阿·德·罗西梦想成为雕刻家，因为没有其他材料可用，便在李子核上雕刻出了精妙的微型雕塑和全身像。）索福尼斯巴学会了给帆布和木板上底漆，用干燥的野兔皮做胶水基材，在上面涂一层薄薄的粉笔灰或石膏，从亚麻籽或核桃中榨取油和铅，用矿物成分混合合成颜料……所有这些工作都非常费时费力。由于她不可能被允许照着裸体模特画素描，所以只能用自己的身体学习解剖学。但是索福尼斯巴极具天赋。18 岁时，她画出了贝尔纳迪诺·坎皮画她的肖像时的样子，从某种角度看也是他"创造"索福尼斯巴的过程。看来创作过程已经完成，艺术家索福尼斯巴诞生了。

1554 年，22 岁的索福尼斯巴前往罗马，准备找米开朗琪罗求学。当时的米开朗琪罗是一位 79 岁的大师，对同时代艺术家产生了巨大的影响。旅途相当艰辛，从克雷莫纳到罗马约 300 英里路程，乘马车需要三周左右。她由一位同行（强制性的）和几名仆人陪同，带了一个雕刻精美、上了漆的橡木大箱子，里面装满了丝绸、天鹅绒连衣裙和绘画用具，这些行李实际上是非常合适的，因为她已经明确地选择了工作而不是丈夫。她在罗马期间的经历几乎没有留下任何记录，但是我们确实知道，罗马当时是一个破旧不堪的地方，恢复昔日荣华的日子尚未到来。绵羊在古罗马广场若隐若现的废墟里吃草，帕拉蒂诺山上种了葡萄，用于制作葡萄酒，罗马衰落的迹象之一就是宏伟的古代遗迹被当作免费的建筑材料。（例如，斗兽场的外圈有一半石材都被搬走了，就像一个杂草丛生的花园，里面还住了人。）

米开朗琪罗出了名的傲慢自大、难相处、器量小、不喜欢被打扰，他从不换衣服（那会缩短他的工作时间），住在帝国广场附近的一个小棚屋里（他去世后人们才知道他拥有巨额的财富）。我不禁想知道索福尼斯巴与他相见时会是什么样的情形。不过，性格平和又有才的索福尼斯巴给这位天才留了深刻的印象，米开朗琪罗把画作交给她去仿画，对她的作品发表评论，就解剖学和透视方面的问题向她提供建议。后来，她的父亲在一封信中感谢米开朗琪罗对女儿画作的赞赏。也许正是因为米开朗琪罗的人脉关系，索福尼斯巴离开罗马时，才得以将一幅自画像送给了教皇。

从罗马回到克雷莫纳后，索福尼斯巴继续勤勉地练习，给家人画了很多肖像。在一张全家福中，她的父亲阿米尔卡雷和她的妹妹们神情愉快，就连家里的小脏狗眼中都流露出天真无邪的神色。同一年，也就是 1555 年，她还画了最著名的作品《象棋游戏》，画中她的三个妹妹密涅瓦、欧罗巴和露西亚正在花园里下棋。索福尼斯巴用前所未见的轻松和生动的笔触绘出了这些年轻女孩，几乎能感受到她的妹妹们的智慧与幽默。这幅画的内容也是革命性的——这是已知的第一幅以写实手法描绘家庭生活的绘画。

当索福尼斯巴在家里绘制这些家庭肖像画时，她的父亲阿米尔卡雷出门在外，担任她的经纪人。他引述米开朗琪罗的赞誉，向克雷莫纳的贵族推销女儿的高超技艺，导致很多人抢着要她画肖像。由于父亲拥有广泛的人脉，肖像画订单也开始从更远的地方送来，索福尼斯巴有时会去皮亚琴察、曼托瓦①、米兰和其他地方工作。镇上的社交圈人士看到一位年轻的贵族女孩带着她的油彩盒和画布抵达，都惊讶不已。安圭索拉全家人的自由思想引起了一阵骚动。女人有能力胜任这种事情吗？或者索福尼斯巴只是在克雷莫纳才会出现的怪胎？同时代的人将索福尼斯巴视为反常现象，属于女性群体中一个极端的特例。她肯定是"在女人体内有一个男人的灵魂"，或者说她属于第三种性别。这当然是不正常的。

从那个时期开始，她的许多自画像都得以幸存，准确地说是十三幅，正是这些自画像让我爱上了她。画中的她用一双大眼睛直视着我，

---

① 意大利北部城市。

好奇、谦逊又自信。在年轻时的自画像中，索福尼斯巴总是穿着一条简单的黑色裙子，把头发编到脑后，没有化妆，没有珠宝，没有漂亮的衣服、令人惊叹的发型、象征婚姻忠贞的狗，或者任何其他暗示生活浮华的东西。她自然的外表与当时极富装饰性的女性理想美背道而驰。索福尼斯巴似乎在通过这些画像强调一个她明确了解的事实，那就是她与众不同。在一些自画像中，她让自己手持画笔和调色板；在另一些自画像里，她坐在一幅未完成的画旁边；有的自画像描绘了她在弹奏古钢琴的场景；有的自画像只是一枚挂坠上面精致绝伦的微型画。她年轻时会在画作上给自己打广告：来自克雷莫纳的处女索福尼斯巴·安圭索拉，借助镜子绘制了这幅自画像。

她确实是当时轰动一时的现象级人物，值得打广告说一说。自画像作为一种独立的艺术流派，在当时仍是相当新颖和少见的。阿尔布雷特·丢勒在几十年之后才创作了第一幅自画像。实际上，适合用来绘制自画像的镜子也是一种新技术，将金属抛光制成镜子的技术确实历史悠久，但是直到16世纪初，威尼斯穆拉诺岛上的玻璃艺术家才想出了在玻璃表面涂一层锡汞化合物使之形成精确镜像反射的主意。索福尼斯巴正是借助这种稀有的小发明才画出了那些自画像。这是一位女性用自己的双手画出自己的肖像，更为重要的是，她作为"未婚女子"为画作署名，向观众保证，尽管这位贵族家庭的未婚女孩所从事的职业非同寻常，但她仍然保持着贞洁。实际上，她画自画像的目的常常是营销自己，尤其是那些微型画，非常适合作为名片给潜在客户看。在一幅微型自画像中，索福尼斯巴手里捧着绘有家族族徽的盾牌，仿佛在宣传克雷莫纳的安圭索拉家族的女神童；在另一幅自画像中，营销文字写在了索福尼斯巴手里一本打开的书上。我禁不住羡慕这位新手画家推销自己的高超技术，以及在没有互联网的情况下，她的绘画技艺竟然能通过连接不同城市贵族家庭的社交网络进行传播。干得漂亮！索福尼斯巴。

1558 年，26 岁的索福尼斯巴前往米兰为阿尔巴公爵画肖像，此行改变了她的人生。这位非比寻常的贵族女孩的高超技艺给公爵留下了深刻的印象，他甚至向西班牙国王写了一封信介绍她，并敦促索福尼斯巴将一幅画作为样品送到西班牙宫廷。索福尼斯巴画了一幅手掌大小的自画像寄了过去。这幅画是一件极具说服力的求职作品，西班牙国王菲利普二世邀请索福尼斯巴立即前往马德里为宫廷服务。他想要给即将从巴黎过来的 14 岁未婚妻伊丽莎白·瓦卢瓦找一位有艺术细胞的同伴。

　　几乎可以肯定的是，索福尼斯巴收到这份邀请之后喜忧参半。一方面，她被邀请加入欧洲最强大的统治者的宫廷当然是一种荣幸，但马德里离她家很远。另一方面，她还必须考虑财务问题，作为未婚女性，她仍然归父亲照管，去宫廷工作意味着为他提供支持的责任将转移给西班牙国王，从而减少父亲对六个未婚女儿的财务负担。阿米尔卡雷特意赶到米兰商议此事，然后在 1559 年 9 月将他的同意书递交给西班牙国王：但与此同时，看到亲爱的女儿远走高飞，我和我的家人都感到非常悲伤。……阿米尔卡雷可能没那么难过，因为这可能正是他努力让自己的女儿受教育所希望达到的目的——获得一份宫廷的高薪工作，免除嫁妆——一个女儿的问题解决了。

　　于是，索福尼斯巴装满了一箱绘画工具，乘船前往西班牙，此后十二年内再也没有见过她的家人。王室婚礼在瓜达拉哈拉宫殿举行，史书上说，"会画画的克雷莫纳女人"在火炬舞中给人留下了深刻的印象，在黑暗的夜晚营造了一种难忘的魔幻气氛。事实上，索福尼斯巴和年轻的新娘，即伊丽莎白王后一拍即合。

　　伊丽莎白王后有数百名佣工，几乎能组成一个小城市，有马夫、仆人、厨师、女帮厨、织毯工、刺绣工、金匠、医生、音乐家、管家、忏悔牧师和女侍臣。索福尼斯巴在宫廷享有独特的位置，她应邀担任宫廷画师，但由于她的贵族地位高于她的画家地位，所以她也被授予了"女侍臣"的头衔。不过,她并没有整天坐在那里与人闲聊,而是一位忙碌的多面手专业人士,同时从事侍女、美术教师和肖像画家的工作。她与伊丽莎白共同演奏古钢琴,教她素描和绘画,帮她设计奢华礼服裙。两位女士都非常喜爱昂贵的意大利面料,伊丽莎白有时会将购买这种面料的任务交给索福尼斯巴。于是,精细勾画的裙饰成了她的人物画像的标志性特征。没错,她当然还在绘画。教皇曾来信索要一幅年轻迷人的伊丽莎白的肖像画,索福尼斯巴把它画好,寄往梵蒂冈。伊丽莎白身处巴黎的母亲卡特琳娜·德·美第奇思念她的女儿,索福尼斯巴便画了另一幅肖像画,送去巴黎。索福尼斯巴的工作收入可观,不过有时她的薪水是用珠宝和布料支付的,绣有金银线的丝绸、锦缎和绸缎确实和金币没什么两样。从 1560 年 6 月开始,索福尼斯巴每年的收入为 100 枚金币,这还不包括王室另付给她的贴身女仆和马夫的薪水,以及蜡烛、洗衣服务、马或驴饲料的费用(相当于现在公司给员工配的车)。由于给国王画了一幅肖像,索福尼斯巴获得了 200枚金币的终身津贴,转给了她的父亲;为王子画一幅肖像,她获得了一颗价值 1500 银币的钻石。总而言之,她从事着专业的工作,为此获得报酬,这让她变得富有起来,甚至足以支撑在克雷莫纳的家人生活,这对于文艺复兴时期的贵族未婚女性来说是闻所未闻的事情。不幸的是,在宫廷绘制的作品上,她没有留下签名,所以很多作品都与男性宫廷画家的画作混在了一起,最终随意散落在各处,逐渐被遗忘了。

索福尼斯巴陪伊丽莎白在西班牙宫廷待了九年,直到 1568 年 23 岁的女王因流产并发症去世。这是伊丽莎白第四次怀孕。她之前生了两个女儿,在她去世时分别是 2 岁和 3 岁,那次流产让她失去了双胞胎。这就是选项一,贵族妇女的快进式生活。我只能想象索福尼斯巴的感受。她当时 36 岁,想要自己的孩子和家庭吗?还是会为自己不寻常的职业女性身份而感到宽慰,因为这样可以避免成为比丈夫早死十几年的婴儿生产机器的悲惨命运?她为自己的朋友和雇主伊丽莎白哀悼。

伊丽莎白死后，国王开始考虑把索福尼斯巴嫁出去。作为她的看护人，国王有责任为她找到合适的丈夫，由于索福尼斯巴要求一定要嫁给意大利人，于是一位贵族承担起在克雷莫纳为她寻找丈夫候选人的任务。奇妙的索福尼斯巴早年间有很多追求者，但现在这项任务很难完成，也许一位 40 岁的职业女性会让男人感到害怕。信使们不断发回令人沮丧的报告：某某曾经对上述女士很感兴趣，但现在不再感兴趣了……结婚是不可能的……如果上述男士能得到诺瓦拉的统治权（已被拒绝），那么他会考虑迎娶索福尼斯巴……为了迅速了结此事，我想知道殿下打算给迎娶索福尼斯巴的男士具体送些什么……这些信件在意大利和西班牙之间飞来飞去的同时，索福尼斯巴在专心照顾伊丽莎白的小女儿们，将她们和宠物狗或小鸟一起画在画布上。

经过四年的搜寻，国王终于在 1573 年为索福尼斯巴找到了一位丈夫——西西里亲王法布里奇奥·蒙卡达。婚礼是在皇家礼拜堂举行的（新郎不能参加，派了一位代表），婚礼结束后，索福尼斯巴动身前往她丈夫的家乡巴勒莫①。按照王后的遗嘱，索福尼斯巴的嫁妆是 1500 铜币和一个巨大的箱子（里面不仅有布料和衣服，还有珠宝、银器和家具），国王还给了她个人一笔可观的津贴。但是，她的婚姻只持续了五年，她的丈夫于 1578 年意外去世。

索福尼斯巴成了一位 47 岁的寡妇。西班牙国王想让她重返宫廷，她却宁愿回到克雷莫纳去陪母亲、妹妹和弟弟。索福尼斯巴乘船从巴勒莫前往里窝那，命运却在途中搅乱了她的计划。船长是一位年轻的热那亚贵族奥拉齐奥·洛梅利诺，他疯狂地爱上了他的"著名乘客"（整个意大利半岛没有人不知道索福尼斯巴），或许是索福尼斯巴疯狂地爱上了奥拉齐奥，有些记录说是她向年轻的船长求的婚。（还有人声称这是一场权宜婚姻，因为这样索福尼斯巴就不必回到西班牙宫廷做

————————

① 意大利西西里首府。

苦役。）无论怎样解释都无所谓，这段婚姻实际持续了40多年，直到索福尼斯巴去世。

我们回头看看在里窝那发生的事。索福尼斯巴和她的船长一起到达了里窝那。她决定中断旅程，在比萨的圣马泽奥修道院休息一段时间。1579年12月18日，她致信佛罗伦萨的弗朗切斯科一世·德·美第奇大公，请求为她携带的物品免除进口关税。她还提到旅途过程很艰辛。因为她晕船了？因为她的丈夫最近刚去世？还是因为她要考虑的事情太多？

我想象着索福尼斯巴在那个阴冷的修道院里反思她的处境。她当年47岁，没有孩子，没有丈夫，刚刚放弃一份稳定的工作——听起来很熟悉，对吧？她是一位享有盛名的艺术家，收入丰厚，但直到那一刻，她的生命一直属于某位男性——首先是她的父亲，接着是西班牙国王，近几年是国王为她选的丈夫。现在，作为一位寡妇，她的所有权将移交给她弟弟，除非她选择返回西班牙宫廷。或者，除非她结婚。现在她遇到了一个男人，这很可能是索福尼斯巴一生中第一次做出真正的选择的机会。她已经在西班牙宫廷待了将近二十年，那绝对是过去的事了。如果奥拉齐奥看起来不错，而且爱上了她（他还年轻，说不定长得很帅），或许这就是她最好的选择？她确实在这方面遇到了一些阻力，弗朗切斯科一世·德·美第奇在一封信中让她重新考虑，而且她的弟弟坚决反对，大概是因为他陷入了财务困境，索福尼斯巴的巨额退休金本来可以移交给他。但回家这个选择并没有什么诱惑力。作为一位船长的妻子，她也许能够过上最独立自主的生活？毕竟，她的丈夫将常年在海上漂荡！此外（再强调一遍）这个男人还年轻，说不定长得很帅。索福尼斯巴是否在比萨的修道院彻夜不眠，盘算着各种选择的优劣，试图从经济和社会地位方面做出最有利的选择？也许吧。不过，当我研究她的自画像，凝视着那双平静、自信、真诚的眼睛时，我觉得她不会做任何她不想做的事情。

于是，几个星期后，这位女性榜样做出了决定，本着事不宜迟的原则，索福尼斯巴和奥拉齐奥在比萨结婚了。1月14日，她写信给弗朗切斯科大公，说她的新丈夫很快就要到佛罗伦萨表示敬意，也许她也一起去了？也许他们应邀去皮蒂宫参加了晚宴？也许索福尼斯巴参观了弗朗切斯科的艺术收藏品（很快将在乌菲齐美术馆楼上画廊展出的那些）？也许她像我一样被佛罗伦萨文艺复兴的瑰宝迷住了，还兴致勃勃地研究了一下同行的技艺？然后他们继续前往热那亚，奥拉齐奥的宫殿就在那里。

我认为索福尼斯巴做出了正确的选择。当奥拉齐奥作为船长出海时，她有很多时间可以绘画，在接下来的几十年里，她的工作室成为艺术家和热那亚贵族的聚会场所。她是欧洲最著名的女艺术家，"美丽而富有才华的索福尼斯巴"，这位天赋奇才的绘画作品被全国各地的画家模仿。（就连卡拉瓦乔都用索福尼斯巴20多岁时创作的一幅画作为他的一幅画的样板。）她本人成为女性的榜样，尤其是对那些在事业上日渐发达的意大利北部的女画家们，包括拉维尼亚·丰塔纳等在内。1610年，接近80岁的她在一幅自画像中呈现了自己作为榜样的力量——自信、从容、明确了解自己的价值所在。

索福尼斯巴在意大利南部的巴勒莫度过了生命的最后几年。其间有几位画家前来造访，其中包括年轻的佛兰德斯①画家安东尼·凡·戴克，他后来表示自己从"这位眼盲的老妇人那里学到的东西比从所有意大利大师身上学到的都多"。凡·戴克于1624年在他的素描本里画了92岁的索福尼斯巴，这是她最后一张尚存的肖像。索福尼斯巴于1625年11月在巴勒莫去世，享年93岁，那年一场疫病夺去了城市中一半人的生命。1632年，为了纪念她100周年诞辰，她悲伤的丈夫奥拉齐奥（年轻，说不定长得很帅）为她设立了一座大理石墓碑。索福尼斯巴没

---

① 西欧地区的历史地名。

有子嗣，却给我们留下了她的画作。

来自克雷莫纳的处女索福尼斯巴·安圭索拉，借助镜子绘制了自画像。

当我在夜晚想起索福尼斯巴时，首先跃入脑海的是她所有的自画像，那些巧妙地推销她自己和她的才华的名片。收到它们的人能够看到一位有创造力、聪慧、积极主动的女性，一个独立的人，坦率地看着你的眼睛。我想到她呈现自己的方式多么绝妙，总是（1）穿着一条朴素的黑色连衣裙；（2）为自己树立处女的形象。那时，穿黑色衣服的大多是贵族男性，这也许有点讽刺，但是她想在自画像中将自己呈现为一个能随心所欲自由行事的人。在索福尼斯巴心中，也许童贞还有其他的含义，也许这就是她的独立宣言。

今天，那些她穿着黑色衣服的自画像仍然拥有强大的力量。躺在斯特凡诺的卧室里，我琢磨着是不是应该到阿诺河的桥上买一个自拍杆，以索福尼斯巴的风格自拍一张自己正在辛勤工作的照片用于营销。我会穿一套让客户尊重的衣服，手拿钢笔、飞机票或者其他能象征着我工作的意义的物品。我会看起来聪慧、有文化、好奇而且亲切，在照片的上端我会写上（当然是用拉丁文）：M. K.，处女，赫尔辛基人，借助自拍杆在佛罗伦萨拍摄了这张照片，公元 2014 年。不过实际上我不是处女座[①]，而是天秤座。

我会把照片发到网络上，发给资助金审核委员会和潜在客户，佣金和工作就会从世界各地飞来。我将获得丰厚的养老金以及一位国王的赎金，用来喂我的驴子。

这种愿景的唯一问题是，在佛罗伦萨，我没有一张可以用于自拍的漂亮办公桌。我躺在斯特凡诺的床上，被一堆书包围着，我穿的 T 恤上写着"极度干燥"的品牌名。

---

① "处女座"和"处女"在拉丁文中均为 Virgo。

后来，我又一次意外遇见了索福尼斯巴。那是两年后十月的一天，在赫尔辛基，我一整天都在写关于她的段落。晚上，我走出家门，前往国家博物馆，我的一个朋友正在那里做讲座。演讲开始前，我浏览了一下展厅里文艺复兴时期的艺术作品，计划再回来一次，花更多时间仔细看看那些绘画。我走过一个个展厅，途经各种贵族的肖像、圣母像里的女人们、拉斐尔作为耶稣的自画像，还有佛罗伦萨的大箱子（索福尼斯巴也有一个），直到我走进倒数第二个展厅。

　　首先映入眼帘的是一幅放在玻璃展柜里的年轻女孩的肖像。我看了看说明牌，上面写着露西亚·安圭索拉。我感到一阵困惑，接着将目光投向了画作的名称：欧罗巴·安圭索拉。露西亚和欧罗巴？这不可能——这是索福尼斯巴的妹妹露西亚为妹妹欧罗巴绘制的肖像。我转过身来，看到对面的墙上挂着一幅多明我会修士的画像，立刻就知道那是索福尼斯巴的作品。我完全不在乎那位留着胡子的男修士，尽管他看起来很温柔。我只是盯着这幅画的底部，在一片深绿色背景中勉强辨认出了 24 岁的索福尼斯巴的笔迹。"索福尼斯巴·安圭索拉，处女，绘制了这幅阿米尔伽利神父肖像，1556 年。"这就是她独有的签名，那么近，我几乎可以触摸到她的笔。

　　我想，索福尼斯巴来到了赫尔辛基，就好像她特意赶来见我一样。安圭索拉的天才女儿们，索福尼斯巴、露西亚和欧罗巴在没有任何预示的情况下偷偷来到这里旅行，她们不知道这段时间我会在晚上想起她们。她们已经登上了飞机，索福尼斯巴坐在靠窗的座位上，露西亚坐过道边，中间坐着欧罗巴，她们手里的机票上写着"克雷莫纳—赫尔辛基，出发 1556 年，到达 2016 年（飞行时间：460 年）"，除非她们被毫不客气地塞进了货舱里，整个旅程都得坐在地板上，被一大堆行李箱围绕——毕竟，贵妇们不应当四处走动，被所有人盯着看。或许她们挤进了一辆半拖车后面的长拖车里，沿着高速公路穿越整个欧洲（从南到北），在休息站下来伸伸已坐得麻木的腿，啃两口克雷莫纳奶酪和面包。或许她们被装在集装箱里，装上了一艘货船——我不知道，那样她们将航行穿过地中海，沿着欧洲海岸线向北走，避开海盗，然后越过波罗的海，最终停靠在赫尔辛基港口。

你们好呀，女性榜样。欢迎光临。

女性榜样的建议：

如果你知道想做什么，就去做。

如果之前没人做过这件事，那就更好了。

自豪地用大写字母标明你做过的所有事情：这是我做的。

宣传你的技能，分发你的名片。

在照片里直视镜头，表情真诚、镇定、自信、美好。

拉维尼亚·丰塔纳

建议八：想同时拥有家庭和事业？没问题。你可以拥有一切。

> 职业：艺术家的女儿，之后成为妻子、母亲，拥有一份事业。
>
> 经历：她用绘画为一家人提供经济支持，自称是贵妇们最喜欢的艺术家，像男人一样赚钱。

索福尼斯巴一生都致力于绘画一件事，而博洛尼亚的拉维尼亚·丰塔纳（1552—1614 年）的英勇事迹则是她成功地实现了工作、家庭生活和母亲角色的完美结合，这在四个世纪以前完全是不可想象的事。拉维尼亚是第一位没有在宫廷或修道院工作却能与职业男画家平起平坐的职业女画家。她为女性开创了职业生涯的典范，画了几百幅画，委托人包括佛罗伦萨的美第奇家族、罗马教皇和西班牙宫廷，与此同时，她生了十一个孩子。

拉维尼亚是博洛尼亚壁画画家普罗斯佩罗·丰塔纳的二女儿。这个家庭没有一个儿子，逐渐衰老的普罗斯佩罗从某个时刻起开始担心家族事业继承人的问题，可能是拉维尼亚吗？当时的博洛尼亚是一个思想开放的城市，自 1158 年欧洲最古老的大学设立以来，就允许女性入学学习。但是，创作艺术品仍然是男性专属的职业，而且工匠画家与马具匠、铸铁匠属于同一个行会。不过，普罗斯佩罗想，拉维尼亚能否做出举世瞩目的贵族女艺术家索福尼斯巴·安圭索拉所做的事情？会不会变得精于世故、出名且成功？毕竟，安圭索拉家的女孩曾受邀去西班牙宫廷作画，据说还给她父亲寄了很多袋沉甸甸的金币。

普罗斯佩罗算不上城里最杰出的画家，但他人脉很广，擅长社交，于是他决定为女儿设定一个高远的目标。作为艺术家的女儿，拉维尼亚所接受的教育远超常规水准，她的信件证明她能用优美的书法写出文雅的语句，她甚至可能还接受过数学和几何学方面的指导。目前不知道年轻的拉维尼亚是在哪里学习的绘画，但可以肯定的是，如果她需要变成一名"淑女"，那肯定不能去父亲的工作室，和屠夫的儿子一起学画。

拉维尼亚现存最早的署名画作是一幅贵族男孩的肖像，创作于1575 年，那时她才 23 岁。对于尚未婚嫁的女孩来说，拉维尼亚的年龄已经有点大了，如果想要从事画家的工作，她必须尽快解决婚姻问题。女性若想成为受尊重的画家，如果没有丈夫就无法工作（例如，不能为男性客户绘制肖像）。谁来帮她商议佣金、签订合同、处理法律事务？只有男人能处理这些事，而且已经 67 岁的普罗斯佩罗不可能帮她一辈子。如果拉维尼亚希望：（1）保护自己的声誉；（2）拓展业务；（3）在事业上取得成功，那么她就需要一位丈夫，而且是一位愿意接受某些非常规安排的丈夫。

一般情况下，婚姻意味着新娘要离开童年的家，带着嫁妆搬到丈夫家里，但普罗斯佩罗不希望拉维尼亚去任何地方，他还需要她给自己和拉维尼亚的母亲提供资金，让自己过上舒适的晚年生活，另外他也负担不起能吸引高质量求婚者的嫁妆。所以，他需要这样的一个女婿，既能接受妻子是职业女画家，又能接受不多的嫁妆，还要住进他们的房子，并给拉维尼亚赋予体面的已婚妇女的地位。他奇迹般地找到了这样一位名叫吉安·保罗·扎比的年轻人。吉安·保罗是伊莫拉下层士绅阶层家庭的儿子。普罗斯佩罗开始与年轻人的父亲塞韦罗谈判。未来的公公塞韦罗首先来到博洛尼亚审查儿子的新娘候选人，他在给妻子的一封信中对 24 岁的拉维尼亚的评价是，她是一位举止优雅端庄、品德高尚的小姐——拉维尼亚"看上去像一个女人应有的样子，既不漂亮又不丑陋，介于两者之间"。在那个年代，这样的女性实际上是最理想的妻子，她不会过于美丽以至于自负或轻浮，但也不难看。塞韦罗还提到拉维尼亚给了他两小幅自画像，他会带回伊莫拉。

晚上我想到的正是拉维尼亚在 1577 年画的那些自画像。拉维尼亚要把它们送给未来的公公做自我营销广告，并且非常出色地达到了这个目的。在其中一幅留存至今的自画像中，拉维尼亚正像一位贤惠的淑女一样在演奏古钢琴，站在她身后的女仆正在递给她一本活页乐谱。拉维尼亚美丽、沉静、坚定，她穿着博洛尼亚贵族新娘穿的那种优雅的蕾丝褶边领连衣裙，连衣裙上装饰着珍珠和珊瑚。画面上端有一行拉丁文（和索福尼斯巴所做的一样，拉丁语是博学的人文学者的语言），宣称"画中女孩是拉维尼亚本人，普罗斯佩罗·丰塔纳贞洁的女儿，她借助镜子绘制了这幅自画像"，意思是画像中的人物与实际相符。从某种意义上来说并非如此，拉维尼亚不像画像所暗示的那样是一位贵族女孩，而且很可能家里没有贴身女仆，更不用说拥有一台贵重的古钢琴了。拉维尼亚只是一个普通的壁画画家的女儿，但是她已经看见过索福尼斯巴的自画像，并决定效仿她的"女性榜样"。拉维尼亚还在背景中画了一个画架和一个敞开的大箱子，暗示她可以养家糊口，而画家的职业就是她的嫁妆。简而言之，拉维尼亚看起来像一个贞洁的、有教养的贵族女孩，让儿子娶她是一项不错的投资，塞韦罗当场就决定签署婚姻文件。

就这样，拉维尼亚和吉安·保罗结婚了。结婚协议中有一条规定，他们必须住在博洛尼亚加里埃拉街上拉维尼亚父亲的房子里，与绘画有关的收入归她的父亲普罗斯佩罗所有，父亲则负责为他们提供衣食。（如果吉安·保罗认为他 70 岁的岳父可能很快就要死了，那么他就错了，因为普洛斯佩罗此后又活了二十年。）我不太清楚吉安·保罗的社会角色，不过他可能也是一位画家。一些传记作者认为他放弃了自己没什么成就的画家生涯，开始协助拉维尼亚，帮她画背景和肖像中布料的褶皱；另一些传记作家则坚持认为，以极尽精细的手法绘制奢华的布料是拉维尼亚的特长，也是她能够收取天文数字佣金的重要原因，所以她不可能将如此重要的工作交给她百无聊赖的丈夫。根据资料，吉安·保罗可能在精神上有缺陷，有点傻，所以才会同意这样的婚姻，迎娶职业女性，成为家庭妇男。不过也许他实际上很聪明，因为以后他会继承普罗斯佩罗的整个工作室。而且，没有任何现存的文字证据可以证明吉安·保罗在成功的妻子旁边感到不被重视，他们一直生活在一起，直到拉维尼亚去世。

24 岁的拉维尼亚已经开始为全家人提供经济支持。许多人的生计都依赖于她，包括丈夫、父母和尚未出生的孩子们。她的父亲和吉安·保罗负责处理合同和收款，因为女性要求别人为自己的画作付款是不得体的。不过，实际上，每个人的生活来源都取决于拉维尼亚的艺术成就和吸引付费客户的能力。（要求合理的报酬对于现在的许多女性来说仍然是件难事，我承认，在进行商业谈判的时候，我很羡慕拉维尼亚能有经纪人。）

当然，拉维尼亚的作品质量相当高。结婚初期，她主要为博洛尼亚的学者、牧师、诗人和银行家画肖像，这些人希望支付合理的价格。不久后，她的名声就传播到了博洛尼亚以外。在一个人们热衷于收藏异国风情的物品和奇珍异宝的时代，女人画的肖像画是一种抢手的新奇玩意。一位收藏家委托拉维尼亚创作了一幅自画像，挂在了美丽又才华横溢的索福尼斯巴旁边。拉维尼亚于 1579 年 5 月送出这幅作品，后来它辗转成为佛罗伦萨的瓦萨里走廊的微型肖像画藏品。我跑得满头是汗，最终在导览过程中找到了它。"微型拉维尼亚在那里！"我假装看不见那名对我怒目而视的护卫，停下来虔诚地细看这幅画。自画像画在了一张明信片大小的铜板上，像照片一样精确，连衣裙上的蕾丝褶边透明轻盈，细小的珍珠和珠宝微微闪亮。（给自己的提醒：在探险家的装箱单上再加一个放大镜！）这位壁画画家的女儿将自己描绘成了一位贵族学者，她坐在自己工作室的桌子旁，自信地向外望去——她确实懂得自我宣传的诀窍。

1584 年，32 岁的拉维尼亚受命为伊莫拉市政厅的礼拜堂绘制一幅祭坛画。这项委托意义重大，让她成为首位为公共场所作画的女性艺术家。后来，博洛尼亚贵族家庭的女孩劳多维亚·戈扎迪尼委托她绘制了一幅全家福（现在是一幅著名的油画），此后佣金就开始从城内富有的贵族妇女那里流向拉维尼亚。博洛尼亚以前从未发生过这样的事，到处都有人谈论这位"富有而贤惠的贵妇"（原文如此！），而她只接受私人推荐的客户。她成为一个主流名人——城里的女性争先恐后地想要得到拉维尼亚的青睐，她们都想与她共处，就连在街上见到她都是一件值得向朋友炫耀的事。很快，拉维尼亚就能为自己的画作收取高昂的费用，可以和支付给欧洲顶尖的男性宫廷画家的佣金相媲美，所以除了贵族阶层，没有人能负担得起这个价格。

就这样，拉维尼亚继续画画。她每天乘马车从博洛尼亚的加里埃拉大街出发前往住在城镇另一端的贵族宫殿，在客人的房间里支起画架。她画了年轻的新娘——她们身穿能体现家庭财富的红色嫁衣，腰间缠着的链子上挂了象征着生育力的镶满宝石的黑貂皮或镀金的爪子。她画了身穿奢华礼服的贵族妻子——她的腿上趴着昂贵的博洛尼亚犬，那是证明婚姻忠诚的超时尚配饰。她画了寡妇，但不是那时候画中常见的那种没牙的、神色冷淡的、离群索居的老太太，按照修女的样子，手里拿着祈祷书，她画中的寡妇光彩照人，穿着天鹅绒和锦缎礼服，戴着饰有珍珠的黑色面纱，手中拿着手帕以示她们正在哭泣。拉维尼亚对女装的丝绸、绸缎、锦缎、塔夫绸、金丝刺绣、珍珠和蕾丝装饰的描绘细致入微，有时她会把模特的宝石、珍珠和金饰带回家，以便在工作室里仔细画出每件珠宝的细节和光泽。（为了确保这些昂贵物品能安全归还，她签订了各种各样的合同。）

拉维尼亚还接到了绘制家庭肖像画的委托，活人和死人都有，也有豪华摇篮中的新生婴儿以及穿着最好的礼服的小孩。甚至有一个"怪物孩子"的肖像，画中小女孩的脸完全被长长的毛盖住了。拉维尼亚还为私家礼拜堂绘制祭坛画，为卧室绘制小幅的画作，熟睡的婴儿耶稣和其他美丽的人物是广受欢迎的主题，人们相信妇女怀孕时看着它们会更保险些。（人们曾经认为，母亲在怀孕期间看着丑陋或畸形的东西会生出畸形或"怪物"孩子，比如龟唇或兔唇，而看到美丽的影像则会促进胎儿的生长发育。）

拉维尼亚的生意日渐红火，她很聪明，懂得利用这种情况跻身上层社会。她与许多客户成了朋友，最聪明的举动是要求他们成为自己孩子的教母。每一位教母都会为她在社会各界创造更大的影响力，建立更广泛的社会关系。1588 年，她和家人搬到了博洛尼亚的另一边，也就是她的新社交圈所在的芳达扎大街。她在那里继续作画，直到1604 年收到教皇的邀请前往罗马。52 岁的拉维尼亚带着年迈的母亲、丈夫和四个孩子，在生命的最后十年里为教皇、博尔盖塞家族和其他尊贵的客户画肖像画和祭坛画。拉维尼亚于 1614 年在罗马去世，享年62 岁，她已经成功地攀登到了人生顶峰。

我从拉维尼亚身上学到了什么呢？一个生活在四个世纪以前的女人，竟然超前按照 21 世纪心理自助手册中关于取得成功的建议实现了目标。有一本心理自助手册建议，要得到自己想要的东西，你必须表现得好像已经得到了一样。如果你想成为一位成功、富有的职业女性，就必须打扮成成功、富有的职业女性的样子；如果你想发财，就可以在钱包里装一张价值 100 万美元的支票的图片，随身带着，想象着它是真的；如果你想成为探险作家，就要在名片上写"探险旅游文学与人体实验"，无论这听起来有多么傻；如果你想为学者和贵族绘制肖像，就必须在自画像中把自己画成一位贵族学者的样子，行为举止也要像。你真是天才，亲爱的拉维尼亚。

尽管拉维尼亚有数百幅绘画、肖像画、祭坛画，赚到了天文数字的佣金，取得了成功，赢得了赞誉，但我想起的却是她的丈夫留下的洗礼记录。

1578 年 1 月，她生下了一个女儿，名为艾米莉亚。

1578 年 11 月，她生下了一个儿子，名为荷瑞修。

1579 年 11 月，她生下了第二个名为荷瑞修的儿子。

1581 年 1 月，她生下了一个女儿，名为劳拉。

1583 年 5 月，她生下了一个儿子，名为弗拉米尼奥。

1585 年 1 月，她生下了第三个名为荷瑞修的儿子。

1587 年 6 月，她生下了一个儿子，名为塞韦罗。

1588 年 10 月，她生下了一个女儿，名为劳多米亚。

1589 年 12 月，她生下了一个儿子，名为普罗斯佩罗。

1592 年 12 月，她生下了第二个名为塞韦罗的儿子。

1595 年 4 月，她生下了一个女儿，名为科斯坦扎。

我想到，从 25 岁到 42 岁（她的事业蒸蒸日上的那段时期），拉维尼亚几乎一直在怀孕。在这十七年的时间里，她生了十一个孩子，其中只有三个长大成人，另外八个被她埋葬了，有些孩子仅活了几天，有些则年龄更大一些。有时候，她会给下一个出生的孩子取上个死去孩子的名字，寄希望于这个荷瑞修或这个塞韦罗能够活下来。

分娩后通常仅过一两个月，她就会再次怀孕，同时忙着绘画。1578 年 1 月，在拉维尼亚诞下第一个孩子后，她紧张的丈夫在给自己父母的一封信中报告说，妻子的生命危在旦夕，因为她在过去的几个月中"不够小心"。他的意思也许是拉维尼亚一直在努力工作。孩子出生一个多月后，也就是 1578 年 3 月，拉维尼亚又怀孕了，同时开始为私家礼拜堂绘制更大幅的祭坛画，至少有三幅这样的祭坛画都署的

1578 年的日期。11 月下旬，她生下了第一个名叫荷瑞修的孩子。她的丈夫在另一封信里曾提到，1579 年 1 月上旬，拉维尼亚一个月前刚刚分娩，如今却已经在工作了。拉维尼亚要么是个工作狂，要么根本没时间休息。

我想知道她是怎么能做到的，有什么感受。她一直在怀孕，就意味着要忍受着荷尔蒙风暴和晨吐，大腹便便，步履蹒跚，背部酸痛，双腿肿胀，睡不好觉，还要分娩，分娩结束后还要恢复一段时间……估计她不需要亲自喂养婴儿，毕竟有奶妈，这样一来，她还可以更快地再次怀孕。学者们好像总是忽略拉维尼亚生了一大堆孩子这个事实，理由是在那个时代，常常怀孕并不奇怪。只有一位艺术史学家顺手提到了拉维尼亚没有画壁画的原因，可能是她怀孕时爬脚手架太困难了。那时的妇女确实常常生育十几个孩子，因为家庭会需要他们帮忙干活和继承家产（只有男孩能做这些），而且由于婴儿死亡率很高，你必须不停地生才能保证其中几个婴儿能活到成年。但是，这种情况很"常见"并不意味着我们就可以忽视任何一位女性的生育经历。

16 世纪的女性生下一个婴儿的过程不比现在容易，生孩子怎么可能像用传送带生产商品一样稀松平常，也不会像动画片里演的那样"噗噜"就出来了、"噗噜"就死了。哦不，真遗憾，不过我们再往烤箱里放一个生面团就行了，噗噜，噗噜，噗噜。现实情况完全相反，每个女性的身体都必须实实在在地、具体可感地经历这一过程。一切都和现在一样，怀孕、分娩、激素……猛烈地冲击着她们的身体，而且情况还会更糟，因为当时医疗条件不好，要想保证分娩过程顺利安全，最可靠的方法是把一本关于分娩守护神圣玛格丽特的书放在肚子上，当然，曼德拉草根、芫荽子可能会有帮助，磨碎的蛇皮、野兔奶和螃蟹的混合制剂也是。每一次怀孕都有可能预示着一个女人的死期——这次我能活下来吗？（许多人都没活下来。）在这许多次分娩之间，在孕激素的扰动下，还要经历儿女的死亡。更何况，拉维尼亚一直在不停地绘画。

　　我不禁想，拉维尼亚这么做是否遵循了自己的意愿。她到底是一位实现了成为艺术家的雄心壮志的女性榜样，还是只是为父亲和丈夫做牛做马、负担着支撑家庭延续后代的重担的赚钱机器？我不知道。但是当我晚上想起她时，我觉得她至少不是一个悲惨的奴隶，而是一个强大的女人。她一定像马一样强健，拥有坚定的决心，更不用说才华横溢、勤奋刻苦、自尊心强、英勇无畏了。如果不是那样的话，她不可能创作出两百幅画。谁知道呢，也许拉维尼亚热爱她的工作。为什么不呢？也许她是如此渴望绘画，以至于她一定要尽快从产床上爬下来，到画架边工作。也许她是个疯狂的工作狂，就连父亲和丈夫都无法阻止她！吉安·保罗！请你去照顾一下孩子们好不好！妈妈没有时间。妈妈在画画。

　　也许拉维尼亚就像今天的许多女人一样，是一位充满激情、极度勤奋、能力超强的全能职业女性——工作、孩子、丈夫和自己年迈的父母面面俱到，只不过拉维尼亚的孩子比较多而已。

　　几年后，我来到了博洛尼亚，透过锁孔窥视戈扎迪尼宫宽敞的庭院。我想象着在这扇门的另一侧，30多岁的贵妇劳多米亚·戈扎迪尼是如何将自己悲惨的人生经历讲给拉维尼亚听，她输掉了两个姐妹之间的生育竞赛，并且随之输掉了她的遗产和婚姻。拉维尼亚按照画中主角的愿望画出了劳多米亚的故事，后来这幅画成了她最著名的作品。

　　为了看到这幅巨大的《戈扎迪尼家族肖像》，追寻优秀女性的探险家必须先穿越博洛尼亚市，经过迷宫一般的中世纪小巷，橙红色的宫殿，砖块剥落的、高耸的双塔楼，穿过拱廊下的光影，穿越整座充满着古老的财富与文化的气息却颇为凶悍且不修边幅的城市，到处都是被分隔开来的私家花园、一身黑衣的学生、醉汉、流浪汉和有权势的家族的后代。然后，这位探险家还得在博洛尼亚国立美术馆里穿过一间又一间男性画家的展厅，经过无数排耶稣钉在十字架上和描绘各种圣人的几米长的画，她想知道为什么博物馆参观手册上的大师和著名作品清单中都没有拉维尼亚的名字。但是，当她最终在博物馆里找到仅有的几幅由女性创作的世俗主题的画作时，它们却被展示在一个非常显眼的位置——位于一个大展厅尽头的展台上面，像清爽透明的山泉水一样闪闪发亮。

当你研究这幅巨大的全家福肖像画里面巧妙隐藏的信息——死去的姐妹的丑陋面孔，父亲暗示他偏爱哪个女儿的手势，那些藏在后面的奸诈的丈夫们，背景中偷偷溜过去的黑狗，或者其中极为精致的细节，比如悄悄绕上骄傲的劳多米亚颈项的毛皮丝滑的山猫（？），小宠物狗的耳环，两姐妹礼服上的丝绸和薄如蝉翼的蕾丝，金色的项链和浆过的蕾丝袖口，或者旁边墙上那幅画中躺在豪华摇篮中的贵族婴儿身上精致的蕾丝毯。当你仔细研究这些画作时，你会领悟到一些事情。

拉维尼亚不仅要表现出众，还要出类拔萃。她下定决心要搞定画画这件事，因为她太擅长画画了。是的，拉维尼亚对这份工作很感兴趣，她喜欢画所有的细节。看，一切很完美、精妙，技艺高超，比如这些刺绣，每分每厘都体现着燃烧的热情和对完美的不懈追求。

我想：没有人会因为父亲或丈夫的要求而这样做，不会像她这样。

除了芳达扎大街尽头的一个寒酸的小狗公园，这座城市可能没有什么其他以拉维尼亚命名的事物了。没关系，与我所看到的她热爱绘画的事实相比，这完全不值一提。

女性榜样的建议：

如果你想要拥有一份辉煌的事业，就放手去做。

如果你打算在生育十一个孩子的同时拥有事业，请找一个愿意接受这一点的男人。

追随你的女性榜样。营销自己，将自己画成你想成为的样子。

与女人们建立联系，像男人一样挣钱。

勤奋到极致。

出于热爱而工作。

如果损失惨重，就继续前进。

阿特米西亚·简提列斯基

建议九：面对你的伤痛。杀死你的荷罗孚尼[①]**。这对你有利。**

> 职业：艺术家的女儿，后成为艺术家。
>
> 经历：因一次强奸案审判而毁掉了名誉，后来在佛罗伦萨、罗马、威尼斯和那不勒斯取得了辉煌的成就。作为单身母亲，养育了一到两个女儿。她画的是裸体女人和随心所欲的、强大的古希腊女战士。

让我们看看阿特米西亚，也就是我在乌菲齐美术馆的墙上看到的血迹斑斑的杀人画的作者。

事实证明，阿特米西亚·简提列斯基（1593—约1654年）是我的佛罗伦萨女性榜样中最有名的一位，她代表着强大而自由的女战士，是女权主义学者们的偶像。这里有大量关于她的学术著作、小说、剧情片和情色惊悚片（受到她的画作的启发），还有很多香水、画廊和女性旅店都以她的名义进行宣传。必须承认的是，即使你不那么喜欢她的绘画中蕴藏的巴洛克美学，也必须佩服她的勇气。这个女人有胆量。

阿特米西亚出生于罗马，是一位名叫奥拉齐奥·简提列斯基的艺术家的大女儿。她的父亲主要绘制壁画，阿特米西亚从小就开始担任他的助手。她的母亲在她12岁时死在产床上，在那个时间点，她可能应该尽快出嫁或被送进女修道院。但出于某种原因，她的父亲没有按

---

① 基督教《次经》中的人物。

照常规做事，开始教阿特米西亚绘画。在 17 世纪的罗马，奥拉齐奥这一决定引人侧目，因为艺术家的工作室是男人的世界。不过，奥拉齐奥在其他方面也与众不同，他是个难相处的人，这一点世人皆知。他很可能并没有为女儿规划一个走向成功的事业轨道，让她成为受人尊敬的历史画家，因为那时这样的职业意味着要在城市各处游荡，绘制古代的雕像，临摹文艺复兴时期大师们的作品，一个女孩是绝对不可能这么做的。不过也许除了研磨颜料，阿特米西亚还可以帮助父亲完成画作订单，为家庭收入做出贡献？这样一来，她还将秘密地成为大量"影子画家"中的一员。这些人模仿大师的作品，大量生产廉价肖像画和宗教题材的绘画，拿到市场上去卖。要想做这行，你不需要接受多少教育，甚至都不用学会读写。而且，奥拉齐奥偶尔还可以让阿特米西亚当他的模特，当时请一位裸体女模特非常困难，因为这么做是违法的。

就这样，阿特米西亚在狭小的家庭租赁公寓兼工作室里当父亲的学徒，辛苦劳作。由于社区周围暴力事件频发，她只有周日才能出门去做弥撒。人民广场和西班牙阶梯之间的街区里住着形形色色的人，有僧侣、运木料的"河猪"、管家、建墓地的人、艺术家和妓女，他们都像奥拉齐奥一样，经常从一间公寓搬到另一间公寓。

在那些年间，阿特米西亚的父亲注意到了女儿惊人的天赋，她的画比三个儿子的画都要好！ 16 岁时，阿特米西亚完成了她的第一幅署名作品《苏珊娜与长老》。这时奥拉齐奥已经把自己从老师那里学到的一切都教给了她，于是他邀请了他的同行、另一位壁画画家阿戈斯蒂诺·塔西教她透视画法。这是个错误。在阿特米西亚 17 岁时的一天，塔西强奸了她。

如今，似乎一切关于阿特米西亚的故事的核心都是这起强奸案。简要来说，事情的经过是这样的：阿戈斯蒂诺·塔西一直觊觎着阿特米西亚，1611 年 5 月的一天，他终于设法捕获了渴望已久的猎物，之后塔西含糊地承诺会娶她。当时这样的罪行都是以婚姻作为补偿的，因为失去了童贞的未婚妇女已经降为次品，不再适合与除强奸犯外的任何人结婚。（另一种对伤害了这家人声誉的补偿方法是支付一笔可观的嫁妆。）但是，塔西没有正式提出求婚，于是奥拉齐奥决定在 1612 年初对他提起诉讼，指控他窃取了女儿的童贞，让她失去了结婚的机会。这场可耻的审讯持续了七个月，阿特米西亚受尽了屈辱，她必须接受妇科检查以证明她真的失去了童贞，还遭受了指夹刑。塔西最终被定了罪，但阿特米西亚的声誉也跌至谷底。于是，她的父亲迅速将她嫁给了一位无能的年轻艺术家（也就是第一位同意接受她的男人）。1613 年，这对夫妇搬到了新郎的家乡佛罗伦萨。

尽管听起来难以置信，但阿特米西亚的庭审记录留存至今。这份文档的英语译文长达 80 页，不停地绕圈子，令人迷惑不解，而且读来非常费力。不过我们可以一字不差地读到阿特米西亚本人在四百年前，也就是 1612 年 3 月发表的证词原话。

在质询中，阿特米西亚描述了强奸过程。她说，1611 年 5 月的那一天，她正在十字大街的家中"为了消遣"绘画，阿戈斯蒂诺·塔西未经允许走了进来。他先和她调了一会儿情，然后将她推入卧室，锁上门，把她猛推到床上，强奸了她。阿特米西亚曾大声喊救命，抓伤了他的脸，扯他的头发，但都没能阻止他。强奸结束后，阿特米西亚跑到梳妆台拿起一把刀，威胁要杀死他。"来吧。"塔西说。他敞开外套露出胸膛，阿特米西亚试图用刀刺伤他，但只在他的胸口上划了一个小口。然后阿特米西亚哭了，塔西扣好夹克的扣子，安慰她，答应一旦处理完他的所有麻烦就娶她。听到这个诺言（这算不上正式的求婚，对吧？），阿特米西亚的心情稍微平静了一些。法官想知道阿特米西亚是否流了血，因为通常那是失去处女身的证据，但阿特米西亚说她正处于生理期，很难确定血液的来源……后来，阿特米西亚同意与塔西再次发生性关系，毕竟他已答应要娶她。

噢，阿特米西亚。你被侵犯，你拼命地用刀刺伤他，你的眼泪，让你蒙受羞辱的婚姻承诺！他以那个承诺为由与你发生更多次关系……在法庭上、在公众面前为这一切作证，每一个可怕的细节都被记录下来，数百年后著名的艺术史学家在他们的作品中重提并进行分析……这些信息的私密程度远超我想要了解的任何有关四百年前女画家生活（和当代女性生活）的信息。

阿特米西亚承受的羞辱远未结束。接下来要接受质询的是塔西和他找到的证人。阿戈斯蒂诺·塔西诚意满满地向法庭保证他从未对阿特米西亚说过任何话，几乎不认识她。他说，他之所以来到同行奥拉齐奥家，是因为有人邀请他教这个女孩透视画法，他从未与她单独交谈。塔西声称，奥拉齐奥对他的女儿有各种各样的意见，她"很不听话，生活很糟糕"。塔西敦促阿特米西亚做个"好女孩"，她说是父亲让她落到了这样的境地，并且"像使唤妻子一样使唤她"。塔西坚持说："我从未与女性发生过肉体关系，也从未与这位阿特米西亚做过那种事。"他反咬一口说，阿特米西亚已经和很多男人上了床，其中包括一位名叫弗朗切斯科的石匠。"一只母猫的话是不足信的。""众所周知，阿特米西亚是个妓女。""她所说的一切都是谎言。"塔西抛出了他的终极'证据'，声称"阿特米西亚的母亲和姑妈们都名声不好"……（文件上这里有个洞）……"她们是众所周知的妓女。"

在阿特米西亚和塔西发表证词之后，一大堆亲戚、邻居、女仆、洗衣工、裁缝、牧师、旅店老板、画家、调群青色颜料的人、曾经当过奥拉齐奥模特的朝圣者、理发师、牙医、放血的医生纷纷来到证人席上，七嘴八舌地讲述了一番他们用眼角余光瞥到、偶然听到的情况，某人从某个房间或另一个房间里走出来的样子，在某次弥撒中、马车上、葡萄园里或马格塔街和十字街上的艺术家社区发生的事情。四个世纪之前的景象在我眼前不断闪过，真假难辨。从法官的评论中可以明显地看出，他也不相信塔西的谎话，但他们必须让阿特米西亚经受指夹刑的考验，确认她的证词的真实性。"做什么都行。"阿特米西亚同意接受指夹刑，而那些手指正是她用来谋生的工具。

　　经历了种种屈辱之后，阿特米西亚做了什么呢？她当然没有悲伤地蜷缩在床上。庭审结束后，1612 年 11 月，年仅 19 岁的阿特米西亚嫁给了比她大 10 岁的彼拉特尼奥·斯提亚特西。婚礼的前一天，强奸犯终于定了罪，被判流放（目前尚不清楚判决是否执行），阿特米西亚的声誉有所恢复。这对夫妇搬到佛罗伦萨，他们的第一个孩子于 1613年 9 月出生，是个男孩。阿特米西亚随身带着她在审判期间画的那幅强有力的画作作为名片。画中朱迪斯斩下了荷罗孚尼的头，这幅画成为她通向成功的门票。

　　出乎所有人的意料，阿特米西亚去了佛罗伦萨之后，她作为一名艺术家在职业发展上突飞猛进。1612 年 7 月，她的父亲奥拉齐奥致信守寡的佛罗伦萨大公夫人，赞美他的女儿。他写道，她的"技艺如此精湛，我敢说无人能比"。那时佛罗伦萨没有一位女性艺术家，所以阿特米西亚是独一无二的，令人赞叹不已。她的朱迪斯和荷罗孚尼的绘画引起了很大争议。城里的艺术家们都无法相信，这样强有力的、暴力的画作竟然出自一个女人之手。米开朗琪罗大师的侄子小米开朗琪罗立即委托阿特米西亚为他的布纳罗蒂宫殿创作一件作品。此后，其他人也开始找她定制画作（罕见！一位才华横溢的女艺术家！），比如大公科西莫二世·德·美第奇。在美第奇家族的宫廷里，阿特米西亚结识了城里颇有影响力的诗人和戏剧家，还有伽利略·伽利莱，她一直与他保持通信，直到这位天文学家去世。小米开朗琪罗也成了她的好朋友，甚至可能是她儿子的教父。他为那幅画作慷慨解囊，支付的佣金是他付给其他画家的三倍。到了 1616 年，阿特米西亚已经备受推崇，她成为首位进入久负盛名的佛罗伦萨绘画学院的女艺术家。这是史无前例的，而且成为她职业生涯的关键转折点。因为艺术学院的会员资格赋予了她独立于行会和家庭男性成员的自治地位，这是任何女性都未曾得到过的权利。从此，她可以在没有获得丈夫或父亲允许的情况下购买颜料、签订合同、独自旅行，她开始像男人一样为佣金讨价还价，因为她能这么做。想想在罗马发生的事，她现在的境遇相当不错。目前还不知道阿特米西亚是否能够利用学院的学习机会，课程不仅包括给裸体模特素描、解剖学，还有数学和自然科学，因为阿特米西亚几乎不识字。不过，众所周知，作为一名女性，她拥有可以充分研究裸体女模特的优势，女性人物成了她最擅长的领域。

当然，在创作期间，阿特米西亚还在继续生育孩子。1615 年 11 月，第二个儿子出生。1617 年 8 月，名叫普丹夏的女儿出生。1618 年 10 月，第二个女儿出生，但八个月时就死了。也许她还生了其他孩子，但他们都还没接受洗礼就死了。到了 1620 年，三岁的普丹夏是她唯一存活下来的孩子。

1620 年初，阿特米西亚开始计划返回罗马。她写信给科西莫二世，描述了她和家人面临的各种麻烦（她的第四个孩子最近刚去世）。为了平复心情，她想回去和亲戚们待几个月。在她遇到的麻烦中，最糟糕的是财务问题。尽管她不断努力工作，取得了成功，但全家人还是入不敷出，木匠、药剂师、面包师和裁缝寄来了成堆的账单，她为画《赫拉克勒斯》购入的一盎司半的群青颜料还未付款，绷画框和胡桃木镶板也是。债权人时不时会来到家里，没收她的家庭用品以抵消账单。阿特米西亚看起来不是一个特别无能的女商人，而且小米开朗琪罗还借了钱给她，或许她那毫无用处的丈夫才是问题所在。他不仅在绘画领域一无所成，还深陷债务之中，甚至未经允许就花掉了阿特米西亚的嫁妆。在过去的七年中，阿特米西亚至少怀孕四次，这一定也对她的工作节奏产生了负面影响，更何况他们还得为三个孩子支付丧葬费。

阿特米西亚留下的信息很少，所以每一个微小的相关证据都会被放大很多倍来研究。根据几张随机留存下来的收据、账单和催款信，学者们重建了阿特米西亚的"经济肖像"，但也不可避免地会扭曲事实。在他们的笔下，这位艺术家的生活是不幸的。

我不知道阿特米西亚如何看待她的婚姻、孩子或绘画，不过我明确地知道，她在佛罗伦萨怀孕期间，因花了太多的钱购买泻药和糖果，结果负担不起高额的账单。我应该如何对待这类信息？了解这么多关于她的身体的私密细节，再加上审判的那些内容，是否有点过于侵扰她了？我想象了一下，如果一个眼里充满渴望的学者掌握了我在药房和其他商店的购买记录，并注意到我一直在向家里运送多到不正常的奶酪、书、止痛药和助眠的东西，他会对我的生活给出怎样的结论？

尽管如此，我仍然深陷在她的生活细节的泥潭之中，狂热地研究每一块泛黄的纸屑，想象着它会让我对她有更进一步的了解。啊哈，阿特米西亚可能在怀孕期间患有便秘！哦不，她可能是被佛罗伦萨修道院里一家我也喜欢的化妆品店逼到破产的！（顺便提一下，新圣母教堂药妆工坊出售妙不可言的樟脑香熏护足霜，价格奇高。）哦不，她不得不赊账购买群青颜料！阿特米西亚购买群青颜料的相关证据让我得知，一位名叫弗朗切斯科·玛丽亚·马林吉的佛罗伦萨贵族为她在颜料经销商处的债务提供了担保，这样那些颜料才没有被没收。我还知道，阿特米西亚离开佛罗伦萨时以165枚金币将她的全部家具及其他物品卖给了马林吉。

1621年2月那笔交易的物品清单留存至今，所以我甚至可以想象自己正在窥视阿特米西亚的家——阿特米西亚在手忙脚乱的搬家过程中，邀请我去做客，帮她清点物品。我会坐在靠墙的小木凳上，喝着葡萄酒，啃一小块面包；3岁的小普丹夏蹲在楼梯间，害羞地盯着我……我要换换环境了。阿特米西亚会想，如果让一个21世纪的女人看到我的家，那又有什么关系呢？让她看吧。

于是，在佛罗伦萨狭窄的街道上的某个地方，也许在新圣母教堂附近，或者在肮脏的乔皮广场旁的小棚屋里，或者在山上的圣米尼亚托教堂附近，透过窗户能俯瞰山下的景色，我走进了阿特米西亚的家，房子里有如下物品：

---

2 个大胡桃木箱

3 个威尼斯胡桃木嵌板箱

1 个带隔板的胡桃木大橱柜

12 个带靠背的胡桃木凳

4 把有各色花缎衬垫的椅子

4 个羊毛床垫

4 个粗糙的亚麻床垫

4 个草垫

76 件金色和绿色的西班牙尺寸皮革壁挂

2 条青绿色毯子，一条有绿色塔夫绸饰边，另一条有玫瑰色布料饰边

1 条青绿色和白色相间的土耳其风格棉篷盖

2 个羽毛垫

4 个小羽毛垫

1 床绣花羽绒被

1 个木制暖床盆

3 张小木桌

1 个带抽屉的木柜

1 个大罐子

1 口大锅

1 个用于上浆的平底锅

1 个盛冷水的容器，黄铜盘子

1 个带手柄的小黄铜水桶

1 个桶

1 个铜平底锅

1 个壁炉用的金属链和 1 把火钳

3 个三足凳

3 个圆形马口铁

2 个黄铜烛台

3 盏铁制油灯

1 把黄铜烛花剪

1 个带铁艺烛台的灯座

5 个皮斯托亚式凳子

4 个木凳

4 个画架

1 张大画布（画了一半）

1 幅穿衣服的抹大拉像（两臂高，约合 130 厘米）

1 幅圣母像（两臂高）

1 幅刚刚开始画的抹大拉像（两臂高）

1 幅女子肖像，胡桃木画框

3 小幅铜版画

4 个胡桃木调色板

15 件大小各异的绷画框

1 幅耶稣受难像

1 个研钵和杵

1 个大容器和黏土过滤器

140 个金色和红色普通皮革壁挂，13 个青绿色和金色棉质壁挂，顶部
和底部有装饰

24 件大小各异的锡釉陶盘及其他厨用陶器

　　为什么，亲爱的阿特米西亚？我坐在角落里默默地想，为什么要
卖掉你的画架和那些画了一半的女性肖像呢？你的生活这么拮据吗？
还是你计划要彻底改行，实现自己生活的文艺复兴？

在离开之前，阿特米西亚接受科西莫二世的委托，画了一幅更大的《朱迪斯①割下荷罗孚尼的头》。这幅画如今挂在乌菲齐美术馆的 90 号展厅，在它面前，你一定会哑口无言。那时阿特米西亚 27 岁。她被强奸，在法庭上饱受侮辱，与一无是处的男人们生活在一起，生育和埋葬了几个孩子，她凭借自己的劳动在佛罗伦萨取得了名望，实现了那个时代的女性几乎不可能达成的经济独立。如今，她完成了这幅阴郁而充满力量的卡拉瓦乔式的作品，长 6.5 英尺，高 5.5 英尺，画中两个女人在漆黑的夜晚镇定而决绝地杀死了一个男人。在乌菲齐美术馆里，它悬挂在卡拉瓦乔的作品旁边，当我研究这幅画的时候，不得不承认画中的场景非常残暴。18 世纪的安娜·玛丽亚·路易莎·德·美第奇认为这幅画恐怖得让人无法直视，将它藏在了博物馆某个黑暗的角落里。直到 2000 年，即作品完成近四百年之后，它才在乌菲齐美术馆公开展出。鲜血、床、阴暗的卧室、褶皱的床单，那种力量和暴行，那把剑……画作的象征意义和绘画手法都堪称完美。阿特米西亚知道这幅画的精妙和残酷性一定会引发争议，所以为了预防起见，她在底部签上了"我，阿特米西亚 / 洛米，绘"，好像在说：是的，我，一个女人，画了这幅作品。驱使她创作这幅作品的动力可能来自受屈辱的痛苦和对复仇的渴望，她一定是故意将朱迪斯描绘成一个成熟、坚强、知道自己在做什么的女性角色，而不像卡拉瓦乔笔下的朱迪斯那样，是个胆怯、害怕的少女。她了解自己的优势所在，知道该如何利用自己的精湛技艺和"性别错位"。也许她想给观众上一堂课，告诉他们女性可以做什么，不可以做什么。看，这就是一个女人的力量。

阿特米西亚的实力的确很强。回到罗马后，她与女儿普丹夏和一个仆人生活在科尔索街②的旧居里，她现在是一个独立的艺术家、单身

---

① 天主教《圣经》中的人物。

② 意大利罗马古城中心区的一条主要街道。

母亲。居民记录显示，大约在此前后，她的丈夫就消失了。不过，她在佛罗伦萨的盛名很快就传到了罗马，在接下来的三十年里，她成功地开启了一段辉煌的国际职业生涯。在 17 世纪二三十年代，她接到了西班牙国王和欧洲各地贵族的委托，在罗马、威尼斯和那不勒斯的知名度很高，并和父亲一起到伦敦的英国宫廷工作。在英国宫廷里，他们为王后的宫殿画了天顶。她的作品广受赞誉，她本人则成为令人敬佩、有超凡魅力、有影响力的人物，经常出现在肖像画上，还有人特意定制了一块有她的侧面像的铜制纪念章。威尼斯的诗人写了数十首诗和信件赞美她（比其他任何在世艺术家都多），后来那不勒斯的诗人也用诗句赞颂了她的才华、智慧和美貌。

1629 年前后，36 岁的阿特米西亚搬到了那不勒斯[①]。据我们所知，她在这里度过了余生，可能还诞下另一个非婚生的女儿。在那不勒斯这样的大城市谋生并不容易，这里人口过剩，经济疲软，流行病肆虐，饥荒和暴乱频发。阿特米西亚会收到一些佣金，但她经常不得不乞求客户尽快付款。对她的财务状况造成最严重打击的是她的女儿们，1637 年前后，44 岁的阿特米西亚给普丹夏支付了嫁妆费用之后濒临破产。（同一时期，她到处询问前夫的下落，想知道他是否还活着，也许她想让他帮忙付一部分嫁妆费用。）尽管她事业成功、坚忍不拔、颇具商业头脑，但从来没有摆脱过缺钱的烦恼。

阿特米西亚住在那不勒斯的那段时间，有 27 封信留存下来。这些信是我晚上想起她的原因。尽管阿特米西亚作为一位经历了性暴力、羞辱、攻击和受他人支配的女性，已经是一位颇有权势的人物，但她也和任何在破产边缘挣扎的作家或艺术家没有什么不同。

她的信件主要是寄给客户和资助人的，例如摩德纳[②]的弗朗切斯

---

① 意大利南部的城市。

② 意大利北部的城市。

科一世·埃斯特公爵和墨西拿①的唐·安东尼奥·鲁福。至少她学会了写作，也许没有？1649年，她提示一位收信人不要对"不同的笔迹感到惊讶，因为我是在绘画时口述这封信的"。无论如何，她的声音仍然在字里行间回荡，这是真正的女性榜样的声音。她直率、聪明、对待商业事务态度严谨，而且有幽默感。她有时大发雷霆，有时语气绝望，如果需要的话，也能写出阿谀奉承的宫廷体裁的信件。她不会在信件里写虚无缥缈的事，只是非常实际地告知收信人，某幅画将在某个日期送出或延迟交付。她会讨价还价，要求提高佣金，或请求收信人把她推荐给新客户。阿特米西亚知道如何为自己谋利，她会事先设定佣金费率，不会妥协，她拒绝在作品完成之前确定总价，而且她不会在作品完成之前给客户寄送草稿，因为她受过骗，知道客户可以拿着草稿找更便宜的画家去完成作品（"如果我是个男人，这种情况应该是不会发生的"）。画作的价格取决于画中人物的数量，她经常提及女性裸体模特极为昂贵且难找，很让人"头痛"。有时，她会把一些画作作为礼物送给新客户或老客户。有些画作可能是为其他客户创作的，后来无法就费用或画作内容与他们达成共识。有一次，她给资助人寄了一幅女儿完成的作品："她还是个小姑娘，请不要取笑她。"

1635年10月，阿特米西亚写信给伽利略，请他帮打听寄给佛罗伦萨的费迪南多二世·德·美第奇的两幅画的情况。她知道大公已经收到了它们，但之后就杳无音讯了，她觉得受到了侮辱。毕竟，欧洲的国王和统治者们都对她的工作表示了赞赏和感谢，并给她寄送了礼物。这些感谢信就像推荐信或者主流报纸上的评论一样，对她至关重要。她必须将它们保存好，连同要求付款的信件一起寄出，或者展示给客户看，以获得更高的佣金。她对大公没有给出任何回复感到愤怒："我不敢相信自己竟然没有让殿下满意，"她在信里给伽利略写道，"所以，

---

① 意大利西西里岛上的城市。

我希望您能将实际情况告诉我，任何一个细节都不要落下……"

1649 年，阿特米西亚 56 岁，她同时面临着健康问题和财务问题，不过，她至少还有墨西拿的唐·安东尼奥·鲁福这个老客户。1649 年初，她写信给唐·鲁福说已经将委托作品寄出，并为不能降价表示抱歉，因为她的所有客户都要为画面上的每一个人物支付一百银币，无论是在佛罗伦萨、威尼斯、罗马还是那不勒斯（那时这个城市还很富裕）。如果"最尊贵的大人"认为她傲慢自负，希望他一看到这幅画就会觉得那笔费用很值。

女人的名字总会引起人们的怀疑，直到他们看到她的作品为止。请您见谅……如果我让您觉得我是个贪心的人。……如果阁下喜欢我的作品，我还可以给您寄一幅我的自画像，您可以像其他亲王一样将它挂在画廊里。（1649 年 1 月 30 日）

唐·鲁福成了她的常客，他们在 1649 年的往来信件中进行了积极的沟通。

我会尽快寄出自画像以及我女儿画的一些小作品，我今天把这位女儿嫁给了一位圣詹姆斯骑士团的成员。这场婚姻让我很伤心。因此，如果您所在的城市有任何工作机会，我请求最尊贵的大人您……及时告知，因为我非常需要工作。……我不该继续这样喋喋不休地叨扰您了。我的作品将胜过任何言语。在此我谦卑地躬身向您致以敬意。（1649 年 3 月 13 日）

我想对您表示十二万分的感激，感谢您惦念着帮我找工作的事情，如今这样的工作真的少之又少。（1649 年 6 月 5 日）

我现在处于非常困难的境地，一方面我需要尽快完成您定制的绘画，另一方面我却没有足够的钱来完成它。……（我请求）最尊贵的大人您……寄给我50枚金币的票据。……雇用裸女（模特）的费用很高。相信我，唐·鲁福先生，我无法承受这笔开销，因为脱掉衣服之后，五十位女模特中有一个优秀的就已经很不错了。而且，为了画这幅画，我不能只用一个模特，因为一共有八个人物，我必须画出各种各样的美。（1649年6月12日）

在下个月十号之前完成这幅画是不可能的，因为完成这幅画所需要的工作量是嘉拉迪雅那幅的三倍。我一直在不停地工作，尽一切所能加快速度，但是并不会（太快），不然有损画作的完美性，我认为我将在八月底完成它。（1649年7月24日）

我收到了阁下……最仁慈的信件及随信附上的汇票，为此，我特别感谢您。……这幅画目前进展顺利，将在本月底完成，画中有八个人物和两条狗，我认为画的狗比这些人物还要好。我将向最尊贵的阁下展现一个女人的能力，希望这幅画能让您感到非常愉悦。（1649年8月7日）

最尊贵的阁下可能会觉得很奇怪，这幅画为什么要花如此长的时间，但这是因为我希望能够更好地为您服务，同时这也是我的职责。在绘制风景、设定透视结构的没影点时，发现有必要重画两个人物……请您见谅，因为在过热的天气和多种疾病的困扰下，我需要努力让自己恢复健康，所以每次只能画一点。我可以向您保证，这次延迟将对作品有极大的好处。（1649年9月4日）

我最尊贵的先生……听说您想要让我把已经很低的价格再降低三分之一，我感到非常窘迫。我必须告诉最尊贵的阁下，这是不可能的，我无法接受降价，一方面因为这幅画的价值本身，另一方面是出于我迫切的需求。如果我的画作不值这些钱，我宁愿将它作为礼物赠送（给您）。而且这是我第二次被当作新手看待，对此我感到不太愉快。（1649年10月23日）

（价格）不能低于 400 枚金币，而且您必须像其他所有绅士一样向我支付定金。……我发誓……连我的父亲都无法以我给您的价格买下它。……我确定，当您看到它时，您就不会认为我自以为是了。……我只想提醒您，画上有八个（人物）、两条狗，还有风景和水域。……我不会再多说了，除了……我想，我的作品不会让最尊贵的阁下蒙受任何损失，您会在这个女人的灵魂中发现凯撒的精神。（1649 年 11 月 13 日）

我想象着阿特米西亚写这些信的时候，羽毛笔嚓嚓地划过纸张，听到她的声音里的愤怒逐渐累积。我又想到，四个世纪过去了，一切没有发生任何变化，多么荒谬。钱的问题、截止日期、工作环境、寻找客户、推销自己、对工作量的担忧、保持持续工作的能力，还有作品的反响，时至如今，一切都与彼时一样。我写了一周又一周，一个月又一个月，进度却仍然落后于预期，我为自己的工作进度和时间的飞逝苦恼不已。我担心我是否有足够的钱，怎样才能赚到更多，以及为什么似乎所有可接的工作都是无偿的或者只提供一些名义上的补偿。我担心读者会如何看待完成的作品，我有没有"把这些为我脱下衣服的女性画得足够好"。我常常因为头痛躺在床上，责骂自己怎么又损失了一个工作日。此刻，我想到了阿特米西亚：您不会失望的，您会在这个女人的灵魂中发现凯撒的精神。

凯撒的精神让阿特米西业继续奋斗了几年，我们目前能找到的她的最后一丝痕迹是一张银行收据，上面的日期是 1654 年。她去世后就被历史遗忘在了角落里，不过到了 20 世纪 70 年代，因一批被遗忘的女艺术家的作品逐渐被重新发掘出来，她又恢复了往日的声名。女权主义艺术史学家在阿特米西亚身上找到了早期妇女解放活动的迹象，认为她通过绘画给姐妹们发出了战斗的信号。她成为女权主义者和女性艺术家的崇拜对象。

我们通过女权主义的视角来看待她的绘画确实很有诱惑力。在那个时代，本来就稀少的女性艺术家还常常将绘画主题局限于肖像和静物，阿特米西亚却以巴洛克式的大幅绘画作品而闻名。这些作品的主题是强大的女英雄和女性的牺牲、圣人和战士，取材自圣经、希腊和罗马神话，比如思想自由的埃及艳后克利奥帕特拉，悔过的抹大拉的马利亚。她擅长描绘裸体女人，并以真实的女性身体为模版（与男性艺术家不同），所以她的一系列由女性主导的画作都散发着强大的力量。在她存世的大约 50 幅画作中，共有七个朱迪斯、七个拔示巴、六个抹大拉的马利亚，三个苏珊娜，三个圣母玛利亚，两个卢克丽霞和两个克利奥帕特拉。她的画作中有 11 幅的主题是女人控制或试图控制男人，15 幅是女性受到男性控制或性欲的驱使，29 幅涉及性，19 幅有女性裸体。画作的主题能够打动现代观众，比如《苏珊娜与长老》，从女性的角度描绘性骚扰；《卢克丽霞》描绘了一位贤惠的罗马人妻子在被强奸后感到绝望，为了让自己免遭羞辱，准备用匕首自杀的场景；《克利奥帕特拉》象征着女性掌权后处于危险境地，为了避免被囚禁的耻辱，她用毒蛇咬死了自己。

阿特米西亚绘制她最著名的作品的时间点让人不寒而栗。《苏珊娜与长老》创作于 1610 年，当时阿特米西亚才 16 岁，就在 1611 年 5 月她被强奸前不久，可以说它表达了她对于阿戈斯蒂诺·塔西的性骚扰的个人感受。《卢克丽霞》展现了一个被强奸的女人准备自杀的场景，创作时间为 1611 年，塔西就是在那一年强奸了阿特米西亚。《朱迪斯割下荷罗孚尼的头》的第一版绘制于 1611 至 1612 年间，同时期她在为自己受到的伤害讨回公道。《朱迪斯与女仆》也一样，画中两个女人抬着装有荷罗孚尼的头的篮子。这些画到底在多大程度上代表了她自己的个人感受？一些学者认为，阿特米西亚有意识地在她的作品中对女性故事作出女性主义的诠释。但另一些学者则坚持说，这些只是普通的定制画作，毕竟阿特米西亚几乎不识字！此外，她选择的主题在那个时代很常见，男性艺术家也画了同样场景的数十个不同版本，包括卡拉瓦乔和阿特米西亚的父亲。阿特米西亚完全不可能为了个人的心理创伤的疗愈而画出这样的大型作品，首先绘画材料都很昂贵，其次如果她想把画卖出去，就必须考虑客户的品位。

尽管如此，事实仍然是，无论这些画作是否是客户委托定制的，阿特米西亚在创作的同时亲身经历了画中描述的一切。即使她无法选择主题，她仍然可以选择如何呈现其中的女性人物形象。

例如，阿特米西亚笔下的苏珊娜和同时代男性艺术家所画的诱人少女完全不同，相反，苏珊娜对男人的目光感到忧虑和恐惧。

她笔下的朱迪斯既成熟又自信，专注于她的谋杀任务，完全不像一个羞怯或害怕的少女，对自己所处的境地没有感到尴尬或困惑。卡拉瓦乔把朱迪斯的女仆描绘成一个手足无措的老太婆，在阿特米西亚的画笔下，女仆与主人同心协力，仿佛在展示女性联手的力量。

阿特米西亚后来画的女性人物也都不是弱者。她们坚强、严肃、坚定。她们有生活经历，会做出实际行动。她们用强壮的手臂提起一桶水为新生婴儿沐浴，或者抱着装有荷罗孚尼的头的篮筐。她们不是理想化的美女或沉睡的维纳斯，而是女性在真实生活中的样子，长着普通的面孔，拥有健壮的体格，腹部有些圆润。除了成为男性目光注视的对象，她们还有其他事情要做。

而且，即使阿特米西亚不是某些学者想象中的样子，没有任何女权主义的理论倾向，但她在实践中也已经是一位女权人士了。是的，她要求获得与男性同行同样的待遇、尊重和报酬。是的，她画的是坚强而悲壮的女性人物，并且独立决定如何将她们呈现出来。

另外，阿特米西亚没有像她的女性同行那样，以处女的身份为作品署名，因为全世界都知道她不是处女。她选择不做任何掩饰。

这就是我为她绘制的肖像。研究了阿特米西亚之后我才知道，全世界的艺术史学家仍在争论她的事。人们会找到她的新作品，同时对已经找到的那些作品的作者和创作日期仍然颇具争议。阿特米西亚是她父亲的裸体模特吗？还是那完全不可能？她一辈子都是文盲，还是最终经过学习设法进入了高级社交圈？阿特米西亚的强奸事件是否像我们所设想的那样给她造成了创伤，还是说因为 17 世纪的人的自我观念与我们的观念有所不同，因而这件事对于她个人的意义没有那么强？她的哪些画作是自画像？人们在那些朱迪斯、苏珊娜、克利奥帕特拉、鲁特琴演奏者和戴头盔的古希腊女战士身上找到了她的面部特征和身体形态……但从另一方面来看，事实表明，在她所处的时代，全意大利都找不到一面足够大的镜子能让她画出自己的裸体全身像。为什么她的绘画风格发生了很大的变化？她是一个没有远见和个人特色的平庸艺术家，还是一个能适应每个城市当地风格的艺术家和营销天才？人们仍在用一块块碎片重新构建一个真实的阿特米西亚，每一张新的汇票、购买收据和每一首带有阿特米西亚名字的诗歌都在被仔细研究，直到这位优秀女性的一生完整地呈现在我们眼前。

来自 17 世纪 30 年代的一幅自画像很可能是阿特米西亚创作的。画中的她应为 38 岁或 45 岁，是拥有两个女儿的单身母亲，当时她或者在那不勒斯，或者在伦敦帮助父亲完成天顶画项目。在这幅自画像中，阿特米西亚完全专注于绘画。她身穿一件绿色的衣服，袖子上有宽大的褶皱饰边（太花哨了，穿着它几乎无法工作），脖子上戴着一条金项链，上面挂着小面具吊坠，手里拿着刷子和调色板。她把黑发拢到脑后盘成一个发髻，但有些松散，她没有时间精细地打扮自己。阿特米西亚没在看着我，她在忙别的事情，没有时间。

女性榜样的建议：

你如果知道自己想做什么，就尽管去做。

你如果遭受了侮辱和冤屈，你如果经历了痛苦，请不要深陷其中。继续前进吧，去佛罗伦萨，或罗马，或威尼斯，或那不勒斯。

将你经历的创伤转化为力量。将它们涂抹在一大块画布上，让所有人都看到。

如果有些事你不知道该怎么做，例如阅读和写作，就去学会它。

吸纳凯撒的精神，视若圭臬。

要求获得与男人相同的报酬。

不要廉价出售自己的劳动。

学会谈判。

不要卑躬屈膝。

【关于父亲的理论】

晚上，我有时会想到，在所有这些女性艺术家背后，似乎都有一位了不起的父亲在施加影响，他们决定违背常规，让女儿接受教育。我当然希望索福尼斯巴、拉维尼亚和阿特米西亚的父亲都很棒，他们明智、思想进步，支持两性平权，是促进女性解放的模范带头人物，但是他们的动机很可能平庸得多，只是为了钱？我们应该怎么看？这些女艺术家难道不是勇敢追求梦想的真正的女性榜样吗？她们只是对父亲野心勃勃的规划言听计从吗？

我倾向于认为两种观点都是正确的。我们又如何能知道是家里的哪个成员提出了这些教育女儿的新颖思路，每个家庭里又是谁做主呢？我们不能确定索福尼斯巴的父亲教女儿们绘画只是为了赚取嫁妆钱，还是因为女儿们自己也想画画。我们不能确定拉维尼亚是否因为索福尼斯巴能学绘画，她就缠着自己的父亲让她也学。也许阿特米西亚同意担任父亲的模特的条件是父亲允许她学绘画。

也许这些女性是父亲的宝贝女儿，或者至少知道该如何让父亲心甘情愿地听自己的话。也许她们用聪明的小脑瓜想了一遍自己的所有选择，弄清楚如何才能做她们想做的工作，并且明白只有父亲才能帮助她们实现这一目标。也许她们之所以能够摆脱父权制的牢笼，只是因为她们足够聪明，可以藏在父亲的影子里溜出去。

父亲的重要性不仅仅在女性艺术家的生活故事中得到了体现，凯伦、伊莎贝拉、艾达、玛丽……几乎每位成功的女性榜样背后，都有一位父亲曾以某种方式鼓励女儿走上非同寻常的道路。一位受人敬佩的英勇的父亲（凯伦）；一位像教育儿子一样培养女儿的严父（艾达）；一位缺席的父亲，而他的女儿一路都在寻求他的认可，完成他未竟的事业（玛丽）。

同时，她们的母亲都处于阴暗的背景中——传统的，在厨房里受奴役的，卧床不起的，生病的，亡故的。

7. 卡利奥—马扎诺，冬—春

>>>

冬天太可怕了。一月份，我宅在赫尔辛基的蜗居里写作，差点发疯。我非常努力，真的。我花了一整年的时间收集资料，到世界的三个大洲追寻优秀女性的足迹，做了记录，翻阅了成堆的资料，现在是时候坐下来加工、编辑资料，然后把它们写出来了。

我把餐桌推到墙边作为书桌（不能再在这间公寓里吃饭或做梦了，现在它是办公室），找了一张合适的书桌椅（我父亲用过的破办公椅）和一张公告板，我把女性榜样们的照片钉了上去：穿着得体的黑裙子的中年妇女，骑着斑马的海报女郎，被死狮子包围的年轻凯伦和与玛丽莲·梦露合影的老年凯伦，乌菲齐美术馆里面容白皙的文艺复兴时期的女性人物，阿特米西亚割下荷罗孚尼的头。我在书桌的一角摆了一块被姆科马齐的沙子染红的木头。我在便利贴上写满鼓舞人心的文字，比如自然进化、发现之旅、爵士乐结构、诗意的破格，轻松，游戏，欢乐。我禁止自己参加午餐约会，告诉所有人我计划在五月之前保持闭关，将自己包裹在寂寞的泡泡里待上几个星期、几个月，唯一的活动就是写作。我拒绝社交生活，不参与作家访问，不能用谷歌搜索让我热血沸腾的旅行目的地，什么都不能做。就像当时疯狂地穿越奥尔杜瓦沙漠一样，我戴好围巾，双眼直视前方，一脚把油门踩到底。我要么写完书，要么就完蛋，开始吧！

第一周过得还可以。从早上九点到下午五点，我一直坐在办公桌前。我不见任何人，不跟任何人说话。到了第二周，我已经开始盼望有人能把我赶出这间公寓，免得让自己发疯。每天我都会想出各种理由走去最近的杂货店，这样就可以和收银员说几句话。第三周，我来回地翻阅着自己的几十本笔记，一阵恐慌的寒意在我的胸口慢慢扩散开来。接下来，每天早晨我都起不来床，就连打开电脑的想法都让我想吐。我感觉好像一个人待在伸手不见五指的山洞里，冬日阴暗的天气像黑漆漆的毯子一样压在我身上。轻松？游戏？欢乐？什么都没有。如果什么都写不出来怎么办？这是所谓的第二本书恐惧综合征吗？

整个冬天，我日复一日地在沼泽里苦苦挣扎，但仍然不知道该如何写这本书。我懊丧得想要尖叫一番。我回想起画家朋友吉尔基的话——这一阶段是整个工作过程中无法避免的部分，可以称为"躁狂期"，而这个职业的关键就在于如何克服它。很明显我还没做到。而且，由于我主动把自己圈进一个完全的社交真空中隔离了起来，晚上躺在那里看电视时，自我厌恶感进一步加剧了，我就像得了抑郁症一样。但是我怎么能抑郁呢？我明明在追逐梦想呢！

我曾经狂妄地将这项崇高的工作定义为人体实验，现在我对那个荒谬的时刻嗤之以鼻。我当时想到的是另一种人体实验，比如去遥远的未知大陆探险，自由的风吹拂着我的头发，让时光倒流，回到久远的过去……但是我不得不努力吞下这脏兮兮的一团乱麻，包括孤独感、被孤立感、心里的挫败感、被堵住的感觉、对自己的心理健康和生命意义的深刻怀疑……所有这一切，我的女性榜样们都曾亲身经历过。这种体验曾经会将像她们这样的女性送进疯人院，在她们的额头刻上"癔病"的字样。我很快就会变成那样。我比以往任何时候都更需要一位女性榜样的引导。

于是有一天晚上，我在绝望中给弗里达·卡罗拨了一个电话。我在她的地址簿的复制品中找到了她的电话号码，那是我很早就买来的一件东西，当时我刚开始收集关于最初那组女性榜样的信息。弗里达用红色墨水写下卷曲的字迹：弗里达·卡罗，195221。迭戈·里维拉[①]，147121。

我问自己，到什么阶段就可以肯定一个人完全疯了。是不是当她在一月的一个冬夜，站在赫尔辛基的蜗居公寓里，身穿长内衣和保暖衬衣，然后真的拿起电话拨打弗里达·卡罗的电话号码的那个阶段？

她没有接。一个女声告诉我，您所拨打的电话已停机。

我对迭戈没什么话要说。

有一天，我收到了让我五月份到罗马附近的意大利中世纪村庄马扎诺参加作家驻留项目的通知。从理论上讲，这个机会固然很不错，但是我现在正深陷黑沼，不由得感到恐惧——那将是一个荒岛生存营地，只有更孤独，没有最孤独。电子邮件的说明里写道，这个村庄位于茫茫荒野之中，在蛇群聚集的峡谷边上（"如果你要去散步，带上一根棍子"），那里没有交通工具，你只能在"露台的左前角"接收到手机信号，最糟糕的是，那里甚至没有接入互联网。对于某些处于一生中最忙碌时期的母亲和妻子来说，这一定听起来像天堂一样。至于我，我再也忍受不了哪怕是一秒钟的孤独和寂寞了。

不过也许我一买好机票，就又能呼吸了。

事实正是如此。四月底，我将抵达罗马，在那里与父母待几天，然后就要把自己"埋葬"到马扎诺。我已经把赫尔辛基的蜗居公寓租给了一个刚从吉隆坡过来的年轻人。我的父母和我租下了某个意大利

---

① 墨西哥著名画家，弗里达·卡罗的丈夫。

男人宽敞的挑高顶老式建筑作为住处——这里距万神殿①只有两分钟的步行路程。在这座宏伟的老式建筑入口的两侧，有人用喷漆画上了 M、I 和 A 三个字母。我不敢相信地盯着它们——我看了数十套出租公寓，却碰巧选到一栋门口写着我的名字的房子，这种事发生的概率能有多大？

啊，永恒的罗马！上午，我陪父母以令人沮丧的速度像蜗牛一样缓缓前进，为了与他们一起吃上美味的三道菜的午餐，这是我必须付出的代价，因为我自己是不会去点这些菜的。然后我会独自出发，去街道上走走，参观博物馆，感受这里的历史与文化。偶尔我会彻底忘记我的写书计划，沉醉于周围的一切——罗马的金色光芒，房屋外墙的美丽色彩，层层叠叠的废墟。我觉得这座城市的地图应该画上三个维度，用虚线标记出上百个相互叠加的层次，将人类的考古历史呈现出来。从屋顶露台俯瞰城市的景色：郁郁葱葱的夏日，淡紫色的灌木丛和花朵繁盛的七叶树，小巷里的宁静氛围。透过墙缝向外望去，圣彼得教堂在夜晚的雾气中如同幻景一般散发着柔光，那座 2000 年历史的万神殿每次突然映入眼帘时，我都会忍不住屏住呼吸。还有那些美食——洋蓟、深炸青瓜花、松露兔肉酱、烤鱿鱼、煎小牛肉卷（烹饪得当）、黄油炒菠菜、菊苣茎、小牛舌配欧芹酱、松子派和撒丁岛白葡萄酒。还有暮色中的台伯河，傍晚时分，我走过罗马斗兽场，看着它被夕阳染成橙色，通往斗兽场的道路两侧的松树投下了金色的影子。卡拉瓦乔的阴郁画作，拉斐尔展厅里的珍宝，耶稣会教堂里满目金色和青金石色的装饰……佝偻着背的老修女身高只到我腰间，她们带我到一个已经弃用的唱诗台观看一幅 13 世纪壁画的遗迹——壁画明丽的色彩已经黯淡了许多，天使光芒四射的翅膀像彩虹一样。在等我的时候，她们在长凳上打起了瞌睡。

我想起了我的女性榜样们，她们的影子在城市各处不断闪现。我

---

① 始建于公元前 27—25 年，唯一完整保存下来的罗马帝国时期的古建筑。

来到艺术家曾经聚居的街区，那是 17 世纪时阿特米西亚常去的地方，我试图在圣卢卡艺术学院①的艺术馆里找到拉维尼亚的自画像，但没有成功。当然找不到。女性艺术家的作品什么时候容易找到过呢？

在罗马的最后一个夜晚，也就是五一节前夕，我又来到了万神殿。接近满月的月亮悬在这座宏伟的建筑上空，它看起来像某种体格庞大的动物，让人有一种安全感。

我在脸书上发布了最后一条消息：我将在只有中世纪通讯方式的地方度过下个月。那里可以用信鸽和烟雾信号，也许偶尔能接入网络或者打通电话，不过心灵感应是最保险的沟通方式。

马扎诺，罗马的马扎诺。该怎么形容它呢？一座破败的中世纪村庄，坐落在山坡上。住处外面的城墙拥有七百年的历史，信箱里放着一把钥匙，从房间的窗户和屋顶的露台上看到的景色都令人头晕目眩，像青色海浪一样层叠起伏的原始森林，一道将其深深劈开的峡谷，下面生活着野猪、狐狸、乌龟、蛇和蝎子。透过敞开的窗户，我看不到却能听见急流在峡谷深处咆哮。鸟儿啁啾啼啭，燕子和寒鸦掠过墙头，狭窄鹅卵石小巷里满身疥癣的独眼猫，顺着山势上上下下的蜿蜒阶梯，没有灯的拱形走廊和拱顶下闩住的木门让人想起马房或者地牢。据说这个地方闹鬼，我并不感到惊讶——还有比这更适合幽灵居住的地方吗？

第一批居民都是僧侣，他们于 10 世纪来到这座村庄，大约正是清少纳言生活的时代。14 世纪，人们为了保护这座小镇，在峡谷的崖壁上垒起了一道城墙，在墙内建了几栋房子，包括我住的这栋。教堂的废墟旁是封建领主德拉戈的宫殿，从宫殿的窗户可以俯瞰整座村庄和山谷。城墙的大门上方装饰着一块这位领主的石盾，石盾上面有一条缠绕在权杖上的大蛇。大门后面曾有一条护城河，还有养马和驴的棚子。老城墙外面的房屋是之后的几个世纪期间建成的，它们沿着山坡

---

① 现为罗马美术学院。

爬上另一座小山。你沿着蜿蜒的车道爬得越高，那里的房屋就越现代。那座山顶上的新马扎诺镇是一个普普通通的世界，到处都是汽车、公交车站、杂货店和 ATM 机。

在这边的老村庄里，我感觉仿佛身处一本带有插图装饰字母的古老童话书中。很久很久以前，在这个王国的某个遥远的角落，经过漫长而艰辛的旅程，穿过森林、丘陵和河流，有一个被世界遗忘的小村庄，几个世纪以来，村里的居民过着无人打扰的安静生活。没有人记得他们最初是如何来到这里的，也许他们是从古代僧侣带来的龙种中诞生的。也许这些种子扎根于悬崖下的峭壁上，在艰苦的环境中，开始痛苦而扭曲地生长起来。

这里的一切都有点奇怪，无论是人、房屋还是动物。窗户外面的晾衣绳上挂着褪色的破旧衣物，在台阶和屋顶露台的灰石头上放着花盆，里面长满了正在高温中枯萎的植物。房屋的灰色墙壁上到处都有奇怪的坑，破败的石阶尽头是断路、损坏的大门和长满青苔的小洞。如果偶尔有辆车不小心开到了中央广场上，它很可能没有引擎盖。石墙上的壁龛里嵌着褪色的圣母像，几乎随处可见。在这个小广场上，有一家小杂货店和一家维托里奥农产品商店，出售当地农民种植的农作物。（我怀疑店主实际上是法国演员让·雷诺，因为他用业余时间化名为"维托里奥"经营了一家商店。）这里还有一座小礼拜堂，晚上，人们会和牧师一起坐在那幅中世纪壁画旁边，听牧师讲道。猎鹰酒吧里摆着脏塑料桌，满身疥癣的独眼猫的脏兮兮的独眼主人们坐在桌边，其中一个皮肤晒成深古铜色的头发杂乱的男人，正在发狂般地瞪视周围，不过他真的长得很像基思·理查兹 [①]。

我到达马扎诺的那天晚上，住在村里的 84 岁的芬兰人卡伊带我去了"那家可怕的酒吧"，也就是猎鹰酒吧。他来到我的住处时，我正在

---

① 英国著名演员、歌手。

用从"维托里奥"购买的食材煮意式蔬菜浓汤。他按下门铃按钮，对着门口的对讲机大喊："这里有芬兰作家吗？"卡伊告诉我，带刚到的客人来这家酒吧是他的惯例，而且他会给他们点一杯可瑞特咖啡，也就是加意大利甜酒的浓缩咖啡。但我不喝咖啡，所以得到了一杯加甜酒的茶，吧台后面的西尔维亚说她不能保证味道如何。一杯普通的意式浓缩咖啡价格为 0.8 欧元，可瑞特咖啡的价格是 1 欧元。我一边喝茶，一边听卡伊给我讲这座村庄的历史。送我回家的路上，他给我指了一条伸手不见五指的秘密捷径，但要穿过一条散发着猫尿和霉味的拱廊。我如果尽力不去想他告诉我的各种鬼魂和关于村庄过去的恐怖故事的话，走这条路确实可以回家。他还教了我正确的意大利吻面礼，然后往他家的方向走去。他家也在这条狭窄的、长满苔藓的救主巷里，离我只有几扇门之隔。

几天后，我写道：起初你会想，房子摇摇欲坠，教堂破败不堪，汽车都该报废了，这是什么破地方？罗马的出租车司机甚至在 GPS 上都找不到这个村庄！一两天后，你找到了食物，睡得很好，喝着自带的日式茶，在屋顶露台的阳光下读书，听着底下奔流不息的水声，你开始观察在夜晚飞速掠过废墟的燕子，产生一种温暖的家一样的感觉。然后，你开始研究破损的大门和尽头是墙壁的台阶，拍摄石墙上面生长的杂草、坑坑洼洼的房屋外墙。这些墙经过数百年的修修补补，表面留下了各种各样的颜色。狭窄小巷里倾斜的阴影和上方的拱顶，它们唯一的色彩来自挂在晾衣绳上的衣物。不久，你会发现自己爱上了那些在夕阳下猛冲的燕子，伴随着清新的晨光从窗户外涌进来的令人头晕的清晨的气味，还有那些寒鸦。到了第三天，你开始数自己在这里剩下的为数不多的日子——只有二十四天了！你会发现自己根本不想乘唯一的早班车去罗马。不是因为早上七点出发实在太早，而是因为罗马一日游似乎不再那么吸引人了。你为什么会想去其他地方，哪怕是步行仅六分钟就能到达的新村庄呢？你只想待在灰色城墙里的房屋迷宫之中，沿着仅有的三条路穿过小镇，听听那堵墙安静的嗡嗡声，也许是河水在山谷中流淌的声音。你想把自己隔离在这个隐藏在城墙之间的宽敞空间里。

现在，我正在写接下来的二十四天的行动指南，如每天日落之前出去看燕子，每天出去听墙的嗡嗡声。

天气有点热，阴凉处也有 80°F。我告诉自己该开始写这本书了，但我更想在屋顶的阳光下多坐一会儿。然后，我爬到村庄上部的鱼市场买了新鲜的鱿鱼，在返程途中停在猎鹰酒吧喝了一杯葡萄柚汁。我在穿过昏暗的迷宫往家走时，遇到了住在艺术家驻留地的其他人。"嘿，我认识你！"那个男人用芬兰语说道。原来他是我弟弟童年时期的朋友马库斯，他和他的艺术家妻子奥拉及三个儿子在这里度假。他们都非常友善。奥拉说，我必须找个晚上去他们家里吃饭，然后一起去森林里探索一圈儿。他们一路从芬兰开车来到这里，计划在这里度过令人羡慕的两个月时间。

那天晚上，奥拉来我家用信号接收器读她的电子邮件（终究还是能用！），我们聊了一会儿。奥拉告诉我，她以画水彩画为主，最近一直在画许多早期的基督教女性圣人，比如则济利亚和依搦斯。我知道则济利亚，在罗马特拉斯提弗列的圣则济利亚大教堂里看到过她的大理石雕像。奥拉给我讲了公元 3 世纪时则济利亚如何保卫自己的童贞的故事，她禁食、身上只披麻布，甚至把丈夫从床上赶下去，后来让四百个罗马人皈依了基督教，并因此被判处斩首。然而刽子手挥剑两次都没能彻底砍下她的头，则济利亚流着血又活了三天。依搦斯有一头长长的秀发，一直垂到地面，有点像奥拉自己。她生活在公元 4 世纪，一直都在躲避求婚者，直到其中一个求婚者出卖了她基督徒的身份。作为惩罚，她被判脱光衣服站在图密善竞技场（如今的纳佛那广场）中间，让人群用目光羞辱她。然而，她被脱光衣服的瞬间，头发奇迹般地垂到地面，覆盖住了她的身体，她因此守住了贞操。

奥拉本人很像她所描绘的这些圣女，拥有很强的直觉和敏锐的感觉。她告诉我，有时候，她遇到一个新朋友或感受到强烈的情绪时就会晕倒。她说她一见面就知道我和她一样是天秤座，不知道这意味着什么。除了绘画，她还是一名表演艺术家，她和搭档琳达的许多演出都与历史上的女性有关。有一次她们筹划了一项社会公益服务，让客人与玛丽·安托瓦内特、安娜·卡列尼娜、苏·爱伦或圣母玛利亚见面。奥拉和琳达特意为表演留了长发，这样一来，她们两个几乎难以区分彼此。

那天晚些时候，我在网上搜索了奥拉的绘画《圣塞雷娜》。画中人物看起来很像她，只是神色更忧伤，她的眼睛下面用水彩画了阴影，就像一个已经知道自己命运的人，而奥拉本人则充满了正能量。有一天，我邀请塞雷娜——奥拉到屋顶露台上喝葡萄酒。我们聊起了圣徒和优秀女性，望着在眼前铺展开来的古老森林，觉得森林深处可能藏着伊特鲁里亚人 ① 的古老坟墓。

五月的马扎诺持续酷热。我不知道自己在为这趟旅行打包行李时到底在想什么，可能觉得在中世纪的石建筑里会很冷，我发现自己带了一堆羊绒织物和秋衣，但是那两条我在这里真正需要的夏季连衣裙，却被我在最后一刻拿了出去。

往打包行李的那章添加一条建议：不要否决任何夏装裙。因为它像羽毛一样轻，占用的空间和一条手帕差不多。对吧，内莉·布莱？

有一天，马扎诺镇上要举行乡村聚会。我将早上的时间预留出来准备写作，但是在我即将开始工作时，门上的对讲机嗡嗡地响了起来。卡伊问我是否愿意和他们夫妻俩一起去附近的村庄喝咖啡，像这样带新住客出去逛一圈儿也是他们的惯例。"我们一刻钟后在安蒂萨广场见。"我问他广场在哪，因为我知道的唯一的广场是老城区的翁贝托一世广场。"好吧，那我来这里接你。"卡伊气哼哼地说。他关掉对讲机

① 指伊特拉斯坎人，古代意大利西北部伊特鲁里地区的古老民族。

之前，我听到他抱怨道："天啊，一个在马扎诺迷路的女人……"事实证明，安蒂萨广场就是教堂废墟前面的那片地方，距离我家只有二十步左右。

我坐进他们的车，前往中世纪的内皮村。卡伊的妻子克里斯特尔是一个聪明且能力极强的女人，很有幽默感。她有很长一段出色的国际职业生涯，从我出生的那年开始就一直生活在意大利。她向我们解释了不断从窗外闪过的事物：远处的亚平宁山脉（冬季可以滑雪），榛子种植园（葡萄和橄榄在这里长得不好），橡树（七个不同的种类），常春藤（我不该觉得它们好看，因为它会杀死树木、毁掉村庄的墙壁），废墟中的一座建筑物（曾经是一座电影工作室，制作意大利式美国西部片），泉水（内皮的矿泉水就是在这里取水装瓶的），内皮渡槽（每一米仅向下倾斜两厘米）。到了内皮，她给卡伊明确地指出了停车地点（如果你是意大利人，你就该在那里停车）。今天是内皮的赶集日，一群身穿白色礼服的孩子聚集在教堂前等待受坚信礼，在乡村乐队到达后，孩子们跟着乐队走上古老的街道。就像费里尼[①]拍的电影里的场景一样。我们看了看芝士店的商品（选了佩科里诺干酪），我买了一盒保湿霜（按照古代伊特鲁里亚人的配方制成，含有橄榄油），克里斯特尔给我买了一个甘草根。回马扎诺的路上，我一直在乖乖地吮吸着这个干燥的小棍。最后，我们坐下来喝咖啡、茶（我听说点冰茶要说 "tè freddo"），克里斯特尔给我讲了她那令人钦佩的事业。卡伊说，他在赫尔辛基时，经常有人在街上对他行吻面礼，他从来不知道亲吻他的人是谁，只知道那个人与马扎诺有关系。在过去的二十年中，每年都有二十位作家和艺术家来到这里驻留，他们都记得卡伊，但是他怎么可能把他们都记住呢？

我在家吃了午饭，试着写了一会儿书，然后就不得不赶去参加乡

---

① 费德里科·费里尼，意大利电影导演、编剧、制作人。

村聚会。好像全村人都来到了教堂废墟前，在准备食物的帐篷里忙碌。一个长得像古代伊特鲁里亚人的皮肤黝黑的女人正在烤比萨，脸上沾着面粉；"维托里奥"正戴着围裙磨洋工；通常会在早上七点出现在猎鹰酒吧的"基思·理查兹"正在烤架旁炸汉堡肉饼，和那位歌手本人在人满为患的体育场里弹吉他时的姿态和激情都一模一样，他的额头上套了一根松紧发带，嘴上叼着一根香烟。广场上已经摆了几张长桌，奥拉、她的儿子们和我尝遍了所有的食物——比萨、深炸洋蓟、蚕豆配佩科里诺干酪、自制柠檬派。一位名叫马里的芬兰艺术家加入了我们。十二年前，她来到这里的艺术家驻留地，遇到了一个男人，和他生了一个女儿，就留在了这里。夜幕降临，一个当地青年乐团在废墟上搭好设备，开始演奏从枪炮玫瑰到涅槃的 *Smells Like Teen Spirit* 等标准摇滚歌单上的曲目，长发的吉他手羞怯地跳起了劲舞。

我以为这个偏僻的村庄是个安静的作家隐居地，我会被困在一个没有公共交通、没有电话、没有互联网的地方，在这里待上一个月，我一定会悲惨地患上幽居病。然而，在这个应该早已被上帝遗忘的乡下小镇里，社会生活却比我在赫尔辛基的整个冬天都更活跃和忙碌。我该写的东西一个字都没写出来，不过我已经知道自己需要在九点之前完成上午的计划，因为你永远不知道谁会按响门铃、这一天将会怎样展开。我还意识到，这种社区生活比在赫尔辛基一间蜗居公寓里与世隔绝地度过阴沉沉的一月要美好得多。

烹饪马扎诺风格的食物：去"维托里奥"站一会儿，做出迷茫的表情，等待一个在外面闲逛的老家伙走进来给你提供最棒的食谱。"你知道怎么做这些吗？"一位神情狡黠的卡拉布里亚老人指着那堆豆荚，用惊人的流利英语问道。接着他解释了如何制作西西里蚕豆通心粉——将豆子放在盐水中煮十分钟，洋葱切丁用油炒一下，然后将煮熟的豌豆放入，再加一点水，如果你想做出真正的西西里风味，还要加一点培根，配短意面吃——短的，不是长的，老人摇着手指强调道。

食材价格为 1.4 欧元。然后他问我来自哪里，并告诉我他已经绕地球旅游了一圈。"有一次，我的汽车在危地马拉坏掉了，于是我在那里待了十五年。"我问他的车是不是也在马扎诺坏掉了，他说"差不多吧"。

负责处理马扎诺住宅相关事务的女士名叫卡拉。她已经答应（收费）带我去周边地区郊游，这样我就能看看马扎诺周围的世界了。我们在炎热的一天开车去了布拉恰诺湖，在另一天去了罗马。（卡拉的车正在店里维修，所以她 83 岁的戴着鼻插管的邻居开车把我们送过去，再把我们接回来。）第三天，卡拉和我开车去了马扎诺附近一个更大的中世纪城市维泰博。我们走在购物街上时，卡拉瞥了一眼我的运动凉鞋（我还没扔掉它们），表示一个人永远不该穿这样的东西。我觉得我们最好马上走进下一家鞋店，按照卡拉的建议买一双意大利风格的豹纹皮凉鞋，这样她就不必再为我感到羞愧了。

我们在一个小广场的绿藤架下吃了午餐，然后步行到一座 13 世纪的宫殿，教皇曾经为了躲避罗马的疫病来到这里居住。我们在宫殿的博物馆里逛了逛，展厅的玻璃柜里放满了各种圣物，没人知道它们来自何处，玻璃幕墙的里面摆着几十根骨头、几撮卷发、牙齿和指纹印。我们看展品的时候，卡拉顺口提到了耶稣受"割礼"后的包皮曾经一直保存在附近的卡尔卡塔村，但是后来失窃了。

我难以置信地看着卡拉——耶稣的包皮——在卡尔卡塔——失窃了。这个可笑至极的句子中的每个元素都是完全荒谬的。首先，耶稣的包皮被保存下来的可能性有多大？如果真的保存下来的话，是如何保存的？存在了哪里？（我也不知道，也许这是某种文化习俗，就像牙仙子一样，据说有些母亲会把新生儿的脐带存放在盒子里。）其次，在一切可能存放耶稣的包皮这样的圣物的地方之中，被选中的竟然是意大利的卡尔卡塔，也就是我和奥拉一家人某天去参观的那座位于小山顶上的梦幻石头村庄？再次，谁会偷走它，又是为了什么？在如今的天主教圣物市场上，救世主包皮的价格会是多少？会有很多假包皮在市场上流通吗？

那天晚上，我去奥拉和马库斯家吃晚餐，我的问题得到了解答。马库斯吃着波伦塔玉米粥和杏仁脆饼，提到了这块神秘的包皮。

以下是他了解到的信息：

传说查理曼大帝在公元 800 年将耶稣的包皮作为圣诞节礼物送给了教皇利奥。查理曼大帝之所以拥有它，是因为一位大天使将它放到了他虔诚的手上。不过根据另一个稍微可信一点的故事，它是拜占庭皇后送给查理曼大帝的结婚礼物。无论如何，教皇利奥将他的圣诞节礼物带到罗马的圣殿礼拜堂进行保管。这毕竟是一件相当重要的圣物，是耶稣的身体唯一留存下来的部分。正是由于它太重要了，欧洲各地确实出现了很多假包皮，每一件都放在一座小教堂里，由专门的兄弟会来保管。

1527 年，神圣的罗马帝国皇帝查理五世进攻罗马时，在一团混乱中，这件包皮"真品"就丢失了。当时，一名士兵偷走了它，但是在罗马附近被捕，被关押在卡尔卡塔，于是他将包皮藏在了这里，直到三十年后才被发现。从 1557 年开始，包皮被存放在乡村教堂里。教皇西斯笃决定为那些愿意朝拜这件圣物的人赦免罪行，于是卡尔卡塔成为朝圣者的热门目的地。因此，如果说索福尼斯巴或拉维尼亚碰巧对这件圣物产生了难以抑制的热情，她们可能来朝拜过它，我深表怀疑。

1610 年，在伽利略用望远镜发现土星光环的同时，梵蒂冈的图书管理员发表了一份关于神圣包皮的研究，他推测这块包皮在耶稣升天后变成了土星的光环。（我想知道伽利略和阿特米西亚是否曾在佛罗伦萨的美第奇宫廷餐桌上讨论过这个话题。）到了 19 世纪，人们开始要求为保存在某个法国修道院中的包皮提供能证明其为"真品"的证据。1900 年，梵蒂冈颁布了一项对任何谈论或写到神圣包皮的人予以惩罚的法令，结束了这场持续了数十年的争议。直到 1962 年，梵蒂冈才终于从教会年历中删去了纪念耶稣包皮的日期，希望借此彻底消除关于它的一切言论。

然而，在 20 世纪 60 年代，搬到卡尔卡塔的嬉皮士们决定敬拜包皮，还要在新年游行中虔诚地举着它，就好像它是真的一样。他们开创的这个传统一直延续到 80 年代。那时，卡尔卡塔牧师决定制止这一令人尴尬的恶作剧行径。在新的一年即将到来之前，他承认自己将包皮放在鞋盒中带回了家，存放在壁橱里，然后被"偷"了。这些盗贼从未被抓到过，就再也找不到包皮了，不过所有线索都指向了"肉店"，也就是梵蒂冈的神秘物品部门。

晚上，我躺在床上思考着人类找到激情所在的神秘路径——神圣的包皮、女性榜样，还有我们决定应该崇拜的其他事物。我又凭什么去嘲笑那些圣物呢？谁知道发现索福尼斯巴的一缕卷发或阿特米西亚的指纹印会让我陷入怎样的狂喜呢？

今天预计又是炎热的一天，我决定待在家里。我洗了碗，洗了衣服，做了午饭，然后想写写日记，记下自己此时此刻身处世外桃源的感受。我突然感到一阵愧疚，我又不是正在骑骆驼穿越西奈沙漠，却好几天没写东西了。我在计算机硬盘的某个黑暗角落中堆积的研究记录也仍在等待整理成文。按照这种速度，我永远都写不完这部书稿。一想起我所有的女性榜样们曾经无比辛勤地工作以及她们取得成就，我的心里就充满了羡慕之情。如果这部书稿由拉维尼亚或阿特米西亚来撰写（更不用提伊莎贝拉或艾达了），那么它肯定已经被寄给出版商了！她们不会到附近的山丘上四处闲逛，寻找法利希人的古老坟墓，因为这些坟墓与写作项目毫无关联，她们只会待在家里努力工作。

但我转念一想，如果温度计的水银指向了 80°F，也许我可以关上窗户，在凉爽的沙发上躺一小会儿，观看费里尼拍的《甜蜜的生活》。在这里，突然感觉费里尼拍的电影就像普通生活的纪录片一样，还有什么更完美的观影地点吗？

我感觉自己正处于应该待的地方。世界上的其他地方都离我很遥远，在一层薄纱的后面，这本需要我完成的书稿也一样。

驻留项目基金会的代表来访，为此，卡拉在我住处的地下室里的小酒吧组织了一次晚餐。她从早上六点就开始酝酿一场风暴，桌子被美味佳肴压得不堪重负——煎蛋饼、通心粉沙拉、炖豆子、油浸茄子、一大堆烤鸡柳、奶酪、萨拉米香肠、橄榄、提拉米苏。每个人都在忙着将普罗塞克气泡酒倒入自己和别人的杯子里，晚餐氛围愉快又喧闹，各种不同的语言重叠混合在一起，包括芬兰语、英语、意大利语、爱沙尼亚语和瑞典语。宾客有基金会代表耶尔基和他的女友，他们的朋友们（一对刚坠入爱河的情侣），没有带孩子的奥拉，来自爱沙尼亚的驻地摄影师卡雷尔，还有马里、卡伊和克里斯特尔，昨天刚到的卡伊的女儿和女婿，卡拉和她的丈夫保罗。耶尔基声音洪亮，风趣幽默。他穿着一件对他来说有点小的明黄色 T 恤，上面写着"海滩生活"。这完全不符合他的个性，但在某种程度上证明了他的幽默感。他是在上部村庄的市场里买到这件衣服的。卡伊没有加入对话，但他看着坐在他前面的一排年轻女性，神情很愉快。卡拉根本没有坐在桌边，甚至都没有座位，因为她一直在做更多的菜，满意地看着我们吃。这正是我在佛罗伦萨想要参加的那种疯狂晚餐聚会，竟然在这里实现了，真令人惊讶，我本来期望着会过上孤独的隐居生活。人们在餐桌旁讲着关于早年间驻留客人的故事。有些人整整一个月都把自己关在公寓里，然后抱怨这是个可怕的地方。其他人除了去森林里转一转，从未踏出村庄一步。有一个人搞错了地点，去了米兰附近的马扎诺，还有一个人去了纳扎诺。有人在第一天晚上惊恐地给卡拉打电话，说房间里有鬼，幸好当时另一间公寓恰好空着。于是，在卡拉检查完说其中没有超自然实体之后，他才搬回去。当我表示我爱上了马扎诺时，耶尔基显得很高兴。

午夜时分，每个人都回家了，桌子被清理和擦拭干净，借来的椅子都被还了回去。我走了二十几个台阶就回到了家，从冰箱里拿出撒丁岛的富门蒂诺葡萄酒，给自己倒了一杯，然后走到屋顶露台，仰视着繁星点点的夜空，聆听着古老的森林在寂静中簌簌作响。

在这里的最后一天，奥拉为我画了画像。

她问过我是否愿意当她的模特，我当然愿意。她在工作室的地板上作画，阳光透过高高的窗户涌进房间。我坐在她面前，假装正在读一本杂志，让她安心工作。她先用一根长棒子沾着黑色墨水在水彩纸上画草图，再用水彩颜料上色——蓝色和黑色，画了许多幅图像，用了一张又一张纸，从不同的角度——特写和远景。她事先告知，她不会给我画写实的人像。我已经从她工作室桌子上的画作看出来了。那些女性的脸有一部分或全部被涂模糊了，许多女人被画上了动物的身体，还有其他人物的身影从背后探出来，这些作品具有强烈的奇异感和存在感。

我能看着奥拉工作真是太好了。她时常愉快地说两句话，与此同时，一些奇怪的图像就出现在纸上了。她画得很快，从不停下来改变任何东西。如果某些图像让她不满意，或者出了点问题，她就会用一柄大刷子把画冲洗一下，或者将其全部涂成黑色。水彩在湿纸上洇开，奥拉用一块布擦我的脸，于是我的脸变脏了，分为两半，就好像浸入了黑色池塘的水中。在一幅画中，我看起来像一个 3 岁的孩子；在另一幅画中，我看起来像一个小男孩。不过有好几幅都可以认出是我。尽管奥拉坚持说艺术家们总是会将自己融入每一幅作品中，但看到跃然纸上的别人眼中的我，我还是有些感动。在最后一张大画纸上，她画了许多张脸，一张张并列、叠加在一起，不同的版本，有的像若隐若现的底片，有的像考古发掘出来的化石。

她给了我其中的两幅草图，把剩下的最大的那幅留给她自己。她打算继续画，直到它由草图变成成品为止。她说她正在为一个展览做准备，展览名称暂定为"沙漠中奔跑的女人"，参展作品中会有一些动物形象，有时只是一个影子或者露出一点细节特征，有时是图像外的威胁，不清楚这些女人是在与动物一起奔跑还是在逃离它们。

我立刻明白了她的意思。

这班飞机外面的风景比以往任何时候都更加美丽。我们在罗马上空升起，绕过绿色的山丘，朝圆形的布拉恰诺湖飞去，我看到了安圭拉镇的岬角和奥尔西尼城堡。随后飞机穿过云层，飘在一层柔软的棉絮上，进入蓝色的太阳王国。

离别带来的难以承受的悲伤已经过去了，一种异乎寻常的喜悦和感激之情油然而生。我想，能够飞越这一切美景，以我的女性榜样们永远无法想象的方式旅行，真是太神奇了。我想起了在这次旅行中遇到的所有人，有一种出乎意料却振奋人心的归属感。我想起了卡拉和她的家人，保罗眼中闪烁的光，穿着黑衣服的女儿，总是满面笑容的卡拉。卡拉有时会很生气，简直像要杀人，她愿意陪我一起去撒丁岛。我想起了奥拉和她的直觉，她整个人都洋溢着喜悦，还有好脾气的马库斯和他们的男孩们。我想起了神秘莫测、非同寻常的马里，他身上强大的创造力正在迸发，在朝着一场重大变革迈进。我想起了傻得可爱的卡伊，他一直称我为"宝贝"，就好像我是他的孙女一样。正因为如此，我不能把我在罗马买的弗娜里娜①裸体像明信片作为感谢卡送给他，谁知道他和了不起的克里斯特尔会想些什么。我想起了镇上的村民、森林、森林里的精灵、伊特鲁里亚妇女和她们古老的坟墓。我想起了罗马，我全身心爱着的永恒的罗马，再去 100 次都不够。我发现，因为罗马城、这座小村庄，还有那些与我有过交集的人们，在过去的一个月里，快乐是我唯一的心情。我希望这不仅仅是治疗紧张性头痛的处方药的效用，据说那种药物对情绪也有积极影响。

芬兰。

为什么我在罗马买的那顶帽子在意大利显得时尚极了，但是在赫尔辛基万塔机场的洗手间里，却让我看起来像某摇滚乐队的吉他手一样？

---

① La Fornarina，拉斐尔的情人。

8. 重返罗马—博洛尼亚—佛罗伦萨

>>>

两年后，我回到意大利，重新造访女性榜样们的城市。我感觉时代似乎发生了一些变化，这些女性人物好像终于逐渐从封闭的画廊和被遗忘的储藏室里走了出来，重见天日。

我在罗马的住所位于 17 世纪的艺术家街区，离阿特米西亚被强奸时所住的街道不远。我的高顶房间内部是白色的，很漂亮。躺在床上，我可以看到对面老谷仓的深色椽子。我从二楼的窗户探出身子，俯视楼下那条狭窄的街道，这些建筑物的后面就是 1611 年阿特米西亚居住的十字大街。我一打开窗户，街上的噪声就会涌入我的房间，晚上还有路人唱歌剧的声音，伴随着一群人四处觅食的声音。早晨，我的房间充满了小摩托车的嗡嗡声，垃圾车和扫路车的声音，以及教堂的钟声。从这里，我甚至还能听到阿特米西亚从十字大街楼上的卧室里发出的求救声。

四个世纪之前，这些街道十分危险，暴力和谋杀事件频发，如今它仍然不是非常安全。罗马的小混混们在地铁上抢走了我两天的旅行预算。但是待在阿特米西亚的卧室里，我会觉得生活真是太好了。轻巧的窗帘在打开的窗户旁轻轻拂动，我听得到街上传来的声音。一位女服务员把早餐盘送到了我的房间。

我在周边街道上追寻阿特米西亚的足迹。巴布伊诺大街街角有一座白房子，也许这里真的曾经是她家。当我在二楼迷宫一般的露梁房间里漫步时，我感觉仿佛走在她童年的家里。马古塔大街 ①上如今都是常春藤覆盖的豪华宫殿，当年的小房子已经消失了。在阿特米西亚生活的时代，科尔索街属于艺术家街区，如今已经变成了购物步行街。成千上万的游客蜂拥而至，购买便宜的衣服、运动鞋和手机。这些商店在世界上的每个城市都可以找到。我走到了人民圣母教堂，想看看阿特米西亚在母亲的葬礼上看到的卡拉瓦乔的作品。这些卡拉瓦乔画作是国家级的瑰宝，其四周围了一圈可伸缩的编织带，警卫每次只允许一定数量的游客进去观赏。排队的时候，我一直在看着那些警戒带，最后我终于知道上面写了什么——"阿特米西亚，阿特米西亚，阿特米西亚"，所有的编织带上都印着这五个字。

我穿过整座城市来到纳佛那广场。在广场边的一座博物馆外墙上，挂着一幅放大了许多的朱迪斯杀害荷罗孚尼的画。在博物馆里面，朱迪斯又杀害了两次荷罗孚尼，还有苏珊娜被长老骚扰、卢克丽霞自杀、达那厄遭遇金币雨，嘴唇发青的克利奥帕特拉一遍又一遍死去，一个又一个展厅的墙上挂的全是阿特米西亚的作品。

没错，这是我第一次看到为我的女性榜样策划的特展。

在我的罗马目的清单上，还有拉维尼亚著名的自画像，就是她于 1577 年为公公画的那幅，如今被藏在罗马一个艺术学院的储藏室里。我曾经多次造访罗马圣卢卡艺术学院，想看看展厅里的拉维尼亚，但从未成功过。不过在经历了那些失败的尝试，用英语、意大利语和学院交换了无数电子邮件和电话之后，我终于成功地安排了一次与她的

① 地处罗马中心，是电影《罗马假日》的主要取景地。

会面。我很紧张，感觉自己像个骗子，因为我特意没有提到自己只是拉维尼亚的粉丝，不是一位真正的艺术史学家。

但是这次会面很顺利。一位名叫法布里佐的博物馆员工消失在储藏室的门后，不到一分钟后，他就拎着"拉维尼亚"重新出现了。他让"拉维尼亚"靠着一块胶合板方块立在展厅的桌子上，在它底下垫了一块塑料泡沫，然后就去忙别的事情了。我突然获得了和"拉维尼亚"独处的机会。

这幅画很小，易于随身携带，但画的颜色与我在书里或网上看到的照片完全不同。拉维尼亚的博洛尼亚式新娘礼服是淡紫色的，敞开的行李箱、画架非常精致，拉维尼亚非常美丽。我向上扫了一眼监控摄像机，然后迅速弯腰在拉维尼亚旁边拍了一张自拍照，照片里还有我的笔记本、钢笔和罗马地图。

随后，法布里佐回来将画作取走了。他很匆忙，所以我没有时间问任何问题，比如为什么拉维尼亚会被存放在储藏室里？但是，我的任务完成了。一位假学者成功地混进了艺术学院，亲眼看见了她的研究对象，一位在黑暗仓库中无法入眠的女性榜样终于重见了天日片刻。

在佛罗伦萨，我住在了老城区的一间寄宿酒店。它绝对超出了我的预算，但窗外就是阿诺河的景色。我告诉自己，一个人一生中要有一次住在佛罗伦萨"看得见风景的房间"的权利。早晨从窗户倾泻进来的金色阳光美极了，但我却去了乌菲齐美术馆。乌菲齐美术馆里拥挤的人群太可怕了，这让我很紧张。到处都是成群的游客，他们像一堵墙一样挡在我想看的画前面。只有比阿特丽斯独自待在一个空荡荡的展厅里，她也想成为众人瞩目的焦点，我看到她那副生气的表情，几乎笑了出来。

晚上，乌菲齐美术馆的游客会少一些，我决定再去一趟，顺便快速浏览一下各个展厅，那时候离闭馆只剩下半个多小时了。我看了一眼上午被人墙挡住的那些女人，如巴蒂斯塔、站在贝壳上的西蒙妮塔等。我在楼上注意到一个今天才开幕的小特展，展览的主题是（等一下，这是真的吗？）16世纪佛罗伦萨的第一位女画家、修女普拉蒂利亚·内莉。我之前了解到的信息是，她只有几幅作品留存了下来，但是，就在我从一幅画跑向另一幅画的时候，我突然意识到他们一定找到了她的新画作，并且已经完美地修复了它们。展览中的圣徒看上去温柔得与众不同，普拉蒂利亚是在修道院的工作坊里创作出这些作品的，当时她经营着一家员工都是修女的"艺术工厂"。我还了解到，普拉蒂利亚的巨幅杰作——七米长的《最后的晚餐》，有史以来第一幅由女性绘制的最后的晚餐的场景——经过在新圣母玛利亚教堂里很长时间的开裂和剥落，现在正在修复中，并将永久地被放在那座教堂里展出。

这还不是全部——突然间，佛罗伦萨掀起了全体女性艺术家的复兴运动。我了解到，乌菲齐美术馆的新馆长亲自修改了经典作品名录（终于），将女性艺术家的作品从储藏室拿出来挂在了画廊的墙上。这个美术馆还将举办其他像普拉蒂利亚修女这样的女艺术家的作品展览，并计划收集藏在瓦萨里走廊中的女性肖像，将它们放到乌菲齐美术馆的画廊中展出。索福尼斯巴、拉维尼亚、阿特米西亚……我两年半前热切追寻的所有作品都将很快向世人展示。对我那为女性榜样着魔的灵魂来说，展览牌上印着的字句是一种慰藉："根据我们最新的认识，女性艺术家是文艺复兴时期的重要组成部分。"

乌菲齐美术馆快要关门了，守卫将我赶了出去。于是我走到圣三一教堂，整理着思路，与萨塞蒂的女儿（壁画里好奇地盯着我看的圆肚子女孩）分享这个世界正在发生的惊人变化。然后，我来到一家由两个姐妹经营的小餐馆里吃晚餐，坐在靠窗的桌边，能看到阿诺河的黑色水流和很多座宫殿反射出来的无数光层。

在回家的路上，我走过老桥时遇到了一场示威游行。我站在那条狭窄的鹅卵石街道上，看着一大群人从面前走过。游行队伍源源不断，所有游行者好像都是女性，有年轻女性、中年女性、老年女性……这是某种女性的游行吗？等一下，今天是国际妇女节啊！这就是今天普拉蒂利亚的展览开幕的原因！这么多人，简直就像一场狂欢节！女人们不停地走过来，举着标语牌，上面画着卵巢，写着要求自主权，也就是为自己的身体做出决定的权利、拒绝成为婴儿生产机器的权利和萨塞蒂的女儿的权利。

我终于明白了这一切意味着什么——公元 2017 年，佛罗伦萨的女性终于走上街头，离开了卧室、厨房、地窖和储藏室——真是太棒了，我激动得几乎无法呼吸。

【资助申请，口述，抄写员记录】

尊敬的唐·安东尼奥·鲁福：

我再次写信给您，为我的工作尚未完成表示歉意。我理解您很着急，因为至少从去年开始，您就一直在等它完成。我必须承认，这项工作花费了比我预期更长的时间。需要描绘的女性人物太多了，她们各不相同，我需要对每个模特进行认真研究。这花费了比我的计划要长得多的时间。另外，经过许多次仔细地检查，我发现了这些人物的缺陷和不足，以及一些暗示性的线索，让我不得不继续进行新一轮的研究……从众多女性人物中，我必须选择最合适的几位，这一直很令我头疼！

我为了进一步研究而进行了许多次旅行，它们使我濒临破产边缘。我的钱用光了，坦率地说，这段时间我一直身无分文，所以我恳请您再给我寄来 500 枚金币，让我可以完成这项工作。我正以最快的速度不间断地工作，但不幸的是，头痛和其他不适（为了避免让您感到困扰，我就不在此列出了）让我不得不卧床休息。大脑过度劳累引起了恶心，每当我有这种感觉时，我都无法直视手头的工作，唯一的补救方法就是给我更多的时间。如果我能花一两个星期去做其他事情，我将怀着全新的热情投入最尊贵的阁下热切地等待完成的工作中去。

我对最尊贵的阁下的感激之情溢于言表，谢谢您的理解，恳请您再多等一段时间。我可以向您保证，这次延迟将对作品有极大的好处。

M. K. 敬上

2017 年 X 月 X 日

【用鹅毛笔写的信，一式三份】

亲爱的索福尼斯巴、拉维尼亚和阿特米西亚：

你们为我提出了许多宝贵的建议，在此我向你们致以最诚挚的感谢！我相信你们的鼓舞人心的事迹能够激励许多女性，所以我想举办一场研讨会，衷心希望能够邀请你们三位作为发言人。你们不会因为怯场而感到痛苦，对不对？如果需要的话，我可以为你们准备一些预防心脏病的药。请将您的佣金需求发送给我，我会转发给唐·安东尼奥·鲁福。

研讨会的主题包括：

（1）如何让自己显得专业

（2）如何赢得客户

（3）如何推销自己的技能

（4）如何协商费用并发家致富

（5）如何在男性主导的职业中取得成功

（6）如何兼顾家庭与工作

（7）遭受重大挫折后如何重整旗鼓

（8）如何高效地工作

我还在考虑将来就以下主题开展研讨会：

——面向父亲的研讨会：如何帮助女儿发展职业，并提供一些反面案例

——面向丈夫的研讨会：与职业女性结婚的经历

——面向顾客的研讨会：适当地收取佣金
——美术馆馆长课程：了解您的储藏室

合作愉快

M. K.

9. 诺曼底，九月

>>>

诺曼底的维勒维尔镇。

我来到大西洋海岸，和我的朋友布兹一起住在弟妹那栋又旧又促狭的小黑房子里。我们计划在这里举行一个为期两周的双人写作营，我为这个天才的主意感到非常兴奋。如果说写作意味着一定要在必要的独处和令人无法工作的独居病之间寻找一个平衡点，那么完美的解决方案一定是与一位同事一起住到写作营去。

登陆诺曼底的过程让我筋疲力尽。我先在布兹家住了一晚，因为我的公寓的转租客要求提前一天入住。早晨六点起床，从赫尔辛基到巴黎，到利雪，到特鲁维尔，再到维勒维尔，然后在快要饿晕的时候，我挣扎着将行李箱拖进寒冷潮湿的房子里。（我还没有参加内莉·布莱的行李打包课程。）我们用最后一丝力气点了一份比萨作为晚餐，然后在通往海堤的台阶上一边吃比萨一边喝着红酒。这是一个美丽的夜晚，潮水退去，海滩上留下了很多贻贝，引来很多穿着橡胶靴、拎着水桶的人捡贻贝。

第二天，我们去附近的乡村集市购买食物。我们买了很多鱿鱼、新鲜香肠、洋蓟、羽衣甘蓝、桃子、无花果、山羊奶酪、鸭肝酱、朴美苹果酒和桑塞尔白葡萄酒。海滨大道沿着特鲁维尔沙滩的轮廓向两边延展，路边是一排排小别墅，我们在那里吃了蓝贻贝作为午餐，然后去街角处一家黄色的可丽饼店吃了甜点。傍晚，暗蓝色的天空映衬着一道紫红色的霞云，在捡贻贝的海滩上，退潮留下来的水洼闪烁着银蓝色的光，美不胜收。

我们在日光浴场的神奇光线下拍了一张合影，我把它发到脸书上，写道：拥有一位同事能让一切都变得更加美好。

我们开始工作。

早上，我爬上螺旋楼梯，来到二楼的小卧室。我在那儿找到了一件 20 世纪的奢侈樱桃木家具，可以把它当作办公桌使用。坐在桌子的一端，我可以在一面模糊的镜子里看到自己和电脑的银色顶部。我深吸了一口气，告诉自己：你是一个知道怎么写这本书的女人。我在精神上将自己划入了女性旅行作家的群体中，和凯伦、伊莎贝拉、艾达和玛丽（还有那些用画笔创作的女性）同属于一类人。

我几乎可以想象她们就在这里，在黑色花饰镜框里面，穿着深色裙子的她们与我在镜子里的映像融为一体，我几乎能听到她们在这栋房子里活动的声音。她们身边有青铜藤蔓装饰的灯架、枝形吊灯、银色的茶具、弯腰洗浴的大理石女人像、黄铜床、爪足浴缸、墨水瓶架和带抽屉的写字桌，骑士主题的哥白林挂毯，风景画中翠绿的林荫小径，还有铜版画中宏伟的古老帆船。我穿了一件羊毛连帽衫，看起来可能与周围的环境格格不入，但我完全能想象出女性榜样们住在这种房子里的情景。

坐在书桌边，我能透过窗户上的蕾丝窗帘看到外面的日光浴场。被日晒和海风侵蚀得褪了色的藤椅上覆盖着一层薄薄的灰尘和霉菌，铸铁花园椅和这里的其他所有东西一样，都锈迹斑斑。小隔板上、盆里和托盘上都放着从海滩收集的蛤蜊壳、螺壳和海星。没错，这些都是科学研究的样本。边桌上放了一个笑容羞怯、拉着小提琴的男孩的石膏像，书架上的书（《英国与北欧的海岸》，《自然珍藏图鉴丛书》中的《岩石和矿物》《化石与贝壳》，以及一系列艺术图画书）几乎全部褪了色，甚至褪变成了浅白色。

夕阳西下，我穿着橡胶靴站在房子旁边的海滩上及踝深的潮池里。天空从粉红色变成了深碧蓝色，像水彩一样虚无缥缈。平静的水面倒映着我的影子，远处的地平线上，勒阿佛尔①的灯光就像数十亿颗闪闪发光的宝石，串成一条梦幻般的细长缎带。

每天都转瞬即逝。我们吃了早餐之后立即开始写作，午餐后看一眼海滩，然后回来工作到晚餐时间，晚餐后出去迅速欣赏一下日落，再上床睡觉。我坐在电脑前面，一分一秒从指缝间飞速流逝，很快我就又饿了，到了该吃饭的时间。有时，我们会把沙滩椅拖到碎贝壳海滩上，享受一会儿温暖的阳光。有一天，我们去附近的翁弗勒尔镇逛了一个古董市场，吃了牡蛎、蜗牛和鸭腿，然后爬上了一个有百年历史的、装饰繁复的旋转木马，一边听着蒸汽笛配乐一边互相拍照。我坐在长颈鹿的背上，周围有一头老虎、一只大象和一匹白马，假装自己正在乘风骑行。

布兹的工作效率很高，她每天完成的字数令人羡慕。她告诉我，昨天，她的小说中出现了一个场景：主人公在退潮时乘坐着热气球，降落到诺曼底如同月球表面一样的奇幻海滩上。今天，阿曼达试图穿越冰层，逃离芬兰西南部群岛的一个位于孤岛上的女精神病院。下午，布兹计划写一段关于冬季坟墓的内容。与此同时，我在整理无穷无尽的关于探险者的笔记，想要把我发掘的几个主题整理成一个暂时可行的整体。我知道，这绝对是整个写作过程中最糟糕的一段，但这是我必须闯过的一关。

---

① 法国北部的海滨城市。

到了凌晨时分，我发现所有的东西都互不协调，感觉自己的整个生命中除了痛苦别无他物，想要大声尖叫。我的女性榜样们所说的话在我的脑海里晃来晃去、乱成一团，一遍又一遍有节奏地敲打着我，直到我无法分辨自己是睡着还是醒着。

……例如，如果她吃了一些东西，那么她可能还没有失去勇气，众所周知，饥饿会削弱一个人的勇气……

……总乘头等舱旅行是完全错误的，因为这样一来，你就只能听到外国人的谈话，而那些谈话往往是乏味和陈腐的……

……带一件特别漂亮的睡衣，这样即使你发了烧状态不好，也不会感到尴尬；为了应对紧急情况，学会做咖喱……

……浴室是另一种恐怖体验……晚餐时，我喝了一瓶温热的啤酒，吃了两片抗焦虑药物和一颗安眠药，我想尽可能快地昏睡过去……

……在防风灯照射下看到的东西，我记得比其他情况下看到的都要更清楚……

……旅客有权以最得体的礼节去做最不恰当的事情……

……我还自学了如何耕地，这样在照片里我就不会觉得托尔斯泰高我一筹了……

我脑袋里装了太多东西，晚上想起太多位优秀女性。而且，在这几周之内，我提交了很多资助和驻留项目的申请书（尊敬的唐·安东

尼奥·鲁福……），不得不应对很多额外的写作需求。邮箱里持续收到公开露面、邮件采访、为颁奖典礼录制视频问候的邀请等，这些都是工作的一部分，却常常令我难以忍受。在这一切之下还涌动着一条可怕的暗流——如果我无法完成这本书怎么办？如果我不知道怎么写该怎么办？如果我无法将存储在计算机上的这 51 个文件整理成流畅的稿件怎么办？

而且，我还开始觉得这个"人体实验"的方法本身就是个错误。我的想法是去做和我的女性榜样们所做的类似的事情，本该真正追随她们的脚步，在丛林中划船，在半死不活的状态下穿越沙漠，探索未知地域，靠酥油茶活命，依靠一个手提包生活三个月。相反，我却悠闲地坐在旋转木马的玩具长颈鹿身上，思考着那些真正去做了那些实事的女人。

我们前往巴黎，计划在那里待几天，然后送布兹飞回家，而我则回到诺曼底的海滨村庄。在我们出发的那天早晨，我不小心在卧室的梳妆台镜子中看到了只穿着文胸和连体内衣的自己。那个景象令人震惊。友情提示，如果你是一个女人，准备去旅行，而且感觉需要一条贞操带来防止和他人发生亲密关系，那么带上连体内衣会一样有用。

巴黎下着很大的雨。我们乘出租车前往旅馆，结果发现旅馆藏在乔夫罗伊小道上一个隐蔽的角落。随后我们来到圆顶的夏提埃餐厅吃午饭，这家餐厅自 1896 年以来就一直为工人提供餐食。（那时，工人们会带着自己的盘子和勺子来排队取食物。）

下午，我们正在圣日耳曼德佩修道院 ① 里参观时，又开始下雨了，于是决定去双叟咖啡馆喝杯开胃酒。我们当然要去那里喝酒，因为它是著名的作家咖啡馆和存在主义的发源地，隔壁的花神咖啡馆也是。每个咖啡馆都会评选和颁发文学奖，据说花神咖啡馆的年度大奖是

———————————

① 法国巴黎第六区的一座修道院。

6000 欧元和每天一杯普伊－富美葡萄酒。在这里顺便提醒一下赫尔辛基的咖啡馆们。

傍晚时分，我们穿过新桥，我盯着书商们沿着河边摆放的一个个书箱（晚上就收摊了），想知道世界上是否还有另一个城市也会这样，在一条主干道的两侧昼夜摆满旧书。书籍统治着这座城市，它们在岸边庄严地站岗，散发出的智慧的气息飘浮在空中，令人陶醉，给人启发。

为了纪念我们在巴黎的最后一个晚上，我想点一杯非常昂贵的葡萄酒，但是服务员却说："哦，它非常非常复杂。"她拒绝卖给我。我应该反驳说"我也很复杂"。不过我得承认，服务员推荐的便宜些的葡萄酒也很棒。酒的名称是"我是谁"。

离开巴黎，我独自回到了我的写作小镇。我在涨潮时沿着美丽的海滩散步，风很大，我的嘴唇上有股咸咸的味道。夜幕降临，紫色的夕阳映照在退潮的海滩上留下的潮池里，我仿佛看见月球坑洼不平的表面在燃烧。

第二天，我又开始工作了。

姆萨布，您相信自己可以写一本书吗？卡曼特的声音在我的脑海中回荡。

但是，您所写的是零零散散的一些内容。当人们忘记关门时，风会把那些纸片吹得到处都是，甚至掉到地板上，然后您会生气。这不会是一本好书的。

【床头柜上的一张便笺】

我是 M，今年 43 岁。我的第二本书已经写了 600 天了。

我承认：我晚上想到的优秀女性太多了。我永远想象不到自己一旦开始寻找，竟会找到这么多人。她们站在我的卧室门口、楼梯间、阁楼上、这座房子的冬季花园里，以及通往大西洋海滩的狭窄道路上咸咸的海风之中。我把她们塞到书桌的抽屉里，因为这本书无论如何都要完成。但是抽屉里却装不下她们，她们的声音像烟雾一样从缝隙里飘散出来，或者像烘焙咖啡的浓郁香气一样，潜入房间的每一个角落，粘在我的衣服上，随着空气被我吸入体内，被我的身体吸收。我在她们身边睡觉，我的笔记本上密密麻麻地记满了关于她们的内容，早晨我听着她们的话语醒来，当我试图将这些话写下来的那一刻，它们却像烟雾一样消散了。办公桌的抽屉砰砰作响，我只好用胶带把它粘牢。但是，她们仍然设法从里面倾泻而出，势不可当，她们的声音在四处回荡。

我该怎样应对女性榜样们的雪崩式侵袭？

草间弥生

建议十：置身于你所恐惧的事物之中。发狂般地工作。

职业：先锋艺术家，拥有价值百万美元的品牌，工作狂的典范。
经历：住在东京一家精神病院里。

我制作了一堆柔软的阴茎雕塑，躺在它们中间。这么做就把
可怕的事情变成了有趣的事情。

——草间弥生

幸福的人需要草间弥生。来草间弥生的 404E 工作室，3 层
14 号，1 月 21 日星期日下午六点。

——草间弥生的手写便笺，赫尔辛基美术馆草间弥生特展展品，2017 年 1 月

1955 年 11 月 15 日。

亲爱的欧姬芙小姐：

请原谅我在您百忙之中打扰您……我是一名日本女画家，从 13 岁
开始画画，已经从事绘画工作十三年了……烦请您告诉我，该如何度过
这一生……我会把我的几幅水彩画单独寄给您。能请您帮我看看吗？

您忠实的草间弥生

我是 1998 年春天在洛杉矶第一次听说草间弥生的。我当时 26 岁，
刚刚大学毕业，在一家小出版社工作。我去洛杉矶看望正在好莱坞学

习演奏贝斯的弟弟。我对洛杉矶一见钟情，因为这里是我去过的最荒唐的地方。单是这座城市的规模就大得夸张，从好莱坞山到海边要花费数小时，挤在拥堵的道路上穿过半个城市。我很快了解到，在洛杉矶，没有人走路，也没有地铁（其实有一条线路，但没人乘坐），坐公共汽车的人只有疯子、瘾君子和我。在弟弟上课的时候，我会在车站等那些又旧又破的公交车，一等就是几个小时。当它最终出现的时候，它会以非常缓慢的速度晃晃悠悠地往前开，发出突突的声音，把我们这些怪人从好莱坞带到城市的其他地区，比如市中心或圣莫尼卡。我在日记里写了一系列关于这些漫长又奇特的公共汽车旅途的故事，标题为"洛杉矶公共汽车上的疯子们"。

到达洛杉矶不久后的一天，我乘坐着一辆这样的公共汽车去了洛杉矶艺术博物馆。我不知道里面正在展出什么（当时还没有互联网，我怎么可能找到这些信息？），不过，我一到那里就发现博物馆正在举办一位我从未听说过的日本女艺术家的回顾展。展厅里挂满了各种波尔卡圆点画、色彩丰富的抽象画，还有60年代的黑白照片，照片上的人全身赤裸，皮肤上涂着波尔卡圆点，让我印象最深刻的是画着各种形状和尺寸的通心粉的手袋和衣服。我当时一定也看到了上面都是"柔软的阴茎雕塑"的鞋子和扶手椅，但完全不记得了。尽管我在观看这些作品时一直处于倒时差的状态，头昏昏沉沉的，但这些作品依然令我难以忘怀——我从未见过这样的作品。而且现在回想起来，我突然意识到，没有比在宿醉般的昏沉感之中透过模糊现实的迷雾了解草间弥生更好的方法了。

我买了一张明信片作为展览的纪念品，上面印着一张红色的照片，年轻的草间弥生身穿和服，眼睛上盖着两枚写着"永远的爱"的标语的徽章。出于某种我自己都不明白的原因，这张明信片成为对我有特殊意义的标志。它是二十年来唯一的一直挂在我的墙上的图像，跟着我从一个公寓搬到另一个公寓，从生活的一个阶段步入下一个阶段，一直到现在。每当我看这张照片时，我总是莫名其妙地感到有种灵感的精华直接注入了我的血液。它让我的生活更新鲜、更刺激，充满了惊喜。

明信片上的草间弥生成为我的第一位女性榜样。

草间弥生出生于1929年，是一个体面的富裕家庭的独生女。她的家人在松本小镇做种子生意，积累了一笔财富。松本位于日本的阿尔卑斯山中部，是一个休闲安逸的小镇，但是草间弥生的童年却过得一点都不安宁。她的父亲引诱了家里的女佣，而且经常在外面找艺伎和妓女。她的母亲有点歇斯底里症的倾向，既让草间弥生监视她的父亲，又因为她这么做打她。草间弥生12岁时开始出现幻觉，她会看到生活中不存在的事物，听见动物和植物说话。她没有告诉任何人，只是开始把自己看到的东西画出来。她的母亲不想让她画画，因为那时乡村艺术家们过着穷困潦倒的生活——他们上街乞讨，拿讨到的钱去买酒，最后上吊自杀。因此母亲认为最好的方法是把女儿身上的艺术冲动打到消失为止。另外，结婚也是个不错的方法，母亲向草间弥生展示了一系列新的和服、漂亮的裙子和可能成为新郎的男子的照片。但是，草间弥生对这些完全不感兴趣，她只想画画。

19岁那年，草间弥生说服母亲让她去京都的一所艺术学校就读。但是她到达京都后，却发现自己厌恶学校里那种古老的、层层分级的艺术世界，所以她什么课都不去听，就在东部山区租住的房子里度日，坐在榻榻米地板上疯狂地画南瓜。从那时起她的工作风格就可以用"疯狂"来形容——23岁时，她在松本举行了第一次展览，展出了270件作品，六个月后的第二个展览有280件作品。草间弥生在1953年接受了神经官能症的治疗，她的医生在看了她的展览后宣告她是一个天才。西村教授的观点是，草间弥生应该尽可能地远离她的母亲，而草间弥生则认为她应该彻底离开日本。

她选择了美国，但那时候去美国并不容易，除了签证，她还必须获得一封资助人的担保信，保证她有住宿，能够维持生活。在她去美国成为艺术家的路上，能够向谁寻求建议呢？她不久前刚在二手书店发现了一本艺术类图书，里面有著名画家乔治亚·欧姬芙的画作。欧姬芙当时 68 岁，是美国非常重要的现代主义艺术家之一，她在新墨西哥州的沙漠里过着与世隔绝的古怪生活。草间弥生被书里的水牛头骨和沙漠花朵迷住了，当即判定这个女人能帮助她到达美国。于是，她乘六个小时的火车去了东京，走进美国大使馆，用颤抖的手指翻阅《名人录》，最终找到了乔治亚的地址。然后，她给乔治亚写了封信：亲爱的欧姬芙小姐，请原谅我在您百忙之中打扰您……这是一封打印出来的信件，有些字母错了行，但是英语表达非常好。那一年，草间弥生 26 岁。

不可思议的是，乔治亚回复了她的信，用优美流畅的大字写道：

阿比丘，N. M. 12/14/55。

亲爱的草间弥生：

你的两封信我都收到了，水彩画也寄到了……

是的，这些画很有趣，但是乔治亚现在生活在乡下，与纽约的艺术界脱节了，如果草间弥生需要的话，她可以将画作寄给一位艺术品经销商。草间弥生是想卖掉它们吗？如果要卖的话，定价多少？

草间弥生和乔治亚就这样通了几年信。乔治亚确实把草间弥生的画作给艺术品经销商看了，还卖掉了其中的一幅。（几年后，她将其他的画作寄回了日本，但运输船沉没了，带着这些画一并埋葬在海底。）1957 年，草间弥生终于得以出发前往美国。乔治亚写信祝福她。草间弥生作为一名身无分文的贫困艺术家，在纽约勉强维持着生活。乔治亚在给她的信里写道，欢迎她随时来新墨西哥州的牧场，很乐意为这位年轻艺术家提供工作空间和食宿。（草间弥生没有去，她不喜欢待在茫茫荒野中的牧场里。）

几年前，我在日本写第一本书的时候，在东京一家美术馆观看了草间弥生的作品展。那是我第一次看到年轻的草间弥生写给乔治亚的信件。这些在玻璃展柜里面的信件十分吸引人，我在旁边看了很长时间才意识到它们的意义。

那是写给优秀女性的信和优秀女性的回信。

我想：真的就这么简单吗？

你如果有什么需要，就请向某位优秀女性咨询。这位优秀女性一定会回复你，不用担心。

与乔治亚的通信确实将草间弥生吸引到了美国。1957年，她的一个亲戚以她的作品将在西雅图参展为由，设法为她取得了签证。草间弥生带了六十件丝绸和服、上千幅计划出售的素描和绘画作品，因为那时她只能带一点点现金离开日本。另外，她还偷偷夹带了（缝在衣服里和鞋头里）用100万日元非法兑换的几千美元。在离开之前，她还烧掉了所有剩下的素描和绘画。如果她当时没有这么做，那些画作现在将价值数亿日元。

1957年11月，28岁的草间弥生抵达美国。她在西雅图参加完展览后，在纽约住了下来。在纽约，她迅速花光了所有的钱，变成了一名穷光蛋艺术家。她野心勃勃地想要发起一场艺术革命，但一切都不容易。她的工作室的窗户坏了，她用在街上找到的一扇旧门和一条毯子当床。她又冷又饿，常常产生幻觉。有时候，她只能吃栗子果腹。有时候，她从鱼贩垃圾桶里找鱼头，从农产品商的垃圾箱里翻出烂掉一半的白菜叶。她用这些食材煮的汤能勉强填饱肚子，坚持到第二天。她一直在努力工作，将攒下的每一分钱都用于购买绘画用具。不久后，她的工作室里就装满了完成的画作，画的都是网。朋友担心地问她，为什么要一直画同一个主题？有时她会先在帆布上画满网，然后将相同的图案延展到桌子上、地板上和她自己的身体上，一遍又一遍地重复，直到那面网扩张到无穷大。被一张大网包围着，草间弥生就会忘记自己，或者就像她后来解释的那样，它帮助她消除了自我。但是一天早晨，这些网开始移动，爬到她的皮肤上。草间弥生突然歇斯底里症发作，被一辆救护车带走了。

草间弥生继续疯狂地画画，常常连续好几天忘记吃饭或睡觉。1959年10月，她的梦想终于实现了——纽约的布拉塔画廊为她举办了一场名为"纯色执念"的个人展览，非常成功。

十一月，我前往日本寻找草间弥生。芬兰阴暗肃杀的冬日即将到来，我在一个黑洞边缘摇摇欲坠；我的女性榜样旋转木马飞速旋转，即将失控；极夜的致郁力量正虎视眈眈，准备随时把我击倒。我一直在想，如果草间弥生能在那种生活环境和健康状况下持续工作，那么我也必须能做到！

我决定写信给草间弥生，在网上找到了她的邮箱地址。到目前为止，我的女性榜样们最大的问题是，她们都已经进了坟墓。从理论上讲，我唯一能见到真人的，就是86岁的草间弥生了。"你好"，我笨拙地写下邮件的开头，突然忘记了怎么用日语写一封信。接着，我问了我的问题。

草间弥生从未答复。

我决定从京都出发，去东京待几天。到了东京之后，我为是否该到新宿逛一逛纠结不已，因为草间弥生就住在那里的一家私人精神病院。我知道她在医院隔壁的大楼里有一间工作室，她总是早上走路去那里工作一整天，然后晚上回到医院。我能在过马路的时候偶遇她吗？如果真的看见了她，下一步我该怎么做？我在某处读到，草间弥生绝对不想见任何人，医院就是她的避难所，她甚至害怕独自去商店，如果有游客在街上对她大喊大叫，她可能会被吓死。但是，我如果向她的行为艺术致敬，脱光衣服，全身涂满波尔卡圆点，站在医院的门口呢？她会站在窗口向我招手吗？也许他们会把我也送进精神病院，我可以住在草间弥生的隔壁！"早上好，老师"，早上我会这样和她打招呼，接着我们穿着浅蓝色的病号服肩并肩走下楼去验血。

最后，我准备待在酒店房间里，通过谷歌地图街景来研究那家医院。它位于普通的家庭住宅区里。我完全看不出草间弥生的工作室在那些狭窄街道的哪栋建筑物里，我眯起眼睛，仔细分辨街上的人、大门、花盆、院子里的自行车、垃圾袋，甚至晾晒的衣服，研究谷歌地图摄影师哪天碰巧记录下来的一瞬间，越来越焦虑。在某些街道上，我看到了工人、一个拿着购物袋的老人、在一个十字路口停下来聊天的邻居们、一个从带遮阳棚的建筑物里走出来的年轻女子，却没有草间弥生的踪迹。

我觉得窘迫极了，感觉自己像个跟踪狂，在网上研究医院周围的街道。如果被草间弥生发现我这些狂热的举动，我一定无地自容——我竟然窝在东京一家旅馆的房间里，将照片放大，寻找她的垃圾袋。我突然想到，如果她在某扇窗户外看到我怎么办？我会出现在她的幻觉里吗？我迅速地关闭了网站，抑制住了自己的羞愧感。我显然和那些已经死去一百多年的女性榜样更有共鸣。

1961 年，草间弥生和乔治亚终于会面了，而且仅此一次。一天，74 岁的乔治亚·欧姬芙突然来到了草间弥生在纽约的工作室。她说，你一定是草间弥生吧？一切还顺利吗？草间弥生发现乔治亚的脸布满皱纹。她从未见过一个皮肤上有如此多褶皱的人。草间弥生本来想拍一张合影，但她的相机里没有胶卷了（当然），也来不及出去买。随后乔治亚就离开了。因此，草间弥生和乔治亚没有留下合影。

优秀女性的会面：永远不会和你所期望的一样。

不过，我可以去草间弥生的出生地，也就是日本阿尔卑斯山的松本，这样既不会昧着良心，又不会看上去像个怪异的跟踪狂。

在松本市博物馆的正前方，我看到了草间弥生留下的痕迹。整个院子里摆满了巨大的波尔卡圆点花纹郁金香，入口处的红色波点自动售货机里有红色波点易拉罐装的可口可乐。在博物馆里面，游客沿着画有红色圆点的栏杆缓缓向前，见到一个展览——整个展览都是波点的狂欢。我在波点可乐售卖机顶上给草间弥生留了一张便笺。

我在运河边一家便宜的老式旅馆里住了一晚。看管旅店的老太太为我提供了早餐，有盐烤河鱼、豆腐、味噌汤、咸菜和米饭。我在旅馆的木制风吕池里泡了个澡，水很热，我很快就出来了。我漫步在狭窄的街道上，好奇草间弥生童年时期住在哪里，然后在松本城附近的月见橹里坐了一会儿。月见橹为游客提供了三种诗意的月景：空中的月亮、护城河水面和你的清酒杯中的月亮倒影。晚上，我来到一家居酒屋，厨师在柜台后面烤制我点的菜，有烧鸟串、烤鸡肉皮、芥末蔬菜和深炸豆腐。

倾盆大雨已经下了一整天，但是饱餐一顿之后，我一时兴起，步行穿过黑暗的城市，想再看看护城河怀抱中高耸的松本城。大雾为眼前的景象蒙上了一层迷离的面纱，被灯照亮的武士城堡在黑暗中泛着朦胧的白光，城堡的轮廓倒映在护城河黑色的、镜面一般光滑的水面上，两只天鹅游了过去。

我没有拍到天鹅。但是，即使我拍到了，也没人相信它们是真的。

一月，我到哥本哈根去完成凯伦的故事，还想在同一趟旅程中找到更多关于草间弥生的信息。在一个星期六走进路易斯安那现代艺术馆时，我才意识到自己完全选错了游览日期。在艺术馆开门之前，外面就已经排了一条长长的队伍；开门之后，馆内的拥挤程度更是少见。游客都是吵闹的幸福大家庭，父母带着孩子来欣赏这位日本女性艺术家广受赞誉的展览。明年，这个展览将在赫尔辛基举办。

我和周围的人群挤在一起，在一片此起彼伏的喧嚣声中慢慢地从一件作品挪到下一件作品前面。我躲避着小孩子，迅速穿过一堆波点装饰的蔫软的阴茎，努力让自己遁入禅境，只专注于草间弥生、我和我的笔记本。看到草间弥生写给乔治亚的信件被放在玻璃展柜里，我在人群中绕来绕去，试图靠近它们，就像一只锁定猎物的鹰。展厅中还有一些特殊主题房间，比如镜子房间，里面用红色圆点装饰的阴茎场地向各个方向无穷无尽地延伸。还有间空房间，里面有神奇的、致幻的闪烁灯光，通往这些房间的队伍长得穿过了好几个展厅，在这些队伍中等待很久很久之后，你只能在每个房间最多停留十秒钟。

我为了看一场九十分钟的纪录片《草间弥生——我爱我自己》，花费了整整五个小时。当我终于来到艺术馆里备受推崇的海景咖啡馆时，天已经黑了，我很饿，而且快气炸了，主要是因为：（1）草间弥生纪录片的导演选了这么一个愚蠢的、不走心的片名；（2）看起来很美味的自助午餐在一刻钟前刚刚闭餐，服务员这样明确地告诉我。我排队等了二十分钟，买到了最后一个三明治，而且，唉，这个三明治简直不能再小了。

不过，草间弥生还是一如既往地令人愉快，白色的无限网画（挨饿时画的）、魔法镜房间、对南瓜的痴迷、直勾勾地盯着你的眼睛、粉红色的假发。还有一个展厅里充满了我最喜欢的作品，长满柔软的阴茎的日常的家居用品，包括白色的阴茎扶手椅、阴茎高跟鞋军团、阴茎熨衣板、阴茎的厨房凳、阴茎的梯子、阴茎手提箱。塞满阴茎的高跟鞋看起来有点恶心，就像长了拇囊炎或者小肿瘤，穿上它肯定走不了路。手提箱里塞满了蔫软的阴茎，甚至连箱盖都合不上，拖着它一定会很痛苦！熨衣板上长出了一大片阴茎森林，悬在厨房凳子上面的突出物看起来像一个大的阴茎生日蛋糕。我不知道这些地球上的日常物品究竟是怎么长出这么多累赘物的，它们就像某种巨大的太空霉菌，让生活变得更加艰难——家庭领域（女性的传统生活空间）的各个角落都被一群白色小蘑菇接管了。女性在家里做任何事的时候都能看见阴茎，它们总是很碍事，比如你想熨烫衣服的时候！看来，男性权力的符号已经无处不在，给每个女人打上了标记，并妨碍着她们的行动。

到处都有东西在戳你，你甚至无法安安稳稳地坐在椅子上。如果你正琢磨着是不是能爬上厨房的梯子逃出去，那么你还是放弃吧，梯子上也长满了那些迅速繁殖的悬垂物！（有人曾经这么试过，因为梯子上还留着一双被阴茎挤得没法穿的高跟凉鞋。）你最好彻底投降。另一侧还站着一个阴茎女孩，她头上戴着一顶阴茎草帽，看上去好像还挺欢快的，她的耳朵朝向观众。你还能看到阴茎衣服、阴茎手袋，以及我最喜欢的通心粉金色手提包——这个女人被锁在了烹饪地牢里！

但这一切是为什么呢？草间弥生说，人们认为她的阴茎艺术代表着她对性爱的狂热推崇，但实际上，她想表达相反的意思：她害怕性爱，尤其是那些怪诞又丑陋的男性性器官。那些长得到处都是的可笑的手工布艺阴茎，是她应对恐惧的方式。确实，你如果把一根自己制作的阴茎摆在沙发上，只穿着高跟鞋，在自己的身体上画满圆点，那么你在自己的恐惧管理项目上就已经取得了很大的进展。（同时你还给这个象征着女性被男权压迫的符号赋予了一点轻松无害的含义。）

这个展览还展出了草间弥生行为艺术的大量照片和视频，她给站在纽约街头的裸体人物身上画波尔卡圆点。1967 年，草间弥生 37 岁，她在美国待了将近十年，已经成为一位著名的视觉艺术家，投身嬉皮运动的性自由和反战潮流之中。1967 年 1 月，在草间弥生举办的第一届"人体彩绘节"上，她在星期天的弥撒期间让裸体嬉皮士在曼哈顿教堂前焚烧美国国旗，她自己将圣经和征兵卡扔进了大火。然后嬉皮士们开始接吻，有些甚至当场做爱。草间弥生因此一夜成名。她对外宣称的目标是推进性自由革命，为世界带来和平与幸福，并以此安排各种促进性自由的活动。草间弥生作为这些事件的灵魂领袖，在参与者的身体上画波点，不过她自己对性爱没有任何兴趣。她还成立了草间舞团，让浑身画满圆点的参与者自由地展现自我。她在公园里举办活动时，呼吁观众脱掉衣服，在身体上画满圆点，直到警察赶来维持秩序才停止。

你不得不佩服草间弥生的媒体宣传能力。她成立了一家"草间公司"来管理她的项目，聘请律师为她提供建议，让她能够在避免刑事指控的前提下在公共场合举行行为艺术表演。她写了很多媒体稿件，相当于自我广告、艺术宣言和社会讽刺的精彩混合体，主题涵盖了时尚、性和政治。为了支持反战运动，她给时任总统理查德·尼克松写了一封公开信，信中建议他们"忘记自我"，互相往身上画圆点。（轻点！亲爱的理查德，让你的男性战斗精神冷静下来！）她开始发行《草间狂欢》周报，内容涉及"裸体、爱、性与美"，在全国范围内售卖。她决定设计一种乌托邦式"狂欢装"，在衣服的某些特定位置裁剪出大洞，并发布了一篇新闻稿，宣布成立草间时装公司。另一篇新闻稿在第六大道上的服装店开业之际，宣称"裸体精神领袖草间弥生开设时尚精品店"（甚至布鲁明戴尔百货店都卖过她的衣服）。她的服装公司还设计了臀部有个大洞的"人体服"，胸前和臀部都有洞的女士晚礼服，最多可由二十五个人一起穿的"派对服"，以及独家设计的"透明装"和"出口装"，很多女性热情订购。（顺便提一句，草间弥生至今也没有失去一丝一毫的商业意识，进入21世纪后，她与很多知名跨国企业都进行了合作。）

1972年，草间弥生入选了美国《名人录》。她在纽约待了十六年，成为先锋艺术领域的重要人物。然而，在日本，人们完全不能理解她对裸体的推崇，她在祖国反而成为民族的耻辱。草间弥生的父亲不再给她寄钱，母亲给她写信说希望她小时候就因为患喉炎死掉。

即使如此，1973年，44岁的草间弥生依然决定去日本旅行。让所有人都感到惊讶的是，她本来计划的短期探访变成了永居。她的健康状况在东京一落千丈，她又开始出现幻觉，恐慌发作，遭受抑郁症的困扰，一次又一次地走到地铁中央线（日本著名的自杀地铁线路）的站台上，想跳轨自杀，最终将自己送进新宿的一家医院。1977年，她住进了一家擅长神经心理学和艺术疗法的私人精神病院的开放病房，以后就一直住在那里。

不过，无论生病还是住院治疗，草间弥生的艺术家职业生涯都没有停滞不前，工作速度也没有减慢，反而加快了。她在医院旁边搭建了一个工作室，每天在那里工作，工作效率比以往任何时候都高。草间弥生除了创作数千件绘画、雕塑和装置作品，还写了二十多本书，创作音乐，完全没有停下来的意思。在路易斯安那州的一场展览中，展出了她两年前即 85 岁时创作的巨幅绘画。据说她从 79 岁开始创作这一系列绘画，最初的计划是画一百幅作品，但是由于后来创作的作品数量远远超过了这个数字，她便将目标提高到了一千幅。她的工作风格介于工作狂和疯癫之间。例如，她在撰写第一本小说《曼哈顿自杀狂》（1978 年出版）期间，有时一天能写一百页。整本小说她用了三周写完，而且没有任何删改就直接出版了。

回到日本后，草间弥生被艺术界遗忘了二十年，随后又卷土重来，令人刮目相看。1998 年春天，在洛杉矶，她走进了我的生活，而我并不是唯一受她影响的人。《永远的爱：草间弥生（1958—1968）》回顾展掀起了一波草间弥生热。草间弥生巩固了她在艺术界的地位，如今她的早期作品每幅能卖到 200 万美元以上。

在路易斯安那现代艺术馆，我终于见到了草间弥生（她在屏幕上）。纪录片《草间弥生——我爱我自己》记录了她一年半的日常生活。我关注到许多小细节，比如草间弥生的办公楼的外墙是安藤忠雄风格的混凝土墙，而工作室外墙是白色的，这给像我这样的谷歌地图偷窥狂提供了重要线索。而且，我曾经想象着草间弥生过着孤独的隐居生活，但出乎我意料的是，她的工作室是一座功能齐全的草间弥生工厂，里面有许多工作人员和助手来处理她的事务！所以真的没人有时间回复我那封愚蠢的电子邮件吗？

不过，草间弥生确实不是一个喜欢社交的人。我在某个地方读到，这部纪录片制作人拍摄了一年之久，草间弥生才开始注意到她也是个有名有姓的人，而不仅仅是一台讨厌的嗡嗡地跟着她的摄影机。在影片中，年过 80 的草间弥生脾气暴躁。她时不时地宣称自己"很不好"，然后一言不发地凝视着前方。她像一个生病的老太太（事实上她就是）一样步履蹒跚，只想安静地画她的那些圆圈。"别跟我说话，"她对摄影师说，"你在这儿的时候我无法集中精神。"她坐在桌边不停地绘制相同的圆形图案，日复一日地机械地重复着同样的动作，却始终保持专注，不去思考或评估自己的作品。完成一幅巨大的画作后，有人会把它举起来给她看一眼，就将之搁置一旁，她又开始创作新的画作。草间弥生很欣赏自己的作品。当拿着着嗡嗡响的摄影机的那个生物问她画作如何时，她说："我当然是个天才。"

没错，草间弥生以自我为中心，她只专注于自己的工作，没有其他东西能影响她。她对自己的工作成果感到满意，觉得她的作品棒极了，她爱它们。当摄影师问"你的上帝是谁"时，草间弥生回答："我就是我自己。我非常喜欢自己。我爱自己。"（她没有提到她的女性榜样乔治亚。）有时，她会翻阅那些印有她的绘画或探讨它们的杂志和书籍，脸上洋溢着赞赏之情。（我很羡慕她这样做的时候丝毫不会产生自我厌恶的感觉。）在一次活动上，有人问她的文学作品受到了哪些作家的影响，她表示不能理解这个问题。"我对除我外其他人写的书不感兴趣。"她答道。（实际上，她在医院的小病房里塞满了书，而且她经常阅读。）除了自己的绘画，草间弥生还喜欢自己的照片。她总是和自己的作品合影，让自己成为艺术品的一部分。这个粉红色头发、眼睛直勾勾地盯着前方的人物，现在已经成为日本的民族英雄、吉祥物和价值百万美元的品牌，这个品牌将一直不停地产出作品，直到她呼出最后一口气为止。

草间弥生的确是一个以自我为中心的、自命不凡的人，但是作为一位 86 岁高龄的女性，为什么不呢？她将困扰她一生的所有复杂病症（各种恐惧、强迫症、焦虑症、神经疾病、抑郁症）转化为一段成功的职业生涯，为她和很多其他人提供了财务支持。了不起，我说。你能模仿她吗？

当我在晚上想起草间弥生时，我不会想到她那无处不在的波尔卡圆点画或柔软的阴茎，也不会想到那些行为艺术和裸体嬉皮士的永恒狂欢。

我只想到两点：（1）乔治亚·欧姬芙；（2）精神病院。

我想到草间弥生如何在还是个年轻女孩的时候就决定成为一名画家，并写信给乔治亚·欧姬芙寻求建议，通过写一封信就联系到了她的女性榜样，最终梦想成真。

我想到她在 20 世纪 60 年代撼动了纽约艺术界之后，回到东京，并要求住进精神病院。我想到她如何从不让自己的弱点和病症减慢前进的速度，到掌控这些弱点并将它们变成艺术创作灵感的永恒源泉。

我想到她在那所精神病院住了 40 多年，一直不间断地工作。我想到她如何坐在轮椅上被人推着走过医院长长的走廊，如何从护士那里拿药，进行血液检查，然后换好衣服开始工作，继续完成她的 1000 幅画作的目标。

【打印的信件】

亲爱的草间女士：

请原谅我在您百忙之中打扰您……能否烦请您告诉我，护士早上给您的是什么药？

永远爱你的 M

女性榜样的建议：

接受你的命运，疾病和弱点对你有利。

置身于你所恐惧的事物之中，嘲笑它。

向优秀女性寻求建议。相信她们会回复，永远不要担心。

给自己安排合适的生活环境——即使是一家精神病院也没关系。

继续工作。

永远。

其他方面的建议：

完美的工作环境。

住在医院里。

与为你做饭的亲戚住在一起。

住在西藏的寺庙里。

搬进一座不愁食宿的德国城堡。

10. 魔山

>>>

　　我在寒冷彻骨的深冬迷雾中到达魔山。这座城堡（实际上更像一座豪宅）坐落在原东德的一片乡村地区，周围什么都没有。我的计划是在这个艺术家驻留地度过接下来的四个月。在出租车上，目之所及只有平坦的灰色田野，一直延伸到地平线，偶尔出现一座风车、一片破败的工业建筑和废弃的砖房，房子的窗户都碎裂了。我们路过的小村庄就好像荒废了一样，房子的门窗都用金属栏杆封住了。这里到处都有一种典型的东德的感觉——贫穷、荒凉、环境恶劣。

　　主管女士正在城堡门口等着我。她顶着银灰色的波波头，有种奇怪的幽默感。她带我来到老马厩改成的房间。我透过窗户可以看到漂亮的主建筑和城堡的花园，想到汉斯·卡斯托普（托马斯·曼的作品《魔山》的主角）抵达他的"魔山"，也就是阿尔卑斯山高处的贝格霍夫国际肺病疗养院。他本来只想待三周，结果却沉溺于这里与世隔绝的奇异氛围，住了七年之久。"欢迎来到我们的疗养院，卡斯托普小姐，"一种想象中的声音在我的脑海里说道，"您是来休养的患者吗？您打算待多长时间？好的——不过您会发现，您的时间感在这里将会变得不一样……"

今年春天，这里将入住大约二十位患者，呃，二十位艺术家和作家。在我的托马斯·曼式想象中，我们会把躺椅带到花园里，躺在高大的橡树和栗子树下，裹着毯子，等待下一顿饭。护理人员在我们周围安静地转来转去，保证我们过得健康舒适。在魔山的迷幻现实中，时间会逐渐消逝，我们会越来越难以想象世界上还有其他真实存在的地方，因为一切都显得遥不可及……

这些绿色的紧急出口标志多丑，谁会愿意从这里走出去啊。我仿佛听见主管女士在我耳边说道："到了冬天，我们会把尸体放在雪橇上，滑入山谷深处……"

我们很快就安顿了下来。我白天写作，午餐和晚餐时短暂地走出自己的写作世界，和病友——同行们走进食堂。晚上，我会做做瑜伽或到树林里散步。有时，我沿着某条路向村庄外走去，直到眼前只剩下一条通往地平线的笔直道路，两旁都是黑漆漆的田野和橡树。一个周末，我骑自行车走了 17 英里，途中经过了五个不同的村庄。整个骑行过程中最值得关注的景点是四只羊和一匹斑点马。

不过，这里也有社交生活。在每周的艺术家介绍会上，我们每个人都必须在主管女士警觉的注视下剖析自己的灵魂。伊内斯是位 50 多岁的溜冰运动员，来自柏林，她阅读了自己的保加利亚语译作。斯特凡 S. 展示了一些令人不安的奇特画作，他嘴上叼着一根烟，把那些作品挂在一张巨型铝板上。丽塔在自己工作室的桌子上摆了一排排画上水彩的白桦树皮，她已经从这里往芬兰的家里邮寄了一整箱。彼得举办了一场非同寻常的神奇音乐会，他演奏的乐器有自行车架、塑料管、石头、纸和墙壁。我坐了很多个小时，听着安妮克、马丁、马库斯、马尔特和斯特凡 P. 用抑扬顿挫的音调大声朗读他们写的德语作品，或者听纳塔莉做关于英国画家惠斯勒笔下的红发爱尔兰模特的演讲——如果没有那些勇于站在艺术家惠斯勒的目光之下、自信地望向观众的女人，整个 19 世纪的绘画黄金时代和巴黎的艺术沙龙世界就不会存在。

有些晚上，我们会在工作室里打乒乓球。有时，我们一起看电影或者基于马尔特或斯特凡 P. 的诗作拍摄的艺术影像。有时，我们走到村子里唯一的酒吧，看跛脚的侏儒老太太将陈酿的啤酒倒入酒杯。有时，在这样的一个夜晚结束之后，安努和我会用芬兰语大声阅读自己写的书。有一次，安妮克教了我们表演技巧，我尝试扮演了凯伦。（奇怪的是，我的右脸开始变得扁平和麻木，就好像我在床上侧躺着看恩贡山看了太久。）有一天，我参加了彼得的音频项目，对着麦克风用芬兰语阅读清少纳言的作品。作为回报，他送给我一张黑胶唱片，上面记录了他对一只 600 岁的越南乌龟的采访。

我的德语口语时好时坏。据说听起来我像个在国外生活了很多年、已经忘记了各种词怎么说的德国人。

有时，我在“魔山”上会有一种奇怪的感觉，就好像童话中的生物从森林深处伸出了它们的手，村里的傻瓜们在杳无人烟的森林小径上骑着自行车，迷途的小鹿在城堡花园里惊慌失措地乱闯，猫咪们已经用尽了它们的最后一条命。我走进小红帽的森林，走到外婆的房子，走到一片昏暗的被遗忘的林中空地。我沿着森林里所有可能的小径走了一遍，经过阴暗的云杉树和令人眼花缭乱的长满松树的荒野，但我不敢另辟蹊径，生怕迷失在这座树木的迷宫里。一只黑色啄木鸟正在嗒嗒地啄树，我听到某处传来天鹅和鹤的叫声。我需要一些白色的小石头来标记回程的路。

不过，我总是能走回去，赶上吃晚饭。我吃的是传统的德国食物，比如米饭布丁、煮饺子、某种德国小方饺、土豆和夸克（一种德国奶酪）。在有芦笋的季节，我们能吃上白芦笋，有时会有德式香肠和泡菜。星期天我们会吃烧烤，有时还有一种有难以下咽的白色鸡蛋汤。

魔山没有电话信号，而且互联网连接很不稳定。除了在周一或周五可以搭管理员的车出门，没有任何其他离开这里的方法。每隔几周，当我的思路开始在脑海里绕成一个不祥的麻线团时，我就会搭车去趟柏林。登上火车的一瞬间，我大脑里的迷雾就会统统散尽。我去了博物馆、美术馆、戏剧节、书店和咖啡店，在喧闹的街道上漫步，吃一顿越南菜。几天后，我回到城堡里，瘫倒在床上，逐渐从过度刺激的状态恢复平静，就好像刚结束了一场伟大的探险。

有时，当地村民会惊奇地盯着我们看。记者会采访我们，然后在当地报纸上发表一些故事。我们在那些故事里感叹，这里的一切多么美好。

有时，城堡的工作室里会传出钢琴三重奏，弹奏的是勃拉姆斯①的乐曲。乐声是那么美妙，我差点听得潸然泪下。

一天，花园里用木板围住的巴洛克式雕像被释放了出来，城堡四周出现了成排的希腊罗马神话人物，有宙斯、阿芙洛狄忒和小矮人。接着树木开始抽芽，突然之间，数百只青蛙出现在各个角落，它们纷纷跳出池塘寻找配偶。我们周围的灰色世界变成了绿色、黄色、红色、白色、蓝色、淡紫色。无边无际的田野上长出了谷物、油菜籽、玉米、罂粟和矢车菊，我们骑着自行车穿过天堂般的风景。我们把太阳椅拉到室外（那些椅子看起来很像经过肺病疗养院批准的病患专用躺椅），我躺在一棵高大的橡树下，读着托马斯·曼的小说的最后几页。树木发出轻柔的叹息，空气很温暖，城堡里的聋猫席勒躺在一片阳光下。

苹果树的白色花朵即将盛放，酸橙树上开满云朵般的花团，我们从数十米外就能听见一大群昆虫在花团里嗡嗡作响。到了晚上，青蛙在池塘里开起了一场电锯音乐会，即使我待在房间里，它们的声音仍然震耳欲聋。

终于，名为"橘园"的冬季花园敞开了大门，我把写作地点搬到了这个巨大的被玻璃墙围住的天堂里，坐在10英尺高的盆栽棕榈树的

---

① 德国著名作曲家。

阴凉下。

我坐在那里，想着我的女性榜样们。

为了纪念普洛佩兹阿，我吃完小李子之后把李子的核摆成几排。

我拿亚历山大莉亚的茶沏着喝。

我研究玛丽的鱼，提醒自己任何一种热爱都是有意义的。

我想起伊莎贝拉，每当她手里拿着船票时，总是感觉好很多。

我想起草间弥生，她接受了生活为她设定的局限，并从中获取利益。

我想起索福尼斯巴，她坐在帆船甲板下面的船舱里，去往西班牙宫廷，她的箱子里装满了绘画工具。

我想到江马细香带着旅行许可证来到检查站，与结婚相比，她更愿意去京都饮酒赋诗。

我想起躺在产床上的拉维尼亚，她渴望再次握起画笔。阿特米西亚在几座新城市取得了成功。

当我因为偏头痛躺在床上时，我想起了凯伦和一百年前她独自一人在非洲承受的所有苦难。

当我感到资金紧张的压力时，我想起了艾达。

当我需要收拾行李时，我会努力地想起内莉。

我想象出一个地球仪，将这些女人所走过的路用一根根光线画出来，刚开始是缓慢的，随后逐渐加快速度。在这个大球的表面上，一根光线增强，然后变暗，随着时间的流逝，数天、数周、数年，甚至几个世纪过去了，一代又一代人不断轮替，那些光线开始迅速闪烁，我们的眼睛只能辨认出一些模糊的白光。我将时间调慢，想到以前载着女人们在地球上长途跋涉的各种交通方式：牛车、马车、驴子、骆驼、木船、蒸汽轮船、一根树干雕刻出的独木舟、老式汽车、小型飞机、呼啸的蒸汽火车。我想到她们的行李、她们的黑色连衣裙和束身衣、她们的帽子和发型、她们头脑中的想法、她们的恐惧与勇气。她们都在那里，连同她们的文具、日记本、书写纸、介绍信、讨钱信、缝在衣服里的纸币、旅行许可证、作为名片的画作、绘画工具、照相机、笔记本电脑、食物储备（肉罐头、能量棒、茶叶）、旅行箱、马鞍、帐篷、赎金和用来交换的物品、她们的伪装、只能偷偷穿的裤子、幸运符……

这一切都同时浮现在我的脑海中，我还想到，我们从来都不是一个人在旅行。

五月的一天晚上，我去外面欣赏一丛丁香，它的树枝都被花朵的重量压弯了。我在工作室后面遇到了克里斯托弗。他从一间废弃房屋里找到了一个窑炉，想尝试烧制陶瓷，正在用一台吹风机吹着奋力挣扎的火苗。他给了我一个棉花糖，我把它穿在一根棍子的尖头上，放进火炉里烤。

六月，马尔特完成了他的书。我们羡慕地问他有何感想，但他只是带着羞怯的笑容耸了耸肩："还好吧。"又该举行送别派对了，我们坐在露台上喝着葡萄酒，玩了一轮滚球。马尔特向我们展示了他的笔记本，每一页都写满了小到难以置信的、一丝不苟的字，从页面的一边写到另一边，没有一点边距。我一时兴起，问他是否还有其他这样的笔记本。他说他有 57 个，全部做了编号，每个笔记本的最后都写了索引。我略显尴尬地给他看了我那个已经破破烂烂的线圈笔记本，它只有手掌大小，主要用来写购物清单。

最后一周，氛围逐渐热烈起来，在夏季派对上达到了高潮。这是一场大规模的公共活动，我们像训练有素的猴子一样介绍了各自的技能。为了这场派对，安努和我写的芬兰语作品被翻译成了德语，当译员对着麦克风阅读我写的某个片段时，我感觉生活简直不可能更荒唐了：我坐在一座德国城堡的露台上，听着某个人在用德语给观众阅读我的日记。

最后几天的夜晚很温暖，我们围坐在篝火旁喝葡萄酒。我们相聚的时间很短暂。生活似乎是一场持续不断的送别聚会，我们一直在送其他人离开。我已经知道我会想念所有人。我与安妮克一边骑车一边聊天，想念伊内斯对所有人温暖的支持，彼得在世界上最微不足道的细节中看到美的能力。斯特凡 P. 的善良与他温柔的声音让我感到开心，还有斯特凡 S. 怪异的幽默感、纳塔莉不容置疑的批评。汉娜的发光骨架房间，安努的自我意识爆炸的、新鲜感十足的素食主义、电子舞曲、洛可可式世界，丽塔工作室的开放空间，窗台上放着干燥的植物茎秆，闪闪发光的表面上摆着树叶，如同大自然的祭坛。

我感觉自己在魔山上被治愈了。我好像明白了，这样的生活是可行的，这就是艺术家和作家的生活。工作就是这样完成的，我们每个人都有自己的方式，都在与各自的恶魔搏斗，每个人都在自己的工作室里，身处世界的一隅，占据了历史上的一小段时间。与此同时，我们又以某种方式凝聚在一起：所有这些字母、画笔的痕迹织成了一张互相联结的根茎之网，钢琴上对与错的音符，相互给予的灵感，乌托邦的各种表述，从某个令人惊讶的点子开始逐渐深入的思路，数十个或系统或杂乱的笔记本，在黑暗中的摸索，失败与彻夜难眠的绝望的夜晚，这一切都向我们的生活无情地倾轧过来，有时如同云朵或梦境，有时像一块巨型冰山撞击到岸边，以势不可当的力量推动着每个人的工作不断向前。

女性榜样的建议：

无论你做的是什么工作，都请为自己找到一座魔山。

致 谢

感谢我的父亲和母亲给我提供维赫蒂的房子的阁楼和一日三餐，让我拥有了自己的房间。感谢我的弟弟 O-P、弟妹汉娜和他们的两个小女儿的存在，感谢他们让我借住诺曼底的房子，还有汉娜对 19 世纪服饰历史的分析。感谢我的朋友和同事布兹，没有她，这本书就（也）无法完成。感谢奥利和弗洛提的热情款待，他们为我在坦桑尼亚提供了丰富多彩的经历，并允许我把他们写进我的书里。感谢我的向导法扎尔，托尼·菲茨约翰，希尔卡和哈里·海克，感谢津巴布韦作家佩蒂娜·戈夫对我的鼓励，让我能够写出非洲的故事。她在 2017 年 5 月赫尔辛基文学活动上告诉我："来非洲，谦逊地写作非虚构的作品。"感谢斯特凡诺以超乎寻常的礼节让我借住他在佛罗伦萨的那间卧室，还有安吉拉、贝内德托和尼诺。感谢奥拉和她的儿子们以及卡拉、马里、克里斯特尔和卡伊，没有他们，我住在马扎诺的那个月就不会过得那么美好，也要感谢玛丽卡·拉森对意大利历史的解读（是的，我描绘出的佛罗伦萨妇女生活的图景仍然过于简单）。感谢我在魔山的同行和朋友们：安努、丽塔、汉娜、伊内斯、娜塔丽、安妮克、仁淑、锡渊，斯特凡 S.、斯特凡 P.、克里斯托弗、彼得、马库斯、马尔特、安德里亚、贝蒂娜等。感谢我在京都的朋友，包括塞布、蕾纳、艾里斯和妮可，以及在京都和柏林两地的比阿特丽斯。感谢蕾莎·普拉斯玛帮我解决日语拼写问题。感谢安娜和利奥为我提供了海景写作屋。感谢我的日本花道老师丽莎，她是一位现实生活中的优秀女性，所以我一定要在这里提到她。感谢奥塔瓦出版公司的许多技艺高超的朋友们，尤其是洛塔、皮亚、马里和乌拉。感谢所有忍受了我漫长的隐居隔离期、我接听电话时的抱怨和拒绝会面的朋友们。

感谢我的女性榜样们，她们是夜空中一颗颗明亮的星，有了她们的帮助，一个平凡的、胆小的女人也能在那些未眠的夜晚找到自己前进的道路。

在此还要特别感谢所有帮助我的女性榜样故事面世的人们，这些了不起的人加班加点地辛勤工作，让我的书在赫尔辛基、纽约和中国出版：艾琳娜·艾尔贝克文学代理机构和丽亚·里昂，译者道格·罗宾逊、我的编辑卡琳娜·吉特曼以及西蒙舒斯特出版公司的所有人。

有关凯伦·布里克森、伊莎贝拉·伯德、艾达·菲佛、玛丽·金斯利和亚历山大莉亚·大卫－妮尔的章节主要援引自她们本人的作品，但朱迪斯·瑟曼、伊芙琳·凯、加布里埃尔·哈宾格、凯瑟琳·弗兰克、芭芭拉·M 和迈克尔·福斯特的传记也对我有莫大的帮助。关于索福尼斯巴·安圭索拉、拉维尼亚·丰塔纳和阿特米西亚·简提列斯基的章节参考了伊利亚·桑德拉·佩林吉尔、玛丽亚·库什、卡罗琳·P. 墨菲、R. 沃德·比塞尔、玛丽·D. 加拉德和杰西·M. 洛克的开创性研究专著以及参考书目中提到的其他资料。关于草间弥生的信息主要来自她的自传。

缪斯女神，走出黄金屋

来我身旁